MIDNIGHTERS

L'auteur

Scott Westerfeld est né au Texas. Compositeur de musique électronique pour la scène, concepteur multimédia et critique littéraire, il vit entre New York et Sydney.

Il est l'auteur de cinq romans de S.F. pour adultes, dont *L'I.A. et son double*, déjà paru en France, et le space opera en deux parties paru aux éditions Pocket : *Les Légions immortelles* et *Le Secret de l'Empire*.

Scott Westerfeld écrit également pour les jeunes adultes : les séries *Midnighters, Uglies, Code Cool*, ainsi que *V-Virus* et *A-Apocalypse*.

Du même auteur :

La série *Uglies*

1. *Uglies*
2. *Pretties*
3. *Specials*
4. *Extras*
5. *Secrets*

Leviathan

(à paraître en septembre 2010)

Retrouvez l'auteur sur son site :
www.scottwesterfeld.com

SCOTT WESTERFELD

MIDNIGHTERS

LE LONG JOUR BLEU

Traduit de l'anglais (États-Unis)
par Guillaume Fournier

POCKET JEUNESSE

À John et Jan, et à Niki,
qui m'ont accepté dans la famille

Titre original :
Midnighters
3. Blue Noon

Publié pour la première fois en 2005 par Eos,
département de HarperCollins Publishers, New York

Loi n° 49956 du 16 juillet 1949 sur les publications
destinées à la jeunesse : novembre 2009

ISBN : 978-2-266-18646-9

REMERCIEMENTS

Comme tous les livres, de tout temps, cette trilogie a été mise en forme et encouragée par une cohorte de lecteurs, d'éditeurs et d'amis. Et tout spécialement : Liesa Abrams, Holly Black, Gwenda Bond, Eloise Flood, Claudia Gabel, Justine Larbalestier, Ursula K. Le Guin, Garth Nix, Christopher Rowe, John Scalzi, Jonathan Strahan, Tui Sutherland, Kathleen Thomas et Sean Williams, parmi d'autres.

1 08 h 20

LE PRÉDATEUR

La sonnerie du lycée de Bixby s'éleva dans le lointain, pareille au mugissement d'un animal blessé qu'on a séparé du troupeau.

Rex Greene était toujours en retard ces derniers temps. Il courait d'une classe à l'autre, laissait passer l'heure des pilules de son père – quand il ne les oubliait pas carrément. Mais le plus dur, c'était de se lever pour aller au lycée. Surtout qu'il avait débranché son réveil, quelques jours plus tôt : le bourdonnement qu'il produisait toute la nuit, semblable à celui d'un moustique, l'empêchait de dormir. Son ouïe, désormais ultrafine, métamorphosait tous les appareils électroniques en un grésillement insupportable.

Ce n'était pas seulement le bruit du réveil, mais aussi ce qu'il signifiait, avec sa fausse journée de vingt-quatre heures. Depuis ce qui lui était arrivé dans le désert, Rex percevait le temps en observant dans les astres – le lever et le coucher du soleil, le ballet des étoiles, l'enchaînement de la lune claire et de la lune sombre.

Les autres, néanmoins, n'avaient pas renoncé à leurs

réveils. Mélissa était encore venue frapper à sa fenêtre ce matin-là, l'arrachant aux rêves étranges qu'il faisait depuis peu.

— Ça sent… la réunion, annonça-t-elle.

La tête légèrement en arrière, les narines frémissantes, elle s'engagea sur le parking du lycée.

Rex, pour sa part, ne sentait que le skaï craquelé des sièges de la vieille Ford de Mélissa, usée par le soleil de quelque trente étés dans l'Oklahoma, et les vapeurs d'essence qui filtraient du moteur. Les hommes raffolaient du pétrole, l'informa sa mémoire de darkling. Ils retournaient le désert pour en trouver et fabriquer des choses astucieuses comme le plastique ou l'essence…

Rex secoua la tête pour s'éclaircir les idées. Certains matins, après avoir rêvé toute la nuit de chasses à l'âge de pierre, il avait du mal à se concentrer. L'ancien savoir qui l'habitait lui semblait plus réel que ses seize ans de souvenirs humains. Par moments, Rex se demandait s'il se remettrait un jour de ce qu'il avait subi, de cette demi-transformation qui s'était produite avant que Jessica vienne à son secours.

Était-il en train de se rétablir peu à peu ? Ou bien les ténèbres qu'on lui avait inoculées comme un virus se renforçaient-elles, au contraire ?

Tandis que Mélissa se garait, Rex remarqua quelques élèves en retard qui gagnaient l'entrée du gymnase. Le son d'une voix amplifiée par un haut-parleur sortait par la porte grande ouverte.

— Zut, j'avais oublié, dit Mélissa en crispant les mains

sur le volant. On doit aller au gymnase pour encourager l'équipe de foot, ce matin.

Rex ferma les yeux en gémissant. Il n'avait rien affronté de semblable depuis sa transformation, et la simple idée de tous ces corps autour de lui pour soutenir l'équipe de foot du lycée lui nouait l'estomac.

— Ne t'en fais pas, le rassura Mélissa en lui prenant la main. Je serai là.

À son contact, léger comme une brise fraîche, Rex se détendit. Il fut envahi par la sérénité de Mélissa et un frisson le parcourut : la force de la jeune fille devenait la sienne.

Amusant. Un mois plus tôt, c'est Rex qui avait aidé Mélissa à entrer dans le gymnase. Désormais, c'était elle la voix de la raison, et lui le…

Le quoi, exactement ?

Il ne le savait pas encore, et Rex détestait ce genre d'incertitude. On ne trouvait pas d'hybride dans l'ancien savoir, encore moins d'hybride en voie de guérison.

Tu as fait de mauvais rêves, la nuit dernière ?

Rex sourit et se tourna vers Mélissa. Ses paroles lui parvenaient aussi distinctement que si elle les avait prononcées à voix haute. Ils pouvaient maintenant discuter sans même qu'elle ouvre la bouche.

Mélissa avait atteint un contrôle quasi parfait, sans la moindre pensée intempestive. C'était si différent de ce flot de peur et de souffrance qu'elle lui avait vomi à la figure lorsqu'ils avaient commencé à se toucher. Il arrivait à Rex de regretter ces premières expériences, ces instants terrifiants où il percevait Mélissa tout entière.

Quand il était concentré, lui-même avait à peine besoin de parler ; Mélissa piochait directement les mots dans sa tête. Mais, ce matin, il se sentait trop mal pour cela.

— Oui, quelques mauvais rêves, répondit Rex à voix haute. Mais pas seulement.

Ses rêves de chasse avaient été agréables – la faim froide, patiente, tandis qu'il traquait le gibier pendant des jours à travers la plaine, la tension qui montait quand il isolait les proies les plus faibles, puis la flambée d'excitation au moment de l'attaque.

Mais, bien sûr, il y avait eu aussi ces autres rêves, souvenirs de l'époque où les petits singes malins s'étaient mis à rendre les coups. Le commencement de la fin.

— Eh bien, c'est gai ! s'exclama Mélissa. (Elle retira sa main et la frotta, comme pour chasser l'horreur qu'elle avait lue dans l'esprit de Rex.) J'ai l'impression que tu as oublié de prendre ton café, ce matin.

— Désolé, cow-girl. Oui, j'en boirais bien une tasse. Ou même six. (Rex avait l'impression que sa tête, envahie par les souvenirs que les darklings lui avaient implantés, était sur le point d'éclater.) Je me demande parfois si je redeviendrai normal, un jour.

Mélissa renifla.

— Tu n'as jamais été normal, Rex. Comme chacun d'entre nous.

— D'accord, « normal » n'est peut-être pas le mot, admit Rex. Disons plutôt « humain ».

Elle rit en lui touchant l'épaule, et il perçut une bribe de gaieté à travers l'étoffe de son long manteau noir.

— Tu es très humain, Rex. Tu peux me croire.

— Merci, dit-il en souriant.

Mélissa garda les doigts sur l'épaule de Rex et les fit tambouriner sur un rythme rapide, tandis que son regard s'égarait vers la porte du gymnase. Rex comprit que, malgré son contrôle, la perspective de se retrouver au milieu des autres la rendait toujours nerveuse.

— Ça va aller, dit-il doucement en l'attirant vers lui.

Elle tourna la tête, et leurs lèvres se trouvèrent.

Au début, gagné par le calme et le sang-froid de Mélissa, Rex ressentit de la sérénité dans leur baiser. Mais, bientôt, Mélissa relâcha son contrôle, et ce fut comme la première fois. Tout ce qui la consumait de l'intérieur jaillit tel un torrent : la souffrance de ses années de solitude, le souvenir du bombardement incessant des pensées d'autrui, la peur permanente du moindre contact. Un instant submergé, Rex réussit pourtant à rassembler ce qui lui restait d'assurance. Il la prit par les épaules, l'embrassa avec fougue et lui communiqua sa force, jusqu'à ce qu'il la sente recouvrer la maîtrise d'elle-même.

Elle soupira quand ils se séparèrent.

— Comme je te le disais, Rex : très humain...

Rex s'adossa à son siège, le sourire aux lèvres. La crainte qu'il éprouvait depuis le réveil, quand il avait réalisé qu'il s'agissait d'un jour de cours – et d'un lundi en plus –, l'avait enfin quitté.

Mélissa lui caressa la joue en souriant.

— Tu as un goût électrique, maintenant, comme après une tasse de café.

— Hmm. Peut-être que le baiser est une sorte de café naturel.

— Oh, le café le plus naturel reste encore le café. C'est une plante, tu sais.

— Exact. Bien vu, cow-girl.

Il regarda la porte du gymnase. Encourager l'équipe, ce n'était pas si terrible, tout de même ! Moins que le fichu cours de maths qu'ils évitaient grâce à cela, et il pourrait en profiter pour réviser son contrôle d'anglais. L'inconvénient d'avoir la tête truffée de souvenirs issus d'une espèce étrangère, c'est qu'il n'y avait rien de tel pour saboter une analyse de *L'Attrape-cœurs*.

Rex vérifia dans son sac. Pas de manuel d'anglais.

— Écoute, il faut que j'aille chercher un truc dans mon casier. Tu me gardes une place ?

— Dans la rangée du fond ?

— Bien sûr. (Il ricana.) Je n'ai pas changé à ce point.

Elle acquiesça, avant de plisser les yeux.

— Tu veux que je t'accompagne ?

— C'est bon, t'inquiète.

Rex se passa la langue sur les dents. Celles-ci lui paraissaient toujours trop émoussées, ses canines pas aussi longues qu'elles auraient dû. Des membres fantômes le démangeaient parfois la nuit, comme s'il avait perdu certaines parties de son corps.

Il respira profondément et chassa ces pensées. Il devait cesser de se plaindre de ces petits désagréments. Il avait une chance incroyable : il allait pouvoir en découvrir davantage sur les darklings, les connaître de l'intérieur. N'importe quel voyant aurait donné sa vie pour cela. Son enlèvement et sa métamorphose avaient peut-être été une bénédiction, après tout.

Tant que sa partie humaine gardait le contrôle…

— Ça va aller, cow-girl, dit-il. Je suis un grand garçon.

Le hall d'entrée était toujours aussi lumineux, inondé de soleil, sans oublier le grésillement pénible des néons.

Rex plissa les yeux à cause de la lumière et se rappela qu'il devait s'acheter des lunettes de soleil. Encore un avantage dû à sa transformation : sa vue était désormais bien meilleure. Il n'avait plus besoin de ses lunettes, au lycée. Une Empreinte étrange collait partout – les traces du passage et de l'inventivité des hommes, semblables à mille pistes de gibier empilées les unes sur les autres. Elle rendait le moindre détail clair comme de l'eau de roche et bizarrement… appétissant.

C'en était presque excessif. Par moments, il aurait voulu replonger dans le flou, bien à l'abri derrière les verres épais qu'il portait depuis la fin du primaire. Tout lui semblait si agaçant, maintenant ! Il n'y avait pas que les néons. Rex pouvait entendre le réseau électrique à l'intérieur des murs, tous ces fils ingénieux dont les hommes enveloppaient leurs habitations. Il avait l'impression d'être enfermé dans une cage en métal aux barreaux électrifiés.

Et ces bâtiments humains étaient si affreux! Pour la première fois en deux ans, Rex remarqua que les dalles de son lycée avaient exactement la même couleur jaunâtre que les doigts de son père, tachés par la nicotine. À quel génie de la décoration devait-on cette trouvaille?

Au moins, comme ils étaient tous dans le gymnase, les couloirs étaient déserts.

En se dirigeant vers son casier, Rex se passa la main sur le crâne. Ses cheveux en brosse lui chatouillèrent la paume. Quand la flamme blanche de Jessica l'avait libéré de son corps de darkling, ses cheveux avaient roussi par plaques entières, ruinant sa coiffure gothique. Rex avait alors tout coupé à un centimètre avec la tondeuse électrique que son père utilisait autrefois, au début de l'été, sur leur chien Magnétosphère.

Il observait souvent son reflet dans les vitrines des magasins et se palpait le crâne régulièrement, fasciné par la manière dont ses cheveux repoussaient, aussi drus que du gazon artificiel. Cela signifiait peut-être, comme Mélissa le disait, qu'il était toujours humain: après les changements qu'avaient connus son corps et son esprit, il avait encore besoin de temps pour s'habituer à une nouvelle coupe de cheveux.

Rex atteignit son casier, qu'il déverrouilla les yeux fermés. Le plus difficile consistait à ne pas penser aux chiffres, cette remarquable et redoutable invention humaine. Par chance, son code ne comportait aucun multiple de l'Aversion. C'était déjà assez pénible quand il se trompait et devait tout recommencer, réalignant les chiffres un à un, comme un nouveau le jour de la rentrée.

Quand il baissait les yeux sur la serrure de son casier, il ne distinguait même plus l'Aversion. Il la voyait simplement comme une tache floue entre le douze et le quatorze, brouillée par son esprit, pareille au visage d'un informateur du FBI aux infos télévisées.

Il envisageait d'accepter la proposition de Dess, de démonter sa serrure et de changer sa combinaison en une succession de douze et de vingt-quatre. C'était elle aussi qui faisait ses devoirs de maths, ces derniers temps. Trop de combinaisons possibles l'attendaient à chaque page, prêtes à paralyser la moitié darkling de son cerveau, le laissant avec un crayon brisé entre les doigts ainsi qu'une migraine lancinante.

Les maths étaient devenues mortelles, pour lui.

Il réussit du premier coup. La serrure cliqueta, et Rex, soulagé, ouvrit son casier. Mais, distrait par son dégoût des chiffres, il réalisa trop tard que quelqu'un s'était approché dans son dos. Une odeur familière lui parvint, réveillant une peur ancienne.

Un poing s'écrasa sur la porte du casier, la refermant violemment. Le bruit résonna dans le couloir désert. Rex se retourna.

— Salut, Rex. On a paumé ses lunettes de bigleux ?

Timmy Hudson. Voilà qui expliquait la terreur qui lui nouait les entrailles : ce garçon l'avait cogné presque chaque jour durant la seconde. Rex se rappelait encore le jour où Timmy et trois de ses copains l'avaient coincé derrière le lycée et frappé dans le ventre, si fort qu'il avait eu mal pendant une semaine. Timmy se contentait généralement de le balancer contre un mur, à présent. Mais la peur était toujours là, plus vive que jamais.

— Euh... non, répondit Rex, d'une voix qui lui parut faible et geignarde. Je n'en porte plus.

Timmy sourit et se rapprocha, lui soufflant à la figure son haleine fétide.

— Tu es passé aux lentilles de contact, hein ? Trop drôle : ça te donne l'air encore plus débile.

Rex ne répondit pas, soudain frappé par le fait que Timmy Hudson levait les yeux vers lui. Il était désormais plus grand que son ennemi. Comment était-ce arrivé ?

— Tu te crois hyper cool, hein ? ajouta Timmy en le bousculant violemment.

Rex sentit la serrure de son casier lui rentrer dans le dos, plus froide que le canon d'une arme. Cette sensation lui éclaircit les idées. Il se rendit compte que ses lèvres s'écartaient malgré lui, montrant ses dents. Il avait subitement la bouche sèche.

Quelque chose montait en lui. Il secoua la tête. *Non.* Il était Rex Greene, le voyant. Pas un animal.

— Qu'est-ce qui t'arrive ? Tu es devenu trop cool pour me répondre ?

Timmy s'esclaffa, puis plissa les yeux devant le crâne de Rex. Il leva la main pour effleurer ses cheveux en brosse.

— Et une nouvelle coiffure, en plus? La chochotte essaie de se faire passer pour un gros dur?

Rex fixait la gorge de Timmy. Un seul coup de griffe à travers la chair tendre, et le sang en jaillirait, chaud et nourrissant.

— Tu imagines que ça va suffire à faire de toi un type trop cool, pas vrai?

Rex ne put s'empêcher de sourire. Ce qui lui était arrivé dépassait de si loin tout ce que Timmy pouvait imaginer.

— Qu'est-ce qui te fait rigoler comme ça?

— Ta faiblesse.

Rex cligna des paupières. Les mots lui étaient venus tout seuls.

Timmy fit un pas en arrière, stupéfait. Il jeta un coup d'œil dans le couloir, d'un côté puis de l'autre, comme pour guetter la réaction d'un public invisible.

— Ma *quoi*? finit-il par cracher.

Rex hocha lentement la tête. Cette odeur de faiblesse avait déclenché en lui quelque chose qui menaçait d'échapper à son contrôle.

Il chercha désespérément un moyen de se maîtriser. Il s'efforça de penser aux symboles de l'ancien savoir mais s'aperçut qu'il les avait oubliés. Il ne lui restait plus que les mots. Peut-être qu'en continuant à parler…

— Tu es le genre de créature qu'on isole du troupeau.

Timmy haussa les sourcils.

— Répète ça, débile?

— Une créature faible et apeurée.

— Tu crois que j'ai peur, Rex? (Le garçon s'efforça d'afficher un sourire narquois, mais seule une moitié de son visage lui obéit. La partie gauche demeura figée, crispée.) De toi?

Rex vit le pouls de Timmy s'accélérer, ses mains trembler.

Faiblesse.

— Je le flaire à plein nez...

Rex eut alors le sentiment de perdre le contrôle. Il observa la suite en spectateur, tel un passager à bord de son propre corps. Il avança d'un pas et s'approcha tout près du visage de Timmy.

Le nœud qu'il avait à l'estomac s'était changé en quelque chose de chaud et de cruel qui lui remontait dans le torse et jusque dans la mâchoire. Ses lèvres s'écartèrent si fort qu'il les sentit se fendre, dénudant ses dents et un centimètre de gencives. Son corps se tendit tout entier, pareil à un serpent sur le point de mordre les bras écartés et les doigts recourbés en griffes.

Il émit un son horrible, en plein dans la figure de Timmy, un son qu'il n'avait encore jamais entendu et encore moins produit. Sa bouche s'ouvrit en grand et laissa sortir un long sifflement vibrant – entre le crissement d'ongles sur un tableau noir, le cri d'un faucon et le dernier chuintement d'un poumon perforé. Ce bruit résonna à travers le couloir désert, avant de se fondre dans le grésillement des néons.

Le souffle coupé, Timmy n'esquissa pas un geste. Son sourire crispé se figea comme si un chirurgien négligent lui avait déplacé un nerf et l'avait condamné à conserver cette expression pour le restant de ses jours.

— Tu es faible, dit Rex d'une voix douce.

Son sifflement résonnait encore à ses oreilles.

À cet instant, son corps se relâcha, et le démon qui s'était emparé de lui s'envola aussi vite qu'il était apparu. Sa mâchoire se détendit, ses muscles perdirent leur rigidité inhumaine. Mais Timmy restait pétrifié, comme un rat sous l'emprise d'un python.

Il regarda Rex s'éloigner sans lâcher un mot.

À mi-chemin du gymnase, Rex avait encore le cœur battant. Grisé par ce qui venait de se produire, il se sentait fort et sûr de lui, enfin débarrassé de cette peur qui l'avait poursuivi partout dans les couloirs du lycée, pendant les deux dernières années.

Mais quelque chose l'inquiétait. Il avait eu beau tenter de refouler sa part d'ombre, le darkling avait pris le dessus.

Pourtant, il se sentait si bien. Et il n'avait pas entièrement perdu le contrôle, après tout. Le prédateur avait sorti les griffes, mais ne s'en était pas servi. Il n'avait pas frappé Timmy à la gorge, n'avait pas éliminé cette proie facile.

Peut-être le darkling et l'humain s'équilibraient-ils en lui. Peut-être Rex Greene était-il encore sain d'esprit.

Pour l'instant.

2 | 08h31

DANS LE GYMNASE

Elle observait avec fascination les supporters venus encourager l'équipe de football.

Mélissa avait dû assister à des dizaines de rencontres de ce genre, bien sûr, mais elle n'en avait jamais regardé aucune. Assaillie par le tumulte mental, recroquevillée dans le fond, les yeux clos et les poings serrés, l'ancienne Mélissa comprenait autant le fait de supporter une équipe qu'un oiseau aspiré dans un réacteur saisit les règles de la construction aéronautique.

Mais la foule ne lui faisait plus peur, la masse des consciences étrangères ne menaçait plus de submerger la sienne. Grâce aux souvenirs que Madeleine lui avait transmis, et à la technique affinée par des générations de télépathes, elle pouvait désormais s'élever au-dessus des flots et chevaucher la vague comme une bouée dans la tempête.

Elle pouvait enfin savourer l'événement…

L'équipe de football américain se pavanait en lycra devant la foule, dégageant un mélange de testostérone et d'esbroufe derrière lequel on devinait un sentiment d'amertume. Cette année encore, elle allait probablement perdre tous ses matchs. Les bimbos étaient massées quelques rangées plus bas, environnées d'un champ de force de mépris pour les anonymes qui les entouraient, sans se douter de la haine que leur renvoyaient les anonymes en question. L'air blasé, les enseignants, postés aux quatre coins du gymnase, rêvaient d'une cigarette et d'un café, secrètement soulagés par l'annulation des premiers cours de la matinée. Le groupe des nouveaux, au premier rang des gradins, lorgnait d'un œil salace sous les jupes des pom-pom girls.

Mélissa trouvait cela très drôle. Pourquoi ne l'avait-elle pas compris plus tôt ? Pourquoi ne lui avait-on rien dit ? Le lycée n'était pas un calvaire ni une épreuve du feu qu'il convenait de surmonter, en fin de compte.

Ce n'était qu'une vaste bouffonnerie. Il ne manquait que les rires enregistrés.

Elle captait l'esprit des autres midnighters à travers le brouhaha mental de la foule. Elle les recevait parfaitement. Ils étaient assis ensemble tous les trois – le plus loin possible d'elle. Elle sentait en particulier le regard venimeux que lui adressait Dess derrière ses verres fumés. Son amie n'avait toujours pas digéré ce qu'elle avait subi dix jours plus tôt.

Mélissa avait encore des remords à ce sujet ; elle savait mieux que quiconque ce qu'on éprouve en voyant son esprit envahi contre sa volonté. Mais elle n'avait pas eu le choix. Si elle n'avait pas arraché ses secrets à Dess, Rex serait un darkling à cette heure, au lieu de…

Eh bien, au lieu de ce qu'il était devenu.

Jonathan et Jessica étaient assis côte à côte, les doigts entrelacés, séparés de ceux qui les entouraient par leur statut de couple. Bien sûr, ils se tournaient de temps en temps vers Dess pour lui adresser un mot, lui jeter un os. Jessica avait vu ce que Mélissa avait infligé à Dess, et elle se sentait presque aussi coupable que si c'était elle qui avait agi. Elle éprouvait une écœurante culpabilité. *Si seulement j'avais pu empêcher Mélissa, blablabla...*

Naturellement, l'indignation de Jessica n'était rien en comparaison de ce que pensait Jonathan. Depuis qu'il avait touché Mélissa et ressenti ce qu'était sa vie, une pitié nauséabonde le polluait de la tête aux pieds.

C'était lui, le plus à plaindre, pourtant. Car être Mélissa n'était plus aussi épouvantable, au contraire.

C'était délicieux.

— Crétin, murmura-t-elle avant de se laisser emporter de nouveau par le chant de la foule.

Beau gosse les rejoignit avec un quart d'heure de retard. Il n'eut aucune peine à se faufiler sous le nez du prof posté à la porte.

Mélissa perçut son esprit à travers les énergies bouillonnantes présentes dans le gymnase. En dépit de la confusion qui émanait de lui, ses pensées lui parvenaient toujours plus nettement que celles des autres midnighters. Elle sut tout de suite qu'il s'était passé quelque chose dans les couloirs déserts du lycée. Son esprit bruissait d'excitation, comme lorsqu'ils venaient de s'embrasser.

Toutefois, ce qui lui était arrivé l'avait aussi troublé. Mélissa le sentit balayer la foule d'un regard anxieux, mais il se détendit lorsqu'il la repéra tout en haut des gradins, près de la porte. Il grimpa vers elle d'un pas alerte, aussi souple qu'un chat sur un toit.

Mélissa sourit. Observer Rex faire la démonstration de sa nouvelle grâce féline était devenu l'un de ses grands plaisirs.

— Tu as trouvé ce que tu voulais ? s'enquit-elle quand il s'assit à côté d'elle.

— Oh, mon manuel d'anglais… Je l'ai complètement oublié, en fait. J'ai eu un petit souci.

— Oui, j'avais deviné. (Elle le percevait plus clairement à présent : sous l'excitation, Rex avait un arôme acide, la saveur citronnée d'un jeune chasseur ayant flairé une proie.) Hmm. Tu n'as mangé personne, j'espère ?

— Non. Mais il s'en est fallu de peu. (Il lui tendit la main, paume en l'air.) Tu veux voir ?

Ses yeux étincelèrent.

— Bien sûr, beau gosse.

Souriante, elle mit sa main dans la sienne.

Le goût acide de darkling se renforça et l'envahit faisant passer au second plan les saveurs insipides des autres élèves.

Elle sentit la nouvelle assurance de prédateur de Rex, son inquiétude à l'idée de perdre le contrôle, le sifflement résiduel de sa transformation. Quelqu'un l'avait bousculé, réalisa-t-elle, avait osé le menacer. Le salopard.

Elle perçut également autre chose… Une grappe de souvenirs happés dans le tourbillon de ses pensées. Pas une saveur de darkling, mais une frayeur très humaine.

Mélissa retira sa main. Elle fixa les lignes de sa paume en réfléchissant à l'image étrange qu'elle venait de voir : un serpent à sonnette coupé en deux dans un jardin par le père de quelqu'un, claquant des mâchoires dans les derniers soubresauts de l'agonie. Ses deux moitiés se tortillaient de part et d'autre de la pelle qui les avait séparées, comme pour tenter de se rejoindre et de se venger.

Mélissa cligna des yeux.

— Quelqu'un qui a peur des serpents ?

— Timmy Hudson. (Rex sourit, dévoilant un peu trop de dents.) Très peur.

— Qu'est-ce que… ?

Rex baissa les yeux vers les pom-pom girls, en train de grimper les unes sur les autres en pyramide. Son regard vitreux les traversa sans les voir, perdu dans un mélange d'ancien savoir et de souvenirs implantés.

— Eh bien, tu sais que les darklings peuvent se servir de nos cauchemars pour les retourner contre nous ?

— Bien sûr que je le sais, Rex. (Mélissa percevait tous les soirs les esprits anciens tapis dans le désert. Elle avait assisté à leurs métamorphoses en toutes sortes de créatures répugnantes : vers géants, araignées, limaces.) C'est pour ça qu'ils t'apparaissent toujours sous la forme de mygales monstrueuses.

— Ah oui, les mygales. (Il hocha la tête d'un air songeur.) Eh bien, Timmy Hudson m'est tombé dessus. Et il se trouve qu'il a une peur bleue des serpents. Depuis qu'il est tout petit, quand son père a tué un crotale dans leur jardin et l'a appelé pour le lui montrer. Alors, je suis devenu, comment dire ? reptilien.

Il lui jeta un coup d'œil en glissant sa langue entre ses dents. Puis il sourit.

Mélissa remarqua alors sa lèvre inférieure fendue, son menton rougi de sang qu'il avait tenté d'essuyer. Elle l'effleura du bout des doigts et sentit sa mâchoire se raidir.

— D'accord, beau gosse. Mais comment savais-tu ça ? À propos de Timmy ? Vous n'avez jamais été vraiment copains, tous les deux.

— Je le savais, c'est tout.

— Oui, mais comment, Rex ? C'est moi, la télépathe, tu te rappelles ? Comment peux-tu entrer dans le cauchemar de quelqu'un ?

Il se détourna, contempla distraitement ce qui se passait dans le gymnase. Mélissa ne l'avait encore jamais vu aussi sûr de lui. Pas pendant la journée. Son assurance était cependant troublée par des frissons d'incertitude, aussi amers que le thé de Madeleine. Mélissa se souvint d'un jeune routier qu'elle avait perçu un jour sur l'autoroute, au volant d'un semi-remorque. Seul pour la première fois dans sa cabine, il était enivré par le sentiment de sa propre puissance, mais redoutait en même temps que son camion ne dévie de la route. Voilà à quoi lui faisait penser Rex.

Il finit par répondre :

— C'est ce que font les darklings.

Le rassemblement dans le gymnase dura une éternité. On annonça des ventes de gâteaux, des lavages de voitures, des pièces de théâtre de lycéens. On installa les barrières de l'équipe. Les membres du club d'échecs, qui avaient remporté le tournoi régional de l'an dernier, eurent droit à quelques secondes d'applaudissements – manière de suggérer que l'intelligence n'était pas forcément un handicap. Puis peu à peu, l'ambiance retomba. Même les pom-pom girls avaient l'air de s'ennuyer.

Vint alors le moment des encouragements.

— On-va-battre, North-Tulsa ! On-va-battre, North-Tulsa ! scanda le principal.

Il s'écarta du micro en frappant l'air avec son petit poing de gnome. Le cri fut repris par la foule, de plus en plus fort, jusqu'à faire trembler le gymnase.

Ce rituel était censé donner de la force à l'équipe de football et transformer une poignée de gamins de dix-sept ans en champions de Bixby.

Le plus drôle, c'est que ce n'était pas tout à fait absurde. On le voyait clairement sur le visage des membres de l'équipe : ils étaient touchés, comme si la clameur de la foule pouvait décupler les forces de quelques gosses au visage mangé d'acné. Mélissa s'était souvent demandé si le diurne qui avait inventé ce type de manifestation n'avait pas quelques notions de télépathie.

Cette partie du rituel avait toujours terrifié Mélissa par le passé – la communion de toutes ces énergies dans une même acclamation, noyant les individualités dans les impératifs animaux de la meute : *Rester au sein du troupeau. L'union fait la force. Tuer l'ennemi. Battre North Tulsa.*

Elle regarda les poings se lever et retomber en cadence, sentit le martèlement des pieds à travers les gradins. Les bimbos, qui avaient perdu leur champ de force, semblaient désormais se fondre dans la masse. Au premier rang, les nouveaux avaient retrouvé leur sérieux et cessé de lorgner les pom-pom girls. Même Jessica Day et l'homme volant rejoignaient le mouvement malgré eux.

Mélissa respira plusieurs fois. Ce rassemblement n'était qu'une bouffonnerie, se rappela-t-elle. La foule ne savait pas ce qu'elle faisait, et aucune des personnes présentes dans ce gymnase n'était de taille à lui imposer sa volonté. Le fait que tous ces imbéciles se passionnent pour un stupide jeu de ballon ne les rendait pas plus forts qu'elle.

Mélissa reprit le contrôle de ses émotions.

Puis elle se tourna vers Rex qui flairait l'air, les yeux mobiles, les narines frémissantes.

Ce cri le rendait nerveux, lui aussi.

— C'est comme une chasse, siffla-t-il. C'est comme ça qu'ils se préparaient, autrefois.

Mélissa toucha la main de Rex et, pendant un bref instant effroyable, perçut la foule comme il la voyait. De petits humains, faibles et fragiles, mais si nombreux. C'étaient des rituels semblables qui leur avaient permis de dompter leur terreur des darklings. Et, un jour, ils s'étaient mis à chasser leurs propres prédateurs, en groupes, armés de torches et de leurs astucieuses petites pierres acérées.

Pour finir, certains avaient eu de la chance et abattu un jeune darkling qui s'était cru invulnérable. Une partie de la peur sur laquelle l'espèce maîtresse s'était toujours appuyée avait disparu à jamais. Les plus anciens se rappelaient encore ce jour, quand tout avait basculé. Les humains avaient pris de plus en plus d'assurance. Ils s'étaient mis à griffonner l'image de leurs proies sur la pierre et dans la boue – les premiers symboles de leur suprématie.

Mélissa retira sa main, brûlée par ce souvenir.

Peut-être que cette manifestation n'était pas une bouffonnerie, finalement. Après tout, le lycée s'appuyait sur les plus anciens liens humains : la tribu, la meute, l'esprit de la chasse.

Rex avait les mains tremblantes. Il luttait contre cette part de lui-même qui ne songeait qu'à s'enfuir.

— Tu veux t'en aller ? chuchota-t-elle.

— Non. C'est important. Il faut que j'apprenne à me dominer.

Mélissa soupira. Rex se montrait parfois tellement bête !

Elle se souvint d'une citation qu'elle avait lue un jour sur le mur des toilettes : *Ce qui ne me tue pas me rend plus fort*. En voyant la sueur perler sur la lèvre supérieure de Rex, elle sut qu'il commettait la même erreur que le type des toilettes.

Ce qui ne vous tue pas ne vous rend pas nécessairement plus fort. Parfois, cela peut vous esquinter à vie. Parfois, mieux vaut s'enfuir, se faire porter pâle, ou du moins se faire aider.

Elle le prit par la main, fermement, et chercha en elle-même un point précis que Madeleine lui avait montré, un vieux truc de télépathe pour faire le vide. Les yeux clos, elle pénétra en Rex et repoussa doucement le cri des supporters loin de son esprit.

Elle le sentit se détendre, perdre sa crainte de la foule – et de la bête qui grondait en lui.

— Waouh, souffla-t-il. Merci, cow-girl.

— Quand tu veux, beau gosse.

— D'accord. Que dirais-tu de ce soir ?

Elle rouvrit les yeux.

— Hmm ?

— Après, on pourrait peut-être… (La voix de Rex s'étrangla, et soudain sa main se crispa.) Quelque chose vient.

— Quoi ? Qu'est-ce que… commença-t-elle.

Mais elle le sentit à son tour et referma les yeux.

Une ancienne saveur amère fondait sur eux à travers le désert, roulant sur elle-même comme une vague déferlante. Elle se renforçait au fil de sa progression, à la manière d'une avalanche qui accumule de plus en plus de neige et engloutit tout sur son passage.

Le phénomène frappa le gymnase, emportant les énergies pathétiques des supporters, écrasant le brouhaha mental de Bixby qui filtrait par les murs. Il noya tout. Ne resta plus que la connexion de Mélissa avec Rex, dont le choc et l'effroi résonnèrent à travers elle comme les échos d'une détonation.

En rouvrant les yeux, elle vit ce qui se passait. La lumière bleue, les corps pétrifiés, une pom-pom girl figée dans les airs en plein salto. Le monde entier frappé de…

Silence.

Stupéfaite, Mélissa regarda sa montre. Il était à peine plus de neuf heures.

Et pourtant, c'était le temps bleu.

3

09 h 03

LE LUNDI BLEU

La gravité de minuit se répandit en Jessica.

Elle serra plus fort la main de Jonathan.

— Qu'est-ce que…

Sa voix mourut dans le silence soudain. Le cœur battant, elle promena son regard sur les supporters et sur l'équipe : tous étaient pétrifiés.

Et tout était bleu.

Les maillots en lycra de l'équipe de football, le sceau de la ville de Bixby au centre du terrain de basket, les filaments immobiles des pompons brandis en l'air : tout avait pris la couleur de minuit. Et plus rien ne bougeait.

— Jonathan ?

Jessica se tourna vers lui, espérant déceler une lueur de compréhension dans ses yeux. Cela s'était peut-être déjà produit par le passé, une sorte de soubresaut du temps bleu dont Rex aurait simplement oublié de lui parler.

Jonathan ne répondit rien. Il paraissait sous le choc.

— Ça craint, confirma Dess à voix basse.

Jessica toucha le bord du gradin sous ses fesses, palpa

la réalité tangible du bois. Il ne s'agissait pas d'un rêve, mais bel et bien du temps bleu.

Du coin de l'œil, elle capta un mouvement au fond du gymnase. Rex et Mélissa se levaient avec lenteur, curieusement isolés parmi toutes ces silhouettes figées.

Jonathan poussa alors un cri et bondit de son siège. Jessica s'accrocha aussitôt à lui, et il l'entraîna doucement dans les airs. Ils se retrouvaient tous les deux légers comme des plumes.

— Jonathan !

— Oh, mince... (La gravité de minuit les emportait irrésistiblement au-dessus de la foule, l'un et l'autre tournoyant comme deux ballons au bout d'un fil.) Je rêve, ou quoi ?

— Non, c'est bien réel, parvint à répondre Jessica en se cramponnant à lui de toutes ses forces.

Le sol lui semblait à des kilomètres, comme le jour où terrifiée à l'idée de lâcher prise, elle avait dû grimper à la corde à nœuds en cours de sport.

Leur trajectoire s'arrondit, et ils commencèrent à redescendre. Les réflexes développés au cours de nombreuses heures de vol en commun s'enclenchèrent. Jonathan se tortilla pour enrayer leur rotation, et, quand ils atterrirent sur le sol du gymnase – en plein sur le sceau de Bixby –, Jessica fléchit les genoux pour amortir le choc.

Levant la tête en direction des gradins, elle pâlit. La foule avait les yeux braqués sur eux. Cela lui rappela son pire cauchemar, celui où elle jouait dans une pièce de théâtre qu'elle ne connaissait pas, devant un public immobile qui attendait sa première réplique. Il était stupéfiant de voir autant de gens saisis par minuit. Les visages étaient blêmes, les regards sans vie. On aurait dit une armée de mannequins.

— C'est bien la première fois que je vois autant de rigides.

La voix de Mélissa résonna à travers le gymnase, faisant écho à la réflexion de Jessica.

— Dehors, vite ! lança Rex.

Il courut entre les gradins, bondissant par-dessus les corps inertes. Dess et Mélissa le suivirent vers la porte du parking.

Jessica jeta un coup d'œil à Jonathan, qui haussa les épaules.

— Autant aller examiner le ciel, dit-il.

— Oh, c'est vrai.

S'il était bien minuit, la lune sombre serait levée, baignant le monde de sa lumière froide et bleutée.

Mais il ne pouvait pas être minuit. C'était un lundi matin, ils étaient là pour soutenir l'équipe de football. On ne pouvait pas concevoir de moment plus éloigné du temps bleu.

— Viens, suggéra Jonathan en pliant les genoux.

Ils bondirent ensemble, couvrant en un seul saut la distance qui les séparait de la porte. Ils arrivèrent en même temps que Rex. Tous trois sortirent sur le parking et contemplèrent le ciel.

Derrière quelques nuages effilochés, la lune sombre brillait. Sa masse gigantesque occultait le ciel, à l'exception d'une mince ligne à l'horizon. Le soleil disparaissait derrière. Des étoiles scintillaient au bord, faiblement, écrasées par le poids de la lune.

Jessica éprouva soudain le besoin de sentir la terre ferme sous ses pieds. Elle dégagea sa main de celle de Jonathan et laissa la gravité normale s'abattre sur ses épaules. Étourdie par la lumière étrange de la lune, elle baissa les yeux sur l'asphalte.

Un éclat bleuté luisait sur sa surface craquelée.

Dess et Mélissa sortirent du gymnase au pas de course avant de s'arrêter, le nez en l'air.

— C'est impossible, murmura Rex.

— Ouais, fit Dess en examinant sa main bleue. Mais c'est quand même en train d'arriver.

Ils se turent un long moment. Jonathan ne cessait de faire de petits bonds nerveux au-dessus du sol.

Jessica consulta sa montre. Les chiffres digitaux clignotaient encore : neuf heures cinq. Comme au cours d'une vingt-cinquième heure normale, sa magie de porte-flambeau assurait le fonctionnement du mécanisme électronique.

Depuis combien de temps durait le phénomène ? Deux minutes ?

— La lune n'avance pas, annonça Rex.

— Pardon ? fit Dess.

Ses yeux braqués en l'air prenaient des reflets violets.

— Elle reste suspendue là, sans bouger.

— Comment peux-tu le savoir ? s'étonna Jessica, levant la tête vers l'énorme prunelle malveillante au-dessus d'eux.

La lune sombre traversait le ciel beaucoup plus vite que le soleil, puisque son ascension et sa descente se faisaient une heure, mais cela revenait quand même à suivre la marche de la grande aiguille sur une horloge.

— Elle n'est pas un peu lente pour qu'on voie ça à l'œil nu ? ajouta Jessica.

— Pour toi, peut-être. (Il sourit.) Mais n'oublie pas que je suis un voyant.

— Oh, c'est vrai.

Jessica jeta un coup d'œil à Jonathan, qui haussa les épaules. Ces temps-ci, ils avaient tendance à oublier que Rex était doué d'une vue spéciale et d'une connaissance profonde de l'ancien savoir. Depuis sa transformation dans le désert, il était... différent. Son regard était devenu tellement étrange qu'il faisait davantage penser à un drogué qu'à un voyant.

— Autrement dit, la lune ne s'est pas levée ? demanda Dess. Elle a simplement surgi de nulle part ?

— À moins qu'elle ne se soit levée très vite. (Rex regarda sa propre montre. Sur un poignet de midnighter, les mécanismes à ressort fonctionnaient dans le temps bleu.) Nous sommes sortis du gymnase en moins de trois minutes.

— Quelle importance que la lune se déplace ou non ? s'enquit Jessica d'une voix douce. La situation est complètement déréglée, de toute façon, non ?

— C'est la lune bleue qui fait l'heure secrète, pour ce que nous en savons, rétorqua Rex en fronçant les sourcils. Si elle ne bouge pas, comment savoir combien de temps va durer le phénomène ?

— Oh. (Jessica jeta un coup d'œil vers Jonathan, qui avait bondi sur le toit d'un bus scolaire afin de faire un tour d'horizon.) Dans ce cas, euh... peut-être que...

— J'ai pigé le problème, Rex, annonça Dess. Faisons un petit calcul : une vélocité de zéro multipliée par n'importe quelle durée égale un mouvement nul. Et si la lune était tout simplement figée là ?

— Figée ? répéta Jessica. Quoi, définitivement ?

— Je n'ai pas dit ça, se défendit Rex. Ce serait... dingue.

— Mais c'est dingue, Rex ! s'écria Dess. Il n'est pas minuit, sauf en Australie ou je ne sais où, et on est quand même dans le temps bleu !

— Oui, qu'est-ce qui se passe, Rex? voulut savoir Jonathan en se posant en douceur au milieu du groupe.

Rex leva les mains.

— Écoutez, il n'y a jamais rien eu de tel dans l'ancien savoir. (Sa voix restait calme.) Alors, inutile de vous adresser à moi.

Ils restèrent sans voix. La déclaration de Rex les avait tous abasourdis. Jessica en resta bouche bée. Après tout, c'était ce qu'ils faisaient chaque fois que les choses prenaient une tournure bizarre : ils attendaient l'explication de Rex.

Il les fixa longuement avec un regard supérieur, puis sourit, sachant qu'il avait toute leur attention.

— D'accord, tout le monde se calme. Laissez un peu d'espace mental à Mélissa. (Il se tourna vers la télépathe.) Peux-tu capter Madeleine ?

— Non, elle se cache. Mais je te parie qu'elle est aussi affolée que nous.

— Et les darklings ? Sont-ils réveillés ?

Mélissa demeura silencieuse, les yeux clos, la tête inclinée sur le côté. Elle se projetait mentalement à travers le désert.

Jessica regarda ses compagnons. Il y avait un moment qu'ils n'avaient plus été réunis tous les cinq. Probablement depuis cette nuit dans le désert, où les choses avaient si mal tourné : l'enlèvement de Rex, l'expulsion de Mélissa à travers le pare-brise de sa voiture, et Dess…

Dess semblait la plus affectée. Elle ne déjeunait plus qu'en compagnie de Jonathan ou de Jessica, ou seule ; jamais avec Rex et Mélissa. Elle n'avait pas pardonné à la télépathe d'avoir fouillé dans sa mémoire.

Jessica ne pouvait blâmer Dess. Pas plus qu'elle ne pouvait blâmer Rex de subir le contrecoup de sa transformation en créature hybride. Quant aux plaies sur le visage de Mélissa, on voyait encore leurs points de suture roses.

Mais ils semblaient tous oublier qu'Anathéa, la jeune voyante transformée en hybride plusieurs décennies plus tôt, était morte, cette nuit-là. Ce qui était bien pire que ce qui avait pu arriver à n'importe lequel d'entre eux.

Parfois, en voyant la manière dont se comportaient les autres midnighters, Jessica avait envie d'enfiler un tee-shirt affichant en grosses lettres : CESSEZ UN PEU DE PLEURNICHER.

— Oh, ils sont réveillés, aucun doute, fit lentement Mélissa. Je suis même surprise que vous ne puissiez pas les entendre.

— Les entendre ? (Rex lança un coup d'œil derrière lui en direction du désert.) Tu veux dire qu'ils viennent par ici ?

Jessica palpa sa poche à la recherche de Désinhibiteur, mais elle ne l'avait pas sur elle ; elle ne s'attendait pas à avoir besoin d'une lampe torche durant la journée. Elle n'avait qu'Acariciandote, le bracelet que lui avait offert Jonathan. Elle le toucha machinalement, manipula les treize amulettes qui pendouillaient à son poignet.

— Non, répondit Mélissa, ils ne bougent même pas. Mais ils sont tellement bruyants !

Elle fit la grimace, avec la même expression douloureuse que lorsqu'il y avait trop de monde à proximité.

— Bruyants ? s'inquiéta Rex. Comment ça, bruyants ?

— Oh, ils hurlent, ils crient. Bref, ils font un de ces raffuts.

— Comme s'ils avaient peur ?

— Non. Comme si c'était la fête.

La montre de Jessica indiquait neuf heures dix-sept, mais elle avait l'impression que le temps bleu durait depuis toujours. Les minutes s'éternisaient ; le temps lui-même n'était plus qu'une masse amorphe qui se traînait lamentablement.

Comment être sûre que sa montre fonctionnait encore ? Elle aurait juré qu'ils se trouvaient sur ce parking depuis des heures.

— Descends de là ! cria Rex encore une fois.

Jessica leva la tête et soupira. Jonathan était remonté sur le toit du lycée.

— Je croyais que tu disais que ça pouvait durer indéfiniment ! cria-t-il d'en haut.

— Oui, et ça peut aussi s'arrêter d'un moment à l'autre !

— Mais non, Rex, minuit survient toujours par tranches d'une heure, tu le sais bien.

Jonathan rit et décrivit une longue courbe jusqu'au sommet du gymnase. De là-haut, il inspecta l'horizon comme s'il s'attendait à y trouver un indice quelconque.

En voyant à quelle hauteur il se tenait, Jessica tressaillit. Elle savait cependant qu'il ne servait à rien de lui crier dessus. Il volait toujours jusqu'à la dernière seconde de minuit, pour savourer son apesanteur jusqu'au bout. Il n'avait pas mis longtemps à se persuader que ce temps bleu inopiné durerait une heure entière. Pour Jonathan, il ne s'agissait pas d'un mystère terrifiant à résoudre, mais plutôt d'un rab de dessert, d'une récréation supplémentaire, d'un répit inespéré venu éclairer son lundi matin.

Jessica avait envie de lui hurler d'arrêter de faire l'idiot, mais, si elle prenait le parti de Rex devant tout le monde,

Jonathan resterait probablement perché là-haut jusqu'à la fin du monde.

À moins, bien sûr, que la fin du monde ne soit déjà là.

— Descends, Jonathan ! intervint Mélissa. Il n'y a rien à voir, et tu risques de te blesser.

Jonathan fronça les sourcils mais, un instant plus tard, il se laissa tomber du bord du toit et redescendit vers le sol.

Jessica jeta un regard de travers à Mélissa. La télépathe avait paru inquiète, et Jonathan l'avait écoutée. Ce lundi matin était décidément bien bizarre.

Au moins Jonathan avait-il regagné la terre ferme. Elle traversa le parking pour l'empoigner par le revers de son blouson.

— Désolé, dit-il en voyant son expression. Mais ça me paraît une telle perte de temps, de rester là sans rien faire...

— Tu aurais pu te tuer !

— Mais imagine que le phénomène se prolonge un long moment ? Ou même à tout jamais ?

Elle eut beau lui prendre la main, la sensation de légèreté qui l'envahit ne la rendit pas de meilleure humeur. Ce ne serait vraiment pas drôle si la fin du monde avait lieu un lundi, en particulier ce lundi-ci, le jour où ses parents devaient théoriquement lever sa punition.

Théoriquement, bien sûr. Il y avait eu une vive discussion à ce sujet le matin même. Jessica avait en effet été punie à compter de la nuit où elle s'était fait raccompagner à la maison par la police. Ce mois de punition se terminait-il ce soir, ou bien demain ? Elle avait fini par renoncer à batailler, se disant que mardı arriverait vite, de toute façon.

Sauf que, vu ce qui se passait, il n'arriverait peut-être jamais.

En regardant la lune sombre, on pouvait facilement penser que le temps s'était arrêté, que les darklings avaient décrété que Jessica Day serait punie à tout jamais. Que c'était son châtiment pour être née porte-flambeau.

— Hé, regardez ! C'est Sanchez ! s'écria soudain Dess.

Elle pointait du doigt un rigide près de l'entrée du gymnase. Figé le long du mur, M. Sanchez se tenait hors de vue de quiconque franchissait la porte. Un nuage de fumée immobile s'échappait de ses lèvres.

Jonathan s'écarta de Jessica et bondit à travers le parking.

— Oh, ça alors ! Il s'en grille une en cachette ! Je ne savais même pas qu'il fumait !

— Eh bien, eh bien, monsieur Sanchez, dit Dess. Vos vilains petits secrets sont enfin dévoilés.

Elle s'avança et dispersa la fumée en riant. Libérée à son contact, celle-ci s'éleva lentement dans l'air.

— Éloignez-vous de lui, tous les deux ! cria Rex. Ne restez pas là sous son nez. Et si le temps repartait ?

Jonathan s'écarta, mais Dess, le regard pétillant, resta plantée devant Sanchez. Rex soupira.

Jessica frissonna nerveusement en regardant le prof. Si le temps repartait sans crier gare, il y avait un gros risque qu'on les surprenne dehors. Alors, à l'instar des saisons, le cycle des punitions recommencerait...

— On ferait peut-être mieux d'attendre à l'intérieur? suggéra-t-elle à voix basse.

— Est-ce que vous étiez en train de parler à quelqu'un, là-dedans? demanda Rex. Ou devant quelqu'un qui pourrait remarquer votre disparition soudaine?

— Non, admit Jessica. Nous étions assis au dernier rang, comme vous.

— Alors, où est le problème?

— Eh bien, tu sais... répondit Jessica. Au cas où le temps repartirait et tout ça, il ne s'agirait pas qu'on se fasse coller...

Rex la dévisagea comme si elle était folle.

— Le temps se fige en plein jour pour la première fois, et tu t'inquiètes à l'idée de sécher?

— Oh, eh bien...

— Hé, peut-être qu'il s'agit d'une sorte d'éclipse! lança Dess à travers le parking.

— Comment ça? demanda Jonathan.

Dess développa son idée en continuant à dévisager M. Sanchez, comme si elle puisait son inspiration dans l'expression inquiète de l'enseignant.

— Vous savez, une éclipse, ça ressemble à une brève période de nuit qui se déroule en plein jour. Sauf que ce n'est pas vraiment la nuit, seulement la lune qui masque le soleil.

— Il y a longtemps, ajouta Rex, les gens étaient terrorisés par le phénomène. Ils croyaient qu'il s'agissait de la fin du monde.

— Exactement, reprit Dess. Alors qu'en réalité ce n'est pas grand-chose, juste un événement totalement aléatoire – l'alignement de deux corps célestes. Et ça ne dure jamais très longtemps. (Dess retraversa le parking, suivie de Jonathan, qui rebondissait dans les airs.) Le truc, c'est de ne pas en faire une crise cardiaque.

— On ne risque pas de devenir aveugle, en cas d'éclipse ? s'alarma Jonathan.

— Si, c'est vrai. (Dess jeta un coup d'œil vers la lune sombre.) Quand on est assez bête pour fixer le soleil à l'œil nu.

Rex réfléchit une seconde, puis demanda :

— D'accord, mais on peut prévoir une éclipse des années à l'avance, non ?

— Des siècles, Rex, corrigea Dess en levant les yeux au ciel, comme si elle maîtrisait parfaitement le sujet. (Ce qui était probablement le cas, réalisa Jessica.) Des milliers d'années à l'avance, même. Il suffit de faire des calculs, et on peut les prédire à la minute près.

— Alors pourquoi celle-ci n'a-t-elle jamais été prévue ? Car, je vous le répète, aucun phénomène de ce genre n'est mentionné dans l'ancien savoir.

— L'ancien savoir n'est pas parfait, Rex, intervint Jonathan en rebondissant à un mètre en l'air. On n'y trouve pas forcément tout. Ce qui arrive aujourd'hui en est la preuve, non ?

Jessica guetta la réaction de Rex. Pour celui-ci, ces paroles équivalaient à une déclaration de guerre. Comme s'ils avaient besoin d'une dispute dans un moment pareil.

Mais Rex se contenta de hocher la tête en se grattant le menton.

— Oui, tu as peut-être raison. Peut-être qu'il s'agit simplement d'une éclipse ou d'un truc comme ça. Totalement aléatoire.

Il leva ses yeux, où scintillaient des reflets violets, vers le ciel.

Jessica risqua un rapide coup d'œil vers la lune sombre, qui lui donnait la même migraine que d'habitude. L'astre ne semblait pas avoir bougé d'un pouce, d'un degré ou de Dieu sait quoi. Dans une éclipse, la lune n'était-elle pas censée continuer sa course à travers le ciel ?

— En tout cas, les darklings devaient être au courant, observa Mélissa. Ou au moins se douter de quelque chose. À les entendre beugler, on se croirait à la fête nationale darkling.

— Ils avaient sans doute prévu la chose, eux, lâcha Dess.

Jonathan décolla en douceur à près de trois mètres de haut pour regarder en direction du désert.

— Hé, Rex, tu crois qu'ils pourraient être à l'origine du phénomène ?

— Les darklings ? Va savoir.

— Mais ça s'est produit en plein jour, Rex, protesta Jessica. Comment les darklings auraient-ils pu faire quoi que ce soit ? Je croyais qu'ils étaient figés pendant le temps normal ?

Rex acquiesça lentement.

— Figés, oui. Et enterrés au fond du désert afin d'échapper au soleil. Malgré tout... qui sait ?

Il haussa les épaules.

Jessica soupira. Elle ne savait pas ce qui l'effrayait le plus, l'interruption totale du temps ou les lacunes de Rex.

Son changement était difficile à définir. D'un côté, il avait l'air d'avoir beaucoup plus d'assurance, de force, comme s'il n'avait plus peur du monde diurne. De l'autre, il semblait parfois déconnecté de la réalité, comme si la Terre était une planète nouvelle pour lui et chaque voiture qui passait, un objet de stupéfaction.

L'ancien Rex lui manquait parfois. Au moins pouvait-on compter sur lui pour tout savoir en permanence.

Et s'ils étaient coincés là ? Si c'était vraiment la fin du temps normal, pour eux cinq, en tout cas ? Qu'étaient-ils censés faire ? Passer le reste de leur vie à récupérer de la nourriture en conserve, en étant poursuivis sans relâche par les darklings ?

L'heure secrète constituait un moment magique, mais elle pouvait aussi devenir un piège. Jessica en avait fait l'expérience depuis son arrivée à Bixby. S'ils étaient vraiment coincés là, elle ne reverrait plus jamais ses parents ou sa sœur autrement que comme des statues de cire – des rigides. Elle ne parlerait plus qu'aux quatre autres midnighters, ne sentirait plus le soleil sur son visage.

Et elle n'aurait jamais l'occasion de…

— Oh, mais arrête, Jessica ! s'écria Mélissa. Tu me fatigues ! En plus, j'ai l'impression qu'un truc se prépare.

Jessica sentit ses joues s'empourprer.

— Tu lisais dans mes pensées ?

Mélissa soupira.

— Si tu crois que j'ai le choix. Calme-toi une seconde. Les darklings sont en train de… (Elle ferma les yeux. Son expression passa de la concentration à l'étonnement, puis à l'inquiétude.) L'homme volant ! Descends ! cria-t-elle.

Jessica fit volte-face et aperçut Jonathan qui flottait à près de trois mètres au-dessus du sol. Il n'avait cessé de rebondir sur place avec une énergie nerveuse, considérant toujours ce temps bleu supplémentaire comme une invitation à voler tout son soûl.

Il agita les bras en vain et continua à s'élever lentement, incapable de modifier sa trajectoire. Une chute de cette hauteur ne serait pas mortelle, mais l'asphalte du parking était suffisamment dur pour qu'il se torde la cheville ou se casse une jambe.

Au-dessus de lui, la lune sombre avait repris sa rotation, beaucoup plus vite qu'une grande aiguille. Le soleil en émergea, pareil à un œil froid et sans vie au milieu des ténèbres.

En courant vers Jonathan, Jessica s'efforça de se rappeler ses leçons de vol et ses cours de physique. À minuit, le contact de Jonathan annulait presque tout le poids des objets, mais le reste des lois du mouvement continuait de s'appliquer. Si elle pouvait lui lancer quelque chose de lourd et s'il l'attrapait dans sa descente, son élan le ramènerait rapidement vers le sol.

Mais Jessica avait laissé son sac à dos dans le gymnase, et n'avait rien de plus lourd que de la petite monnaie dans ses poches.

Il ne lui restait que le poids de son propre corps.

Elle courut, bondit sur le capot de la voiture la plus proche puis s'élança vers les pieds de Jonathan, ses doigts se refermant sur sa cheville.

Elle s'attendait à être gagnée par une sensation de légèreté, à ce que la gravité particulière de Jonathan lui épargne une chute trop rude. Pourtant, Jessica se sentait toujours aussi lourde. Elle retombait comme une pierre vers l'asphalte.

Elle s'aperçut alors qu'elle ne serrait pas Jonathan lui-même, mais seulement la jambe de son jean. À quelques secondes de toucher le sol, elle n'avait plus le temps d'attraper sa main nue, de partager son apesanteur d'acrobate. Elle le faisait redescendre trop vite.

Jessica lâcha prise… et le sol se rua vers elle.

Le temps bleu prit fin à l'instant de son atterrissage, sous un soleil redevenu aveuglant. Elle trébucha sur l'asphalte brûlant ; sa cheville se déroba sous elle et l'envoya se cogner l'épaule contre la portière d'une voiture. Le choc lui coupa le souffle.

Jessica roula sur le dos, saisit sa cheville à deux mains

et se demanda d'où sortait ce mugissement insupportable qui lui déchirait les tympans.

Jonathan vint s'agenouiller près d'elle.

— Ça va ? lui cria-t-il par-dessus le vacarme.

— Aïe. Je ne sais pas. Qu'est-ce que… (Elle s'interrompit quand elle réalisa que le mugissement provenait de la voiture à côté d'elle. En la heurtant à la fin du temps bleu, elle avait déclenché son alarme antivol.) C'est moi qui ai fait ça ?

— Ne t'en fais pas. Merci de m'avoir sauvé, au fait. (Jonathan se redressa un peu pour jeter un coup d'œil par-dessus le capot de la voiture.) Dess est en grande conversation avec Sanchez. Il a l'air plutôt embarrassé. Je crois qu'elle lui inflige un sermon sur les méfaits de la cigarette. (Il se baissa prestement.) Il regarde dans notre direction, par contre. Il doit se demander ce qui a déclenché l'alarme. Reste par terre.

Jessica toucha sa cheville meurtrie en grimaçant.

— Pas de problème. Et toi, ça va ?

Il hocha la tête.

— Tu m'as tiré juste ce qu'il fallait ; ton minutage était parfait. Je n'ai subi que quelques centimètres d'accélération en gravité normale. En plus, je tombais droit, si bien que je n'ai pas trébuché comme toi. (Il sourit.) Et puis, j'ai quelques années d'expérience en matière d'atterrissage.

— Oh. (Elle soupira.) J'imagine que ce n'était pas très malin de vouloir te sauver…

Il lui prit la main.

— Au contraire, Jess. Je me serais trouvé à trois bons mètres du sol si tu ne m'avais pas attrapé. C'est une sacrée chute sur du bitume, tu peux me croire. (Il se pencha, l'embrassa puis s'écarta avec un sourire.) Tu as réagi comme il fallait. Et tu as fait un excellent usage des lois du mouvement.

— Tu crois ?

— Mais oui. Je te l'ai dit, merci de m'avoir sauvé.

— En me foulant la cheville au passage. Tu parles d'une héroïne !

— Ç'aurait pu être beaucoup plus grave. (Il se redressa de nouveau pour regarder par-dessus la voiture.) Ils sont en train de regagner discrètement le gymnase, M. Sanchez comme les autres. On dirait que tout s'arrange.

— Et cette saleté d'alarme ? Quelqu'un va bien finir par rappliquer, non ?

— Ça m'étonnerait qu'on l'entende de l'intérieur, avec le bruit qu'ils font là-dedans. Tu peux marcher ?

Jessica tenta de prendre appui sur sa cheville.

— Aïe !

— D'accord, attendons ici encore un moment. Ils ne vont pas tarder à sortir du gymnase, de toute façon. On se mêlera aux autres, on récupérera nos affaires et on filera en physique.

— O.K., super. (Elle grimaça.) Sauf que j'ai l'impression d'avoir déjà pris ma leçon de physique, aujourd'hui.

— C'est sûr, dit Jonathan. (Il s'agenouilla et entreprit de lui masser la cheville avec douceur. Au début, ce contact la fit tressaillir, mais ensuite ses muscles douloureux commencèrent à se relâcher.) Je crois que j'ai pris la mienne, moi aussi.

— Comment ça ?

Il soupira.

— Eh bien, disons que ce n'était pas très malin de voler partout alors qu'on ne savait même pas ce qui se passait. (Jonathan leva les yeux vers le toit du gymnase.) J'aurais pu tomber de haut.

Jessica lui caressa la main du bout des doigts.

— Je m'en serais voulu.

— La prochaine fois, j'écouterai les conseils de Rex, promis.

Elle sourit, ébahie d'entendre les mots « écouter les conseils » et « Rex » sortir de la bouche de Jonathan dans une même phrase. Puis, elle se repassa la première partie de ce qu'il venait de dire et fronça les sourcils.

— Attends une minute. La prochaine fois ?

Jonathan la dévisagea sans comprendre, puis se remit à lui masser la cheville en éclatant de rire.

— Tu crois vraiment que toute cette histoire n'était qu'une éclipse, ou je ne sais quoi ? Un truc qui ne voulait rien dire, et qui ne se reproduira plus jamais ?

— Oui, pourquoi pas ? (Elle s'éclaircit la gorge.) Comme l'a dit Dess, tu sais ? Un événement isolé, totalement aléatoire...

Il glousssa.

— Quoi ?

Il interrompit son massage et lui adressa un sourire forcé.

— D'accord, c'est peut-être un événement isolé. Comme tous les autres événements isolés qui se sont produits depuis ton arrivée à Bixby. (Il entreprit de compter sur ses doigts.) Les darklings qui deviennent fous et s'attaquent à toi, l'enlèvement de Rex par les gars de Broken Arrow, la réapparition de Madeleine qui se cachait depuis cinquante ans… Difficile de faire plus aléatoire, en effet.

L'alarme de voiture finit par s'éteindre après un double bip caractéristique.

— Génial, marmonna Jessica dans le silence brusquement assourdissant. Le porte-flambeau est de retour.

4 — 14 h 59

LA MAJORETTE

— Ne t'en fais pas, je t'emmènerai chez Madeleine à minuit.

— C'est ça, rétorqua Jessica. Alors que vous aurez discuté de tous les points importants cet après-midi.

Dess et Jonathan soupirèrent en détournant la tête. Ses geignements commençaient manifestement à les fatiguer.

Jessica se massa la cheville. Son état s'était amélioré tout au long de la journée, mais elle avait toujours mal. Tous trois étaient assis sur les marches à l'entrée du lycée. Le flot des élèves se déversait autour d'eux avant de rejoindre la rangée de bus scolaires qui attendaient. La pelouse était jalonnée de petits groupes en train de se dire au revoir ou de négocier pour se faire raccompagner à la maison. Le son d'un tuba qui s'échauffait pour la répétition de la fanfare leur parvint du terrain de football.

Jessica, bien entendu, attendait que son père vienne la chercher pour sa dernière soirée de punition.

— Tu ne manqueras rien, Jess, lui assura Dess. Madeleine n'en sait probablement pas plus que nous à propos de ce matin. Je doute que ce soit une histoire de télépathes.

— Elle est quand même super vieille, elle connaît des tas de trucs, dit Jessica.

— Oui, mais en admettant qu'une chose pareille se soit déjà produite, ça ne doit pas remonter à cinquante ans. Plutôt à cinq mille, pour que Rex n'ait jamais rien lu là-dessus. (Dess hocha la tête en se frottant les mains.) À mon avis, c'est un travail pour une polymathe.

— Je croyais qu'elle avait accès à toutes sortes de souvenirs ? insista Jessica. Des histoires d'autrefois, que les télépathes se transmettent de génération en génération ?

Dess frémit, et Jessica se maudit d'avoir fait allusion aux télépathes et à la mémoire. Madeleine avait déjà manipulé la cervelle de Dess pour tâcher de dissimuler son existence aux darklings.

Après un silence gêné, Dess répondit :

— Un événement aussi important figurerait forcément dans l'ancien savoir. Ils ne s'en seraient pas remis qu'à la mémoire, tu ne crois pas ? (Elle haussa les épaules.) Mais peut-être a-t-elle dérobé quelques renseignements aux darklings, ce matin. J'ai hâte de lui demander si ce temps avait une drôle de forme.

— Une drôle de forme ?

Le regard de Dess s'éclaira.

— Oui, s'il s'étendait jusqu'aux limites du comté de Bixby, par exemple. Ou s'il était plus petit qu'un minuit ordinaire. S'il était… concentré sur certains points particuliers.

— Pourquoi serait-ce le cas ?

— Parce que c'est ainsi que fonctionne le temps bleu : il possède une forme, expliqua Dess.

Une fois de plus, Jessica s'efforça de comprendre. Ces derniers temps, Dess parlait de l'heure secrète comme s'il s'agissait d'un endroit plus que d'un moment. Elle consultait ses cartes sans arrêt. En ce moment même, elle manipulait son gadget électronique qui lui crachait des coordonnées.

Jessica avait du mal à concevoir que le temps bleu soit limité dans l'espace, qu'il puisse s'interrompre brusquement, comme à la lisière du monde que se figuraient les anciens avant de découvrir la rotondité de la Terre.

— Dis-moi, Dess, fit Jessica. Que se passerait-il si je me rendais à la limite de Bixby pendant minuit et que je faisais un pas de plus en dehors ?

— Franchir la frontière de minuit, tu veux dire ? Tu ne pourrais pas… Le temps est figé hors des limites. Donc, minuit prendrait fin pour toi à l'instant même où tu ferais ce pas. Et si un autre midnighter te regardait faire, il te verrait figée jusqu'à la fin de l'heure, hors de sa portée.

Jessica sentit la tête lui tourner.

— Donc, minuit serait une sorte de bulle autour de nous ?

— Eh bien… plutôt une sphère irrégulière et toute cabossée, mais oui, c'est ça.

— Imaginons que tu sois en plein sur la frontière au

douzième coup de minuit. Est-ce qu'une moitié de toi continuerait à bouger, pendant que l'autre resterait figée ?

— Et tu te déchirerais en deux, continua Jonathan. Comme ces types dans les films de samouraïs ?

— Euh… je n'en ai aucune idée. (Dess rit.) Tu devrais essayer et me raconter ensuite !

— Les voilà, annonça Jonathan.

Rex et Mélissa s'approchaient tranquillement au milieu du flot des élèves, les doigts entremêlés, l'expression sereine. La foule ne semblait plus avoir le moindre effet sur Mélissa, désormais. Elle ignora les regards appuyés que lui valait son visage couvert de cicatrices, glissant entre les lycéens avec l'aisance d'une star de cinéma sur le tapis rouge.

Dess soupira.

— Je sais ce qui te rend aussi grognon, Jess. Tu vas rater un après-midi à boire du thé amer en compagnie de deux télépathes. (Elle se leva dans un froissement de jupe.) À plus tard !

— Oui, je t'assure, renchérit Jonathan. Tu as de la chance de ne pas y aller.

Il pressa la main de Jessica et se leva à son tour.

— Eh oui, je suis une petite veinarde, conclut Jessica. Si seulement je pouvais me retrouver punie toute l'année.

Elle regarda ses quatre amis s'éloigner en se mordillant la lèvre et en maudissant ses parents. Ne comprenaient-ils pas qu'elle avait mieux à faire que de rester enfermée à la maison, ces jours-ci ?

Pour la toute première fois, son père avait du retard.

Il était passé prendre Jessica chaque jour de sa punition, persuadé que si elle rentrait par le bus scolaire, elle referait des bêtises. Mais la voiture de Don Day n'était visible nulle part dans l'embouteillage de parents venus chercher leur progéniture.

Peut-être que leur débat sur la durée exacte de sa punition lui avait brouillé les idées et qu'il ne se rappelait plus si celle-ci prenait fin aujourd'hui ou non.

Lors de leur discussion ce matin, Jessica s'était inspirée du loup-garou : un mois comportait vingt-huit jours, ce qui signifiait que sa punition aurait dû s'arrêter la veille. Mais ses parents, cruellement, avaient opté pour le mois traditionnel. Et, comme son père le lui avait répété, septembre – comme avril, juin et novembre – comportait trente jours.

Naturellement, le fait que sa punition dure jusqu'à ce soir était injuste. Jessica avait été raccompagnée chez ses parents – ce qui n'était pas la même chose qu'une arrestation – un samedi soir. La punition devait prendre fin un lundi soir, c'était l'évidence même. Mais ses parents avaient rétorqué qu'elle était rentrée un dimanche matin, que sa punition n'avait donc commencé que le dimanche soir, ce qui voulait dire qu'elle n'aurait pas purgé la totalité de sa peine avant mardi.

Jessica avait insisté, insisté, jusqu'à ce que son père, exaspéré, fasse observer que certains mois comptaient trente et un jours et qu'il pourrait très bien prolonger la punition jusqu'à mercredi. Même sa mère avait levé les yeux au ciel devant cet argument, mais Jessica avait fini par s'avouer vaincue.

Elle regarda sa montre, qu'elle avait remise à l'heure normale de Bixby – elle avait gagné vingt minutes au cours de l'éclipse. Son bus ne tarderait pas à partir. Si elle montait à bord et si son père arrivait juste après, il serait furieux et la punirait de nouveau. D'un autre côté, il s'agissait peut-être d'une ruse pour l'obliger à rater son bus et à rentrer à pied. Dans ce cas, elle se ferait punir pour être rentrée à la maison aussi tard.

À moins qu'elle n'ait oublié un détail. Jessica chercha à se rappeler s'il y avait eu un changement de plan. Depuis l'incroyable événement de ce matin, elle avait les idées confuses. Elle s'était attendue toute la journée à voir le temps bleu s'abattre et tout pétrifier autour d'elle. Pendant le déjeuner, le moindre moment de calme la faisait sursauter, comme si elle redoutait de voir disparaître le monde du mouvement, du soleil et des gens ordinaires.

Elle repéra enfin la voiture familiale et aperçut Beth, assise à l'avant. Soudain, Jessica se rappela pourquoi son père avait du retard. Beth lui avait demandé de passer la prendre à son école, de l'autre côté de la ville, afin de lui éviter l'humiliation de rentrer à pied dans son bel uniforme flambant neuf.

— Oh, c'est vrai, fit Jessica en souriant.

Sa petite sœur faisait de nouveau partie des majorettes.

Jessica se faufila entre les voitures, ouvrit la portière et se glissa sur la banquette arrière.

Beth se tourna vers elle.

— Pas un mot !

Jessica lui adressa un sourire.

— J'allais simplement faire remarquer que tu étais à croquer, dans cette tenue or et violet.

— Papa ! Elle se moque de moi ! (Elle se retourna vers leur père.) Tu avais dit qu'elle ne devait pas se moquer !

— Jess…

— J'ai dit « à croquer ». Ça n'a rien de méchant. Papa, explique à Beth qu'au Bangladesh des tas d'enfants pauvres seraient ravis de porter un si joli costume.

— Arrête ça tout de suite, Jess ! s'écria Beth.

— Les filles… gronda Don Day d'un ton qui se voulait sévère, tout en manœuvrant au milieu des autres véhicules.

— Tu n'as qu'à la punir encore une fois, ça lui apprendra ! cria Beth.

— Beth ! Ce n'est vraiment pas cool.

— Taisez-vous un peu, toutes les deux ! implora leur père.

Il s'efforça de foudroyer Jessica du regard tout en s'engageant à reculons dans la rue, puis enclencha la marche avant, toisa Beth un bref instant et accéléra.

Jessica s'enfonça dans la banquette, nullement intimidée.

— De toute façon, je ne suis plus punie en ce moment.

— Si, tu l'es, rétorqua Beth.

— D'accord, je le suis. (Jessica attendit un instant,

puis abattit sa carte maîtresse.) Dis, papa, tu te rappelles que j'ai droit à une soirée de libre par semaine ? Est-ce que je pourrais la prendre ce soir ?

Elle attendit la réponse, le sourire aux lèvres. Ses parents lui avaient accordé cette faveur quelques jours après que la police l'eut raccompagnée chez elle. Un jour par semaine – un engagement solennel. Jessica avait trouvé un peu curieux de voir sa mère revenir ainsi sur une punition, surtout depuis qu'elle savait que Rex et Mélissa pouvaient influencer l'esprit des gens.

Mais elle était résolue à en tirer le meilleur parti.

— C'est lamentable, protesta Beth. Papa, dis-lui que c'est lamentable.

— C'est plutôt lamentable, Jess.

— Mais tu avais dit un jour par semaine !

— Oui, et tu en as eu quatre. Un mois de punition correspond bien à quatre semaines.

Jessica resta bouche bée devant ce revirement soudain.

— Tu avais dit que septembre avait trente...

— Ça suffit, Jessica ! (La voix de Don Day avait pris une tonalité menaçante.) Sinon, septembre aura soixante, jours cette année !

Jessica n'insista pas. Pour une fois, il avait l'air sérieux.

Beth se retourna pour lancer un regard inquiet à sa sœur. L'explosion de leur père suspendait temporairement les hostilités. Depuis leur installation à Bixby, ce dernier était au chômage, situation qui lui avait d'abord valu d'être sans horaires, puis sans chemise et, enfin, sans amour-propre. Il y avait un moment que ses deux filles ne l'avaient plus entendu élever la voix.

En fait, réalisa Jessica, cela faisait trente jours exactement. Il avait vociféré pas mal quand elle avait enfreint le couvre-feu en compagnie de Jonathan et que la police l'avait ramenée à la maison. Peut-être que la fin prochaine de sa punition le rendait nerveux, peut-être que l'idée qu'elle soit de nouveau libre d'arpenter les rues de Bixby entre quinze heures et vingt-deux heures lui était insupportable. Contrairement à leur mère, il ne pouvait pas focaliser toute son attention sur son travail.

Mieux valait changer de sujet.

— Alors, Beth, comment s'est déroulée ta répétition? s'enquit-elle.

— C'était nul.

— Tu aimais ça, avant.

Beth lui tourna le dos et ne répondit pas.

Jessica fronça les sourcils, regrettant de s'être moquée de l'uniforme de Beth. C'était une vieille habitude, qui remontait à l'époque où Beth avait encore le sens de l'humour.

Deux ans plus tôt, à Chicago, Beth avait été une formidable majorette. Elle ne ratait jamais un triple tour et pouvait effectuer cent rotations de baguette à la minute. Mais, vers onze ans et demi, elle avait décrété les majorettes ringardes et renoncé aux parades en costume. Depuis leur arrivée à Bixby, elle n'avait même pas déballé ses trophées.

Jessica s'était rendu compte que les petites majorettes en argent juchées sur leur piédestal de marbre lui manquaient, comme lui manquait sa petite sœur joyeuse et insouciante d'autrefois.

Apparemment, le fait de n'avoir aucune amie à Bixby avait amené Beth à réviser son jugement sur les majorettes. Peut-être qu'il était bien vu de faire partie du cortège, au collège de Bixby. À moins qu'elle ne sache tout simplement pas quoi faire d'autre.

Jessica éprouvait une sensation très étrange à revoir ainsi sa petite sœur en uniforme de parade, comme si le temps s'était totalement déréglé, ce matin-là, et l'avait ramenée deux ans en arrière.

— Tu voudras t'entraîner avec moi, tout à l'heure ? proposa Jessica. J'ai quand même le droit de sortir dans le jardin, non ?

— Mais oui, dit son père.

— Bien sûr, Jess, ce serait génial. (Beth se retourna de nouveau sur son siège.) C'est tellement utile d'avoir une assistante quand on s'entraîne à faire tournoyer une baguette…

— Ça va, c'est bon. Je voulais juste être sympa avec toi.

— Et mûre. C'est important pour une grande sœur.

— Ça va, je t'ai dit !

Beth continua à la fixer du regard. Le galon doré de son col scintillait au soleil.

— Quoi ? finit par lui demander Jessica.

— Pourquoi crois-tu que j'ai demandé à papa de passer me prendre, aujourd'hui ?

Jessica soupira.

— À cause de ton joli costume ?

— Mais non, débile. J'aurais pu me changer à l'école. (Elle baissa la voix.) J'ai fait ça à cause de toi.

Jessica jeta un regard perplexe vers la nuque de son père. S'agissait-il d'une allusion à Jonathan ? Depuis qu'elle lui avait présenté son petit ami, Jessica avait l'impression que Beth la couvrait, de ce côté-là. En tout cas, elle n'avait rien cafté à leurs parents quand Jessica avait des visites tardives ou s'éclipsait parfois de la maison, à la nuit tombée.

— Comment ça ?

— Juste pour que tu saches.

— Que je sache quoi ?

— Que, même si tu n'es plus punie, je continuerai à t'avoir à l'œil.

Jessica soupira de plus belle.

— Beth, arrête d'être bizarre. Papa, dis-lui de ne plus être aussi bizarre.

Don Day demeura silencieux un moment. Il finit par déclarer :

— Oh, je la comprends, en un sens. Moi aussi, je vais garder un œil sur toi.

5

15 h 27

JUSQU'À LA LIE

— Du lait, pas de sucre, c'est ça ?

— Oui, s'il vous plaît.

Dess sourit poliment, mais le goût amer du thé de Madeleine s'infiltrait déjà dans son imagination. Elle sentait sur sa langue la saveur âcre de la trahison.

Cet endroit aurait dû normalement être son domaine. C'était elle qui avait déniché Madeleine, après tout. Elle avait passé de nombreuses nuits à décoder les rêves étranges que la vieille télépathe lui envoyait, et avait effectué tous les calculs.

Mais, en fin de compte, elle avait fait le jeu de Mélissa et de Rex. Lesquels pouvaient maintenant se prélasser à leur aise dans la contorsion crépusculaire de Madeleine, son petit repaire personnel. Rex avait enfin accès à tout l'ancien savoir dont il pouvait rêver. Des années de lecture : cette maison renfermait l'intégralité des documents sauvés par les midnighters de la dernière génération, quand ils avaient été contraints de se cacher.

Quant à Mélissa… elle avait décroché le gros lot.

Dess remarqua que, en prenant sa tasse et sa soucoupe des mains de Madeleine, Mélissa effleura brièvement ses doigts. Puis les deux télépathes sourirent, comme à une plaisanterie partagée en silence.

Cette vision lui donna la chair de poule. Madeleine et Mélissa communiquaient presque exclusivement par télépathie, sans échanger plus de quelques mots. Dess se demanda ce qu'elles étaient en train de se raconter en ce moment.

De l'autre côté de la grande table du salon, Rex les observait lui aussi. À part lui, Madeleine était la seule personne à pouvoir toucher Mélissa – les candidats, il est vrai, n'étaient pas nombreux –, mais il ne semblait pas jaloux de ces petits moments d'intimité. C'étaient plutôt les séances où les deux télépathes restaient assises face à face pendant des heures, les yeux clos et les doigts entrelacés, qui lui hérissaient le poil.

Bien sûr, Mélissa devait rattraper le temps perdu. Ayant grandi dans la solitude, elle n'avait pas pu apprendre les vieux tours que la génération précédente aurait dû lui enseigner. Elle avait trouvé dans l'esprit de Madeleine un véritable trésor – des milliers d'années de souvenirs, de techniques et de ragots accumulés depuis que les premiers télépathes avaient appris à se transmettre le savoir ancestral.

Le processus intriguait Dess. Si chaque génération de télépathes passait l'intégralité de ses souvenirs à la suivante, qui la transmettait à son tour et ainsi de suite, cette masse de connaissances ne risquait-elle pas de devenir trop lourde ? D'être de moins en moins stable, comme dans les jeux de construction. Quand on empile les blocs de plus en plus haut jusqu'à ce que tout s'écroule avec fracas ?

Peut-être que les souvenirs devenaient plus flous à mesure qu'on remontait dans le temps, qu'ils n'étaient plus qu'une masse indistincte de notions et d'impressions, pareils aux symboles dont se servaient les météorologues sur leurs cartes. Dess voyait d'ici un gros « A » au-dessus de la maison de Madeleine, signalant un anticyclone d'aigreur.

— Arrête de faire tinter la porcelaine, Jonathan !

Qu'est-ce que je disais... songea Dess en voyant Jonathan lever les yeux au ciel. Il continua à tourner sa cuillère dans son thé, avec un petit geste sarcastique que Madeleine ne parut pas remarquer.

Au moins n'avaient-ils pas besoin de surveiller leurs pensées, ici. La maison de Madeleine était bâtie sur une gigantesque contorsion crépusculaire, un froissement du temps bleu qui rendait impossible le pillage mental sans contact physique. C'était comme habiter à proximité de lignes à haute tension, qui brouillent la réception des ondes télé.

Cette contorsion constituait la seule et unique protection de Madeleine, depuis cinq décennies. Cachée parmi ses bibelots, ses livres, tous les vestiges de l'époque où les midnighters dirigeaient Bixby au lieu de se terrer comme des rats, elle échappait à la perception des darklings.

Dess contempla le bric-à-brac qui s'entassait dans la pièce, calculant machinalement les proportions mathématiques cachées dans le fer rouillé, toutes les occurrences de treize et de trente-neuf qui avaient protégé jadis les plus éminents citoyens de la ville. Certains objets, gravés de vieux décatrigrammes, comme Accéléromètre ou Paterfamilias, ne manquaient pas d'intérêt. Il fallait bien l'admettre : Rex et Mélissa n'étaient pas les seuls qui aient trouvé matière à s'amuser dans cette maison.

Tout de même, elle trouvait injuste que ces deux-là aient retiré quelque chose de sa découverte. Surtout qu'ils avaient abandonné tout le travail ingrat de la protection de Madeleine à Dess, Jessica et Jonathan. Lesquels avaient dû consacrer plusieurs heures à regrouper les dispositifs anti-darklings les moins rouillés. Puis Dess avait dû attribuer à chaque élément un nouveau nom de treize lettres et les fixer à travers toute la maison, en dernière ligne de défense au cas où les darklings localiseraient un jour le repaire de Madeleine.

Et qu'avaient-ils gagné en retour ? Ils se faisaient houspiller à cause du bruit.

— Bien, maintenant que nous sommes tous réunis autour d'un bon thé, déclara Madeleine, je crois que le moment est venu de discuter du petit incident de ce matin.

— Mieux vaut tard que jamais, maugréa Dess.

Elle suivit du doigt les sillons creusés dans le bois de la table. Celle-ci avait été couverte de gros décatrigrammes en fer, particulièrement lourds, avant que Dess la débarrasse pour rendre la pièce habitable.

Madeleine haussa un sourcil.

— Eh bien, Desdémone, puisque tu sembles si impatiente, tu pourrais peut-être commencer ?

— Moi ? Que voulez-vous que je sache ? On espérait que *vous* auriez quelque chose à nous dire là-dessus.

— Allons, tu as bien quelques chiffres à nous communiquer ?

Dess soupira.

— Oh, nous avons consulté la vieille montre de Rex, après la fin de l'éclipse. Il la règle tous les matins sur Géosynchrones, qui donne toujours l'heure exacte. (Elle caressa la rondeur réconfortante du lecteur GPS au fond de sa poche.) Elle avançait de vingt et une minutes et trente-six secondes – le temps total qu'a passé la lune sombre dans le ciel. Ça représente neuf fois cent quarante-quatre secondes, soit un nombre hautement darkling. Ça signifie sûrement quelque chose.

— Mais tu ne sais pas quoi ?

— Pas encore.

Dess but une gorgée de thé. Peut-être que l'amertume du breuvage l'aiderait à se concentrer.

— Il n'y a rien là-dessus dans l'ancien savoir, intervint Rex. En tout cas, je n'ai rien trouvé. Vous n'auriez pas de vieux souvenirs qui puissent nous aider ?

Madeleine mit un moment à répondre, comme si elle prêtait l'oreille aux siècles de pensées qui résonnaient sous son crâne. *Elle entend des voix...* Cela faisait un peu cinglée, tout de même. Peut-être que le poids de ces mémoires accumulées et de la solitude avait eu raison de l'équilibre de Madeleine. Peut-être que les télépathes se transmettaient juste le moyen d'afficher une apparence de sérénité, alors qu'en réalité ils étaient tous fous à lier – y compris Madeleine et Mélissa.

Dess sourit intérieurement. Mieux valait garder ce genre de réflexion pour elle.

— Non, Rex, finit par déclarer Madeleine. Comme l'ancien savoir, nos souvenirs ne révèlent rien concernant cet événement. Je suis certaine qu'il n'y a eu aucun précédent.

Dess s'autorisa un petit sourire. Bien sûr que l'Histoire n'allait pas les aider ! C'était une affaire de chiffres, de plans et de précision GPS.

— J'avais peur de ça, avoua Rex d'un ton maussade.

— Peur, Rex ? riposta Madeleine. Nom d'un petit bonhomme ! De mon temps, les voyants ne disaient pas qu'ils avaient peur. Ils agissaient !

Rex leva les yeux au ciel en portant sa tasse à ses lèvres. Le goût âcre lui arracha une grimace.

Tu parles d'une télépathe, songea Dess. Madeleine ne s'était même pas rendu compte que tout le monde détestait son thé.

— Bon, dit Jonathan. Vous avez sûrement senti quelque chose, pendant l'éclipse. Mélissa nous a dit que les darklings faisaient la fête. Croyez-vous qu'ils s'attendaient à ce que ça se produise ?

— Ah, enfin une question sensée, le complimenta Madeleine.

Rex jeta un regard jaloux à Jonathan.

Très malin, pensa Dess. La vieille télépathe savait s'y prendre pour monter les garçons l'un contre l'autre. Dess avait retrouvé de vieilles photos de Madeleine dans la maison. Elle semblait avoir été plutôt mignonne, dans les années quarante.

Bien sûr, il ne fallait pas oublier que c'était elle qui avait vendu la mèche à l'époque, en révélant le secret du temps bleu à un diurne : grand-papa Grayfoot (probablement l'un de ses petits amis). Si bien qu'en théorie tout ce qui s'en était suivi était sa faute : la création de l'hybride, l'extermination de la génération précédente de midnighters et le fait que les cinq compagnons se soient retrouvés orphelins, sans personne pour les guider.

— Très bien, qu'avez-vous senti ?

Madeleine se tut quelques secondes, puis regarda son élève de l'autre côté de la table.

Mélissa cessa de se mordiller la lèvre pour répondre :

— Nous n'en sommes pas encore sûrs. Nous n'avons pas eu l'occasion de... (Elle lança un coup d'œil vers Rex.)... de comparer nos notes.

— Il y a tout de même eu certaines ruptures, dit Madeleine. Des endroits où minuit semblait particulièrement mince.

— Des endroits ? répéta Dess en dressant l'oreille. (Les endroits pouvaient s'exprimer en termes de longitude et de latitude – de précieux nombres.) Comme cette contorsion crépusculaire, vous voulez dire ?

— Oui, mais pas des cachettes. Des points où la lisière entre le monde bleu et le nôtre semblait pratiquement s'estomper.

— Oh. (Dans la poche de son blouson, Dess resserra sa main sur Géosynchrones.) Comme dans l'affaire du shérif Michaels ?

— Le shérif Michaels ? intervint Jonathan. C'est ce gars qui a disparu ?

Tout le monde se tut un moment.

Voilà quelque temps – avant l'arrivée de Jessica, ou même de Jonathan –, le shérif de Bixby avait disparu dans le désert. On n'avait retrouvé que son arme et son insigne, ainsi que ses dents, avec leurs plombages – ces alliages de haute technologie qui répugnaient tant aux darklings.

La rumeur voulait qu'il soit tombé entre les mains de trafiquants de drogue, mais, entre l'ancien savoir de Rex et sa cartographie minutieuse du temps bleu, Dess avait suffisamment d'éléments pour deviner ce qui avait pu se passer.

Elle s'éclaircit la gorge.

— Bah, il faut bien que les darklings se nourrissent, eux aussi. Même s'ils ne vivent qu'une heure sur vingt-cinq, ils restent des prédateurs à la recherche de gibier. Les animaux ordinaires peuvent s'égarer dans le temps bleu s'ils se trouvent au mauvais endroit à minuit pile. Donc les darklings mangent surtout des lapins, ou parfois des vaches, mais de temps à autre un être humain leur tombe entre les griffes.

— Tout de même, fit Madeleine. À mon époque, les gens savaient quels endroits éviter à minuit.

— Oui, mais nous ne sommes plus à votre époque.

— Attendez une minute, intervint Jonathan. Je croyais que les darklings ne pouvaient pas s'en prendre aux gens ordinaires.

— Une fois dans le temps bleu, tu fais partie de minuit pendant une heure. Et tu peux intégrer leur chaîne alimentaire.

Madeleine acquiesça.

— Nous emmenions parfois avec nous des alliés diurnes afin de leur montrer le temps bleu. C'était une sorte de récompense. Le plus étrange, c'est qu'à la fin de minuit ils se figeaient, tout comme les darklings au cours du temps normal. Ils demeuraient dans cet état jusqu'à ce que le soleil les ranime.

— Comme Anathéa, murmura Jonathan. Piégée à l'intérieur de minuit.

— Super, maintenant on risque de croiser des diurnes dans le temps bleu, grommela Rex. Et vous disiez que l'éclipse se focalisait autour de ces contorsions ?

Les mains fripées de Madeleine esquissèrent des formes au-dessus de la table rayée.

— Pas exactement, Rex. En fait, on aurait dit que l'éclipse en créait de nouvelles.

— Qu'elle en créait ? s'étonna Dess. (Les froissements de minuit sur la carte s'appuyaient pourtant sur des chiffres tangibles.) Mais on ne peut pas déplacer les longitudes et les latitudes !

— Les darklings se rapprochaient de ces points de rupture, ajouta Mélissa d'une voix douce. Eux aussi les avaient sentis.

Madeleine se leva, contourna la table et posa la main sur l'épaule de Mélissa.

— Mais nous n'avons pas encore comparé nos expériences. Nous vous le dirons quand nous en saurons plus. Attendez-nous ici.

Elles partirent ensemble vers le grenier.

Rex ne put dissimuler une brève flambée de jalousie. Puis il adopta une attitude de neutralité indifférente.

— D'accord. Je vais consulter quelques-uns de vos plus vieux livres, lança-t-il dans le vide laissé par Madeleine. Juste au cas où.

— Et pendant que ces deux-là s'amusent entre télépathes, je vais jeter un coup d'œil à quelques cartes, ajouta Dess.

Rex adressa un regard à Jonathan en haussant un sourcil. Sans Jessica, l'homme volant ne servait pas à grand-chose. Il ne savait pas déchiffrer l'ancien savoir, ne pouvait pas faire les calculs et, en plein après-midi, ne pouvait même pas voler. Dess se sentit désolée pour lui. Qu'était-il censé faire ? La vaisselle ?

— Euh... je me demandais, bredouilla Jonathan. Vous croyez qu'elle aurait la télé ?

La maison sentait moins le vieux et le renfermé, comme si le fait de recevoir ses premiers visiteurs depuis un demi-siècle lui insufflait un peu de vie. Mais, chaque fois que Dess déplaçait un objet, prenait un livre ou une carte sur une étagère, un nuage de poussière s'élevait dans l'air en la faisant éternuer. Quand elle rentrait chez elle après une longue nuit de travail dans cette maison, elle avait toujours les mains sèches, gercées comme si la poussière en avait absorbé l'humidité.

En nettoyant la salle à manger, Dess avait découvert un tas de vieilles cartes, des rouleaux de papier jauni qui s'émiettait entre ses mains. Les plus anciennes étaient annotées en espagnol, ce qui donna un peu de travail de traduction à l'homme volant, même s'il avait du mal à déchiffrer l'ancienne écriture en pattes de mouche. Bien sûr, Dess ne s'intéressait pas véritablement aux mots. L'heure secrète était centrée sur trente-six degrés nord de latitude et quatre-vingt-seize degrés ouest de longitude, et toute la bizarrerie de Bixby découlait de ces coordonnées. C'était une question de nombres.

Dess était fascinée par les premières cartes des midnighters. D'abord, les anciens ne disposaient pas de GPS ni même d'horloges fiables. Ils devaient s'en remettre à la lecture des étoiles et à leur intuition. Si bien que, plus on remontait en arrière, plus les détails semblaient flous, comme si les midnighters de l'époque avaient contemplé le monde à travers une bouteille de verre. Bien sûr, au fil du temps, les midnighters avaient exploré une part de plus en plus grande de l'heure secrète. Chaque siècle, les cartes du domaine de minuit s'étendaient davantage à travers le sud-est de l'Oklahoma, ou du territoire indien, ou du Mexique – selon le dernier qui s'était emparé des terres concernées.

Elle était installée depuis une heure à la table du salon, absorbée dans l'examen minutieux de la cartographie des midnighters, quand une voix jointe à une main fraîche sur son épaule la fit sursauter sur sa chaise.

— Desdémone ?

— Hé ! Faites-moi peur, tant que vous y êtes !

Dess jeta un regard accusateur à la main de Madeleine. Au moins la télépathe avait-elle évité de toucher sa peau nue.

— Excuse-moi. (La main ridée se retira.) Je voulais seulement te montrer ça.

Madeleine étala un rouleau de papier sur la table. C'était une carte des années trente, la première qu'elle lui ait montrée, quand Dess était encore la seule à connaître son existence. Elle était désormais recouverte de tourbillons colorés, comme si un gamin avait collé des feutres rouge et bleu à une goutte de oui-ja et l'avait laissée courir à sa guise.

— C'est Mélissa et vous qui avez dessiné dessus ? s'indigna Dess.

Mais, après quelques secondes d'examen, les courbes et les ondulations de couleurs se mirent à lui parler. Les marques des télépathes semblaient donner corps aux contorsions habituelles de minuit, en ajoutant une dimension supplémentaire à la carte. Elle avait l'impression de voir la dernière version d'un jeu vidéo familier, dont les vieux personnages seraient soudain restitués en plus haute résolution.

— Oh, fit Dess.

— Tu avais raison, tu sais.

Dess continua à scruter la carte.

— À propos de quoi ?

— Je ne pense pas que l'ancien savoir ni les souvenirs ancestraux nous soient d'une grande utilité, cette fois-ci. Comme tu le soupçonnais, c'est une énigme pour une polymathe.

Dess fit la grimace. La vieille dame aurait-elle réussi à jeter un rapide coup d'œil dans son esprit, quand elle avait touché son blouson de cuir ?

— Sans blague, Maddy, je ne me souviens pas d'avoir dit ça.

Ce petit surnom fit sourire Madeleine.

— Tu sais, Dessy, on n'a pas toujours besoin de lire dans les esprits pour deviner ce que les autres pensent.

Dessy ? Mince alors. La riposte de Madeleine ne s'était pas fait attendre.

— D'accord, merci. J'examinerai ça de près dès que j'en aurai l'occasion.

Dès que Madeleine aurait le dos tourné, par exemple.

La vieille télépathe sourit.

— Tiens-moi au courant de ce que tu trouveras, Desdémone.

— Hé, elle ne marche pas, votre télé ! s'écria Jonathan.

Il était accroupi dans le salon devant le poste géant, une monstruosité lambrissée de bois.

Dess eut un sourire amusé en voyant l'appareil. Madeleine n'avait donc rien contre la télévision, en fin de compte. La dernière fois qu'elles en avaient discuté, la vieille dame la rendait pourtant responsable – avec l'air conditionné – de l'éradication des midnighters, cinquante ans plus tôt. Une histoire de parents trop fascinés par le petit écran pour surveiller leurs enfants.

Madeleine contempla d'un œil espiègle l'écran bombé, qui ressemblait moins à une télé qu'à un bocal à poisson rouge rempli d'eau trouble.

— Nom d'un petit bonhomme, Jonathan, elle marche très bien. (Elle tourna les talons pour quitter la pièce.) Laisse-lui le temps de chauffer. À mon époque, les jeunes gens se montraient plus patients.

Jonathan parut dubitatif, mais une tache de lumière apparut en effet au centre de l'écran. Elle s'étala lentement, pareille à un feu qui se propage dans un amas de feuilles humides, jusqu'à remplir le verre sombre d'une image floue.

— C'est pas vrai, gémit Jonathan. Du noir et blanc !

— Plutôt du gris et gris, corrigea Dess.

À travers les parasites, on distinguait vaguement le présentateur météo debout devant sa carte. Le radar qui dessinait des cercles derrière lui paraissait décalé sur une telle pièce de musée.

Jonathan appuya sur un bouton, qui cliqueta, et l'écran s'emplit de neige grésillante. Pendant qu'il cherchait en vain une image plus nette, ou même une simple image, Dess observa le ballet des pixels gris. Elle se rappelait avoir lu quelque chose à leur sujet, ils constituaient le vestige de ce qu'on pouvait trouver de plus aléatoire dans la nature...

Avec un soupir, Jonathan appuya sur un autre bouton et remit les infos locales.

Dess ferma son esprit à la voix du présentateur et finit son thé tiède. De minuscules fragments de feuilles lui restaient entre les dents. Des détails lui revenaient, à présent : c'était dans une émission sur Discovery Channel, la seule chaîne qu'il lui arrivait de regarder. L'on prétendait que la neige des anciens téléviseurs montrait en réalité les radiations résiduelles du big-bang, cette explosion à l'origine de l'Univers. Voilà pourquoi ces scintillements étaient parfaitement aléatoires – ils étaient la conséquence d'une explosion parfaite.

Enfin, presque parfaite. Le big-bang avait tout de même épargné quelques milliards de blocs de matière, qui avaient formé les galaxies et les amas stellaires. L'Univers était une grosse masse trouble parsemée de débris, un peu comme son thé.

Ou comme le temps bleu.

Les yeux de Dess s'illuminèrent. Elle se pencha sur la carte que Madeleine lui avait remise. Les motifs de couleur griffonnés dessus étaient des spirales et des tourbillons – semblables aux galaxies, ces résidus du big-bang.

L'heure secrète avait peut-être été créée par une sorte d'explosion, ou, en tout cas, par un processus violent et « big-banguien », mêlant lui aussi le chaos et l'ordre, le hasard et la logique.

Dess se plongea dans la contemplation de sa tasse. La cosmologie revenait à lire dans les feuilles de thé, à deviner l'avenir d'après les vestiges du passé. Sauf que contrairement aux feuilles de thé, les télescopes fonctionnaient, eux. On pouvait réellement prévoir la direction que prenait l'Univers en examinant les traces du big-bang.

Peut-être devrait-elle étudier ces vieilles cartes et tâcher de prédire l'avenir du temps bleu.

— Oh, mince ! s'exclama Dess.

Son bonheur mathématique vacilla, ébranlé par un autre souvenir de cette émission de Discovery Channel qu'elle venait de se rappeler.

L'Univers n'était pas stable. Il continuait à s'étendre, à s'éloigner de son centre. Elle se pencha sur les vieilles cartes et réexamina la manière dont, au fil des siècles, l'heure secrète semblait couvrir une zone de plus en plus vaste. Peut-être cela ne tenait-il pas simplement aux explorations des midnighters… Peut-être que le temps bleu avait bel et bien grossi.

Dess fit la grimace en se rappelant un détail supplémentaire à propos de l'Univers. Il finirait un jour, affirmaient les scientifiques, soit en se dissolvant dans le néant à force de s'étendre, soit en se concentrant sur lui-même, jusqu'à l'écrasement total.

Nul ne savait encore quelle voie il emprunterait, mais, un jour, il prendrait fin.

— Hé, Dess, viens voir !

La voix de Jonathan interrompit sa rêverie, et Dess s'arracha à la fin du monde pour replonger dans la lumière diffuse et les odeurs moisies de la maison de Madeleine. Jonathan se tenait derrière elle, indiquant la télé. Une vieille dame floue parlait de la disparition de sa petite-fille.

La caméra revint sur le présentateur, qui donna un numéro spécial pour appeler la police et évoqua les recherches en cours, menées par les maîtres-chiens de la police d'État. Dess n'écoutait que d'une oreille, mais un mot ne cessait de revenir... « Une fillette a *disparu*, étrange *disparition*, elle a purement et simplement *disparu*. »

— Sous les yeux de sa grand-mère, dit Jonathan. L'instant d'avant, elle était là, et l'instant d'après, envolée !

— Mince, dit Dess. C'est arrivé quand ?

— Ce matin. Aux alentours de neuf heures.

— Où ça ?

Jonathan se pencha sur la carte de Madeleine et passa la main sur un groupe de tourbillons dans le coin nord-ouest.

— À côté de Jenks, le long de la voie ferrée.

Son doigt s'arrêta sur la ligne de chemin de fer, suffisamment ancienne pour figurer sur une carte vieille de quatre-vingt-dix ans. La minuscule agglomération de Jenks était notée également.

Dess écarta sa main et posa son crayon à l'endroit en question, en griffonnant des calculs. Aussi grossières soient-elles, les formes esquissées par Madeleine et par Mélissa avaient leur propre logique, obéissaient à des schémas, à des lois cohérentes. Cela revenait à cartographier les étoiles, à relier des points de lumière apparemment sans lien entre eux pour en dégager un dessin d'ensemble – tant qu'on ne se trompait pas dans les calculs.

Les vagues et les tourbillons parurent jaillir du papier et pénétrer en Dess, faisant tourner à plein régime tous les rouages de son cerveau. Prise de vertige, elle sentit ses doigts trembler.

Mais, au moins, les choses commençaient à s'éclaircir...

Au bout de cinq minutes, elle s'adossa à son siège, épuisée, et pointa le doigt.

— Voilà où ça déraille.

— Qu'est-ce qui déraille ?

— Le temps bleu. Il est en train de céder, Jonathan, de se démanteler complètement. Mais le processus est plus rapide en certains points qu'en d'autres. Et celui qui a le malheur de se trouver au mauvais endroit quand ça se produit...

Jonathan s'assit à côté d'elle, le regard fixé sur la carte, avec son chaos de nombres et de tourbillons de télépathes.

— Qu'est-il arrivé à cette gamine, au bout du compte ?

— Elle a basculé dans minuit. Le temps bleu s'est ouvert et l'a avalée.

— Alors, où est-elle, à présent ?

— Eh bien, elle aurait dû en ressortir quand le temps

s'est remis en route, au moment où le soleil l'a touchée. À moins qu'on ne l'ait emportée ailleurs.

— Mélissa disait que les darklings se dirigeaient dans cette direction.

Dess cligna des paupières.

— Ils n'ont eu que vingt et une minutes et trente-six secondes.

— Donc, elle est peut-être encore en vie ?

— Oui, sans doute. Sauf si…

Dess aurait voulu tout expliquer à Jonathan : lui parler de la neige sur les écrans télé, du big-bang, de la forme des galaxies et des feuilles de thé ; de la manière dont on pouvait parfois prédire l'avenir en se penchant sur les vestiges du passé, de sorte que les darklings avaient peut-être calculé précisément où le phénomène se produirait, où leur jeune proie tomberait dans les fissures du temps. Peut-être l'avaient-ils entraînée dans un lieu sombre et souterrain…

Avant qu'elle puisse formuler le moindre mot, cependant, une autre succession d'images lui vint à l'esprit – tirée de Discovery Channel encore une fois –, et Dess resta muette, frissonnant sur sa chaise.

Elle ne songeait plus du tout au big-bang.

Elle songeait à la chaîne alimentaire.

6

23 h 36

UN RALENTISSEUR INOPPORTUN

Assis dans la voiture de son père, Jonathan tambourinait sur le volant. Jessica était en retard. On voyait sa fenêtre briller au milieu du pâté de maisons. Elle n'avait même pas encore éteint la lumière.

Qu'attendait-elle ? Chaque seconde comptait, pourtant.

Cet après-midi, ils avaient tout planifié dans les moindres détails au téléphone. Jonathan devait passer prendre Jessica en voiture avant l'heure secrète. Elle était censée s'éclipser de chez elle à vingt-trois heures trente, pour qu'ils aient le temps de se rendre à moins d'un kilomètre de l'endroit où Cassie Flinders avait disparu. Quand minuit surviendrait, ils ne seraient plus qu'à quelques bonds.

Dess, Rex et Mélissa les attendraient sur place, ce qui rendait d'autant plus important le fait d'arriver à l'heure. Le désert était tout proche, et, malgré leur arsenal d'acier propre, Jenks se trouvait un peu trop loin du centre de la ville pour que les trois puissent survivre indéfiniment sans la protection du porte-flambeau.

Il regarda sa montre : vingt-trois heures trente-huit.

— Où es-tu, Jessica ?

Ces mots résonnèrent dans sa tête, et Jonathan se souvint de cette question qui revenait sans arrêt aux infos du soir : « Où est passée la petite Cassie Flinders ? »

Dans le temps bleu, si Dess avait vu juste.

Jonathan soupira. Une diurne égarée dans leur univers privé ! Au moment où il commençait à comprendre l'heure secrète, celle-ci lui renvoyait une balle courbe.

Sans commune mesure, toutefois, avec la balle courbe que la réalité avait lancée à Cassie Flinders.

Rex et Madeleine répétaient à qui voulait l'entendre qu'elle avait de grandes chances de s'en sortir. Cassie avait pu s'éloigner pendant l'éclipse et se retrouver dans un endroit protégé du soleil, figée dans l'ombre, comme les darklings pendant la journée. Quand viendrait minuit, elle se réveillerait, et Mélissa la localiserait sans problème. Ils n'avaient qu'à la protéger pendant l'heure secrète. Après quoi le pinceau de la torche de Jessica – ou, si cela ne suffisait pas, le lever du soleil – la renverrait dans le temps normal.

Il se pouvait aussi, bien sûr, qu'elle ne se soit pas perdue. Qu'elle ait été enlevée. Si les darklings savaient à l'avance à quel endroit le temps bleu se déchirerait, ils avaient pu foncer sur place et emporter la fillette en plein désert, où personne ne la retrouverait jamais.

Il existait encore une troisième possibilité : ils avaient pu la dévorer sans attendre, sous le nez de sa grand-mère.

— Allez, Jessica…

Il tapa du poing sur le tableau de bord.

Après avoir compté à voix basse soixante interminables secondes, Jonathan lâcha un juron, vérifia dans son rétroviseur qu'il n'y avait pas de voiture de police dans les parages et sortit dans la fraîcheur de l'automne.

De nouveaux parterres de fleurs entouraient la maison de Jessica – le dernier projet de son père. Il se lançait dans le jardinage à grande échelle, avait expliqué Jessica, pour tenter de faire pousser assez de légumes pour nourrir sa famille. Visiblement, il n'avait pas remarqué que l'été avait pris fin et que le sol devenait de plus en plus dur et froid à la nuit tombée.

Jonathan tâcha de franchir la terre meuble d'un pas léger, se demandant au passage si les efforts de Don Day n'étaient pas en réalité un moyen pour détecter les empreintes sous la fenêtre de Jessica. Il maudit la pesanteur de Flatland ; dans le temps bleu, il aurait survolé l'obstacle sans difficulté.

Des voix. Il baissa la tête.

Il entendit Jessica dire quelque chose, et quelqu'un lui répondre. Assourdie par la fenêtre, la voix aiguë lui rappelait le bourdonnement insistant d'un moustique piégé sous un verre.

Son pouls ralentit un peu. Sans doute s'agissait-il de Beth. Il haussa la tête afin de jeter un coup d'œil à l'intérieur.

Elles étaient assises sur le lit toutes les deux, sans l'ombre d'un parent. Jessica était habillée, sa petite sœur en pyjama. Beth parlait en agitant les mains avec frénésie, comme si elle repoussait un essaim de mouches. Jonathan vit Jessica jeter un coup d'œil à son réveil sur la table de chevet.

Pourquoi ne se débarrassait-elle pas de sa petite sœur ? Il y avait école, demain. Beth aurait dû dormir depuis longtemps.

Jonathan leva le poing, s'armant de courage pour frapper au carreau. Jessica n'apprécierait pas de le voir s'annoncer ainsi en présence de sa petite sœur, surtout le dernier soir de sa punition. Mais Beth n'irait pas moucharder à leurs parents – elle n'était pas si peste.

Par ailleurs, l'affaire en jeu était trop importante.

D'après les infos, Cassie Flinders avait treize ans, plus ou moins l'âge d'Anathéa quand les darklings l'avaient enlevée. Jonathan se souvint à quel point elle lui avait paru petite, comme elle avait semblé se noyer dans le corps de darkling qu'on lui avait greffé.

Bien sûr, Cassie n'était pas une voyante. Elle ne savait pas déchiffrer l'ancien savoir ; les darklings ne se donneraient pas la peine d'en faire une hybride. Elle ne ferait pas de vieux os, dans le temps bleu. On ne retrouverait que ses plombages.

Il frappa.

Les deux sœurs sursautèrent sur le lit, et Beth s'interrompit. Elle fixa brièvement Jonathan à travers la fenêtre, puis jeta un regard assassin à Jessica.

— Je le savais! murmura-t-elle tandis que Jonathan soulevait la fenêtre à guillotine.

Jessica le regardait d'un œil noir.

— Salut, les filles! lança-t-il.

— Tiens, Jonathan, bonsoir, dit Beth d'une voix suave. Tu passais dans le coin?

— Jonathan! geignit Jessica. Tu ne pouvais pas...

Sa voix mourut.

Il enjamba la fenêtre et dévisagea tour à tour les deux sœurs. Beth l'observait d'un air méfiant. Jessica fixait le plancher en secouant la tête. Il soupira.

— Désolé de débarquer comme ça, Beth. Mais nous avons un truc à faire, ce soir. Un truc important.

Il regarda Jessica afin de souligner ce dernier mot.

— Tu vas faire le mur, ce soir? s'exclama Beth. (Le fait qu'elle murmure accentuait encore son incrédulité.) Tu n'as plus qu'une soirée à tirer, Jess. Tu veux te faire punir encore une fois?

— Oh non, dit Jessica. Je n'y tiens pas du tout.

— Écoute, Beth, je dois t'emprunter ta sœur pour... (Jonathan jeta un coup d'œil au réveil.) Dix-huit minutes. Je te promets de te la ramener ensuite.

Jessica ferma les yeux pendant que le regard de Beth se tournait vers le réveil.

— Dix-huit minutes? répéta Beth.

Jonathan tira sur son col. La petite sœur de Jessica ne savait rien du temps bleu, évidemment, mais elle s'y entendait pour donner l'impression contraire.

— Oui. Enfin, plus ou moins.

Jessica se leva, attrapa son blouson sur le lit.

— Viens. Allons-y.

— Jessica ! geignit Beth.

— Écoute, déclara Jessica d'une voix lasse. Si tu veux me dénoncer à papa et maman, fais-le. Je n'ai pas le temps de discuter.

— Jessica, je ne veux pas t'attirer des ennuis, murmura Beth, les yeux gonflés de larmes. Je veux juste savoir ce qui se passe.

— Tout va bien, d'accord ? (Jessica hésita, chercha ses mots.) Ce qu'il y a, c'est que je dois sortir maintenant, et que je ne peux pas t'expliquer pourquoi.

— Et tu vas sortir comme ça, devant moi ? (Beth croisa les bras.) Pour que je sois punie aussi si tu te fais prendre ?

— C'est ta faute, Beth. Ça fait une demi-heure que je te demande de me laisser.

— Est-ce que tu pourras au moins m'expliquer quand tu seras rentrée... dans dix-huit minutes ?

Jessica soupira.

— Désolée, Beth. J'aimerais bien. Mais c'est impossible.

— Tu as ta lampe torche ? s'inquiéta Jonathan, qui avait déjà un pied hors de la fenêtre.

Elle tapota une bosse dans son blouson.

— Oui, juste là.

Ils sortirent dans le jardin. Une dernière protestation fut coupée net quand Jessica baissa la fenêtre derrière elle.

Une fois de plus, Jonathan pria pour que minuit arrive vite. Il décollerait enfin de Flatland, pourrait voler de nouveau, et toutes les petites sœurs du monde seraient temporairement condamnées au silence.

Et les darklings se réveilleront, réalisa-t-il en jetant un coup d'œil à sa montre tandis qu'ils se hâtaient de regagner sa voiture.

Minuit approchait, effectivement. Beaucoup trop vite.

— Tu étais vraiment obligé de dire ça ?

— De dire quoi ?

— Ce truc à propos de dix-huit minutes, précisa Jessica. C'était plutôt évident, tu sais.

Jonathan haussa les épaules. Le réveil avait indiqué vingt-trois heures quarante-deux, et en volant il pouvait ramener Jessica à la fin de l'heure secrète, à minuit pile. Il comprenait ce qu'elle voulait dire, néanmoins. Peut-être s'était-il montré un peu trop précis.

Avec un soupir, il regarda un hérisson écrasé passer en un éclair sur le bas-côté. Entendre Dess lui parler de maths tout l'après-midi lui avait laissé la cervelle encombrée de chiffres.

— Quelle différence ça fait ?

— Beth se doute de quelque chose à propos de minuit. (Le regard de Jessica se perdait au-delà de la vitre du passager.) Elle a remarqué que je me préparais toujours à sortir à cette heure-là, et elle s'amène dans ma chambre juste avant. Si je me contentais de la flanquer dehors, elle irait sûrement me dénoncer à mes parents. On dirait qu'elle est au courant. Depuis cette nuit où je l'ai enfermée dans le placard – à minuit pile.

Jonathan gloussa.

— Tu devrais peut-être éviter de l'enfermer dans le placard.

— Tu as de la chance, toi. Tu n'as que ton père, et il n'est pas sans arrêt sur ton dos.

Il ne put s'empêcher de grimacer et lâcha le volant d'une main pour allonger le bras vers elle. Elle jouait nerveusement avec Acariciandote, le bracelet qu'il lui avait offert. Il posa la main sur la sienne.

— Ce bracelet appartenait à ma mère, tu te souviens ?

— Oh. Désolée, Jonathan.

— Non, ça va. Elle n'arrêtait pas de s'en aller, alors ça n'a pas été une grosse surprise quand elle n'est pas revenue. Sauf que tu as de la chance d'avoir une famille.

Elle demeura silencieuse un moment.

— Oui.

Jonathan regretta d'avoir abordé le sujet. Ce genre de conversation n'apportait jamais rien de bon.

— De toute façon, il y a peu de chances que Beth devine qu'au douzième coup de minuit le temps s'arrête et s'ouvre sur un monde secret rempli de monstres. (Jonathan rit.) Elle est peut-être futée, mais pas à ce point.

Jessica se tourna vers lui.

— Tu l'aimes bien, au fond. Non ?

— Bien sûr. Pas toi ?

— Si. Mais c'est ma sœur. Je n'ai pas vraiment le choix.

Jonathan gloussa de nouveau.

— Écoute. Vous étiez copines toutes les deux avant de venir ici, pas vrai ? Vous le redeviendrez une fois que Beth se sera faite aux bizarreries de Bixby. Et, oui, je l'aime bien. Depuis que les présentations sont faites, j'ai moins l'impression de me cacher quand je viens te voir.

Jessica se laissa aller contre son épaule.

— Oui, les choses vont mieux depuis qu'elle te connaît. Je pense qu'elle a confiance en toi. Au moins, elle a cessé de te prendre pour un tueur en série.

Jonathan sourit, mais son expression se figea quand il regarda sa montre : il restait moins de dix minutes avant le temps bleu, et ils se trouvaient encore à plusieurs kilomètres de Jenks. Il enfonça la pédale d'accélérateur. La vieille voiture trembla sous ses pieds. Ils avaient des soucis plus importants que les petites sœurs, ce soir-là.

Ils croisèrent une vieille Chevrolet qui venait de l'autoroute de Creek. Aussi loin de la ville, les routes étaient presque désertes, ce qui voulait dire que ses vieux amis des services du shérif n'auraient aucun mal à reconnaître la voiture de son père. Ils devaient la repérer depuis l'autre bout du comté, à présent.

Jonathan ignorait ce qu'il ferait dans ce cas-là. Se laisserait-il embarquer pour une nouvelle infraction au couvre-feu, au risque de passer une nouvelle nuit en prison et de voir Cassie Flinders disparaître à tout jamais ? Ou bien refuserait-il de se ranger sur le bas-côté et s'engagerait-il dans une folle course-poursuite avec les flics, entraînant Jessica avec lui dans des ennuis comme Beth n'osait même pas en imaginer ?

Tu parles d'une alternative.

Jessica s'éclaircit la gorge.

— Hum, j'espère que tu n'as pas l'intention de rouler à cette allure jusqu'à minuit. Personnellement, je n'ai aucune envie de passer à travers le pare-brise.

— Il reste encore dix bonnes minutes. Sauf s'il y a une nouvelle éclipse.

Elle s'écarta de lui, se redressa sur son siège et vérifia que sa ceinture était correctement bouclée.

— Oh, c'est vrai. Merci de me le rappeler. Minuit peut survenir à tout moment, maintenant.

— Eh oui. C'est super, hein ?

— Non, Jonathan. Ça n'a rien de super. Et si le phénomène se produisait sans arrêt ?

Il haussa les épaules.

— On aurait plus de temps pour voler.

Elle soupira.

— Tu adorerais ça, pas vrai ?

— Quoi, profiter de minuit plus souvent ? Avoir le monde rien que pour nous cinq ? Passer moins de temps dans Flatland ? Bien sûr, que ça me plairait !

— Tu oublies que nous ne savons pas ce qui se passe exactement. Au téléphone, Dess a dit que le temps bleu était en train de se transformer de manière radicale. Et, aujourd'hui, nous ne savions même pas si l'éclipse allait s'arrêter. J'ai cru que c'était la fin du monde.

— Bof, ça n'arrivera jamais. (Il ricana.) Et puis, vois le bon côté des choses : si le monde devait prendre fin, tu n'aurais plus à te préoccuper de Beth.

Jessica se détourna, le regard dans la vague, et n'ajouta plus un mot.

Jonathan haussa les sourcils en se demandant ce qu'il avait encore dit de mal.

7

23 h 53

LE GIBIER

Mélissa fronça le nez. Rex vit un frisson la parcourir des orteils au bout des doigts.

— Quoi, ne me dis pas qu'ils se sont déjà arrêtés ?

— Non, l'homme volant est encore pied au plancher, répondit Mélissa. Ils seront à l'heure, plus ou moins. Mais le porte-flambeau est d'une humeur massacrante.

Dess leva les yeux de son lecteur GPS et renifla. Rex secoua la tête. Le moment semblait mal choisi pour une querelle d'amoureux.

Il se tourna vers la voie ferrée. L'endroit était maculé d'Empreinte. Des traces inhumaines souillaient chaque caillou du ballast, chaque brin d'herbe qui poussait entre les traverses. Des darklings et des grouilleurs avaient dansé ici. Même les rivets des rails portaient la marque de leurs griffes, de leurs museaux ou de leurs ventres écailleux.

Une Empreinte aussi forte ne s'était pas déposée en vingt et une minutes. Ils avaient dû venir ici avant l'éclipse.

Bien sûr, se dit Rex, il y avait toujours eu des lieux marqués par minuit dans les faubourgs de la ville. Peut-être s'agissait-il d'une coïncidence si celui-ci avait déjà été visité.

Il s'agenouilla pour examiner de plus près la trace d'un grouilleur qui s'éloignait le long des rails. Le sillon ne semblait pas particulièrement neuf, pas comme une trace laissée quinze heures plus tôt.

Ses nerfs de prédateur frémissaient à proximité d'autant de métal. Pourquoi un grouilleur ramperait-il le long de cette voie qui empestait les rails en fer, les boulons en acier et les lignes télégraphiques enterrées ? La plupart des endroits fréquentés par les darklings aux abords de la ville étaient des champs en friche, des terrains vagues, des lieux où subsistait un semblant de sauvagerie – touffes de plantes locales, nids de serpents et autres petits ruisseaux que les bâtiments et le béton n'avaient pas encore recouverts. Alors que cette voie représentait une artère du système ferroviaire, un symbole fort de l'ingéniosité et de la domination des hommes. Cent ans plus tôt, c'était la seule technologie digne de ce nom que possédait l'humanité. Et pourtant, les darklings avaient choisi cet endroit. Ils devaient forcément avoir une raison.

Rex étudia la manière dont l'Empreinte s'enfonçait dans les buissons, jusqu'aux cabanes branlantes qui se succédaient à droite de la voie. Il se demanda jusqu'où elle s'étendait. La petite bourgade de Jenks se trouvait près du fleuve Arkansas, et la végétation devenait d'une densité impénétrable dans les parages, dissimulant le paysage à son regard de prédateur.

Cependant de vieux darklings étaient venus ici, Rex en avait la conviction. Il voyait leurs traces gravées dans le sol, et une grosse branche d'arbre avait failli céder sous le poids d'une gigantesque créature ailée. Des sillons de grouilleurs s'entrecroisaient sous les fourrés. Les darklings, jeunes et vieux, se cachaient du soleil dans des grottes au cœur du désert, mais certains d'entre eux se terraient plus près de la ville, enfouis dans le sol.

Il fallait du temps pour laisser une telle Empreinte, tant de traces, en un même lieu. Ils devaient venir depuis des mois, voire depuis beaucoup plus longtemps. Mélissa et Madeleine les avaient sentis se réjouir dans le désert : les darklings avaient anticipé l'éclipse. Ils savaient précisément où elle se déroulerait. Sans doute savaient-ils aussi ce que Dess venait de découvrir, que cette première déchirure dans le temps bleu s'élargirait comme un accroc le long de la couture d'un tee-shirt.

Peut-être savaient-ils depuis toujours que le temps bleu prendrait fin un jour. Mais que prévoyaient-ils ensuite ?

Quelque chose attira le regard de Rex. L'une des traverses de la voie se détachait des autres, environnée d'un halo rougeâtre. Il alla l'examiner de plus près, flairer l'étrangeté du lieu. Le temps bleu était mince comme une feuille de papier, à cet endroit.

Le bois de la traverse, marqué d'un fragment d'Empreinte, ressortait curieusement parmi les souillures des darklings. En s'approchant, il y vit la trace caractéristique d'une semelle de tennis.

Voilà pourquoi elle paraissait différente : il s'agissait de cette autre forme d'Empreinte, celle que Rex avait appris à reconnaître depuis deux semaines à peine.

— La trace du gibier, dit-il doucement.

— Cinq minutes, annonça Dess en balançant avec nervosité le tronçon de tuyau en acier qu'elle portait sur l'épaule. Où en est notre porte-flambeau ?

— Pas loin, répondit Mélissa. Mais ils sont en train de ralentir. Les mauviettes.

— Tout le monde n'apprécie pas les joies subtiles d'un vol plané à travers le pare-brise, Mélissa, riposta Dess.

— Il leur reste cinq bonnes minutes avant minuit, et l'homme volant est déjà en train de se garer !

— À quelle distance sont-ils ? voulut savoir Rex.

— Quelques kilomètres.

— Pas bon. (Il suivit du regard les traces de pieds humains. Les empreintes quittaient la voie pour se diriger vers les broussailles.) Elle est partie par là. À pied, sans qu'on la traîne.

— Qui ça ? Cassie ? demanda Dess.

Rex fit oui de la tête.

— Tu le vois à l'œil nu ?

— Je vois les traces des humains, à présent, expliqua-t-il en indiquant la voie ferrée. Et ces empreintes ont été faites au cours du temps bleu. Cassie a dû les laisser pendant l'éclipse.

Dess parut sceptique. En dehors de Mélissa et de Madeleine, aucun d'eux ne saisissait à quel point il avait changé.

Rex s'agenouilla au-dessus des rails et renifla. Il flairait l'incertitude de la fillette, lisait de la peur dans la distance réduite entre chacun de ses pas. Il se mit à saliver, les mains moites. La proie était jeune, faible, séparée du troupeau.

— Maîtrise-toi, Rex, lui souffla Mélissa.

Il secoua la tête pour balayer ses idées de chasse.

— D'accord, je vais la suivre. Elle n'est peut-être pas loin. Attendez-moi ici, toutes les deux. Mais donne-moi un compte à rebours pour les trente dernières secondes, Dess, ajouta-t-il avant de s'engager dans les buissons.

— Rex ! cria Dess. Il reste à peine quatre minutes ! Reviens ici !

— Arrête de frimer, Rex ! lui lança Mélissa. Dès qu'il sera minuit, son cerveau se remettra à fonctionner, et je la localiserai tout de suite.

Rex jeta un coup d'œil en arrière. Les deux filles se tenaient à l'intérieur de Polycentrique, un décatrigramme complexe et de grande taille que Dess avait installé au moyen d'un câble de fibre optique volé quelques minuits plus tôt à Oklahoma Telecom. Rex sentait l'odeur âcre et entêtante du câble, pareille à celle des vapeurs de détergent, et sa forme d'étoile à treize branches lui donnait la migraine. Elles y seraient à l'abri des darklings, même si le porte-flambeau avait quelques minutes de retard.

— Donne-moi juste ce compte à rebours.

— Rex ! gémit Dess.

Il remarqua alors que Mélissa et elle se tenaient aussi loin que possible l'une de l'autre à l'intérieur du décatrigramme, comme deux chattes rivales enfermées dans la même pièce.

Peu importait. Elles survivraient.

Rex s'enfonça dans les broussailles en repoussant les branches. Sa vision nocturne était meilleure que jamais ; le terrain lui parut s'ouvrir devant lui, entre les arbustes sans feuilles et les buissons. Il réalisa bientôt que les traces de son gibier suivaient une piste étroite d'animaux.

À mesure que celle-ci s'éloignait entre les fourrés, les pas de Cassie s'allongeaient et devenaient plus assurés, comme si, après les premières minutes de confusion dans le temps bleu, elle s'était dirigée vers un endroit où elle se sentirait en sécurité.

Une branche s'accrocha à Rex, ploya puis se détendit sèchement, déchirant une partie de sa chemise. La fillette devait arriver à peu près à la même hauteur pour se déplacer aussi facilement à travers cette broussaille. On voyait qu'elle était beaucoup plus petite que lui. D'après ses empreintes, elle avait franchi debout des branches qui obligeaient Rex à se plier en deux.

Ses foulées s'allongeaient de plus en plus. Elle avait pressé le pas à cet endroit, comme à l'approche du but. Rex jura : il ne la retrouverait jamais avant minuit. Elle avait eu vingt et une minutes pour se rendre à l'endroit où elle avait disparu, alors qu'il ne lui restait plus que…

— Trente secondes, Rex ! cria Dess à travers les arbres.

Il hésita. S'il voulait retourner en lieu sûr, il devait faire demi-tour sur-le-champ, attendre et se mettre à courir.

À l'intérieur de l'étoile protectrice de Dess, ils pourraient attendre sans crainte le porte-flambeau. Et, dans le temps bleu, Mélissa pourrait localiser les pensées de la fillette perdue, même à des kilomètres.

Bien sûr, Cassie n'avait pas pu parcourir une telle distance en vingt minutes, à moins que les darklings ne l'aient enlevée. Et, dans ce cas, elle était sans doute morte. En tout cas, elle ne survivrait pas aux longues minutes qu'il faudrait à Jonathan et à Jessica pour l'atteindre.

Rex flaira la piste qui s'éloignait devant lui. La peur flottait encore dans l'odeur humaine, mêlée à de l'excitation et a de l'émerveillement. Il en avait l'eau à la bouche. C'était l'odeur de ces jeunes humains aventureux qui avaient tendance à s'égarer loin de leurs villages, le fumet de la proie facile.

Une part de Rex savait qu'il devait se montrer raisonnable. Retourner auprès des autres et organiser l'opération : empêcher Dess et Mélissa de se disputer, donner ses instructions à Jonathan et à Jessica quand ils les rejoindraient, peut-être même s'envoler avec eux pour mener à bien le sauvetage. Nul autre que lui ne pouvait endosser ce rôle de chef dont le groupe avait besoin.

Mais l'odeur de la fillette solitaire l'attirait malgré lui, le long du sentier étroit. Cassie Flinders était tout près. Il en avait des picotements dans les paumes, et un besoin plus fort que tout monta en lui...

Trouve-la avant les autres. Elle est à toi.

Rex avança d'un pas hésitant. Il devait arriver le premier.

— Quinze ! lui cria Dess dans le lointain. Qu'est-ce que tu fabriques, Rex ? Dix. Espèce d'idiot ! Neuf. Reviens ici ! Huit. Tout de suite ! Sept...

Rex plongea dans les buissons.

Quelques secondes plus tard, le sol frémit sous ses pieds. Le temps bleu balaya la nuit et les broussailles, voilant les étoiles et faisant ressortir chaque branche et chaque brin d'herbe. Il avait retrouvé sa vision parfaite de voyant.

Il respira avidement l'essence du temps bleu, la clarté mentale de minuit.

Devant lui, à distance, son ouïe perçante saisit un petit cri de surprise et de peur... Cassie se réveillait.

Cela lui donna encore plus faim.

Moins d'une minute après le déclenchement de minuit, la nuit s'agitait déjà de tous les côtés. Des grouilleurs s'extirpaient des nids qui les avaient protégés du soleil, communiaient avec de petits couinements flûtés. Comme aux premières lueurs d'une aube de printemps, où d'étranges oiseaux se seraient réveillés pour commencer leur tapage.

Il y avait un tas de grouilleurs dans les parages. Les anneaux d'acier qui entouraient ses bottes parurent soudain à Rex une protection bien dérisoire. Il jeta des regards nerveux à travers les buissons, cherchant l'Empreinte des nids, imaginant la morsure glacée d'une paire de crocs dans son mollet. Rex avait travaillé un été dans la ferme de son grand-père, au Texas. Chaque pas dans ces broussailles lui rappelait l'anxiété qu'il avait éprouvée à l'idée de trouver un crotale sous les balles de foin qu'il devait soulever.

Un nouveau cri parvint à ses oreilles, et Rex s'arracha à la contemplation du sol. À travers les arbres, il aperçut une masse rocheuse, fendue en deux par une fissure. La crevasse était bien étroite, même pour une petite fille, mais suffisante pour abriter Cassie du soleil.

Pourquoi s'était-elle cachée là ? Elle avait vraiment joué de malchance pour se retrouver dans un endroit abrité du soleil.

À moins qu'on ne lui ait soufflé l'idée...

Rex enfila ses gants. Ces temps-ci, le contact de l'acier inoxydable lui était devenu insupportable, durant l'heure secrète. Mais ses gants en cuir lui permirent d'empoigner solidement sa nouvelle arme. Dess avait orné son couteau de chasse d'une corde de guitare extrafine, selon un motif qui lui brûlait les yeux. L'arme avait l'odeur d'une pièce de vélo habilement conçue – tout en alliages modernes et proportions étudiées – et chatoyait selon mille angles ingénieux.

Il avait mal à la tête rien qu'en la regardant, ou même en songeant à son nom, ce qui voulait dire que l'arme devrait pouvoir repousser n'importe quel darkling. Au moins le temps que Jonathan et Jessica le rejoignent. Le temps bleu avait commencé depuis quasiment trois minutes, ils ne pouvaient plus être loin.

Parvenu devant la fissure, il scruta les ténèbres à l'intérieur. Une lueur bleue émanait de la roche, révélant l'Empreinte de plusieurs grouilleurs sur la piste de petits pieds humains. La crevasse était plus profonde qu'il ne l'avait cru. Sans doute formée à la suite d'un tremblement de terre, elle s'enfonçait en zigzag dans la croûte schisteuse de l'Oklahoma.

Il s'arrêta et tendit l'oreille. Le halètement rauque d'une gamine prise de panique lui parvint.

— Cassie ? appela-t-il.

La fillette retint son souffle, puis lui répondit d'une voix suppliante :

— Aidez-moi.

Elle faisait beaucoup moins que ses treize ans.

— Tu n'as rien ?

— Mamie s'est changée en statue.

— Elle va mieux, maintenant. Elle se fait du souci pour toi. Comment te sens-tu ?

— J'ai mal.

— Où ça ?

— Au pied. Le chat m'a mordue.

Un chat. Rex se souvint du grouilleur que Jessica avait suivi la première nuit, quand les darklings avaient tenté de la tuer. Il s'était changé en chat noir pour venir gratter à sa fenêtre et l'entraîner dans les rues désertes, jusque dans les griffes d'un darkling. Ils avaient dû employer la même ruse avec Cassie Flinders. Seule au milieu d'un monde figé, elle avait suivi en toute innocence la seule autre créature vivante qu'elle avait vue.

— Ça va aller, Cassie. Je m'appelle Rex. Je suis là pour te ramener chez toi.

Elle ne répondit rien.

— Cassie, il faut que je sache : y a-t-il autre chose là-dedans avec toi ? En dehors du chat ?

— Le chat est parti.

— Tant mieux.

Le grouilleur avait dû la mordre à la fin de l'éclipse, juste avant de regagner son nid. Pour s'assurer qu'elle ne sortirait pas tout de suite de la grotte, où le soleil la libérerait du temps bleu. Cassie était restée figée pendant les quinze dernières heures. Pour elle, le chat venait à peine de détaler.

— Par contre, il y a des serpents là-dedans, continua Cassie. Ils me regardent.

Il s'efforça d'ignorer la peur perceptible dans sa voix et la réaction qu'elle entraînait chez lui. On devinait à sa respiration qu'elle était malade, et il se souvint d'avoir entendu aux infos qu'elle n'était pas allée à l'école parce qu'elle avait attrapé un rhume. Une proie facile.

La convaincre de sortir de la grotte risquait de se réveler ardu. Dans ses rêves de darkling, Rex avait vu des humains paralysés par la peur lorsqu'ils se trouvaient acculés.

Il essaya de se placer sur le côté afin de se glisser dans la fissure, mais, au bout d'un mètre à peine, des arêtes coupantes lui égratignèrent le dos et les côtes.

— Cassie ? Essaie de venir vers moi.

— Je ne peux pas.

— Je sais que ton pied te fait mal. Mais tu peux quand même marcher.

— Non. Ils m'en empêchent.

Mince, songea Rex. Les grouilleurs l'avaient piégée à l'intérieur. Il se demandait même si le rayon de la torche de Jessica arriverait à pénétrer jusqu'à la fillette. Il allongea le bras et frappa la pierre avec son couteau. Une étincelle bleutée jaillit, illuminant brièvement les parois de la fissure.

— Tu as vu ça, Cassie ?

— L'éclair ?

— Oui. C'est bien. Je suis tout près de toi. (Rex s'adossa contre la pierre et se tint sur une jambe, le temps de détacher les boucles de métal de sa botte. Puis il changea de pied et retira les boucles de l'autre botte.) Je vais jeter de petits objets dans ta direction, Cassie. Ça va effrayer les serpents. Cours vers moi quand tu verras des étincelles.

— Je ne peux pas. Ils me regardent.

Elle dit cela d'une voix sèche, comme hypnotisée par le regard sans vie des grouilleurs.

— Ils n'auront pas le temps de te mordre si tu fais vite, d'accord ? Je vais compter jusqu'à trois.

— Rex. Je ne peux pas. Mon pied.

— Tiens-toi prête, c'est tout. Un… (Il ramena les anneaux contre ses lèvres et chuchota leurs noms : Noradrénaline, Inextinguible, Ultraviolette et Vulnérabilité. L'Aversion fit courir une migraine fulgurante à travers la moitié darkling de son cerveau.) Deux… Trois… Cours !

Il jeta la poignée d'anneaux aussi loin qu'il put, et ils volèrent à travers la crevasse, faisant jaillir des étincelles. Le tintement clair du métal contre la roche retentit douloureusement aux oreilles de Rex.

— Tu leur as fait peur ! s'écria Cassie.

— Eh bien, cours ! Qu'est-ce que tu attends ?

Alors que l'écho de son cri s'estompait, Rex entendit couiner les tennis de la fillette au fond de la grotte. Elle apparut quelques secondes plus tard, livide et traînant la patte, en se glissant entre les parois rocheuses. Il lui tendit une main gantée et la tira dehors, sous la masse écrasante de la lune sombre qui se levait.

Soudain, il s'immobilisa. Une armée de grouilleurs les encerclait. Ils tapissaient le sol, et avaient envahi les branches des arbustes.

— Des serpents… murmura Cassie.

Mélissa, songea Rex de toutes ses forces.

Dans les profondeurs de son esprit, une voix lointaine lui répondit : *En chemin*. Il se demanda si cela voulait dire que Mélissa et Dess le rejoignaient, que Jessica arrivait… ou que d'autres forces étaient en chemin.

— Tout va bien, dit-il.

Il attira Cassie contre lui en brandissant son couteau.

C'est alors qu'il aperçut le darkling.

Celui-ci parut sortir du sol. Ses huit pattes se déployèrent autour de son corps, évoquant la floraison de quelque fleur abominable. Une mygale, l'araignée du désert qui hantait ses cauchemars.

D'où pouvait-il venir? Était-il arrivé en volant au-dessus du désert ou s'était-il tapi sous un rocher, à l'abri du soleil, attendant depuis la fin de l'éclipse le moment de savourer cette friandise devenue trop rare – un festin de chair humaine?

— Rex... ? fit Cassie d'une toute petite voix.

Ç'avait été leur plan depuis le début, bien sûr: le grouilleur chat l'avait entraînée jusqu'à cette grotte de façon à la piéger à l'intérieur en attendant l'arrivée de son maître. Après quoi les grouilleurs serpents à l'intérieur l'auraient fait sortir... si Rex ne s'en était pas chargé lui-même.

— Retourne à l'intérieur, chuchota-t-il.

Elle se cramponna à lui.

— Retourne dans la grotte, Cassie! cria-t-il. Cette saleté est trop grosse pour te suivre!

— Mais... les serpents?

Rex se retourna pour regarder à l'intérieur. Les profondeurs bleutées de la crevasse étaient constellées d'yeux braqués sur eux.

— Tiens, prends ça, dit-il en lui fourrant le couteau de chasse dans la main. Ils en ont peur.

Elle tint le couteau d'une main molle, en le fixant avec des yeux écarquillés.

— Il s'appelle Animalisation, ajouta-t-il. (Il serra les poings sous la douleur en lâchant le décatrigramme de Dess.) Si tu répètes ce mot, ils auront encore plus peur. *Animalisation.*

— Mais…

— File !

Il la poussa dans la fissure, espérant qu'elle aurait le courage de s'y enfoncer assez profondément pour se mettre hors d'atteinte des pattes arachnéennes du darkling.

Puis il se retourna et s'accroupit en position de combat, face à la créature. Celle-ci avait achevé de déplier ses pattes et pris appui sur le sol afin d'en décoller son thorax. Ses pattes n'étaient pas couvertes de poils mais de crocs redoutables, pareils aux épines d'un immense rosier monstrueux, et elle ruisselait d'une substance noire poisseuse, comme si on l'avait trempée dans du pétrole.

Rex serra et relâcha ses mains vides, prenant conscience qu'il était totalement désarmé. Il n'avait plus de couteau, plus de métal autour des bottes, et crier des mots de treize lettres lui ferait probablement plus de mal qu'au darkling.

— Jessica, qu'est-ce que tu fabriques ? murmura-t-il en jetant un coup d'œil à sa montre.

Son cœur se serra. Il ne s'était écoulé que six minutes depuis le début de l'heure secrète.

Elle n'arriverait jamais à temps.

Le darkling leva deux pattes et posa son abdomen dans le sable, comme une mygale sur le point d'affronter un ennemi. Rex apercevait ses crocs dans les replis de sa gueule frémissante, affamée.

Quand il avait dix ans, il restait immobile pendant que son père faisait courir ses mygales sur sa peau nue. Il se rappela la lenteur étrange de leurs déplacements, le mouvement saccadé de leurs huit pattes, la fascination écœurante qu'elles lui inspiraient.

La voix de son père lui revint en mémoire : *Du calme, mon gars ! Elles ne sont pas venimeuses. Elles ne peuvent rien te faire. Sois un homme !*

Les araignées velues avaient hanté les cauchemars de son enfance.

Rex attendit que le darkling passe à l'attaque. Ses deux pattes avant dessinaient des cercles dans l'air. On aurait dit un chien en train de nager. Ces ondulations menaçaient de l'hypnotiser, et Rex s'obligea à détourner les yeux.

Il fixa le sol, le cœur battant la chamade, les muscles bandés, prêt à livrer un combat sans espoir. Pourtant, il ne ressentait pas cette peur effroyable qui vous noue l'estomac ; l'araignée ne le terrifiait pas autant qu'elle aurait dû.

En fait, depuis que les darklings l'avaient changé, il n'avait plus rêvé une seule fois des mygales de son père. Mélissa et lui les avaient tuées lorsque le vieil homme était devenu impotent, après son accident mais Rex avait toujours su que leurs fantômes rôdaient sous la maison, guettant l'occasion de se venger.

Il releva la tête vers l'araignée géante et constata qu'elle ne l'impressionnait plus. Son arachnophobie (ce mot de treize lettres le fit tressaillir) avait disparu.

Rex montra les dents, et un son rauque s'échappa de sa gorge : le même sifflement que celui qui avait pétrifié sur place le pauvre Timmy Hudson.

Bien sûr, le darkling ne se laissa pas intimider aussi facilement. Cabré sur six pattes, il continuait sa petite danse hypnotique en scintillant sous la lune sombre. Mais les secondes passaient, et il n'attaquait toujours pas.

Rex comprit peu à peu. La créature n'avait pas adopté une posture de chasse – Rex n'était pas une proie. Il ne s'agissait pas d'une mise à mort à la fin d'une poursuite, mais plutôt d'un rituel entre deux prédateurs, nez à nez au-dessus de la même carcasse. La danse de l'araignée n'était qu'une attitude de défi visant à le faire battre en retraite et abandonner sa proie. Mais Rex était arrivé le premier.

Il tint ferme.

Les loups ne se mangeaient pas entre eux, après tout.

Pendant une longue minute, il fit face à la créature. Ses doigts recourbés en griffes fauchaient l'air, comme s'il obéissait d'instinct à un cérémonial familier. Ni le darkling ni lui n'avancèrent, tenus à distance par la peur et le respect mutuel.

Puis Rex perçut un goût dans son esprit – non pas celui de Mélissa, qu'il connaissait bien, mais un autre plus ancien, desséché, comme de la poussière sur sa langue. Il parvint à déchiffrer les mots.

Rejoins-nous.

Il avala sa salive, la gorge sèche, fixant toujours le darkling.

Bientôt nous chasserons ensemble.

Rex tenta de siffler de nouveau, de balayer les murmures qui résonnaient sous son crâne.

Puis il perçut une bouffée de peur chez la créature. Son pouls glacial s'accéléra soudain, donna un coup de fouet à son corps boursouflé. Le darkling se détourna et se transforma en s'affinant, en s'allongeant et en déployant des ailes. Enfin, il bondit dans les airs avec un sifflement perçant environné d'une nuée de grouilleurs. Tout ce petit monde se fondit dans la nuit, fuyant les lieux, effrayé par l'approche du porte-flambeau.

Alors que la créature disparaissait, une dernière pensée en fusa…

L'hiver est proche, hybride. Rejoins-nous.

Rex mit un genou à terre, épuisé, tremblant. Une forte migraine lui broyait le crâne ; une moitié de son esprit était en guerre contre l'autre. Le monde parut fléchir et se courber autour de lui, tandis que son Empreinte de voyant cédait le pas à la vision déformée du darkling.

Il avait bel et bien entendu la voix de la créature dans son esprit. Il n'avait pas seulement capté des impressions et des émotions, comme Mélissa quand elle se projetait mentalement au-dessus du désert. Il pouvait parler avec eux, à présent.

— Tu lui as fait peur.

La petite voix le ramena à la réalité et à la lueur froide du temps bleu. Rex pivota sur ses talons et se retrouva nez à nez avec Cassie, qui serrait son couteau de chasse à deux mains en le dévisageant d'un air éberlué. Les motifs tracés sur la lame du couteau lui faisaient mal aux yeux.

— Comment as-tu fait ça ? Elle était énorme.

Incapable de répondre, Rex regarda fixement la veine qui palpitait sur la gorge de la fillette, à fleur de peau. La stupeur qu'on lisait sur son visage était semblable au désespoir d'une proie pétrifiée, acculée par ses poursuivants. Malgré lui, il se sentit gagné par la faim.

L'autre darkling lui avait abandonné ce gibier, isolé et impuissant.

Rejoins-nous, crut entendre Rex dans sa tête. Il réalisa alors que, s'il voulait résoudre le conflit intérieur qui le rongeait, il pouvait le faire tout de suite, avec une simple mise à mort.

8

00 h 00

UN CAUCHEMAR INTERROMPU

— Les voilà ! annonça Jessica.

Une masse noire de grouilleurs s'élevait dans le lointain, pareille à une nuée d'oiseaux effrayés par un coup de fusil. Jonathan et elle volaient au-dessus de la voie ferrée qui s'enfonçait devant eux dans le désert profond.

— Je n'en avais pas vu autant depuis longtemps, dit Jonathan. Pas depuis...

Il n'acheva pas sa phrase.

Jessica vit le nuage se couper en deux. Une moitié s'éloigna tandis que l'autre fonçait vers eux.

— Que font-ils ? s'étonna-t-elle.

Les darklings restaient généralement à bonne distance de Jessica depuis qu'elle avait découvert son pouvoir. Mais cette nuée de grouilleurs semblait déterminée à l'attaquer. Les créatures se déployaient en rase-mottes, avançant vers eux comme une flaque noire.

— Je n'en sais rien. (Jonathan lui pressa la main.) J'ai l'impression qu'on s'est perdus. Attends une minute.

Ils se laissèrent retomber dans une petite clairière, à proximité de la voie ferrée. Elle fléchit les genoux au moment de toucher le sol, et l'herbe tendre amortit leur chute.

— C'est par où ? demanda-t-elle.

Depuis le sol, les arbres étaient les mêmes dans toutes les directions.

— Aucune idée, répondit Jonathan. Tout ça est en train de prendre beaucoup trop de temps.

Le trajet depuis la voiture leur avait coûté de précieuses minutes, mais au moins ils avaient avancé rapidement, d'abord à grands bonds au-dessus d'une piste en terre, puis à travers un quartier de masures branlantes bâties sur des terrains jonchés d'ordures. Au point de rendez-vous, Mélissa leur avait indiqué la direction suivie par Rex, en précisant qu'il se trouvait à moins de huit cents mètres. Mais la végétation dense les avait alors contraints à procéder par petits bonds prudents, de clairière en clairière. C'était le pire des terrains pour voler ; les buissons étaient dangereux, avec leurs épines effilées comme des rasoirs.

Tandis que Jonathan et Jessica perdaient du temps en rebondissant au hasard, Mélissa et Dess avaient sans doute regagné le point de rendez-vous. Jessica espérait seulement que Dess avait préparé suffisamment d'armes pour protéger tout le monde jusqu'à ce que Jonathan et elle les rejoignent.

— Il me semble que c'est par là, suggéra Jonathan. Mais qu'est-ce que… ?

Des formes silencieuses venaient de jaillir des arbres. Les grouilleurs, aux ailes repliées le long de leur corps reptilien, volaient comme des flèches noires décochées par des archers invisibles. Jessica leva le bras juste à temps pour en détourner un qui lui arrivait en pleine figure. Un bouquet d'étincelles bleues explosa autour d'Acariciandote, mais le picotement glacial d'une morsure lui remonta dans le bras jusqu'à l'épaule.

— Jess !

Jonathan l'attira contre lui, la protégeant de son corps. Un grouilleur s'écrasa dans son dos avec un bruit mou. Jonathan lâcha un grognement de douleur.

Jessica sortit Désinhibiteur de sa poche et l'alluma. Le faisceau de lumière blanche déchira le temps bleu, transformant quelques-unes des silhouettes fugitives en traînées de flammes rouges.

Elle promena sa torche à travers les arbres, envahie par une sensation de puissance familière. Mais sa lumière ne trouva plus rien. L'essaim avait quitté la clairière en quelques secondes.

Jonathan s'écarta, grogna et tendit le bras vers le creux de son dos.

— Aïe ! En plein sur la colonne ! Sales bêtes !

— Qu'est-ce qui leur a pris ? s'écria Jessica en éteignant sa torche.

Jonathan cligna des paupières, ébloui par la lumière blanche.

— Va savoir ? Peut-être qu'ils n'avaient pas vu que c'était toi… Couche-toi !

Il la plaqua au sol.

Jessica entendit d'autres grouilleurs les raser de près.

Ils avaient jailli des arbres une fois de plus, sans craindre son pouvoir de porte-flambeau. Elle alluma Désinhibiteur et l'agita au hasard, tandis que les derniers grouilleurs se dispersaient entre les branches.

— Il faut sauter ! cria Jonathan, la lumière blanche lui faisait plisser les yeux. Ils se servent de l'abri des arbres !

Il la mit debout en la tirant par sa main engourdie et bondit droit dans les airs. Ils s'élevèrent en tournoyant lentement sur eux-mêmes, déséquilibrés par le manque de coordination.

Ils étaient seuls dans le ciel, mais Jessica vit un autre vol de grouilleurs surgir des arbres et fondre sur l'endroit où ils se tenaient quelques instants plus tôt. Elle braqua Désinhibiteur vers le bas, et le sol de la clairière fut bientôt constellé de corps qui grésillaient en hurlant.

— À quoi jouent-ils ? Ils savent bien qu'ils vont se faire tuer.

— Je crois qu'ils essaient de nous retarder.

Quand ils parvinrent au sommet de leur saut, Jessica décrivit un large cercle avec sa torche mais rien ne volait à proximité. Au loin, en revanche, des grouilleurs s'étaient rassemblés autour d'une masse volante noire : un darkling ailé.

— Pas bon, dit-elle.

Lorsqu'ils avaient mis au point leur plan, ils avaient estimé que les gros darklings mettraient un moment pour atteindre Jenks depuis le désert profond. Mais, apparemment, l'un d'eux avait précédé ses congénères, alors qu'elle-même était en retard.

— Je peux ouvrir les yeux? demanda Jonathan tandis qu'ils commençaient à redescendre.

Elle balaya une dernière fois les arbustes environnants avec sa torche, mais, voyant que rien ne s'embrasait, elle l'éteignit.

— Oui.

Jonathan décrivit un tour d'horizon rapide, puis tendit sa main libre dans la nuit.

— Là-bas!

Au milieu de la végétation se dressait un gros rocher. Cela semblait correspondre à la direction indiquée par Mélissa. C'était sans doute là que Rex avait retrouvé la fillette.

— Allez. On va essayer de l'atteindre en un seul bond, dit Jonathan. S'ils sont prêts à risquer la lumière blanche pour nous ralentir, on a sans doute intérêt à se dépêcher.

L'instinct prit le dessus pendant la descente, et Jessica se tortilla en plein vol pour se préparer à l'atterrissage. Ils se réceptionnèrent dans l'herbe tendre et rebondirent sans marquer de pause.

Alors qu'ils s'élevaient au-dessus des arbres, Jessica repéra deux minuscules silhouettes devant une fissure dans le rocher.

— C'est bien eux!

— Ils ont l'air en un seul morceau, remarqua Jonathan. Tu vois des grouilleurs, dans le coin?

— Ferme les yeux.

Elle ralluma sa torche et promena son faisceau sur la petite clairière, sur les rochers, dans la cime des arbres. Il n'y eut pas de flammes ; aucun grouilleur ne jaillit des fourrés en hurlant. Jessica capta cependant des reflets violets dans les yeux de Rex quand il leva la tête vers eux, avant de se détourner avec une grimace douloureuse.

— Oups. (Jessica éteignit sa torche.) C'est bon. Tu peux regarder, maintenant, Jonathan. Atterrissage dans cinq, quatre...

Ils se posèrent en douceur dans l'herbe épaisse, à quelques mètres de Rex et de la fille fluette qui se tenait près de lui, cramponnée à son bras. De l'âge de Beth, elle portait un sweat-shirt déchiré avec un pantalon de pyjama. Elle ouvrit de grands yeux lorsque Jonathan et Jessica s'approchèrent. Malgré tout ce qu'elle avait pu voir cette nuit-là, deux personnes qui descendent du ciel en se tenant par la main avaient encore de quoi surprendre.

— Vous n'avez rien ? s'inquiéta Jonathan.

— Désolée de t'avoir aveuglé, Rex, ajouta Jessica.

Sans cesser de se masquer les yeux, les mains tremblantes, Rex répondit :

— Non, au contraire. Ça m'a éclairci les idées Vous arrivez juste à temps

Jessica se demanda ce qu'il entendait par là. Il n'y avait plus aucun grouilleur dans les parages. Pourquoi s'étaient-ils sacrifiés ainsi pour lui faire perdre une minute de plus ?

Jonathan lâcha Jessica et s'approcha de la fillette.

— Tu es Cassie, c'est ça ?

Elle hocha la tête, l'air hébété.

— Moi, c'est Jonathan. On dirait que tu t'es fait mal au coude.

Cassie regarda les marques rouges sur son bras, puis indiqua la grotte.

— Je me suis cognée là-dedans. Mais ce n'est rien. Tu devrais voir ma cheville.

Elle remonta l'une des jambes de son pantalon, dévoilant l'hématome violacé d'une morsure de grouilleur. Jessica fit la grimace. Elle secoua sa propre main, encore parcourue de picotements glacés.

— Aïe ! compatit Jonathan. J'ai horreur des serpents.

— Non. C'est ce stupide chat.

Jonathan jeta un coup d'œil à Jessica.

Elle se souvint de cette nuit abominable, lors de sa deuxième incursion dans l'heure secrète, quand le chat s'était transformé en serpent sous ses yeux. Une dizaine d'autres, accompagnés d'un darkling semblable à un félin géant, l'avaient aussitôt rejoint. Et puis, la plus grosse surprise de la soirée : découvrir que tout cela n'avait rien d'un rêve, que c'était une nouvelle réalité qui s'ouvrait sous ses pieds.

Jessica fronça les sourcils. Quand ils s'étaient parlé au téléphone, cet après-midi, aucun d'eux n'avait mentionné ce qu'ils feraient après avoir sauvé Cassie. Comment l'empêcher de raconter à tout le monde ce qu'elle avait vécu ?

Bien sûr, il y avait un moyen évident. Mélissa pénétrerait dans l'esprit de la fillette et y effacerait le souvenir de ces dernières heures. Elle l'avait fait à plusieurs reprises – aux propres parents de Jessica, en particulier. Et à l'époque où son pouvoir était encore jeune et mal affirmé, elle avait forcé l'esprit du père de Rex, laissant le pauvre homme à moitié fou. Quand Jessica revoyait ses yeux vides et laiteux, elle en avait froid dans le dos.

Mais peut-être y avait-il une autre solution.

— Drôle de rêve, hein ? lança-t-elle à la fillette en massant sa main douloureuse.

Jonathan parut surpris et Rex, qui semblait encore pas mal secoué, dut se retenir de pouffer.

— Quoi ? lâcha Jessica. Je dis simplement qu'en matière de cauchemar, celui-ci décroche la palme de la bizarrerie. Pas vrai, Cassie ?

Sur le visage de la fillette, l'ébahissement fit place à une expression songeuse.

— En fait, j'étais en train de me demander ce qui se passait, ici. (Elle leva la tête vers la lune sombre.) Où on est, d'ailleurs ? Et qui êtes-vous exactement ?

— Tu as eu de la fièvre, je crois ? hasarda Jessica.

— Pas vraiment. Ma grand-mère dit que c'est juste un rhume.

— Ah. D'accord. Si tu veux, admit Jessica en choisissant soigneusement ses mots. Mais tu sais que parfois, quand on est malade, il nous arrive de faire de drôles de rêves.

Cassie croisa les bras.

— Oui, peut-être. Mais les gens qu'on y croise ne vous disent pas que vous êtes en train de rêver.

Jonathan s'esclaffa.

— Bien essayé, Jess.

— Oui, cette gamine est plus maligne que ça, approuva Rex. Et plus solide qu'elle en a l'air.

— Comment ça, plus maligne ? s'indigna Jessica. J'ai bien cru à un rêve, moi, au début.

— Oh, c'est vrai. (Rex gloussa.) D'accord, raconte-lui ce que tu veux. En attendant Mélissa.

Jessica fit la moue et regarda Jonathan, mais celui-ci se contenta de hausser les épaules, impuissant. Il n'aimait pas cela, lui non plus, mais ne voyait pas d'autre moyen de garder le silence concernant l'heure secrète.

Soudain, ils entendirent un bruit de branches cassées.

— Quand on parle du loup… dit Rex en se retournant vers les arbres.

Dess émergea la première, un long tube métallique posé sur l'épaule comme un javelot. Elle s'arrêta en trébuchant dans la clairière et les dévisagea tour à tour. Puis elle abaissa son arme avec un grognement dépité.

— Les affreux ont fichu le camp, je parie ?

— Jusqu'au dernier, lui confirma Rex.

— Merde ! jura Dess. Je n'ai plus rien à tuer depuis que Jessica est devenue porte-flambeau.

Jessica soupira.

— Pardon. Je suis désolée.

Mélissa les rejoignit en tirant sur sa robe longue. Des brindilles et des épines s'accrochaient à l'ourlet.

— Hé, Rex ! lança-t-elle. Tu m'as fichu une sacrée trouille !

— Tu as senti ? demanda-t-il à voix basse.

— Difficile de faire autrement. Je savais que tu traversais une crise d'identité, mais te voir faire ami-ami avec un darkling, ça… !

Le regard de Jessica vola de l'un à l'autre. Rex avait une expression curieuse, et elle remarqua que ses mains continuaient à trembler, les doigts recourbés en griffes. Mélissa le dévisageait comme s'il lui avait poussé des bois de cerf.

— On a raté quelque chose ? voulut savoir Dess.

— Oui, que s'est-il passé ? demanda Jessica. J'ai vu un darkling qui s'enfuyait.

Mélissa fit un pas vers Rex et la fillette.

— Il était là, mais, apparemment, il a considéré Rex comme l'un des…

— Tais-toi ! l'interrompit Rex.

Il y eut un long silence, pendant lequel les deux midnighters échangèrent un regard noir.

— Pas maintenant, siffla Rex.

— Waouh ! intervint Cassie Flinders. Je suis peut-être en train de rêver après tout, parce que là, vous êtes trop bizarres !

Tout le monde se tourna vers elle. Cassie les défia du regard. Jessica estima qu'elle avait marqué un point.

— D'accord, petite, lui dit Mélissa après un nouveau silence gêné. Je crois qu'il est largement l'heure d'aller te coucher.

— C'est le matin ! protesta Cassie, avant de lever les yeux vers le ciel. Enfin, c'était…

— Peu importe, rétorqua Rex. Je n'arrive pas à croire

que ta grand-mère t'ait permis de sortir du lit. Alors que tu es malade et tout ça.

— Elle me laisse toujours jouer dans le jardin, répondit Cassie d'un ton vexé. Elle prétend qu'il n'y a rien de mieux que l'air frais pour soigner un rhume.

— Eh bien, je vais te remettre vite fait sous les couvertures, déclara Mélissa en lui tendant la main. Viens avec moi.

— Dit l'araignée à la mouche... grommela Dess.

Jessica lança un regard à Jonathan, de l'autre côté de la clairière. Il y avait forcément un autre moyen de garder le secret, sans toucher à la cervelle des gens. Ce n'était qu'une fillette, après tout. Qui la croirait ?

Quand la main de Mélissa se referma sur celle de Cassie, la petite fille parut se détendre. Puis elle bâilla, les yeux ensommeillés.

Mélissa se tourna vers les autres.

— Relax, les amis. Je suis bien meilleure qu'autrefois. De toute façon, je vais juste la calmer, l'endormir et peut-être lui suggérer que tout ça n'était qu'un rêve. Pour l'effacement total de mémoire, je préfère opérer sur des rigides. Ce qui n'est pas le cas de Cassie, comme vous l'avez peut-être remarqué. Le reste devra attendre.

— De quoi est-ce que vous parlez ? demanda Cassie d'une voix pâteuse.

Mélissa lui sourit en la raccompagnant vers la voie ferrée.

— Nous sommes en train de parler de la manière dont tu te rappelleras ce rêve, demain matin. (Elle cligna de l'œil à l'adresse de Rex.) Et dont tu l'auras probablement oublié, après-demain.

— Donc, elle va vendre la mèche ? demanda Jonathan. Et tout oublier le lendemain ? Ça ne va pas sembler un peu gros ? Je veux dire, elle va sans doute passer aux infos.

— Ce n'est qu'une gamine malade qui a fait une fugue. Peu importe, si elle donne l'impression de raconter n'importe quoi pendant une journée. De toute façon, il suffira de lui rendre une petite visite demain soir, à minuit, et..

Il claqua des doigts.

Ce bruit fit frissonner Jessica. Sans doute avaient-ils raison, la télépathie constituait peut-être le seul moyen de préserver le secret. Autrefois, quand Bixby était plus ou moins dirigé par les midnighters, ce genre de chose devait se pratiquer sans arrêt. Néanmoins, l'idée ne l'enthousiasmait guère.

— Euh… Rex, tu veux que je la laisse en plein soleil ? demanda Mélissa depuis l'orée de la clairière.

— Pas la peine, répondit-il. Jessica nous a déjà copieusement arrosés avec sa lumière blanche. Ça a marché pour moi quand j'étais à moitié darkling ; il n'y a pas de raison que ça ne marche pas pour elle. On se retrouve à la voiture ?

— D'accord. À tout à l'heure, l'homme-araignée, lui lança Mélissa avec un petit geste de la main.

Jessica regarda les deux filles disparaître entre les buissons. Dès que Mélissa lui prit la main, Cassie la suivit avec docilité. Peut-être était-ce le contrecoup de l'émotion. La pauvre venait de traverser une drôle d'épreuve. Mais Madeleine aussi avait effacé les souvenirs de Dess d'un simple contact.

Le pouvoir de Mélissa grandissait de jour en jour. Jessica se demanda de quoi elle serait capable si on la mettait vraiment en colère.

— Bon, Jessica. Prête à rentrer à la maison ? s'enquit Jonathan.

Elle se tourna vers Rex. Il semblait encore sous le choc.

— Ça va aller, Rex ?

— Mais oui. Je vais rester un peu dans le coin, histoire de voir s'il y a des sites d'ancien savoir à proximité. Ou des indices concernant cet endroit. Je crois que tu as gâché la fête des darklings pour une bonne heure au moins. Et puis, Dess a toujours...

— Mathématicien Machinalement Surmédicalisé, annonça-t-elle en brandissant son javelot avec fierté.

— Et ta voiture, Jonathan ? s'inquiéta Jessica.

— Je passerai la récupérer demain.

— Je peux la ramener, si tu veux, proposa Dess.

— Je préfère éviter, répondit Jonathan.

Dess renifla et lui chatouilla les côtes avec la pointe de Mathématicien.

Jessica resta là à masser sa main meurtrie en ruminant ses idées noires. Ils avaient sauvé une jeune fille, cette nuit-là, mais, en contrepartie, la malheureuse allait devoir oublier l'expérience la plus extraordinaire de toute sa vie.

Et Cassie Flinders n'était que la première. À mesure que le temps bleu se déchirait, d'autres personnes s'égareraient dans l'heure secrète, où les guettaient des monstres affamés. Peut-être même que le temps normal touchait à sa fin.

Pire encore, Beth était sans doute en train d'attendre Jessica dans sa chambre en ce moment même, prête à déchaîner sa fureur quand elle rentrerait à la maison.

— Tu sais quoi ? dit Jessica. Tu n'auras qu'à me raccompagner en voiture après l'heure secrète.

— Et le couvre-feu ? demanda Jonathan en se frottant le dos.

— Je prends le risque. Vous le faites bien, vous.

— Et Beth ? Je lui avais dit dix-huit minutes.

— Je prends le risque aussi.

— Mais pourquoi... ?

— Jonathan, tu n'es pas obligé de me raccompagner tout de suite, d'accord ? (Elle lui prit les mains, sentit sa légèreté couler en elle.) La nuit a été ratée jusqu'ici. On pourrait peut-être voler un peu ? Voler pour de bon, en plein ciel. Prendre notre temps pour rentrer...

Un large sourire illumina le visage de Jonathan.

— Prendre votre temps pour rentrer ? répéta Dess avec un sourire malicieux. C'est comme ça qu'on dit ?

Rex gloussa.

Jessica ne fit pas attention à eux. L'assaut des grouilleurs et la panique qu'elle avait ressentie lui avaient fait oublier leur discussion à propos des petites sœurs. Et, même si le fait qu'il aimait bien Beth l'avait agacée sur le moment, avec le recul, cela lui paraissait plutôt mignon.

— Viens. Allons voler tous les deux, dit-elle. (Elle se massa l'épaule.) Maintenant qu'on ne risque plus de se prendre un grouilleur sur la tronche…

— Eh bien, proposa-t-il après un moment de réflexion, as-tu déjà vu le fleuve ?

— L'Arkansas ? Oui, depuis le pont, en venant ici, répondit Jessica.

— Tu n'as jamais vu l'Arkansas si tu ne l'as pas contemplé pendant l'heure secrète, affirma Jonathan. L'eau immobile est idéale pour faire des ricochets.

— Oh, super. (Elle s'efforça de comprendre quelles lois du mouvement pouvaient entrer en jeu, mais renonça presque aussitôt.) Comment ça marche ?

Jonathan sourit de plus belle. Ses yeux bruns brillaient sous la lune sombre.

— C'est un peu difficile à expliquer. Disons que les pierres rebondissent beaucoup mieux que sur une eau ordinaire. Nager est très amusant aussi.

— D'accord, dit Jessica. Je n'ai rien contre l'idée de m'amuser un peu.

— Alors, allons-y. Je vais te montrer.

Jonathan lui tendit la main, qu'elle prit.

— Profitez-en bien, les enfants ! leur lança Dess.

— Promis, dit Jessica. À plus tard, Rex !

Le voyant se contenta d'opiner de la tête. Ses mains tremblaient encore. Même dans la lumière bleue, il avait le visage cendreux. Que s'était-il passé avant leur arrivée ? Pourquoi le darkling s'était-il enfui alors que Jessica cherchait son chemin, et que les grouilleurs se sacrifiaient par poignées pour la retarder ?

De toute évidence, Rex et Mélissa nous dissimulent certaines choses, pensa Jessica.

Jonathan et elle bondirent par-dessus les arbres, regagnèrent la voie ferrée puis survolèrent Jenks. Jessica repéra tout à coup le scintillement du fleuve dans le lointain. Du ciel, il avait l'air d'un grouilleur géant qui serpentait entre les collines, illuminé par la lune sombre.

— Tu sais, dit Jonathan alors qu'ils volaient, c'est peut-être aussi bien pour Cassie, qu'elle oublie tout ça.

— Peut-être. Mais ce n'est pas juste.

— D'accord, mais pense à la terreur qu'elle risquerait d'éprouver. Une gamine de son âge, savoir que toutes sortes de créatures inquiétantes rôdent autour d'elle chaque nuit, pendant une heure, alors qu'elle reste pétrifiée ?

— Pas faux, reconnut Jessica. Moi-même, ça m'effraie. Et pourtant je suis le terrible porte-flambeau.

— En plus, tout le monde la prendrait pour une folle et comme elle ne verra plus jamais le temps bleu, elle finirait sans doute par le croire aussi.

Ils se posèrent sur la berge, longue bande de terre parsemée de touffes d'herbe. Le fleuve s'étalait devant eux. Ses vaguelettes immobiles ressemblaient à des éclats de diamant, où se reflétait la lune sombre.

La vue était magnifique. Pourtant, Jessica frémit.

— Tu as froid ?

— Non. Il fait toujours bon, à minuit. Je me demandais simplement si Cassie reverrait le temps bleu, un jour. Et si Dess avait raison ? Si l'heure secrète débordait sur Bixby – ou même le monde entier – à tout jamais ? Si tout le monde se retrouvait piégé à l'intérieur, comme Cassie ? Tout à coup, il n'y aurait plus de voitures qui fonctionnent, plus d'électricité, les gens ne pourraient même plus faire du feu. Nous sommes les seuls sur toute la planète à savoir nous protéger à coups de mots de treize lettres et d'acier propre. Que se passerait-il, dans ce cas-là ?

Il lui pressa la main.

— Je viendrais te chercher, où que tu sois. On s'en sortirait.

— Oui, mais tous les autres ?

Jonathan répondit d'un ton grave :

— À mon avis, ils auraient de sérieux ennuis.

9 — 07 h 15

MISS CONFIANCE

En entrant dans la cuisine, le lendemain matin, Jessica poussa un soupir de soulagement. Il lui restait quelques minutes de répit : Beth n'était pas encore levée.

— Bonjour, Jess. Tu veux du pain grillé ?

Jessica, qui guettait les signes avant-coureurs d'une nouvelle punition sur le visage de sa mère, n'y vit que les traces habituelles de la fatigue due au stress. Apparemment, Beth n'avait pas tiré la sonnette d'alarme, la nuit dernière.

— Je veux bien, maman. Merci.

Jessica prit place à table. Jonathan avait peut-être raison : le meilleur moyen de régler le problème de Beth était de l'obliger à abattre ses cartes.

Mais, au fond d'elle-même, Jessica doutait que ce soit aussi simple.

Sa mère glissa deux toasts dans le grille-pain, puis jeta un coup d'œil la machine à café qui gargouillait gaiement sur le plan de travail.

— Tu as des projets pour ce soir ?

— Euh non. Attends un peu, serait-ce une manière subtile de me dire que je ne suis plus punie ?

— Pas tant que ça, répondit sa mère. Je garde la subtilité pour après le café.

Elle versa un fond de lait dans un mug vide, les yeux fixés sur le breuvage noir qui gouttait dans la cafetière.

— Ça reste quand même plus fin que papa. Hier après-midi, il m'a prévenue qu'il m'aurait à l'œil.

— Il a raison. (Mme Day regarda Jessica.) Mais, pour ma part, j'ai envie de te faire confiance. Qu'est-ce que tu dis de ça ?

— Que c'est super. Que ça change de te voir jouer les méchantes.

— J'imagine. (Sa mère fixa la cafetière avec une concentration intense.) Mais ça me prenait trop d'énergie. Il faut bien que ton père m'aide aussi un peu.

— Merci, en tout cas. Je ne te décevrai pas.

Ces mots lui étaient venus machinalement. Jessica éprouva néanmoins une pointe de culpabilité. Elle avait franchi une limite supplémentaire, la nuit précédente. Se glisser hors de la maison pendant l'heure secrète était une chose. On pouvait à peine parler d'une infraction au couvre-feu : quand toutes les horloges du monde étaient figées, le temps devenait un concept vide de sens. Sans compter les darklings à tuer et les fillettes à secourir.

Mais, cette fois-ci, elle était rentrée vers deux heures du matin, réduisant largement son temps de sommeil. Elle avait encore les yeux endormis, et, quand elle avait pris sa douche, une poussière rouge avait coulé pendant une bonne minute au fond du bac.

Pourtant, elle n'avait pas le moindre regret. Leur visite au fleuve immobile en valait largement la peine. Dans le temps bleu, l'eau était aussi tiède que par une belle journée d'été. D'après Jonathan, on pouvait s'y baigner en plein hiver. Faute de courant, le fleuve devenait semblable à une immense piscine chauffée. Leur baignade avait permis d'évacuer la douleur de sa main mordue – sans parler de la tension entre Jonathan et elle.

— Ça, c'est bien Jessica : miss Confiance en personne, approuva Beth depuis le seuil de la cuisine.

Jess se demanda depuis combien de temps elle se tenait là. Peut-être avait-elle attendu que sa grande sœur se lève pour la suivre dans le couloir.

Se sentir espionnée dans sa propre maison n'était décidément pas drôle.

Jessica s'éclaircit la gorge.

— Eh oui, je suis comme ça.

Beth se laissa tomber sur une chaise et lui adressa un sourire mielleux.

— Bien dormi, miss Confiance ?

À cet instant, le toast de Jessica jaillit du grille-pain, tandis que le café achevait de s'écouler en crachotant.

— Je me sers, maman.

Jessica bondit de sa chaise, prit un couteau et une fourchette dans le tiroir et s'en servit comme de baguettes pour récupérer son pain grillé.

— Tu m'en fais griller à moi aussi ? demanda Beth.

Jessica jeta un coup d'œil à sa mère, qui dévisageait Beth avec un air surpris, la cafetière dans une main, le mug dans l'autre. La machine à café lâcha quelques dernières gouttes sur la plaque chaude, où elles s'évaporèrent avec un sifflement de grouilleurs enragés.

— Sois polie, Beth, finit par demander Mme Day. Dis « s'il te plaît ».

— Je suis très polie. Pas vrai, Jessica ?

— Oui. Très. (Jessica enfonça le bouton du grille-pain et se pencha sur la double fente, en regardant les résistances rougeoyer à l'intérieur.) Tu ne t'imposes jamais quand ta présence n'est pas désirée, par exemple.

— Oui, et je suis toujours à l'heure. Un modèle de ponctualité.

— Qu'est-ce que vous racontez, toutes les deux ? s'étonna leur mère.

Jessica lança un regard noir à sa petite sœur, la mettant au défi de continuer et de tout moucharder à leur mère : qu'elle s'était éclipsée la nuit précédente, qu'elle voyait Jonathan, et d'autres choses encore. Quoi qu'elle dise, elle ne savait pas la moitié de ce qui se passait.

De toute manière, que lui importait de s'attirer des ennuis ? La veille, Jessica avait découvert que tout ce qu'elle connaissait pouvait disparaître d'un moment à l'autre – dans une semaine, ou peut-être même ce matin –, que sa réalité entière risquait d'être envahie par les darklings. Elle n'allait pas se laisser intimider par un moucheron comme Beth.

Par ailleurs, son petit ami pouvait voler. Être privée de sorties n'était pas si gênant.

Elle toisa Beth en songeant très fort : *Vas-y, déballe tout.*

— Rien, finit par répondre Beth. On rigole, c'est tout. Ne fais pas attention.

Leur mère soupira puis consulta sa montre.

— Très bien, comme vous voudrez. Je suis en retard. Passez une bonne journée, les filles. (Elle regarda Jessica en brandissant son téléphone portable.) Préviens-nous ton père et moi, si tu fais quelque chose après le lycée, d'accord ?

— Je vous appelle tous les deux. Promis.

Les tartines de Beth jaillirent du grille-pain, et Jessica les servit à sa sœur sur une assiette.

— Et voilà !

— Merci, Jess. Tu vois, maman ? Je suis polie, hein ?

— C'est bien, Beth. À ce soir, vous deux.

Les deux sœurs dirent au revoir à leur mère puis attendirent en silence, le temps qu'elle hisse son gros sac sur son épaule et que le bruit de ses pas s'éloigne dans le couloir. La porte s'ouvrit et se referma.

Jessica se tourna vers sa sœur, qui mastiquait son pain grillé d'un air songeur.

— Merci.

— Pourquoi ?

Jessica se racla la gorge.

— Eh bien... de ne pas m'avoir dénoncée à maman.

— Je te l'ai dit, Jess, je ne cherche pas à t'attirer des ennuis. Je veux juste comprendre ce qui se passe. (Elle sourit d'un air malicieux.) Et je finirai par le savoir… d'une manière ou d'une autre.

10

23 h 49

PIQÛRE DE RAPPEL

À cette heure tardive, le brouhaha mental de Jenks lui parvenait de façon très atténuée. Bon nombre d'habitants semblaient encore debout – pour la plupart, ils étaient scotchés devant la télé –, mais il y avait bien moins de monde qu'à Bixby. Les esprits clairsemés jalonnaient le paysage mental comme des lucioles.

— Personne à proximité des rails ?

Mélissa ouvrit les yeux et secoua la tête.

— Non, Rex. Rien de plus gros qu'un écureuil.

La vieille Ford était garée dans le même champ que la nuit précédente, face à la longue bosse de la voie ferrée. Mélissa ne percevait aucun esprit humain dans les buissons, ce qui constituait déjà un souci de moins.

Rex avait presque retrouvé son état normal, toujours à s'inquiéter de tout. Il se rongeait les sangs à l'idée que Cassie Flinders ait raconté à ses amies ce qu'elle avait vu la veille, ou, pire encore, qu'elle ait vendu la mèche à la chaîne d'infos locale.

Mélissa devait admettre qu'une bande de gosses en mal

de sensations fortes qui sortirait la nuit sur la voie ferrée « hantée » leur causerait du souci. Ils avaient bien assez de la fosse aux serpents, où l'on marchait littéralement sur les adolescents figés venus se frotter à la magie des pierres. En plus, cette déchirure dans le temps bleu était dangereuse. Autant éviter, si possible, que de nouvelles Cassie basculent de l'autre côté.

En se projetant mentalement à travers la contorsion, Mélissa prit conscience qu'elle percevait la déchirure. On flairait dans cet endroit quelque chose de pas naturel, de vaguement contre nature, pareil à cette odeur de chlore sur la peau quand on sort de la piscine. Elle fronça le nez en se demandant si la déchirure avait grandi depuis la nuit dernière ou si elle ne s'élargissait qu'à l'occasion des éclipses.

— C'est peut-être trop tôt, dit-il. Les rumeurs qu'a pu lancer Cassie n'ont pas eu beaucoup de temps pour se répandre.

— Oh, on peut revenir leur flanquer la trouille demain soir, si tu veux. (Elle fit jouer ses doigts.) Bien sûr, c'est à se demander si ça en vaut vraiment la peine.

— La peine de quoi ?

— De sauver tous les gamins qui s'aventurent en territoire darkling, alors que Bixby tout entier est sur le point de se transformer en buffet géant. (Elle le vit serrer les poings, sentit la tension qui l'habitait, et soupira.) Je plaisante, Rex. Tu me connais, toujours prête à sauver les gens.

Il se détendit, respira un bon coup.

— Tu m'as bien sauvé, moi.

Elle sourit. Rex n'avait jamais oublié la nuit où elle avait traversé Bixby à pied pour venir à sa rencontre, alors qu'ils étaient encore enfants. Après tant d'années, malgré toutes les erreurs qu'ils avaient pu commettre, il restait ce gamin de huit ans empli de gratitude auquel elle avait prouvé que le temps bleu était réel, et non une sorte de cauchemar récurrent.

Mais pourquoi se montrait-il aussi nerveux, ce soir? Même avec ses nouveaux pouvoirs, Mélissa avait parfois du mal à percevoir certains détails. Pas sans contact physique, en tout cas. Et, pour l'instant, Rex ne montrait guère d'enthousiasme dans ce domaine.

— Peut-être que Cassie n'a rien dit à personne, suggéra-t-il. Peut-être qu'elle croit vraiment avoir rêvé.

— Je ne sais pas. Elle avait l'air un peu trop maligne.

Mélissa hésita, pas tout à fait certaine que « maligne » soit le mot juste. Cassie Flinders avait la tête sur les épaules, et Mélissa avait décelé en elle une sacrée dose de roublardise. Elle n'avait peut-être pas dit grand-chose, cette nuit-là, en se comportant comme une gamine sous le choc, mais elle avait écouté et enregistré tout ce que les midnighters avaient pu dire devant elle. Plus tôt Mélissa effacerait ses souvenirs, mieux ce serait.

— N'y va pas trop fort quand même, cow-girl.

Elle perçut la remarque de Rex comme un mauvais goût dans la bouche – du lait caillé mêlé d'acide de batterie –, et gémit.

— C'était il y a longtemps, Rex. Je fais beaucoup plus attention, maintenant. Je serai légère comme une plume, fais-moi confiance.

— D'accord. (Il consulta sa montre.) Que fait-on des huit minutes qui nous restent ?

— Mince, beau gosse, s'il faut vraiment que tu poses la question...

Il sourit et se tourna vers elle, en se penchant sur la banquette avant. Mais ses gestes manquaient de conviction.

Qu'est-ce que tu me caches encore, beau gosse ? songea-t-elle.

Au moment où ils s'embrassèrent, elle sentit la nervosité de Rex grésiller sur ses lèvres. Elle les lécha délicatement, changea ce goût d'anxiété en désir et l'attira plus près. Sa propre excitation montait – à l'approche de minuit, du moment tant attendu où elle emploierait ses nouveaux pouvoirs afin de manipuler l'esprit figé de Cassie. Elle balaya l'appréhension de Rex, qui se mêlait à son désir comme deux goûts distincts dans sa bouche.

Il la prit par les épaules – il avait les mains gantées, au cas où il toucherait de l'acier par mégarde – et l'attira contre lui. Elle glissa une main à l'intérieur de son blouson et la tête se mit à lui tourner. Elle sautait sous ses doigts la métamorphose en cours de Rex et en savourait le goût acidulé, pareil à ces sucreries qui pétillent sur la langue.

D'ordinaire, quand ils se touchaient, la technique transmise par plusieurs générations de télépathes permettait à

Mélissa de conserver son sang-froid. Mais, cette nuit-là, l'assurance de Rex, cette force qui grandissait en lui de jour en jour, menaçait de la submerger. Elle aperçut des bribes de ce qu'il avait vécu la veille au soir, vit par ses yeux la danse du darkling, le salut d'un prédateur à un autre. L'échange qu'il y avait eu entre eux.

Puis elle découvrit la cause véritable de sa culpabilité et de son angoisse : à quel point il avait été proche de s'abandonner au darkling qui bouillonnait en lui. Elle se demanda ce qui serait advenu de Cassie Flinders si les autres étaient arrivés quelques minutes plus tard…

Sa mémoire ancestrale l'avertit que Rex devenait une entité comme aucun télépathe n'en avait jamais embrassé par le passé. Des ombres montaient en lui, anciennes et terrifiantes.

Elle ignora cette mise en garde. Il s'agissait de son Rex, après tout. De la personne qui lui avait permis de survivre aussi longtemps. Pendant toutes ces années, alors que son esprit inculte se trouvait sans défense, voilà ce dont elle avait toujours rêvé : pouvoir enfin le toucher. Mélissa mit de côté tout ce que Madeleine lui avait transmis – la maîtrise, le contrôle – et s'enfonça dans les ténèbres qui le hantaient.

À l'instar des esprits anciens au fond du désert, les choses qui rôdaient là n'avaient pas de mots. Elle saisissait au vol des images : les signes de l'ancien savoir, un tas d'ossements, une odeur de brûlé… la montée d'adrénaline au moment de s'abattre sur une proie.

Après un instant de douleur intense, Rex s'écarta en tremblant de tous ses membres.

Mélissa demeura immobile un moment, contemplant ses yeux violets sous la clarté lunaire, tandis que les échos de ce qu'elle avait perçu en lui s'estompaient peu à peu. Elle avait un goût salé dans la bouche. Elle se demanda brièvement à quel genre de bruit mental il correspondait, avant de réaliser que ce goût était bien réel : c'était celui du sang.

— Zut, dit-elle en portant la main à sa bouche. Je me suis mordu la lèvre. Je suis vraiment nulle.

— Ce n'est pas toi. (Il se détourna.) Désolé… si ça t'a semblé bizarre.

— Ça va, Rex. (Mélissa se palpa la lèvre.) Moi aussi, j'avais des sensations bizarres, la première fois qu'on s'est touchés. Tu te souviens ?

Il se tourna vers elle, retira un gant et effleura la bouche du bout des doigts.

Au même instant, un frisson parcourut la voiture, et le brouhaha mental s'éteignit d'un coup, tandis qu'une lumière bleue recouvrait le monde. Dans cet environnement soudain silencieux, les visions qu'elle avait reçues de Rex se précisèrent.

Elle vit un bout de papier couvert des symboles arachnéens de l'ancien savoir. Elle comprit que c'étaient ces signes indéchiffrables qui le rendaient si nerveux.

Mélissa plissa les yeux sous la lune sombre.

— Qu'est-ce que… ?

— Je l'ai trouvé ce matin, répondit Rex d'une voix sèche.

Il fouilla dans son blouson et sortit un bout de papier froissé. Il l'ouvrit, dévoilant les symboles griffonnés qu'elle venait de voir en esprit.

— C'est ça qui te met dans un état pareil ? (Elle s'enfonça en arrière sur son siège.) Les considérations d'un voyant d'autrefois à propos de la fin du monde ?

— Ce message n'a rien d'ancien. Regarde.

Elle l'étudia de plus près. Les symboles étaient tracés sur une feuille à carreaux, percée de trois trous, dont le bord dentelé indiquait qu'on l'avait arrachée à un carnet à spirale.

— Je ne comprends pas. C'est toi qui as écrit ça ?

— Non. Je l'ai trouvé ce matin, sur la table de ma cuisine.

— Attends une minute. (Mélissa réfléchit à toute vitesse.) Ce sont les symboles de l'ancien savoir, non ?

— Exact, cow-girl. Dans un dialecte un peu étrange, mais correct.

— Et c'est apparu comme ça, dans ta cuisine ? Mais il n'y a personne, à part toi, qui sache employer ces symboles. Toi et… oh, mince. (Mélissa se mordilla l'ongle de l'annulaire et le trancha avec un bruit sec.) Les dominos qui permettent aux Grayfoot de communiquer avec les darklings : ils portent tous ces symboles.

— Exactement. Avec les mêmes différences que dans ce message. Il est signé. (Il indiqua le coin inférieur droit de la feuille, où l'on avait inscrit un numéro de téléphone portable à côté de trois symboles arachnéens entourés d'un cercle.) *Ah-nu-gee*.

— Et ça veut dire quoi, *ah-nu-gee* ?

— D'ordinaire, chaque symbole représente un mot, mais, quand on les entoure d'un cercle, ils correspondent à des sons, à la manière d'un alphabet. Ça permet d'épeler des noms ou de désigner des objets qui n'existaient pas encore, il y a des milliers d'années.

— Donc, à l'époque, les gens n'avaient pas d'*ah-nu-gee* ? Mais qu'est-ce que ça veut dire ?

Il rit doucement.

— À l'époque, ils n'avaient pas certains sons. On parle d'un langage qui remonte à l'âge de pierre… *Ah-nu-gee* est ce qu'ils ont trouvé de plus proche d'*Angie*.

— Angie.

Mélissa sentit son sang se glacer. Angie, nom de famille inconnu, était un agent des Grayfoot. Elle traduisait les messages des darklings, était présente dans le désert, la nuit où Anathéa avait trouvé la mort, et avait sûrement participé à l'enlèvement de Rex.

— Elle t'a écrit ?

— Elle voudrait me rencontrer.

— Te rencontrer ? Non, mais… (Mélissa s'écrasa au fond de son siège et grogna, les poings serrés.) Elle est folle ?

Rex haussa les épaules.

— Plutôt effrayée, d'après moi. Les Grayfoot préparent quelque chose, mais elle ignore quoi. Elle dit que, depuis la mort d'Anathéa, ils ont coupé les ponts car elle n'est pas de la famille.

— Oh, la pauvre, siffla Mélissa dont les ongles s'enfonçaient dans ses paumes. Ne me dis pas que tu la crois ? C'est un piège pour t'enlever encore une fois !

— À quoi bon ? Les darklings ne peuvent plus me transformer. Jessica a incendié leur site de création d'hybrides.

— Un piège pour t'éliminer, dans ce cas. Les sales petits sournois. Ils veulent finir ce qu'ils ont commencé voilà cinquante ans.

— Mélissa, dit-il avec un calme horripilant, on a déposé ça sur la table de ma cuisine, pendant mon sommeil. Si on avait voulu me tuer, je serais déjà mort, tu ne crois pas ? Elle veut juste échanger des informations. Je te l'ai dit, elle a peur.

Mélissa se domina, comptant les battements de son cœur jusqu'à ce qu'ils ralentissent.

— D'accord, Rex. Échanger des informations – bonne idée. Pourquoi ne pas lui proposer de passer chez toi, disons, vers vingt-trois heures cinquante-cinq ? (Elle sentit ses lèvres se retrousser sur ses dents.) Je lui donnerai de vraies raisons d'avoir peur.

— Je te croyais devenue légère comme une plume ?

Elle ricana.

— Allons, Rex. C'est une situation gagnant-gagnant. Nous apprendrons tout ce qu'elle sait à propos des Grayfoot, et elle sera transformée en légume.

Il se contenta de la fixer en silence. La vieille culpabilité pour ce qu'ils avaient infligé à son père se répandit dans la voiture comme une fuite de gaz.

Mélissa soutint son regard un moment, puis lâcha un soupir.

— Excuse-moi. (Elle détourna la tête.) Pourquoi ne pas m'en avoir parlé plus tôt ?

— Parce que ça m'a donné une idée. Mais ça ne va pas te plaire.

— Pas question que tu la rencontres, Rex, siffla-t-elle. Sauf si c'est au milieu de Bixby, juste avant minuit, et si je suis présente pour lui réduire la cervelle en bouillie. Je me fiche de savoir que les darklings ne peuvent plus te transformer. Angie est cinglée. Elle serait capable de te livrer pieds et poings liés aux Grayfoot rien que pour retrouver leur faveur !

— Ne t'en fais pas. Je ne pensais pas à ça. (Il se gratta le menton.) Je n'ai même pas l'intention de l'appeler. Mais il se prépare quelque chose d'important. Et l'ancien savoir ne nous dit rien à ce sujet. Je devrais peut-être remonter directement à la source.

— Tu veux dire discuter avec grand-papa Grayfoot en personne ? Il est encore plus tordu qu'Angie. Il a quand même fait tuer une centaine de personnes en une seule nuit !

— Non, pas lui. Depuis la mort d'Anathéa, il n'a plus de contacts avec les darklings. Il doit être en train de paniquer, lui aussi.

— Alors à qui penses-tu ?

Il tendit la main et lui effleura la bouche une nouvelle fois. Elle sentit ses doigts toucher son sang, frôler sa plaie à la lèvre. Et une image épouvantable s'imposa à son esprit. Elle vit le désert, la lumière froide et bleue...

— Non, dit-elle.

— Ils savent ce qui se passe. Tu l'as dit toi-même.

— Ils vont te dévorer sur place, Rex.

Il secoua la tête avec lenteur.

— Les loups ne se mangent pas entre eux.

— Euh... Rex ? (Elle se racla la gorge.) Tu as peut-être raison. Mais je suis presque sûre que les loups se tuent entre eux.

— Hum, pas faux. (Il prit une grande inspiration.) Pourtant, tu as bien senti ce qui s'est passé, la nuit dernière. La chose m'a parlé.

Elle frémit en se rappelant les images que Rex lui avait transmises pendant leur baiser. Cette araignée gigantesque qui lui faisait presque des courbettes, comme s'ils étaient de vieilles connaissances. Elle avait encore dans la bouche le goût de ses pattes avant esquissant leur salut sinueux.

— Ce darkling était seul, Rex. Là, tu me parles du désert profond. Il y en aura des dizaines, peut-être des centaines. Nous ne savons même pas combien ils sont.

— Je n'ai encore rien décidé, d'accord ?

Elle contempla le croissant de lune sombre à l'horizon, vérifiant qu'aucune silhouette ailée ne s'y découpait. Quand Rex avait proposé de venir là ce soir sans Jessica, l'idée l'avait laissée dubitative. Ils avaient déjà affronté des darklings tout seuls par le passé, mais cet endroit avait attiré des nuées de grouilleurs, et des relents d'esprits anciens flottaient encore dans les parages.

Durant leur baiser, toutefois, Mélissa avait réalisé qu'elle n'avait rien à craindre là en présence de Rex. Pas de la part des darklings, en tout cas. Il faisait désormais autant partie des leurs qu'il était humain.

Un détail étrange attira son regard : quelques feuilles mortes tombaient le long de la voie. Leur couleur rousse détonnait dans le temps bleu. Il s'agissait de la déchirure, de cette fraction de temps qui échappait à l'immobilité. C'était sans doute là que Cassie Flinders se trouvait, le matin précédent.

Mélissa soupira. Ils devraient s'occuper de cette gamine en ce moment même, au lieu de rester assis à bavarder.

— D'accord, Rex, je veux bien croire que tu puisses parler aux darklings. Mais préviens-moi avant de tenter quoi que ce soit.

Il rit.

— Pourquoi ? Pour me faire changer d'avis à mon insu ?

— Jamais je ne ferais une chose pareille, Rex.

— Promis, cow-girl ? Ni à moi ni à personne d'autre, sans me demander mon accord ?

— Promis.

Il lui prit la main, et Mélissa lui confirma mentalement sa promesse. Quoi que devienne Rex, quels que soient les risques insensés qu'il prendrait, elle n'effacerait ni ne changerait jamais la moindre pensée dans son cerveau...

Pas même pour te sauver la vie.

Ils franchirent les rails, en s'arrêtant brièvement devant la déchirure du temps bleu. Un scintillement rougeâtre en marquait les limites. De la taille d'un semi-remorque, elle semblait avoir beaucoup grandi depuis que Cassie Flinders s'y était engagée sous les yeux de sa grand-mère, figée à quelques mètres. Les feuilles de deux arbres pris à l'intérieur y tombaient en douceur.

Rex posa le pied dans la déchirure pour attraper une feuille. Il la lâcha, et elle se remit à tomber.

— On a une sensation différente, là-dedans.

— Elle continue de s'agrandir ? En ce moment, je veux dire ?

— Seulement pendant l'éclipse, d'après Dess, répondit-il. Comme une ligne de faille au cours d'un tremblement de terre.

Elle le tira en arrière. Cette histoire de déchirure lui donnait froid dans le dos. Voilà bien la dernière chose dont elle avait besoin : une bande d'humains bruyants débarquant en plein minuit.

— Allez, viens.

La maison de Cassie Flinders était une vieille caravane, qui avait planté ses crocs de béton dans le sol dur pour résister au vent tenace de l'Oklahoma. Ses décorations d'Halloween étaient déjà en place – un faux squelette hilare aux articulations cliquetantes, des fanions orange et noirs aux reflets bleus.

Rex fixa longuement le squelette.

— Un ami à toi ? s'enquit Mélissa.

— Je ne crois pas. (Il tira la moustiquaire, dont les charnières rouillées grincèrent. La porte intérieure n'était pas fermée à clé. Rex sourit.) Ah, les braves gens.

Ils pénétrèrent dans la maison plongée dans le bleu. Le plancher ployait sous leurs pieds. Mélissa se demanda si le vieux bois resterait courbé ainsi jusqu'à la fin de l'heure secrète, pour se redresser brusquement dans un concert de grincements au douzième coup de minuit. L'homme volant avait toujours plein de questions de ce genre dans la tête. Si les autres acceptaient de lui reparler un jour, elle lui poserait la question.

Une vieille dame était assise dans la cuisine, devant un bol au contenu bleuâtre peu appétissant. Elle fixait une télé à l'écran vide, tenant entre ses doigts une cigarette à la fumée immobile. Mélissa évita de la regarder.

La chambre de Cassie s'ouvrait dans un coin. Sa porte était couverte de dessins et de décorations d'Halloween. Rex indiqua un chat noir.

— Marrant qu'elle n'ait pas enlevé ça, après la nuit dernière.

— Les chats. (Mélissa renifla.) Sales petits monstres d'égoïsme et d'arrogance. Sauf le tien, bien sûr, s'empressa-t-elle d'ajouter.

— L'arrogance de Daguerréotype fait partie de son charme.

Il poussa la porte.

La chambre était plutôt sobre pour une gamine de treize ans. On n'y trouvait ni poupées ni posters de boys bands. Les murs étaient tapissés de dessins au crayon – paysages de Jenks ou de Bixby, tous vidés de leurs couleurs.

— Pas mal, dit Rex. (Il montra du doigt une clarinette appuyée contre un pupitre à partitions.) Une enfant très créative.

— Tant mieux. On ne croit jamais les artistes.

Cassie était allongée sur son lit, les yeux clos, entortillée dans ses draps – elle passait manifestement une nuit agitée. Mélissa se demanda si le fait d'être restée figée pendant quinze heures entraînait une fatigue particulière. Elle fit craquer ses phalanges. Voilà un problème dont elle pouvait s'occuper.

Même ce projet démentiel de Rex d'aller trouver les darklings n'avait pas émoussé son excitation. Ce serait sa première projection télépathique sérieuse depuis que Madeleine avait entrepris de la former.

— Légère comme une plume, murmura-t-elle.

Elle posa doucement les mains comme deux araignées pâles, sur les joues cireuses de Cassie. Puis elle ferma les yeux et pénétra dans le froid d'un esprit pétrifié.

Des frissons de nervosité parcouraient Cassie, contrecoup de son aventure dans l'heure secrète. Mélissa sentit sur ses lèvres un arrière-goût de terreur, d'angoisse à l'idée de revoir le chat noir, de crainte que l'araignée géante ne soit toujours là, dans les broussailles.

La fillette avait l'œil d'une artiste, il fallait le reconnaître. Les grouilleurs, le vieux darkling, les visages des midnighters, tout était là, aussi net que si elle avait pris des photos. En apaisant ses craintes, Mélissa brouilla également ses souvenirs, de manière à n'en laisser que des parcelles brumeuses.

C'était si facile, à présent. Si différent de ces tentatives maladroites qu'elle appelait autrefois de la télépathie. Pensées et souvenirs s'alignaient désormais devant elle comme les pièces d'un jeu d'échecs, prêtes à lui obéir.

Elle remodela les images piégées dans l'esprit de Cassie, effaça les paroles qu'ils avaient prononcées devant elle, en fit le genre de bouillie absurde qu'on retient d'un rêve. Elle atténua la perception d'un danger, rendit tout cela vague et flou, coupé de la réalité.

Elle laissa subsister une crainte, en revanche, une phobie de quelques mètres de large pour mille cinq cents kilomètres de profondeur…

Tiens-toi à l'écart de la voie ferrée à minuit. De vilaines choses vivent sous les rails.

— C'est fait, annonça Mélissa en retirant ses mains du visage de Cassie. Du travail d'artiste, léger comme une plume.

— Ça y est ? s'étonna Rex. Ça n'a pas traîné. Tu as mis à peine trente secondes !

Mélissa sourit. Cela lui avait semblé de longues minutes.

— Abracadabri, abracadabra.

— A-t-elle parlé à qui que ce soit ? Raconté ce qu'elle a vu ?

Mélissa respira, en étirant ses muscles.

— Elle n'a pas bougé d'ici depuis que je l'ai ramenée à moitié endormie. Sa grand-mère ne l'a même pas laissée répondre au téléphone. Elle a passé la journée à s'ennuyer dans son lit.

— Oui, mais si elle s'est confiée…

— Relax, Rex. Même si elle a dit quelque chose à sa grand-mère, elle aura tout oublié demain en se réveillant. C'est réglé.

— Tu devrais peut-être examiner sa grand-mère, quand même.

— Rex, je t'assure qu'il n'y a pas de problème. Tu peux me croire. Nous faisons ce genre de choses depuis des millénaires.

Il tiqua, et Mélissa perçut une pointe de jalousie chez lui ; elle venait de lui rappeler tout ce qu'elle avait reçu de Madeleine. Il avait finalement surmonté le fait qu'elle ait touché Jonathan, et il comprenait en ce qui concernait Dess, mais, quand Mélissa et la vieille télépathe montaient s'enfermer dans le grenier, il devenait comme fou.

Chose amusante, c'était lui qui connaissait le mieux l'histoire. La manière dont les télépathes se transmettaient autrefois leurs informations d'une poignée de main, en propageant silencieusement les nouvelles et les potins de midnighters. Quand on songeait à cette époque, on pouvait difficilement accuser Mélissa d'être une Marie-couche-toi-là mentale.

Elle fit un pas vers lui.

— Viens. Retournons à la voiture. Je te montrerai tout.

— Elle a vu ce que j'ai failli devenir, la nuit dernière. Es-tu certaine que…

— Sûre et certaine.

Elle l'attira contre elle et posa ses lèvres sur les siennes.

11

11 h 13

ADIEU BIXBY

— Il est arrivé un truc incroyable, hier.

Jessica aurait parié que Constanza Grayfoot serait la première à lui en parler.

— Oui, je suis au courant.

Constanza s'arrêta net en plein milieu du couloir, laissant le flot des simples mortels s'écouler autour d'elles.

— Ah bon ? Qui t'a raconté ?

Pour une fois, Jessica connaissait les derniers ragots avant tout le monde.

— Je ne me souviens plus. Ce n'était pas aux infos ? L'histoire de cette gamine qu'on a retrouvée dans son lit hier matin, sans une égratignure ?

— Oh, ça. C'est de l'histoire ancienne, Jess. Je te parle d'un truc beaucoup plus important. Beaucoup plus bizarre, et qui aura beaucoup plus d'impact sur notre existence. Enfin, sur la mienne.

Jessica cligna des paupières.

— D'accord. Je t'écoute.

— Mon grand-père m'a appelée, hier soir.

Des doigts glacés se refermèrent sur l'échine de Jessica.

— Quoi ?

— Il m'a appelée au téléphone pour m'annoncer un truc fantastique. Viens, allons retrouver les filles en salle d'étude. Et j'espère que tu n'as pas tes stupides devoirs de trigo, aujourd'hui, parce que je vais avoir besoin de toute ton attention.

— Tu l'as.

Grand-papa Grayfoot, comme toute personne née en dehors de minuit, restait figé durant l'heure secrète. Mais, étant enfant, il avait été une sorte de Beth maléfique à la puissance dix – toujours en train d'espionner tout le monde, à l'affût de tous les secrets de Bixby. Persuadé que les darklings étaient des fantômes, des esprits ou autres entités inquiétantes, il avait tenté de communiquer avec eux au moyen de rituels secrets. Les darklings avaient fini par lui répondre en échangeant des messages avec lui par l'entremise d'une créature mi-humaine, mi-darkling – une interprète à la lisière des deux mondes.

De longues années au service des darklings avaient fait sa fortune et celle de sa famille, mais les créatures de minuit devenaient de plus en plus exigeantes. Cinquante ans plus tôt, les Grayfoot et leurs alliés avaient reçu l'ordre d'éliminer une génération entière de midnighters. Ils avaient bien failli réussir ; seule Madeleine avait survécu.

Voilà deux semaines, leur interprète avait commencé à décliner. Pour la remplacer, les Grayfoot avaient alors tenté d'enlever Rex, afin que les darklings en fassent un nouvel hybride.

Mais les autres midnighters avaient sauvé Rex, et Anathéa – l'hybride – était morte. Le lien était désormais rompu avec les darklings. Le vieillard et ses sbires pouvaient s'évertuer à renouer le contact, leurs messages resteraient sans réponses.

Jessica suivit Constanza dans la bibliothèque, en se demandant ce que le vieux bandit pouvait encore manigancer.

— Attention, les filles, je vous dis ça sous le sceau du secret. En principe, je ne devrais même pas vous en parler. Alors il faut me jurer que vous ne le raconterez à personne. En tout cas, jusqu'à ce que ce soit sûr.

— Jusqu'à ce que quoi soit sûr ? demanda Liz.

— Ce qu'elle va nous dire, tiens, répondit Maria.

— Bon, vous jurez toutes ?

Les jeunes filles réunies autour de la table jurèrent l'une après l'autre de garder le secret : Jen, Liz, Maria et enfin Jessica. Quand son tour arriva, Jessica se contenta d'un simple hochement de tête. Elle était quasiment certaine de devoir tout raconter aux autres midnighters, et sans tarder.

— D'accord, fit Constanza à l'issue de ce petit rituel. Vous vous souvenez de ce drôle de cambriolage qu'il y a eu chez moi ?

Toutes firent signe que oui, les yeux grands ouverts. Jessica s'efforça de prendre un air innocent. Elle avait assisté aux ravages du passage de Rex et de Mélissa dans la maison de Constanza, alors qu'ils enquêtaient sur une éventuelle conspiration entre les Grayfoot et les darklings. Ce n'était pas entièrement leur faute. Il n'y avait rien de tel que l'irruption d'une horde de monstres nocturnes pour mettre une maison sens dessus dessous.

— Eh bien, vous vous rappelez sans doute que mon grand-père était dans tous ses états. Lui qui a toujours refusé de revenir à Bixby.

— Vous êtes allés habiter un moment chez lui à Broken Arrow, c'est ça ? demanda Liz.

— Exact. Et je peux te dire que ces allers-retours jusqu'au lycée commençaient sérieusement à me fatiguer. Bref…

Constanza se pencha plus près, indiquant que le moment du secret arrivait. Jessica risqua un coup d'œil en direction de Dess, assise dans son coin habituel. Elle avait le visage enfoui dans son manuel de trigo, ce qui voulait dire qu'elle ne perdait pas une miette de la conversation. Elle n'avait pas plus besoin d'étudier la trigonométrie que les darklings d'apprendre à faire peur.

— Mon grand-père n'était pas emballé à l'idée de me voir retourner à Bixby, continua Constanza. Vous savez qu'il a écarté mon père des affaires familiales quand maman et lui sont venus s'installer ici, il y a des lustres. Même quand il nous a hébergés, c'est à peine s'il leur adressait la parole. Donc, il m'a appelée hier soir pour me convaincre de déménager.

— Quel est son problème avec Bixby ? voulut savoir Maria.

Constanza haussa les épaules.

— Il n'en parle jamais. Il a grandi ici, mais il s'est passé quelque chose au cours de son adolescence. Je crois que les Blancs nous ont chassés de la ville à l'occasion du boum pétrolier, vu que nous étions américains d'origine et tout ça. Et depuis cinquante ans et quelques, il n'a plus jamais remis les pieds à Bixby.

Sauf pour laisser ses petits messages derrière la frontière de minuit, songea Jessica. Une pensée horrible lui vint alors.

— Il veut vous faire venir à Broken Arrow? demanda Jessica.

Elle s'était toujours demandé si le vieillard était au courant de son amitié avec sa petite-fille. Peut-être estimait-il que le moment était venu de l'introduire dans les affaires familiales – au service des darklings.

— Euh, Jess? Sérieusement, tu me vois vivre à Broken Arrow? (Constanza secoua la tête avec dédain.) Plutôt mourir!

— Où ça, alors? dit Liz. À Tulsa?

— Non. (Constanza baissa encore la voix, et Jessica vit Mme Thomas, la bibliothécaire, tendre l'oreille pour écouter la suite.) Vous savez que j'ai l'intention de devenir actrice?

Toutes firent oui de la tête, allant jusqu'à échanger un regard entendu pour certaines. Il suffisait de connaître Constanza depuis dix minutes pour le savoir.

— Eh bien, mon grand-père m'a dit que, si je voulais démarrer tout de suite, je n'avais qu'à venir vivre avec lui.

Parce que, d'ici deux semaines, lui et plusieurs de mes cousins vont déménager à... Los Angeles !

— Quoi, en Californie ? s'écria Maria.

— Non, Los Angeles au Chili ! ricana Liz. C'est le nouvel Hollywood, tu n'étais pas au courant ? (Elle se tourna vers Constanza.) La Californie ? Je te déteste. Tu as trop de chance.

— C'est une blague, dit Jessica, la bouche sèche.

— Mon grand-père a tout réglé, ajouta Constanza. Il m'a déjà trouvé un lycée, et il a dans ses clients un agent qui souhaiterait me rencontrer. Et il a promis de me donner assez d'argent de poche pour me payer mes cours d'art dramatique et tout le reste.

— Je n'en reviens pas ! s'exclama Liz. Je vais te tuer ! Après t'avoir rendu visite, bien sûr. On pourra venir te voir, au moins ?

— Pourquoi va-t-il à L.A., au juste ? demanda Jessica.

— Aucune idée. Je suppose qu'il y a des puits de pétrole, là-bas. Non ? hasarda Constanza.

— À Los Angeles ?

Cela paraissait peu probable. De toute façon, le vieillard ne devait guère se préoccuper de ses activités pétrolières ; son principal souci semblait plutôt d'emmener sa famille loin de Bixby.

— On se fiche bien de savoir pourquoi il va là-bas, Jess. Tant que le résultat, c'est... (Constanza pointa ses deux index sur elle-même)... star de cinéma !

— Les filles! intervint Mme Thomas depuis son bureau. Pouvez-vous hurler un tout petit peu moins fort? Merci.

Jen se tourna vers la bibliothécaire.

— Mais Constanza va devenir...

— Chut! siffla Constanza. Vous avez déjà oublié que ça doit rester secret? (Elle se tourna et poursuivit d'une voix normale.) Désolée, madame Thomas. On va tâcher de faire moins de bruit.

Elle jeta un regard noir à Jen.

— Surtout toi.

— Attends une seconde, dit Jessica. Pourquoi faire autant de mystère?

— Eh bien, croyez-le ou non, reprit Constanza, je ne vous ai pas encore raconté le plus bizarre. (Elle marqua une pause, le temps que tous les regards convergent de nouveau sur elle.) C'est comme si cette idée de déménagement à L.A. était tombée du ciel. Mon grand-père n'en a même pas encore parlé à mes parents. Mais cet agent qu'il connaît cherche quelqu'un comme moi tout de suite, pour une série télé ou je ne sais quoi. Donc je vais d'abord y aller pour rendre visite à mon grand-père, une semaine ou deux. Je passerai une audition et, si je décroche le rôle, je resterai là-bas!

Tout le petit groupe demeura silencieux un moment, l'air songeur. Jessica sentait son pouls palpiter jusque dans ses doigts, et elle vit Dess abaisser doucement son livre afin d'observer les autres filles. Même Mme Thomas jeta un regard dans leur direction, intriguée par ce silence soudain.

Liz fut la première à s'exprimer :

— Tout de suite ?

— Quand ça ? renchérit Maria.

Constanza resta quelques secondes, la bouche légèrement entrouverte, comme si elle-même ne parvenait pas à le croire.

— Oh, les auditions commencent dans une quinzaine de jours, pile au moment où mon grand-père et mes cousins débarqueront. Il faut que je sois là-bas avant la fin du mois, sinon l'affaire tombe à l'eau. Donc, d'ici deux semaines au plus, adieu Bixby !

— Tu rigoles ! s'écria Jen.

— Tu as trop de chance ! s'exclama Maria.

— Je le répète : je te déteste ! siffla Liz. Tu as intérêt à organiser une super fête d'adieu !

Jessica ne dit rien. Soudain, les néons de la bibliothèque lui semblaient grésiller trop fort pour qu'elle puisse réfléchir. Le déménagement du vieillard et de sa famille, cet agent censé s'intéresser à Constanza : tout cela s'enchaînait trop vite pour qu'il s'agisse d'une simple coïncidence.

Les dernières paroles de Constanza résonnaient encore à ses oreilles : *Adieu Bixby...*

Jessica jeta un coup d'œil à Dess. La polymathe avait lâché son livre de trigo et sorti quelques feuilles de papier. Elle griffonnait comme une furieuse, couvrant page après page de schémas. L'une d'elles glissa par terre.

En plissant les yeux, Jessica vit qu'elle était divisée en sept carreaux de large pour cinq de haut. Chaque carreau était rempli de formules incompréhensibles tracées en pattes de mouche.

Jessica procéda à un rapide calcul mental.

On était le 8 octobre, et le mois d'octobre comportait trente et un jours.

La fin du mois tombait exactement dans trois semaines.

12

12 h 07

SELF-SERVICE

— Très bien, les amis, annonça Dess. J'ai une bonne nouvelle et une mauvaise nouvelle.

Après la bizarrerie des trente-trois dernières heures, les autres la regardèrent d'un air blasé. Dess se félicitait d'avoir attendu qu'ils soient réunis tous les cinq ; comme ça, elle n'aurait pas à répéter ses explications.

Elle éprouvait un réconfort étrange à l'idée d'être assise là, à leur vieille table en coin, loin des fenêtres où Rex, l'Abominable, et elle avait partagé tant de repas avant que Mélissa dévoile son côté maléfique. La cantine était envahie par le brouhaha habituel. Les diurnes se bousculaient entre les tables, se disputant les meilleures places, totalement inconscients des nuages noirs qui s'amoncelaient à l'horizon.

Rex, bien sûr, fut le premier à prendre la parole :

— D'accord. Quelle est la mauvaise nouvelle ?

— Désolée, Rex, répondit Dess. Il va falloir entendre la bonne en premier. Sinon, il n'y aurait pas de chute.

— Oh, ça va, Dess, dit Jessica. Tu crois vraiment que c'est le moment de plaisanter ?

— Bonne question.

Dess baissa les yeux sur ses calculs. D'un côté, toutes leurs informations provenaient de Constanza Grayfoot, ce qui les rendait douteuses. Son statut de future star ressemblait plus à un rêve de pom-pom girl psychotique qu'à une prophétie de fin du monde. Dess se demandait souvent comment la famille qui avait renversé des millénaires de suprématie occulte à Bixby avait bien pu produire une Constanza.

Mais, à mesure que les révélations de la jeune fille devenaient de plus en plus bizarres, Dess avait cessé de ricaner et procédé à ses propres calculs. Les résultats ne donnaient rien de bon.

Ses quatre compagnons la dévisageaient avec impatience, mais elle les fit attendre. C'était l'avantage de se charger des calculs. Les autres devaient se plier à vos règles.

Jessica finit par soupirer.

— C'est bon, Dess. Annonce-nous ta bonne nouvelle.

Dess sourit d'un air triomphal.

— Eh bien, il semblerait que le monde ne soit pas entièrement condamné à disparaître.

Elle obtint la réaction qu'elle désirait. Rex haussa les sourcils, et Jonathan cessa de s'empiffrer pendant cinq bonnes secondes. Jessica était déjà sur les nerfs, bien sûr, mais son anxiété monta d'un cran. Quant à Mélissa... la reine des garces affichait son expression habituelle dans la cantine : légèrement douloureuse en raison du chaos mental ambiant, bien qu'en principe elle ait appris à le contrôler désormais.

— Bien sûr, à ce stade, je ne peux encore rien certifier à cent pour cent, admit Dess.

— Une minute, dit Rex. Et la mauvaise nouvelle, alors ?

— La mauvaise nouvelle, c'est que le comté de Bixby, y compris toute la zone de l'heure secrète que nous connaissons, plus certainement une bonne partie de Broken Arrow, sans doute Tulsa et peut-être la partie supérieure d'Oklahoma City – et, bah, disons tout ce qui se trouve entre Wichita, Dallas et Little Rock, pendant qu'on y est –, risquent d'être aspirés dans le temps bleu. Dans trois semaines.

Dess inspira profondément, l'air soulagé. Elle se sentait dans la peau d'un astronome qui aurait repéré un astéroïde type « exterminateur de dinosaures » fonçant droit sur la Terre. Certes, la nouvelle était désagréable pour tout le monde, et notamment pour elle, mais au moins c'était à elle de l'annoncer. Faire les calculs lui donnait toujours l'impression de maîtriser la situation. Après tout, mieux valait être l'un des astronomes qui partaient se réfugier dans les collines que, disons, l'un des dinosaures.

— Et tu as découvert tout ça, dit Rex avec lenteur, en salle d'étude ?

— La bibliothèque est un endroit merveilleux pour apprendre, Rex.

— Ça vient de Constanza, expliqua Jessica.

— Ta copine pom-pom girl ? ricana Jonathan. Ouf, je me sens tout de suite beaucoup mieux.

Jessica lui lança un regard noir.

— On n'est pas en train de parler de Constanza. Son grand-père, qui n'a rien d'une pom-pom girl, sait quelque chose. Il évacue toute sa famille.

— Hein ? Mais ils n'habitent même pas Bixby, s'étonna Rex.

— Justement. (Dess écarta les mains.) Vous vous rappelez que je vous avais parlé d'un risque d'extension du temps bleu ? Eh bien, on dirait que Broken Arrow ne va pas rester longtemps hors de portée des darklings. Alors, les Grayfoot plient bagage, grimpent dans les canots, se réfugient dans les collines. Tu captes ?

Rex marqua un temps avant de répondre.

— Hmm… intéressant.

— Et où se réfugie le vieux bandit ? continua Dess. À Tulsa ? Non. Oklahoma City ? Désolée, trop près. Alors peut-être à Houston, le paradis des pétroliers ? À huit cents kilomètres d'ici, ce n'est pas encore assez loin, apparemment. Non, lui-même et sa famille au grand complet, y compris sa peste de petite-fille, vont s'envoler pour la Californie !

— Oui, renchérit Jessica. Ce n'est pourtant pas à Los Angeles qu'on trouve le plus de pétrole.

Dess s'adossa à sa chaise et croisa les bras, attendant que l'information imprègne leurs petits cerveaux. Elle aurait voulu avoir une carte. Dans les films, quand les astronomes devaient expliquer la fin du monde, ils avaient toujours sous la main une chouette simulation informatique pour illustrer la catastrophe. Ou au moins des diapositives.

— Comment peut-il être au courant? demanda l'homme volant en mastiquant un sandwich au beurre de cacahuète. Anathéa est morte. Les Grayfoot n'ont plus d'hybride pour jouer les interprètes. Donc, ils ne peuvent plus communiquer avec les darklings, si?

— Exactement, dit Rex. C'est sans doute pour ça que grand-papa cède à la panique. Peut-être que, faute de réponse de la part de ses maîtres, il commence à croire au message que je leur avais laissé : VOUS ÊTES LES PROCHAINS.

Jessica jeta un regard perplexe à Dess. Elle avait oublié ce détail.

Dess y avait pensé, en revanche.

— Je veux bien admettre qu'il ait peur des darklings, Rex. Tu as fait ce qu'il fallait pour ça. Mais l'anxiété n'est pas seule en cause ; il suit un calendrier précis.

— Un calendrier? (Rex se pencha en avant.) Comment ça?

— D'accord, petite leçon d'histoire. (Dess se pencha à son tour, pour s'adresser directement à Rex.) Grand-papa Grayfoot a jeté les parents de Constanza hors du clan quand ils sont venus s'installer à Bixby, exact?

— À cause des télépathes, intervint Mélissa. Pour qu'on ne puisse pas piocher les secrets de la famille dans leur cervelle.

Dess fut parcourue d'un frisson.

— Bien dit, Mélissa. En gros, c'est ça. Alors, peut-être se moque-t-il de ce qui peut arriver à ses enfants désobéissants…

— … mais Constanza reste sa petite-fille préférée, acheva Jessica.

— À la stupéfaction générale, marmonna Dess.

— Elle est vraiment chouette, protesta Jessica. Et c'est vrai qu'il l'adore. Il lui achète toujours des tas de vêtements.

— On a vu ses armoires, confirma Mélissa.

— Vous en avez de la chance, dit Dess. De toute façon, des armoires pleines de fringues de luxe ne sont rien comparées à ce qu'il lui a fait miroiter. Il l'a invitée à s'installer avec lui à L.A. en lui promettant qu'elle deviendrait une star de la télé. Seulement, il y a deux conditions D'abord, elle ne doit pas en toucher un mot à ses parents.

— En fait, elle était censée n'en parler à personne, précisa Jessica.

— Tu parles, gloussa Dess. Comme si Constanza était capable de garder un secret ! Ils auraient mieux fait de l'enlever au dernier moment à bord d'une camionnette. Ça a marché, pour Rex.

— D'accord, il craint que les darklings ne s'en prennent à sa famille, convint Rex. Je ne vois pas ce qui prouve la fin du monde, là-dedans.

Dess approuva de la tête.

— Effectivement. Ce qui nous amène à la condition numéro deux : Constanza doit ramener ses fesses à Hollywood avant la fin du mois, sinon, je cite, « l'affaire tombe à l'eau ». Et grand-papa emmène le reste de son clan loin d'ici dans deux semaines – loin de Broken Arrow, Rex, donc hors de portée des darklings. En tout cas, pour l'instant.

Le brouhaha de la cantine parut enfler autour d'eux, comme le grondement d'un orage.

— Mais comment peut-il savoir que le temps bleu va s'étendre ? demanda Rex au bout de quelques secondes. Il n'y a plus d'hybride pour le prévenir.

— Peut-être était-il déjà au courant, intervint soudain Mélissa. (Elle fit la grimace, se mordit la lèvre.) Comme les plus vieux darklings.

Rex, toutefois, ne semblait toujours pas convaincu. Dess en comprit la raison : il refusait de croire que les Grayfoot en savaient plus que lui.

Jessica prit la parole :

— C'est trop moche. Constanza s'imagine qu'elle va passer une audition, avoir un agent, prendre des cours d'art dramatique et tout ça. Alors qu'en fait elle va abandonner ses parents pour toujours.

— Elle a plutôt de la chance, observa Dess. Au moins, elle sera hors de la ville le 31 octobre.

— Hé, s'exclama l'homme volant, ce sera Halloween !

— Tiens, c'est vrai, dit Dess. Je n'y avais pas pensé. C'est… intéressant, même si ça n'a rien à voir avec les chiffres. (Elle se tourna vers Rex.) Est-il question d'Halloween, dans l'ancien savoir ?

— Bien sûr que non. Il y a encore un siècle, on ne connaissait même pas Halloween en Oklahoma.

Dess acquiesça.

— Bon, ça suffit pour l'histoire. Au tour des maths : question chiffres, le trente et unième jour du dixième mois ne paie pas de mine, à première vue. La somme fait quarante et un, et le produit trois cent dix. Rien de significatif, là-dedans. Seulement, à l'origine, octobre n'était pas le dixième mois, mais le huitième. Vous savez, octobre, comme dans octogone, avec huit côtés ? (Ils la regardèrent tous d'un air stupide. Dess faillit gémir. La prochaine fois, elle apporterait des supports visuels.) Allez quoi, un effort ! Le huitième mois ? Le trente et unième jour ? Et huit plus trente et un font… ?

— Trente-neuf ? répondit Jessica.

— Bingo !

— Une minute, Dess, intervint l'homme volant. Je croyais que trente-neuf était un nombre anti-darkling majeur. Comme tous ces noms de trente-neuf lettres.

— Mathématicien Machinalement Surmédicalisé, suggéra Dess. Un classique. Eh oui, trente-neuf constitue le nombre le plus anti-darkling qui soit. C'est le jour suivant qui pose problème.

— La Toussaint, c'est ça ?

Dess lâcha un soupir d'exaspération. Il n'était pourtant pas question de revenants, de fantômes ou de saints, mais de nombres.

— J'en sais rien. M'en fiche.

Mélissa porta les doigts à ses tempes.

— Attendez, taisez-vous une seconde.

Dess l'ignora.

— Le 1er novembre, à notre époque, est le premier jour du…

— Hé ! s'écria Mélissa.

Ils se turent tous. Dess crut même entendre le vacarme de la cantine diminuer un instant, comme si un ange passait. Elle avait des fourmis dans les doigts, des picotements nerveux au creux du ventre.

— Je sens *quelque chose*, chuchota Mélissa.

Alors que ces mots franchissaient ses lèvres, un choc brutal ébranla la salle. La Terre venait d'interrompre sa rotation. Tous les bruits de la cantine furent stoppés net. Les cinq compagnons se retrouvèrent parmi deux cents rigides au visage bleu, surpris à jeter de la nourriture, à se curer le nez ou mâcher la bouche ouverte.

— Quelle heure est-il, Rex ? s'enquit Dess, d'une voix qui lui parut toute petite dans ce silence impressionnant.

Rex consulta sa montre.

— Midi vingt et une et quinze secondes.

Dess nota ces nombres sur un papier et les contempla en se demandant combien de temps allait durer l'éclipse.

Jonathan décolla de sa chaise.

— Cool, ça recommence !

— Que fait-on ? demanda Jessica à voix basse.

— On reste assis là, répondit Rex. Et on attend. Descends, Jonathan !

Pourquoi ? protesta celui-ci. Je ne risque pas de me faire mal en tombant d'aussi bas !

— Nous ne sommes pas tout seuls, je te le rappelle. Si tu sors voler et que le temps bleu prend fin, tout le monde te verra disparaître.

— Allez, Jonathan, ajouta Jessica en lui prenant la main. Tu auras tout le temps de voler après la fin du monde.

— Ça va, c'est bon… répondit Jonathan avec un soupir.

Il retomba sur sa chaise comme une baudruche crevée.

Tout le monde se tut pendant un moment. Le regard de Dess s'égara vers le plateau de Rex, dont le contenu avait refroidi au cours de la discussion. Le temps interrompu donnait à son déjeuner un aspect cireux encore moins appétissant. Sa gelée aux fruits, qui avait cessé de trembloter, brillait d'une lueur bleutée.

Mélissa, la tête en arrière, humait l'air à pleins poumons. Pour une fois, Dess se réjouit qu'elle soit là ; au moins, ils seraient prévenus si une horde de darklings fondait sur eux.

Bien sûr, ce n'était pas la fin du monde. Pas encore. Ça se voyait tout de suite. Si les barrières de l'heure secrète avaient complètement cédé, les rigides qui les entouraient bougeraient encore, aspirés dans le temps bleu comme tout le reste dans un rayon de plusieurs centaines de kilomètres.

Pas besoin de se livrer à de savants calculs pour imaginer ce qui se passerait. Tous ces prédateurs subitement libérés de leur prison nocturne s'abattraient sur leurs proies – des millions de personnes, peut-être, si le temps bleu s'étendait vraiment à travers tout l'État. Plus de téléphone, plus de voitures, pas le plus petit feu, et tout seuls cinq midnighters sachant quoi faire pour se défendre.

Dess contempla une constellation de frites figées en l'air au moment d'une bataille de nourriture à travers la salle. Elle s'interrogea sur ce qu'elle avait dit la veille à Jessica, après le lycée. Serait-il vraiment possible de rallier la lisière de l'heure secrète et de se figer de l'autre côté pour y attendre la fin du long jour bleu ?

Peu de gens parviendraient à s'enfuir aussi loin. Pas avec tous ces darklings affamés qui déferleraient du désert. Et si le temps bleu ne cessait plus jamais ? Si le monde extérieur restait perpétuellement figé, tandis que l'intérieur devenait un vaste self-service, où les gens se feraient dévorer un à un, coupés du reste de l'humanité ?

— Alors, Dess ? demanda Jessica pour briser le silence.

Dess détacha son regard des frites suspendues dans les airs.

— Hein ?

— Qu'est-ce que tu calculais sur ces papiers, en salle d'étude ? Tu as dit qu'Halloween était un bon jour. Quel est le problème avec le jour suivant ?

— Ah, oui. (Dess se pencha sur ses notes.) Eh bien, il se passe un drôle de truc à minuit, le soir d'Halloween, si on passe de l'ancien système au nouveau. Le 31 octobre était une grosse date anti-darkling à l'époque où octobre était le huitième mois. Mais, aujourd'hui, novembre est le onzième mois. Vous me suivez ? (Dess écarta les mains.) Mince, vous êtes vraiment nuls ! On sera le premier novembre. Et onze plus un égale douze, le chiffre de minuit. Le chiffre des darklings.

Il y eut un long silence.

Jonathan finit par demander :

— Il nous reste combien de temps ?

— Vingt-trois jours, onze heures et trente-neuf minutes, répondit Dess. Moins quinze secondes.

— Trois semaines. (Jessica se tourna vers Rex.) Très bien, que fait-on ?

Dess fut heureuse de le voir se gratter la tête. Peut-être allait-il élaborer un plan. Même s'il avait l'esprit quelque peu embrumé ces derniers temps, l'imminence de la fin du monde devrait l'aider à y voir plus clair.

— Je ne suis pas convaincu, Dess, avoua-t-il au bout d'une minute. Mais je suppose qu'il vaut tout de même mieux enquêter sur ce que nous préparent les Grayfoot.

— Comment on s'y prend ? voulut savoir Jonathan. On fait un saut à Broken Arrow et on leur pose la question ? ajouta-t-il en souriant.

— Il serait peut-être plus prudent de les faire venir à Bixby, répondit Rex.

Tout le monde le dévisagea d'un air stupéfait, mais Rex accueillit cette réaction sans ciller.

Dess se demanda ce qu'il avait fumé. Quand les midnighters précédents s'étaient mis en travers de son chemin, grand-papa Grayfoot avait fait disparaître une centaine de citoyens en l'espace d'une nuit. Moins de quinze jours plus tôt, les Grayfoot avaient enlevé Rex dans sa propre maison avant de l'abandonner dans le désert pour y être dépossédé de son humanité.

Pourtant, Rex n'avait pas peur d'eux. Dess n'avait pas besoin d'être télépathe pour s'en rendre compte. Que diable avait-il dans le crâne ?

C'est vraiment curieux : depuis que la reine des garces avait appris à se maîtriser, Rex avait complètement perdu la tête. Comme s'ils n'avaient qu'un équilibre mental limité à se partager entre eux.

— Rex, sois sérieux, lui souffla Jessica.

— Je suis très sérieux. (Il sortit de son blouson un papier couvert de symboles de l'ancien savoir et le posa sur la table.) J'ai reçu un message d'Angie.

— La folle qui t'a enlevé ? s'étonna Jonathan.

— En personne.

— Euh…, Rex, fit Dess. Pourquoi ne pas nous en avoir parlé plus tôt ?

— Désolé. Je l'ai eu hier matin seulement, et je ne savais pas quoi en faire… jusqu'à maintenant.

— Le brûler, peut-être ? suggéra Dess.

Rex l'ignora.

— D'après ce que m'écrit Angie, la famille a resserré les rangs, en écartant les étrangers comme elle. Elle est aussi inquiète que nous. (Ses doigts tambourinèrent sur la table.) Ce qui veut dire que Dess pourrait bien avoir raison.

— À propos du message ? Tu vas le brûler ? s'enquit Dess.

— Non, à propos de ce qui va se produire dans trois semaines. Quand tu dis que les Grayfoot en savent probablement plus que nous. Je crois que je vais devoir la rencontrer.

Jonathan fixa le morceau de papier avec un air horrifié, comme si un serpent à sonnette venait d'atterrir sur la table.

— Tu rigoles, j'espère ? Tu vas lui faire confiance ?

— Je n'ai aucune confiance en elle. Mais j'ai réfléchi à ce message et je pense avoir trouvé un moyen d'attirer Angie à Bixby, que ça lui plaise ou non. Je vais avoir besoin de vous, par contre.

Il les regarda l'un après l'autre, avec son expression supérieure de voyant qui sait tout.

Dess soupira. Quelqu'un d'autre avait-il remarqué à quelle vitesse la discussion s'emballait chaque fois qu'ils se retrouvaient ensemble, tous les cinq ?

— Attention, tout le monde ! s'écria soudain Mélissa. Ça se termine !

Rex rafla son morceau de papier sur la table.

— Préparez-vous.

Jonathan se colla fermement à sa chaise. Mélissa posa ses doigts sur ses tempes, reprenant la position qu'elle avait au moment du déclenchement de l'éclipse. Dess tâcha de se rappeler ce qu'elle faisait à ce moment-là – elle devait probablement fixer Mélissa en se demandant quelle mouche la piquait.

Elle se tourna vers la télépathe et la toisa avec un dédain étudié.

Quelques secondes plus tard, le monde frémit de nouveau. La lumière bleue se retira, et la cantine explosa autour d'eux en un déferlement de mouvements, de bruits et de soleil. Les dix-sept frites suivirent leurs diverses trajectoires, deux cents bouches recommencèrent à mâcher, et la gelée aux fruits de Rex se remit à trembloter.

Dess saisit le bras de Rex et consulta sa montre, en la comparant à son GPS. Cette éclipse avait été plus brève que la première, seulement sept minutes et douze secondes. Mais elle avait obéi à un schéma similaire : trois fois cent quarante-quatre secondes.

Maintenant que les choses reprenaient leur cours normal, Dess s'autorisa un long soupir. Elle avait beau savoir que le pire aurait lieu dans trois semaines, c'était un soulagement de constater que la fin du monde n'était pas arrivée.

Pas cette fois-ci, en tout cas.

13 23 h 07

UN PLAN BRILLANT

Broken Arrow n'avait pas beaucoup changé, pour ce que Rex en voyait.

La ville restait la petite sœur de Bixby, sans aucun immeuble de plus de trois ou quatre étages. Au lieu de pelouses verdoyantes, les maisons avaient une cour en terre battue. Les mauvaises herbes qu'on y faisait pousser pour prévenir l'érosion du sol réclamaient beaucoup moins d'eau que du gazon – pour un bien meilleur résultat, selon Rex –, mais, à Bixby, l'absence de pelouse vous désignait comme pauvre ou paresseux. Ce qui revenait au même pour la plupart des gens.

Il roula en vérifiant le nom des rues, en suivant précisément la route choisie par Dess pour ses calculs. Elle avait dénigré cette partie du plan, protestant qu'il y avait trop de paramètres impondérables – la vitesse à laquelle il roulerait, la pression de ses pneus ou même la température extérieure. Elle avait pesté un bon moment contre les gaz d'échappement.

Rex ne songeait pas à tout cela. Il avait assez de mal à conduire cette machine bringuebalante, puante, si humaine.

Ses réflexes s'étaient beaucoup améliorés, mais le plastique et le métal de la voiture le mettaient à cran.

Et puis ce plan pouvait échouer par bien d'autres manières. La quantité d'essence soigneusement calculée dans le réservoir de la Ford, par exemple.

Cela lui faisait une drôle d'impression de se retrouver seul dans la voiture de Mélissa, mais Angie avait exigé trois choses : que le rendez-vous ait lieu avant vingt-trois heures, qu'on ne s'approche pas de Bixby et que Rex vienne sans escorte.

Il se souvint de l'anxiété qu'il avait sentie dans sa voix au téléphone. Rex ne voulait pas d'une Angie trop nerveuse. Il n'en tirerait aucune information s'il fallait recourir à la violence.

Il trouva le coin de rue indiqué par Angie, à l'intersection de deux ruelles, derrière des entrepôts plongés dans le noir, où les traces de passage humain étaient rares – l'endroit idéal pour le faire disparaître, si c'était ce qu'Angie avait en tête. Bien sûr, si Rex entrait encore dans les plans de la famille, celle-ci ne se serait sans doute pas donné tant de mal.

Néanmoins, il était bien content qu'il n'y ait que lui dans la voiture, et pas les cinq midnighters au complet. Les Grayfoot s'y entendaient trop bien pour faire disparaître les gens.

Angie l'attendait sur place, une cigarette aux lèvres, emmitouflée dans un manteau en cuir qui lui descendait jusqu'aux genoux. Elle lui jeta un regard assassin, consulta sa montre puis inspecta les environs d'un air méfiant. En la regardant s'approcher de la Ford, Rex réalisa qu'il ne l'avait encore jamais vue hors du temps bleu. En mouvement et sans la pâleur cireuse de l'heure secrète sur sa peau, elle avait l'air d'une étudiante.

Il se souvint qu'il devait couper le contact. Les calculs de Dess seraient faussés, s'il laissait tourner le moteur.

— Tu es en retard, dit-elle.

— Désolé. Ma mère a débarqué. J'ai dû m'éclipser en douce. On a cours, demain.

Elle le dévisagea avec suspicion, avant de lâcher un soupir parfumé au tabac. Rien de tel que de s'entendre rappeler que votre dernière victime en date va encore au lycée. Rex espérait que la découverte du cadavre d'Anathéa dans le désert avait fait réfléchir Angie. Que ça l'avait définitivement dégoûtée du kidnapping.

— Très bien, discutons, dit-elle. Mais, dans exactement vingt minutes, je file. Pas question de te laisser employer ta saleté de magie contre moi.

Rex rit.

— De quoi as-tu peur ? Nous sommes à des kilomètres de Bixby.

— Oui, je sais où sont les limites. Mais, avant que les Grayfoot me claquent la porte au nez, Ernesto m'a prévenue qu'il y aurait du changement.

Rex opina. Ernesto était le cousin de Constanza – la famille était bien au courant de quelque chose.

— C'est vrai, admit-il. Monte, et je te raconterai ce qu'on sait.

— Quoi ? Dans cette voiture, avec toi ?

Il lui adressa un regard blasé.

— Ne sois pas aussi parano, Angie. Minuit tombe toujours à minuit, pas… (Il regarda sa montre, comme si toute cette affaire n'était pas minutée à la seconde près.)… à vingt-trois heures quinze. De toute façon, je ne vais pas sortir dans le froid. (Il tira sur son tee-shirt ; c'était Jessica qui lui avait suggéré de ne pas emporter de blouson.) Allez, monte.

Elle inspecta de nouveau les entrepôts environnants.

— D'accord, mais on prend ma voiture.

— Pas question. La mienne ou rien du tout.

Rex soutint son regard soupçonneux, en se demandant s'il n'en rajoutait pas un peu. Il avait préparé plusieurs réponses possibles sur le chemin, en variant les intonations, en se ménageant des pauses entre les phrases. Mais il devait absolument convaincre Angie. Le reste du plan ne fonctionnerait pas si elle ne montait pas dans la voiture de Mélissa.

Pourtant, en la voyant hésiter ainsi, Rex sentit sa nervosité s'estomper et céder la place à un autre état – ce calme qu'il avait connu juste avant de flanquer la frousse de sa vie à Timmy Hudson. Il pouvait flairer l'appréhension d'Angie, la lire dans le pli soucieux de son front, et il réalisa qu'elle ne lui mentait pas en prétendant que les Grayfoot avaient coupé les ponts. Elle portait sur elle l'odeur anxieuse d'une proie rejetée par sa tribu, livrée à elle-même au milieu du désert impitoyable.

Un frisson parcourut Rex comme lorsqu'il était sur la piste de Cassie Flinders dans le temps bleu. C'était lui le chasseur à présent, et non cette humaine.

— À prendre ou à laisser, Angie. Mais décide-toi. Je te l'ai dit, on a cours demain.

Après un long moment, elle dit :

— D'accord. Mais si tu mets le contact, je t'enfonce ça entre les côtes.

Une lame d'acier miroita dans la nuit.

À la vue du couteau, Rex perdit une partie de son assurance de prédateur. Son nez lui indiquait qu'il s'agissait de tungstène inoxydable ; le moindre contact le brûlerait comme de l'acide. Rex préférait ne pas imaginer ce que lui infligerait l'arme dans son flanc.

Angie fit un tour complet de la voiture afin de vérifier qu'aucune mauvaise surprise ne l'attendait sur la banquette arrière. Elle finit par ouvrir la portière côté passager et se glissa à l'intérieur, apportant avec elle des relents de crainte et de fumée de cigarette.

— Tu sais, après votre tentative d'enlèvement de l'autre soir, je trouve que tu as du culot d'agir comme si c'était moi le méchant, lui fit remarquer Rex.

Elle ricana et passa nerveusement ses doigts dans ses mèches blondes.

— Arrête. Je sais très bien qui sont les midnighters.

— Quoi, des gosses qui vont encore au lycée ?

Elle jeta un coup d'œil vers la ruelle pour s'assurer qu'elle était bien déserte.

— Votre âge ne change rien à l'affaire. Un monstre reste un monstre.

— Moi ? Un monstre ?

Pendant un instant, l'accusation le fit frémir. Avait-elle conscience de la transformation qui s'opérait en lui ?

Angie se retourna vers lui et lança avec colère :

— Écoute, Rex, la famille m'a peut-être écartée après ce qui s'est passé il y a deux semaines, mais j'en connais un rayon sur l'histoire de Bixby. Probablement plus que toi.

Rex en resta bouche bée.

— Ça, j'en doute.

— Oui, je suis sûre que tu crois tout savoir. (Elle sourit.) Tu connais peut-être quelques trucs, tu as parcouru une propagande vieille d'un demi-siècle, mais tu ne sais pas comment les choses se passaient à Bixby, à l'époque. Tu n'y étais pas. Le vieillard pour lequel je travaille, si.

— Quoi ? C'est un… commença Rex. Mais il était trop indigné pour finir sa phrase.

Cette traîtresse à l'humanité, cette boniche des Grayfoot, cette diurne prétendait lui faire la leçon, à lui, au sujet de l'ancien savoir ? La stupéfaction lui coupa le souffle.

Il avait fait jurer à Mélissa d'y aller doucement avec le cerveau d'Angie, mais il ne serait sans doute pas difficile de la faire revenir sur sa promesse.

— Après avoir libéré Bixby, poursuivit Angie, les Grayfoot ont découvert pas mal d'échantillons de ce que vous appelez l'« ancien savoir ». C'est comme ça que j'ai appris à déchiffrer les symboles, en lisant ces tissus de mensonges sur la manière dont les glorieux midnighters assuraient la sécurité et le bonheur de tous.

— Les Grayfoot auraient *libéré* Bixby ? parvint tout juste à bredouiller Rex. De quoi ?

— Allez, Rex. À quoi crois-tu que ça ressemblait, à l'époque ? Un petit groupe de tyrans à la tête d'un patelin perdu au milieu de nulle part. Des gens capables de jouer à Dieu avec le temps, de frire la cervelle du premier qui se risquait à les contredire. Qu'en penses-tu, Rex ? Ça devait être génial de grandir dans un endroit pareil, non ? (Elle marqua une pause, le temps de lui adresser un regard plein de dégoût.) Bien sûr, tu aurais fait partie de l'élite.

— Mais les midnighters ne cherchent pas à contrôler l'esprit des gens !

— Tu plaisantes ?

— Eh bien, ils le faisaient uniquement pour préserver le secret, pour protéger la ville.

Angie eut un petit rire rauque.

— À l'occasion, Rex, tu devrais te pencher un peu sur l'Histoire réelle. Ceux qui abusent du pouvoir tiennent toujours le même discours : « On fait toutes ces choses secrètes abominables pour assurer la protection de tous. Sans nous, ce serait la catastrophe. »

— Qu'est-ce que… ? grommela-t-il, incapable de mettre de l'ordre dans ses pensées. Vous m'avez kidnappé, quand même !

Elle détourna les yeux en soupirant, et Rex crut un moment l'avoir ramenée à la raison. Mais elle ne tarda pas à revenir à la charge :

— C'était la seule manière de rester en contact avec les darklings. Sans eux, nous n'avions plus aucun moyen de vous empêcher de recréer l'ancien Bixby. (Elle haussa les épaules dans un frottement de cuir.) Et puis, tu sais combien de centaines d'enfants les anciens midnighters ont kidnappés au fil des ans ?

— Quoi ? s'écria Rex.

Il se souvint alors des vieilles légendes : quand les télépathes décelaient des midnighters nouveau-nés à proximité, des groupes de guerriers partaient en expédition pour les voler. Plus récemment, on proposait un emploi et de l'argent à leurs parents. Rex ne put s'empêcher de s'interroger : si ces incitations n'avaient pas suffi, les midnighters précédents auraient-ils eu recours à d'autres tactiques plus musclées ? On n'en trouvait pas mention dans l'ancien savoir, mais s'ils avaient simplement fait comme si rien de tout cela n'avait jamais existé ?

— Eh bien, concéda-t-il, peut-être que par le passé certains ont pu faire des trucs qui paraîtraient plus douteux aujourd'hui. En tout cas, nous ne sommes pas comme ça !

— J'ai vu ton père, Rex, rétorqua-t-elle calmement. C'est une attaque cérébrale qui l'a laissé comme ça ?

— Lui, c'était… (Sa voix se brisa.) Nous n'étions que des gosses.

Elle leva les yeux au ciel.

— Qu'est-ce que je disais ! Des monstres, dès la naissance.

Ils demeurèrent silencieux un moment. Les révélations d'Angie donnaient le tournis à Rex. Quand il avait reconnu son nom dans les symboles au bas du papier, il avait éprouvé une pointe de curiosité. Bien qu'elle ne soit pas voyante, voilà enfin quelqu'un qui pouvait déchiffrer l'ancien savoir, qui connaissait les signes de minuit. Mais, après quelques minutes de discussion, ses plus vieilles certitudes menaçaient de s'effondrer.

Avait-elle inventé tout cela ? Se pouvait-il qu'il y ait une autre histoire secrète derrière l'histoire secrète ?

Il respira profondément, puis consulta sa montre. La seule manière de le découvrir consistait à s'en tenir au plan ; Mélissa saurait aller au fond des choses.

— De toute façon, dit Angie, je ne suis pas venue ici pour débattre de l'éthique des midnighters. Je voudrais juste que tu arrêtes de me regarder comme si j'étais le mal incarné, d'accord ?

— Très bien.

Rex s'astreignit au calme. Quelle mouche le piquait de tout remettre en question maintenant ? Probablement le nouveau prédateur en lui, prêt à croire n'importe quoi contre les humains qui avaient osé défier l'espèce darkling.

Il fallait continuer à gagner du temps et nourrir la nervosité d'Angie.

— Juste une dernière question, dit-il. Tes employeurs, les gentils libérateurs de Bixby... Comment réagiraient-ils s'ils savaient que tu es en train de me parler ?

Elle lâcha un rire sans joie.

— Ils me découperaient en petits morceaux, je suppose. Et toi avec.

Rex eut un sourire sinistre. Il s'attendait à une réponse de ce genre.

— Et c'est nous les monstres...

— Je n'ai jamais dit qu'ils étaient parfaits. Loin de là. (Elle croisa les bras.) Bien, puisque tu as cours demain et tout ça, pourrait-on dépasser le stade des récriminations mutuelles ? Je t'ai écrit une partie de ce que je sais, dans mon message. Je t'en dirai peut-être plus après. Mais c'est à toi, maintenant.

— D'accord. (Rex jeta un nouveau coup d'œil à sa montre. Il lui restait encore un quart d'heure à tuer.) Il y a des signes de changement dans le temps bleu.

— Le temps bleu ?

— Tu sais, l'heure secrète. (Rex cligna des yeux. Il avait oublié que le « temps bleu » était à l'origine une expression de Dess – qu'elle ne venait pas de l'ancien savoir.) Tout apparaît plus ou moins bleu quand le temps s'arrête.

Angie le regarda fixement.

— Quoi ? dit-il. Tu n'étais pas au courant ?

— Si, j'ai lu les récits. Mais je n'arrive pas à me faire

à l'idée de votre existence. Que des spectres vivent dans l'heure secrète, passe encore, mais des humains qui vont et viennent où ils veulent pendant que le reste d'entre nous est pétrifié ? (Elle frissonna.) Ça donne froid dans le dos.

Il ricana.

— Crois-moi, c'est d'eux que tu devrais avoir peur. Tu as peut-être lu des choses sur les darklings, mais je les ai vus de mes yeux.

— Tu n'as pas lu leurs paroles, rétorqua-t-elle. Moi, si.

Rex demeura silencieux un moment. C'était vrai : grand-papa Grayfoot avait réussi ce qu'aucun voyant n'avait accompli avant lui. Communiquer avec l'ennemi.

Mais Rex avait désormais haussé la barre d'un cran en discutant directement avec un darkling. Il envisagea de nouveau de s'enfoncer dans le désert, de rencontrer les vieux esprits qui vivaient là, d'entendre leur version de l'histoire. Voilà qui lui donnerait sans doute à réfléchir… si les darklings ne le dévoraient pas avant.

Soudain, Rex vit des phares passer au bout de la ruelle. Il avala sa salive, vérifia sa montre. Ils étaient en avance.

Angie n'avait rien remarqué, semblait-il.

— Peu importe, dit-il. Quand le temps se fige, tout devient bleu. Mais, la semaine dernière, il s'est produit un truc vraiment bizarre. Je n'ai jamais rien lu de pareil dans l'ancien savoir.

— Un tremblement de temps.

Il la dévisagea.

— Un quoi ?

— Une fluctuation spontanée de la contorsion primale. Qui a libéré les énergies accumulées au fil des siècles.

— Euh, si tu veux. (Il tambourina nerveusement sur son siège. *La contorsion primale* ? Peut-être qu'Angie avait lu deux ou trois choses qui lui avaient échappé, effectivement.) Nous, on appelle ça une éclipse. Mais ce n'était peut-être qu'une secousse mineure, le signe avant-coureur d'un phénomène de beaucoup plus grande ampleur.

— Ce qui expliquerait tous les panneaux « À VENDRE » qui ont poussé devant les maisons des Grayfoot, la semaine dernière.

— Nous pensons que le temps bleu risque de s'étendre, d'un coup et sans avertissement, ajouta-t-il. Assez pour engloutir Broken Arrow.

Elle le fixa un moment, puis lâcha :

— La vache ! Pas étonnant qu'ils mettent les voiles. Quand ?

Il secoua la tête en souriant.

— Je crois que je vais garder cette information, pour le moment. À ton tour, maintenant. Sais-tu quand les Grayfoot ont prévu de quitter Broken Arrow ?

— Eh bien, je n'en suis pas tout à fait sûre, avoua-t-elle. Mais il y a une chose dont ils parlent depuis un bout de temps.

— Quoi donc ?

Une lumière forte baigna soudain l'intérieur de la voiture.

— Qu'est-ce que… ? fit Angie en se retournant sur son siège.

Rex jeta un coup d'œil dans le rétroviseur. Des phares s'approchaient par l'autre extrémité de la ruelle. *Jonathan, Dess, espèces d'idiots,* songea-t-il. *Vous ne savez plus lire l'heure ?*

Ils arrivaient beaucoup trop tôt.

Il ne lui restait plus qu'une chose à faire : s'en tenir au plan. Il tourna la clé de contact.

— Qu'est-ce que tu fais ? s'écria Angie.

— C'est pour nous qu'ils sont là, répondit-il. (Les phares fonçaient sur eux.) Ils t'ont sûrement suivie !

Il enclencha la marche avant et démarra en trombe.

— Oh, c'est pas vrai ! Laisse-moi descendre !

Elle ouvrit sa portière. Rex accéléra, et la portière buta contre une poubelle avant de se refermer brutalement. On entendit un bruit de tôle froissée. *Désolé, Mélissa*, songea-t-il.

— Tu n'auras jamais le temps de retourner à ta voiture ! cria-t-il. Accroche-toi. Je vais nous sortir de là !

Il continua à accélérer dans la ruelle et déboucha à vive allure dans la première rue indiquée par Dess. Il braqua à droite. Les pneus fraîchement gonflés de la Ford crissèrent sur l'asphalte.

Les phares jaillirent de la ruelle et tournèrent derrière eux.

Très convaincant, l'homme volant.

— Je ne sais pas si je vais réussir à les semer ! cria-t-il. Cette voiture n'avance pas !

— Oh, génial. Tu sais que la mienne est une petite bombe ?

— J'ignorais que tu nous amènerais de la compagnie ! se défendit-il. Je vais prendre par l'autoroute.

Il rejoignit l'autoroute 75 et prit à l'ouest, en poussant la Ford à près de cent trente kilomètres à l'heure. On en venait à la partie la plus délicate du plan. Enfreindre les limitations de vitesse était déjà grave, surtout avec le couvre-feu imposé à Bixby, mais, si une autre éclipse – ou tremblement de temps, ou fluctuation de la contorsion primale – s'abattait tout à coup, Rex volerait à travers le pare-brise comme un boulet de canon.

— Hé ! C'est la direction de Bixby !

Du coin de l'œil, Rex vit scintiller le couteau. Il flaira l'odeur du métal à quelques centimètres de son visage.

— Oh, mince ! (Il grimaça. Il n'eut pas trop de mal à adopter un ton anxieux.) J'ai pris la direction de chez moi par réflexe. Désolé.

Il l'entendit pousser un grognement, mais aucune pointe d'acier ne lui transperça les côtes.

— Écoute, dit-il, il n'y a aucune sortie jusqu'à Bixby, à part la bretelle d'accès. On n'a qu'à la suivre à travers Saddleback.

— N'essaie pas de m'embrouiller, Rex. C'est en plein dans la contorsion !

— Oui, mais on peut continuer tout droit jusqu'à

l'autre bout du comté. Tu seras ressortie des limites du temps bleu en moins de dix minutes.

— Bon sang, Rex…

Elle consulta sa montre.

— Les Grayfoot n'oseront peut-être pas nous suivre !

La voix d'Angie devint très calme.

— D'accord, continue à rouler. Il n'est même pas vingt-trois heures trente, ce qui te laisse largement le temps de me faire sortir avant minuit. Mais, si tu t'arrêtes où que ce soit dans le comté, Rex, je te jure que je te tue.

— Hé, on ne menace pas le conducteur. Je te promets de ne pas m'arrêter, O.K. ?

Sauf si je tombe en panne d'essence, bien sûr.

Il y eut un mouvement à la lisière de sa vision périphérique, et le miroitement du couteau disparut.

— D'accord, dit-elle.

Rex poussa un soupir de soulagement. Tout se déroulait plus ou moins comme prévu. Jonathan et Dess s'étaient peut-être montrés un peu tôt, mais, au moins, Angie ne l'avait pas encore poignardé.

— Ils se rapprochent, prévint-elle.

Il jeta un coup d'œil dans le rétroviseur. *Les idiots.* Ils n'étaient pas censés les rattraper ni obliger Rex à rouler à plus de cent vingt, ce qui attirerait les flics comme des mouches.

Jonathan et Dess ne pouvaient donc rien faire correctement ?

— Bah, je doute que les Grayfoot nous suivent jusqu'à Bixby. Tu ne crois pas ?

— S'ils savent que j'avais rendez-vous avec un midnighter, ils feront peut-être une exception.

— Pas sûr.

Rex appuya un peu plus sur l'accélérateur, pour que ça paraisse convaincant. Le moteur de la vieille Ford commença à vibrer, et Rex espéra qu'il n'était pas en train de flanquer par terre tous les calculs de Dess.

Naturellement, le problème était de savoir si Angie garderait son sang-froid en le voyant tomber en panne d'essence au beau milieu de la partie la plus désertique et la moins fréquentée du comté.

Rex grommela dans sa barbe. Il aurait beaucoup mieux valu que Dess et Jonathan n'arrivent que dix minutes plus tard. Alors que là, Angie aurait le temps, avant minuit, le réaliser qu'elle s'était fait avoir. Et, si elle avait de la chance, elle pourrait peut-être même se faire prendre en stop.

Toujours tournée vers l'arrière, elle lâcha un juron.

— Il y en a deux, maintenant.

— Hein ? Deux quoi ?

— Deux voitures à nos trousses, crétin.

— Comment est-ce que... ? Oh, mince ! s'écria-t-il. (C'était forcément la police.) Il n'y en aurait pas une avec un gyrophare sur le toit ?

— Non, deux Mercedes noires. La marque préférée des Grayfoot.

— Des Mercedes... ? fit-il, stupéfait.

Quelques secondes plus tard, Rex aperçut de l'autre côté de l'autoroute, la voiture du père de Jonathan qui arrivait pile à l'heure, avec Jonathan et Dess sur la banquette avant. Il eut le temps de distinguer leur expression ébahie.

— Oups, murmura Rex.

— Quoi ?

— Tu as *vraiment* été suivie par les Grayfoot !

— Ça me semble plutôt évident ! Ils nous rattrapent ! Ta poubelle ne peut vraiment pas rouler plus vite ?

— J'espère que si, dit Rex en écrasant l'accélérateur jusqu'au plancher.

Il baissa les yeux sur la jauge de carburant, qui oscillait tout en bas de la réserve.

Mais plus pour très longtemps.

14

23 h 27

CHANGEMENT DE PLAN

— Dis donc, l'homme volant, ce n'est pas Rex qu'on vient de croiser à fond la caisse sur l'autre voie ? demanda Dess.

Jonathan jetait des regards affolés des deux côtés de l'autoroute. Passé le premier choc, il réalisait qu'ils allaient devoir faire demi-tour. Et vite.

— Si.

— Avec Angie assise à côté de lui ?

— À moins que ce ne soit sa mère.

— Et, arrête-moi si je me trompe, mais je n'ai pas vu une grosse voiture noire en train de les poursuivre ? À notre place ? Ce n'était pas l'un de ces paradoxes temporels où l'on se croise soi-même dans le futur, si ?

— Pour ça, il faudrait qu'on se déniche deux Mercedes d'ici les dix prochaines minutes.

— Il y en avait *deux* ?

— Je crois bien.

Quoique, à ce stade, Jonathan ne soit plus tout à fait certain de ce qu'il avait vu.

Il repéra une sortie qu'il connaissait un kilomètre et demi plus loin. Il pouvait l'emprunter et repartir vers l'ouest en évitant le labyrinthe d'entrepôts et de ruelles du centre-ville de Broken Arrow.

Dess tapota brièvement sa vitre.

— Ça veut dire que le plan de Rex ne se déroule pas tout à fait comme prévu, hein ?

— Non. Accroche-toi.

Sans même ralentir, Jonathan s'engagea dans la bretelle de sortie. Dess vint s'écraser contre son épaule dans le virage.

— Si tu bouclais ta ceinture ? suggéra-t-il.

Il entendit le frottement de sa ceinture de sécurité en vinyle, suivi d'un cliquetis.

Il était bien content d'avoir laissé Jess et Mélissa à Bixby. Rex avait refusé qu'ils se rendent tous à Broken Arrow, au cas où il s'agirait d'un traquenard des Grayfoot.

À vrai dire, Jonathan n'avait jamais été convaincu par ce plan. Il était trop compliqué, soumis à trop d'impondérables. L'expérience lui avait enseigné que, dans les plans de Rex, il y avait toujours quelqu'un qui était en retard (souvent Jessica), ou qui omettrait de transmettre un message (généralement Beth), ou qui envoyait promener les instructions et n'en faisait qu'à sa tête (typiquement Mélissa). Et, quand bien même chacun décidait de jouer son rôle, il restait encore les flics, les parents ou les profs pour tout faire capoter.

Bien sûr, dans ses pires cauchemars, Jonathan n'avait pas envisagé un ratage aussi complet.

— Attends un peu, dit Dess alors qu'ils roulaient à toute allure en direction de l'autoroute. Les Grayfoot étaient vraiment au courant du rendez-vous d'Angie avec Rex?

— Apparemment. Je suppose qu'ils la faisaient suivre.

— L'idiote.

— C'est souvent l'inconvénient des plans géniaux. Ils sont mis en œuvre par des gens moins géniaux.

Dess soupira, tandis qu'ils remontaient la rampe d'accès et jaillissaient sur l'autoroute 75.

— Waouh! Donc cet après-midi, quand Rex nous a fait vider le réservoir d'essence de Mélissa, on a perdu deux heures pour rien?

— C'est aussi ce que Rex doit se dire. Quand sera-t-il à sec?

— À exactement vingt-trois heures quarante-sept, dans... oh, attends un peu. Nous sommes en avance, non?

— De dix minutes environ.

Elle se pencha sur Géosynchrones.

— Eh bien, ils étaient censés tomber en panne en plein milieu de Saddleback. Sauf que Rex donnait l'impression de rouler un peu plus vite que prévu, ce qui augmente la consommation, surtout dans une vieille voiture comme celle de Mélissa. Donc...

— Très bientôt.

— Oui. Vers vingt-trois heures quarante. Sauf si les

occupants des Mercedes sont armés jusqu'aux dents et leur tirent dans les pneus ou je ne sais quoi.

— Oh, c'est vrai. Je n'avais pas pensé à ça.

Jonathan ne poussait pas sa voiture au maximum, de crainte d'envoyer Dess à travers le pare-brise en cas d'éclipse inopinée. Mais, plus il y réfléchissait, plus il se disait que Rex, lui, avait de sérieux ennuis. Il enfonça l'accélérateur.

— Bon, Dess, si tu vois le ciel s'illuminer de bleu, tu sais quoi faire, hein ?

— Te donner la main. Compte sur moi.

Jonathan acquiesça. S'il partageait sa gravité particulière avec elle, Dess ne devrait pas conserver son élan dans le temps bleu. Deux semaines plus tôt, quand leur voiture s'était figée dans le désert, Jessica et Dess n'avaient dû leur salut qu'à leur ceinture de sécurité, alors que Mélissa avait été retrouvée catapultée à travers le pare-brise. Mais Jonathan n'avait rien ressenti.

Bien sûr, aucun d'eux n'avait été assez fou pour mettre cette théorie à l'épreuve.

Foncer ainsi à cent vingt kilomètres à l'heure lui donnait une raison de plus de se réjouir de l'absence de Jess et de Mélissa. Il n'avait que deux mains.

Ils remontèrent l'autoroute pied au plancher, avec les lumières de Bixby devant et les ténèbres immenses tout autour d'eux.

— Tu vois quelque chose ?

Dess se pencha en avant, scrutant l'autoroute obscure à travers le pare-brise.

— À peine. Je crois que ce sont leurs feux arrière qu'on aperçoit là-bas.

— Que fait-on, maintenant ? demanda Jonathan. On essaie de les rejoindre et d'aider Rex ? Ou on s'en tient au plan et, dès qu'on franchit la limite du comté, on part chercher Jess et Mélissa ?

— Mince, j'en sais rien. J'ai toujours détesté ce plan !

— Moi aussi.

— Il vaudrait peut-être mieux suivre Rex. Essayer d'arriver quand il tombera en panne et l'embarquer au passage.

Jonathan tiqua.

— Plus facile à dire qu'à faire. Ce n'est pas toi qui disais qu'ils seraient peut-être armés ?

— Absolument. Mais on ne peut pas le laisser là-bas avec les Grayfoot aux fesses. Qui sait ce qu'ils pourraient lui faire ?

Jonathan n'avait rien à répondre à cela. La voiture de Mélissa n'avait aucune chance de distancer les Mercedes, même avec un réservoir plein.

— J'imagine que je pourrais aller chercher Jessica en volant, à minuit.

— Et Mélissa ? lui rappela Dess. Nous aurons besoin d'elle pour fouiller dans l'esprit d'Angie. Tu vas devoir lui tenir la main.

À cette idée, Jonathan sentit des doigts glacés lui caresser le cou. Il n'avait touché Mélissa qu'une seule fois jusqu'à présent, lors d'un bond désespéré au-dessus d'une marée de mygales en furie. Pendant ces quelques secondes, l'esprit torturé de la jeune fille l'avait submergé comme une vague de nausée ; il n'avait aucune envie de revivre cette expérience.

Il soupira.

— Si on ne peut pas faire autrement. Mais ça voudrait dire vous laisser seuls à Saddleback, Rex et toi. Il me faudra dix bonnes minutes pour ramener Jessica, et c'est le désert profond, en plein territoire darkling.

— Ne t'en fais pas pour moi. (Dess donna un coup de pied dans le sac de toile posé à ses pieds, qui rendit un son métallique.) Je crois que notre vrai problème, pour l'instant, c'est de maintenir Rex en vie jusqu'à minuit.

— Oui, ce n'est pas faux. Ces gars dans les Mercedes avaient l'air plutôt fâchés. (Jonathan respira un grand coup.) D'accord, allons tirer cet imbécile de Rex des griffes des Grayfoot.

Il écrasa l'accélérateur, tirant la moindre miette de vitesse de la voiture de son père.

Dess se renfonça dans son siège.

— Ça me paraît un bon plan.

15

23 h 34

PANNE D'ESSENCE

En franchissant la limite du comté, Rex garda les yeux rivés sur la route devant lui.

— Ils renoncent ?

Angie se retourna sur son siège, puis lâcha une bordée de jurons.

— Non, ils s'accrochent. Et, pour se risquer à Bixby à cette heure-ci, ils doivent être sacrément énervés.

Rex serra le volant en retenant un cri de colère. Lorsqu'il avait préparé son plat, il ne lui était pas venu une seconde à l'esprit que les vrais Grayfoot pourraient débarquer.

— Qui les a mis au courant de notre rendez-vous ?

— Personne ne m'a suivie, Rex. J'en suis certaine.

— Et ton téléphone ?

— Impossible qu'ils m'aient mise sur écoute. Le numéro que je t'ai donné est celui d'un téléphone portable que j'ai acheté la semaine dernière, au centre commercial de Tulsa. Je ne m'en étais jamais servie avant ton appel, alors… (Sa voix se glaça.) Ne me dis pas que tu m'as appelée de chez toi ?

Rex laissa passer quelques secondes critiques avant de répondre. Lorsqu'il trouva enfin les mots, il était trop tard pour mentir.

— Pourquoi, je n'aurais pas dû ? bredouilla-t-il.

Elle geignit.

— Tu veux dire que mon téléphone est sur écoute ? s'écria-t-il.

— Seulement depuis deux ans. Crétin !

Rex continua à rouler, appréhendant la sensation brûlante d'un coup de couteau entre les côtes, mais Angie se contenta de grommeler entre ses dents :

— C'est pas possible ! Vous n'êtes vraiment que des gamins.

Les poursuivants se rapprochèrent, et la lumière de leurs phares emplit la vieille Ford. Ils la serraient de part et d'autre à présent, comme deux loups qui entraînent une proie blessée du troupeau à l'écart pour la tuer. Cette portion de route déserte correspondait sans doute à ce qu'ils attendaient. Le plan de Rex l'avait conduit dans l'endroit idéal.

Angie sortit son téléphone.

— C'est bon, j'appelle la police.

— Tu n'auras pas de réseau ici, murmura Rex.

Dess et lui avaient choisi ce chemin afin qu'Angie ne puisse pas échapper au temps bleu après la panne d'essence. Depuis la construction de la nouvelle autoroute, presque plus personne ne traversait Saddleback. On n'y trouvait pas d'antenne relais, pas de maisons, pas de flics – rien que des crotales, des nids de grouilleurs et toute la place qu'on voulait rêver pour enterrer deux corps.

Rex jeta un coup d'œil à sa montre. Si les calculs de Dess étaient exacts, la voiture s'immobiliserait en cahotant d'ici trois minutes. Il allait devoir trouver une solution très vite, ou ils étaient morts tous les deux.

Mais que pouvait-il faire, piégé sur cette route, à part continuer à rouler tout droit ?

Soudain, Rex sentit une part de lui-même se moquer de sa propre paralysie. Pourquoi réfléchissait-il comme une proie ? Pourquoi laisser ses poursuivants mener le jeu ?

Pourquoi ne pas les obliger, *eux*, à prendre des risques ?

Les dents serrées, il braqua sur sa gauche. La Ford quitta la route en dérapant et bondit sur le bas-côté sablonneux, où elle ondula comme un serpent pendant quelques secondes. Puis la voiture, redressant sa course, s'enfonça en brinquebalant comme une vieille machine à laver à travers les touffes de mauvaise herbe et les terriers de chiens de prairie.

Pendant un moment, les phares de leurs poursuivants s'éloignèrent tout droit dans la nuit. Puis les deux Mercedes quittèrent la route à leur tour pour se lancer sur leurs traces.

— Qu'est-ce que tu fabriques ? cria Angie, à qui les soubresauts de la voiture faisaient claquer des dents.

— Avec un peu de chance, l'un d'eux crèvera peut-être un pneu.

— Et nous, on ne risque pas de crever ?

Rex jugea inutile de préciser que, de toute façon, la Ford n'irait plus très loin.

— Tu as une meilleure idée ?

— Ma meilleure idée consistait à ne pas utiliser un téléphone sur écoute !

— Tu aurais pu m'avertir dans ton message !

— Il me semblait assez évident qu'on vous surveillait ! Bon sang ! Comment avez-vous fait pour prendre le contrôle de toute une ville ?

— Ce n'était pas nous qui…

Rex s'interrompit. Il venait de repérer devant lui un champ de cactus scintillants, pareils à des ballons de basket répandus sous la lune. Il sourit. Une fois les trois voitures hors d'état de marche, Angie et lui auraient une chance de pouvoir s'enfuir à pied.

Il se dirigea vers les cactus, en ignorant les grincements de protestation de la Ford et en accumulant le plus de vitesse possible. Avec ou sans essence, avec ou sans pneus, quand la voiture de Mélissa était lancée, elle mettait un bout de temps à s'arrêter.

— Rex ? C'est quoi, ce qu'on voit devant ?

— Des cactus.

— Hein ? Tu essaies de nous tuer ?

— Non. Mais on va bientôt être à court d'essence.

— Quoi ?

— Trop long à expliquer. Par là, au moins, on a une petite chance.

— De quoi ? De mourir vite ?

Sa réponse fut coupée par un gros bang sous la voiture, un bruit de pastèque entrant en collision avec un bloc de béton à cent trente kilomètres à l'heure. D'autres chocs secouèrent la Ford, arrachant de petits cris à Angie. Rex avait l'impression qu'un pied géant était en train de lui botter les fesses.

Derrière eux, une paire de phares s'abaissa. L'une des Mercedes venait de s'immobiliser, soit à la suite d'une crevaison, soit à cause d'un essieu cassé. Rex la vit disparaître dans le rétroviseur, avalée par son propre nuage de poussière.

Plus qu'une à leurs trousses.

Et puis, après un dernier *bang*, le champ de cactus disparut dans leur dos. La Ford de Mélissa vibrait, son pneu avant droit était crevé, mais le moteur continuait à gronder et le désert à défiler sous les phares.

— Ça devrait les faire hésiter, dit Angie en regardant derrière elle.

— Comment ça ?

— S'ils perdent l'autre voiture, ils n'auront plus aucun moyen de ressortir à temps du comté. Ce sont des Grayfoot. Ils sont persuadés qu'il vaut mieux mourir que se trouver à Bixby à minuit.

Rex battit des cils. Après le soin qu'il avait apporté à planifier cette soirée, cette idée folle, totalement improvisée, consistant à foncer à travers des cactus serait-elle la seule à fonctionner ? Au fond de lui, sa partie darkling jubilait.

— Rex, c'est quoi, cette histoire d'être à court d'essence ?

— Eh bien… commença-t-il.

Mais une autre explosion ébranla soudain la voiture, et Rex en perdit le contrôle. Cette dernière dérapa et s'inclina tellement sur la droite que Rex crut qu'ils allaient faire un tonneau. Un affreux crissement de métal nu contre les cailloux et le sable dur résonna à ses oreilles, tandis qu'un nuage de poussière s'élevait autour d'eux.

La Ford réussit à ne pas basculer sur le toit, mais, lorsqu'ils s'immobilisèrent enfin, elle penchait d'un côté comme un bateau qui coule. Ses deux pneus droits étaient sûrement réduits en confettis de caoutchouc.

Le moteur, qui n'avait plus une goutte d'essence, se tut après un ultime soubresaut.

Rex s'attendait à voir deux phares transpercer le tourbillon de poussière environnant. L'autre Mercedes ne devait pas être loin.

Mais la vue s'éclaircit peu à peu, révélant un ciel étoilé, les montagnes sombres à l'horizon – et une paire de feux arrière en train de s'éloigner dans le désert.

— Qu'est-ce qui leur prend ? s'exclama-t-il. Ils nous tenaient !

Angie tâcha de reprendre son souffle avant de répondre :

— Minuit est trop proche.

Rex vérifia sur sa montre.

— Il reste encore un quart d'heure. Ils avaient largement le temps de nous tuer et de repasser la limite du comté.

— Oui, sauf qu'ils doivent d'abord faire le tour de ces cactus pour aller récupérer ceux qui se trouvent dans l'autre voiture.

— Ah bon ? Ce n'est pas leur genre de les abandonner ici ?

— Ce sont tous des Grayfoot. (Elle renifla.) Ils n'abandonneraient jamais un membre de la famille.

— Sauf toi.

Angie acquiesça lentement.

— Sauf moi. (Elle contempla d'un œil hébété la poussière qui retombait, le désert immense, et jeta un coup d'œil à sa montre.) Vous m'avez eue. Ta petite amie télépathe sera bientôt là, pas vrai ?

La terreur qui émanait d'elle devenait suffocante. Ses mains se mirent à trembler, comme si elle redoutait davantage l'intrusion d'une télépathe dans son esprit que de tomber entre les mains des Grayfoot.

Rex vida ses poumons bien à fond, en s'efforçant de ralentir le martèlement de son cœur. Ce parfum de terreur qui emplissait la voiture menaçait de le plonger dans une frénésie de prédateur. Il devait conserver son sang-froid, continuer à lui parler.

— Jouons franc-jeu, d'accord? proposa-t-il entre ses dents serrées. J'avais prévu depuis le début de te piéger à Bixby pendant minuit. C'est pour ça que j'avais si peu d'essence.

— Tu veux dire que tu savais que les Grayfoot se montreraient ? Et tu es venu quand même ? (Elle siffla doucement.) Tu as du cran.

— Eh bien, pas exactement. Les choses ne se sont pas déroulées tout à fait comme prévu. (Il soupira.) Dis-moi, Angie, c'est la vérité, ce que tu m'as raconté à propos du passé ? La manière dont les anciens midnighters... (Rex s'étrangla, submergé par l'odeur âcre de l'acier inoxydable. Le couteau d'Angie scintillait dans son poing.) Hé, qu'est-ce que tu fabriques ?

— Écoute, Rex, je sais que dans un quart d'heure tu pourras faire de moi ce que tu veux, un légume baveux comme ton père, ou peut-être ton esclave personnelle. Mais il me reste assez de temps pour t'en empêcher.

— Arrête, Angie ! Personne ne va te transformer en légume !

— C'est ça, ricana-t-elle. Tu m'as entraînée jusqu'ici uniquement pour que je te lâche mon code de carte bleue ?

— Non, pour être sûr que tu me dirais la vérité ! (Le couteau se rapprocha, et le darkling en lui s'agita à l'odeur de l'acier.) Nous n'avions pas le choix ! Si c'est vraiment la fin du monde, il fallait qu'on en ait le cœur net !

Angie hésita, plissa les yeux.

— Qu'est-ce que tu racontes ? Comment ça, la fin du monde ?

— Enfin, le monde... disons une grosse partie. (Rex continua très vite, sans lâcher le couteau des yeux.) Nous pensons que le temps bleu va s'étendre au point d'engloutir des millions de gens. Ils seront sans défense contre tes petits correspondants de minuit.

— Conneries, Rex ! Les darklings ne peuvent rien contre les humains ordinaires.

— D'habitude, non. Mais la barrière entre le temps normal et l'heure secrète est en train de céder. En certains endroits, les diurnes peuvent passer de l'un à l'autre. Tu as entendu parler de cette fille qui a disparu à Jenks, la semaine dernière ? Elle s'est égarée dans le temps bleu.

— Arrête, Rex, protesta Angie. On l'a retrouvée chez elle, le lendemain.

— Oui, parce que nous l'avons sauvée… d'un énorme darkling affamé, si tu veux le savoir.

Elle haussa les sourcils.

— Je ne me souviens pas d'avoir entendu ça aux infos.

— Eh bien… non. (Rex tira sur son col.) Nous lui avons plus ou moins demandé de ne rien dire à propos de, euh, l'incident.

— Vous avez effacé ses souvenirs ? l'accusa-t-elle froidement.

Il fit la grimace.

— Il a bien fallu.

Le couteau se leva, la pointe à un millimètre de sa joue, brûlante comme une allumette. Rex focalisa son regard sur une veine qui palpitait dans le cou d'Angie, excité par la proximité de l'acier contre sa chair, envahi de pensées de meurtre. Il savait que, s'il perdait le contrôle, Angie n'aurait aucune chance – couteau ou pas couteau. Mais cela ne l'avancerait à rien. Ils devaient communiquer, non pas s'entre-tuer.

— Et qu'avez-vous l'intention de faire des miens? demanda Angie d'une voix sourde.

Rex s'arracha à la contemplation de sa gorge. Elle ne croirait jamais qu'il voulait modifier le moins de choses possible à l'intérieur de son cerveau. Juste découvrir ce qu'elle savait à propos du départ des Grayfoot, et peut-être lui laisser une phobie profonde des enlèvements à l'avenir. Sauf si, bien sûr, Mélissa perdait son sang-froid pendant l'opération et oubliait sa promesse...

Si cela devait se produire, ce serait terrible pour Angie.

Peut-être y avait-il une autre manière de procéder – une solution qui n'impliquerait aucune télépathie.

Rex tâcha d'ignorer le couteau qu'Angie lui agitait sous le nez.

— Tu crois vraiment à tout ça? Que les midnighters d'autrefois étaient les grands méchants de l'histoire?

— Je ne le crois pas, Rex, je le sais. Je suis une vraie historienne, pas un amateur. Avant d'entendre parler de l'heure secrète, je faisais des recherches pour un bouquin sur les origines de l'Oklahoma. J'ai vérifié tout ce que le vieux m'a dit à propos de son enfance. J'ai retrouvé les archives du tribunal de Tulsa, à l'époque où ses parents se sont fait rouler.

Ce fut le tour de Rex d'avoir l'air étonné. Il avait accumulé de vieux journaux et des documents relatifs à l'histoire de Bixby, mais pas d'archives juridiques, et rien qui vienne d'aussi loin que Tulsa.

— De quoi parles-tu ? demanda-t-il.

— C'est une affaire qui a fait du bruit dans les années quarante. Les parents du vieux Grayfoot contestaient les droits d'exploitation pétrolière des terres indiennes revendiqués par certains pères de la ville – des voyants comme toi, des piliers de la communauté. En principe, le procès aurait dû être truqué pour faire gagner les midnighters. Mais l'affaire est remontée jusqu'à Tulsa, entre les mains d'un juge qu'on ne pouvait pas contrôler.

Rex plissa les paupières.

— Que s'est-il passé ?

— Un beau jour, les plaignants indiens ont brusquement décidé de renoncer. Ils se sont retirés de l'affaire et ont vendu leurs maisons pour rembourser les frais de justice des pères de la ville. Ils ont perdu tout ce qu'ils possédaient.

Rex se racla la gorge.

— Ça ne paraît pas… très juste.

— Non, hein ? Et tu veux savoir le pire, Rex ? Après ce jour-là, les parents de Grayfoot ont perdu toute volonté de se battre. Ils disaient amen à tout ce que les pères de la ville leur demandaient. Comme presque tous les autres. C'est là que le vieux a commencé à se dire que quelque chose ne tournait pas rond à Bixby.

Rex était désorienté. Il avait passé sa vie entière à se familiariser avec cette histoire. Comment pouvait-elle se montrer d'un seul coup sous un jour aussi radicalement différent ?

Le plus drôle, c'était qu'en matière d'histoire Rex ne se fiait jamais à la parole d'un seul historien. Il fallait toujours croiser plusieurs sources, tout le monde savait ça. Mais, avant qu'Angie monte dans sa voiture, il n'avait jamais eu d'autre point de vue à confronter à l'ancien savoir.

Après tout ce qu'elle avait fait, cependant, pouvait-il croire ce qu'elle lui racontait ?

— D'accord, décida-t-il. Tu veux bien éloigner un peu ce couteau.

— Pourquoi le ferais-je ?

— Pour me raconter ce qui s'est passé entre les Grayfoot et toi. Est-ce uniquement parce que tu n'es pas de la famille que vous êtes brouillés ?

Le couteau vacilla.

— Eh bien, cette nuit-là, dans le désert, quand nous t'avons livré aux darklings, aucun de nous ne s'attendait à l'apparition de cette gamine. C'était la première hybride, n'est-ce pas ?

— Elle s'appelait Anathéa, dit Rex.

— Je veux dire, c'était une midnighter, elle serait devenue un monstre comme tous les autres. Mais, bon Dieu, on lui aurait donné à peine douze ans !

— Elle n'avait pas beaucoup plus. Elle avait passé l'essentiel des cinquante dernières années figée dans le temps. Terrorisée, toute seule, au milieu de vrais monstres.

Angie demeura silencieuse un moment.

— Bref, j'ai commencé à me demander à voix haute si ça valait vraiment la peine de créer un autre hybride. Je croyais que le vieux m'écouterait. Mais les darklings ne nous parlaient plus. Alors les Grayfoot ont commencé à se méfier de moi et à redouter l'avenir.

— Comment ont-ils appris ce qui se prépare ?

Elle baissa son couteau.

— La dernière chose que m'a dite Ernesto, c'est qu'un grand événement surviendrait bientôt, un truc prévu de longue date. Les Grayfoot s'y étaient préparés, mais, maintenant que les darklings ne leur causaient plus, ils commençaient à croire que ça pourrait devenir dangereux pour eux.

— Pas uniquement pour eux, confirma Rex. Tu ferais bien de quitter la ville, toi aussi.

— J'aimerais bien. Sauf que... dans cinq minutes, j'aurai la cervelle en compote.

— Non, Mélissa ne te touchera pas. Je ne la laisserai pas faire.

Angie ricana.

— Tu dis ça juste pour que je t'épargne. (Elle lâcha un soupir de défaite et rangea son couteau dans la poche de son manteau.) Eh bien, sois tranquille. Je crois que je vais arrêter les sacrifices humains.

En voyant disparaître le couteau, Rex fut envahi par une sensation froide. Une décision, plus qu'un soulagement.

— Non, je suis sérieux. Nous ne sommes pas comme ça. Mélissa n'a pas besoin de te toucher. Il n'y a personne par ici, aucun bruit de fond mental, et même dans le temps normal elle pourra savoir si tu mens. Après minuit, quand tu te défigeras, raconte-nous simplement tout ce qu'Ernesto t'a dit.

— Et tu vas me faire confiance ?

Rex la fixa avec intensité.

— Je te le répète, Mélissa saura si tu nous mens... sans avoir à te toucher. Mais, après minuit, rien ne te retiendra plus ici. Alors oui, je te fais confiance.

Elle fit la moue, consulta sa montre.

— Et, après minuit, j'aurai encore toute ma tête et l'intégralité de mon compte en banque ?

— Ton compte en banque ? Tu as jeté un coup d'œil à cette poubelle ? On ne roule pas en Mercedes, contrairement à tes petits copains.

— Ce n'est pas faux. (Elle respira profondément.) D'accord. De toute façon, je n'ai pas le choix. Oh, oh ! En parlant de voiture...

Rex suivit son regard à travers le pare-brise avant. D'autres phares se profilaient à l'horizon, en cahotant entre les cactus écrasés.

— Mince ! s'écria-t-il en coupant les phares de la Ford. J'espère que ce ne sont pas les flics !

Elle plissa les yeux.

— Non, ce n'est pas une voiture de police. Ni une Mercedes, d'ailleurs. On dirait... je ne sais pas. Un autre tas de boue comme le tien.

Rex poussa un soupir de soulagement : il s'agissait de Jonathan et des filles.

— Ça va. Ce sont mes amis.

Un frisson parcourut Angie.

— La télépathe est parmi eux ?

— Oui, mais je te promets qu'elle ne te fera rien.

Il se pencha en avant, ralluma ses phares puis battit des cils avec incrédulité en voyant la voiture s'immobiliser à quelques mètres.

Jonathan et Dess étaient visibles sur les sièges avant, mais il n'y avait personne sur la banquette arrière. Ils les avaient suivis, Angie et lui, sans passer prendre Mélissa et Jessica. Ils croyaient sans doute pouvoir jouer les héros.

Il grogna intérieurement. Espéraient-ils vraiment le sauver des Grayfoot ? Avaient-ils oublié que cette portion de désert grouillerait de darklings dans moins de deux minutes ?

— Quoi ? s'inquiéta Angie. Ce sont bien tes amis, non ?

— Ne t'en fais pas. Il n'y a pas de problème… pour toi. Mais pour nous, oui. Si tu ne nous vois plus après minuit, pas la peine de nous laisser d'autres messages. Nous serons tous morts.

— Morts ? Pourquoi ?

— Parce que tes grands copains, les darklings, sont de vrais affreux, Angie, bien pires que tout ce qu'on peut trouver dans les archives d'un tribunal. Et parce qu'on dirait que tous mes plans géniaux tombent à l'eau, cette nuit.

Rex s'adossa à son siège et attendit que les dernières secondes de temps normal s'égrènent. Il avait obéi à son instinct de darkling en quittant la route, ce qui l'avait conduit au cœur du désert, plus loin qu'il ne s'était jamais trouvé à minuit.

Une part de lui-même avait peut-être souhaité cela.

Son rendez-vous avec les anciens aurait lieu plus tôt que prévu, semblait-il.

16

23 h 58

LEÇON DE VOL

— Très bien, je déclare officiellement l'échec lamentable de ce plan, annonça Mélissa. Jonathan ne sera jamais là avant minuit.

— On aurait dû les accompagner, maugréa Jessica en resserrant les pans de son manteau. J'avais dit à Rex que ça ne me faisait pas peur.

— Tu n'y es pour rien, Jess. Rex ne voulait pas qu'on aille tous les cinq à Broken Arrow. Tu l'as entendu ?

Jessica hocha la tête d'un air maussade. Il avait évoqué la possibilité d'un piège des Grayfoot pour les capturer tous ensemble – et éliminer ainsi les midnighters. Mais elle n'y croyait pas.

— Il a dû s'imaginer que je craignais de me faire embarquer pour violation du couvre-feu, dit-elle. Et il a présenté les choses comme ça pour ne pas me faire passer pour une poule mouillée.

Elle soupira. Elles se retrouvaient donc là, assises dans le froid sur cette aire de pique-nique balayée par le vent, à la limite du comté. La prochaine fois, elle ferait comprendre à Rex qu'il avait affaire à une Jessica nouvelle, qui n'avait peur de rien – ni des autorités, ni de ses parents, ni même de sa petite sœur.

— Non, Jess. Ce n'est pas toi qu'il essayait de protéger.

— Comment ça ?

— C'était moi. (Mélissa tendit la main, paume vers le bas. Elle tremblait.) Rien qu'à l'idée de rouler vite, j'ai la chair de poule.

Jessica dévisagea la télépathe en se demandant si elle plaisantait. Mais il fallait reconnaître que traverser un pare-brise à cent trente kilomètres à l'heure avait de quoi effrayer n'importe qui.

— Et puis, peut-être qu'ils se sont vraiment fait embarquer par les flics, continua Mélissa. Auquel cas, c'est plutôt une chance d'être restées ici.

— Très réconfortant.

Passer l'heure secrète dans la cellule d'une prison, à rebondir entre les murs, n'était pas ce que Jonathan préférait.

— J'essaie simplement de te remonter le moral. Il y a pire que de se faire arrêter.

— J'imagine.

— Il y a aussi les enlèvements, les poursuites en voiture… énuméra Mélissa.

— Eh ben ! Tu es gaie, ce soir.

— Je disais ça comme ça, c'est tout. (La télépathe consulta sa montre.) De toute façon, nous allons être fixées dans cinq, quatre, trois…

L'heure secrète arriva sur elles, balayant le sol du désert comme une vague d'encre bleue. La table de pique-nique frémit sous leurs fesses, le vent tomba, le fond de l'air se radoucit et les étoiles prirent une pâleur spectrale.

— Ah, ça fait du bien. (Mélissa rejeta la tête en arrière pour humer l'air. Quelques instants plus tard, un mince sourire apparut sur ses lèvres.) Détends-toi. Tout le monde va bien.

Jessica poussa un soupir de soulagement, heureuse que Mélissa soit là. Quand Rex avait mis la touche finale à son plan, elle s'était inquiétée à l'idée d'attendre une heure entière au milieu de nulle part en compagnie de Mélissa. Mais, finalement, ça s'était plutôt bien passé. Mélissa n'était plus la même garce arrogante qu'au début.

La télépathe la dévisagea froidement.

— Trop aimable, merci.

— Oups. Désolée. (Jessica se souvint de faire attention à ce qu'elle pensait, surtout maintenant, pendant minuit.) Cela dit… c'est vrai, tu sais. Tu es beaucoup plus agréable, ces derniers temps.

— Laisse tomber. (Mélissa releva la tête vers le ciel, les yeux clos.) Ils sont tous ensemble, en plein désert, à plusieurs kilomètres de la route. Quelque chose a mal tourné. On dirait que Rex et l'homme volant se sont disputés.

— Curieusement, ça ne m'étonne pas.

Mélissa sourit.

— Jonathan est en route pour venir nous chercher. Il fonce… Et ça commence à bouger, là-dehors.

Jessica sortit sa lampe torche, dénommée cette fois-ci Inflammatoire.

— Est-ce qu'ils vont pouvoir tenir ?

— Si on arrive avant que les grosses bébêtes leur tombent dessus.

— « On » ?

Mélissa entrouvrit légèrement un œil.

— Toi, l'homme volant et moi.

Jessica réalisa qu'il ne servirait à rien de dissimuler sa consternation.

— C'est vrai, tu vas devoir voler avec nous.

— Eh oui, Jess. Je n'y tiens pas, mais le but de ce plan est quand même qu'Angie et moi puissions avoir une petite discussion entre quat'z-yeux. Et je ne peux pas y aller en marchant. (Mélissa écarta les mains.) Écoute, Jessica, ne t'inquiète pas. Je n'irai pas répandre mon esprit malade dans celui de ton petit ami, d'accord ?

— Je n'ai pas dit que tu le ferais.

— Tu l'as pensé. Je t'ai sentie frémir. À moins soudain que tu ne te sois souvenue d'un rendez-vous chez le dentiste.

— C'est juste que Jonathan m'a raconté…

— Je sais ce qu'il t'a raconté, Jessica. Je sais qu'il a pitié de moi. Je ressens très exactement tout ce que vous pensez de moi, tu vois ? Plus vous vous inquiétez à l'idée de me blesser, plus je le ressens. Et, franchement, j'en ai par-dessus la tête, alors lâchez-moi un peu avec ça !

La voix de Mélissa se brisa, aussitôt absorbée par le désert plat et sans écho. Elle soupira.

— Désolée si… commença Jessica.

— Bah. (Mélissa la coupa d'un geste.) C'est moi qui suis désolée. Je ne voulais pas te crier dessus, mais je me suis dit que tu aurais peut-être envie de savoir ce que je pensais, moi, pour changer.

Jessica se racla la gorge. Un tas d'excuses se bousculaient dans sa tête, mais ce n'était pas ce que Mélissa voulait entendre, bien sûr. Alors elle se concentra très fort, tâchant de bannir de son esprit les excuses, les regrets et la pitié.

Pour se changer les idées, elle s'imagina en train de voler, repensa au sentiment de légèreté qui l'envahissait au contact de Jonathan, aux rues de Bixby au-dessous d'eux, au plaisir d'un saut en coordination parfaite qui les propulsait droit sur leur cible, au désert défilant sous leurs pieds…

Ces images se cristallisèrent, effacèrent l'arrière-goût amer de la dispute et, tout à coup, Jessica tendit la main pour effleurer le poignet de Mélissa.

Celle-ci ne réagit pas immédiatement, mais au moins ne chercha-t-elle pas à se dérober. Jessica la sentit lutter contre sa répulsion, contre les réflexes engendrés par toutes ces années à fuir le moindre contact humain. Puis la connexion s'établit.

Les images et les émotions de Jessica – le vertige qu'on éprouvait à filer au-dessus du désert, quand la mauvaise herbe, le sable et le sel se réduisaient à un brouillard –

envahirent Mélissa, qui poussa une exclamation de surprise, stupéfaite par ce qu'elles partageaient.

Jessica prit conscience qu'elle était la seule midnighter à n'avoir jamais touché la télépathe auparavant. Cela ne ressemblait pas à ce que lui avait décrit Jonathan ; il n'y avait plus rien de tordu ni de pathétique dans l'esprit de Mélissa. À ses yeux, le monde bleu semblait baigné d'une sérénité majestueuse. Même si elle éprouvait aussi une très ancienne tristesse, ainsi que beaucoup d'inquiétude pour Rex.

Après un long moment, Mélissa retira sa main.

— Ah, voler… murmura-t-elle.

Jessica lui sourit.

— Ça va être chouette.

Mélissa se détourna, baissa les yeux sur son poignet comme si la main de Jessica y avait laissé une marque. Finalement, elle dit :

— Tant qu'on arrive vite. Rex a besoin de nous.

— Il a peur ?

Mélissa inclina la tête, comme un chien qui tend l'oreille pour percevoir un bruit lointain.

— Pas vraiment. Il n'a plus peur des darklings.

— Il devrait, non ? fit Jessica, étonnée.

— Je suppose qu'on ne va pas tarder à le savoir, répondit la télépathe.

Jonathan arriva en ricochant sur le désert comme un caillou sur l'eau. Son bouclier de vol jetait des étincelles ;

deux grouilleurs rapides le harcelaient, semblables à des mouches gigantesques.

Jessica se leva et tendit Inflammatoire.

— Arrête. Tu risques de l'aveugler, la prévint Mélissa.

Jessica baissa sa torche avec un soupir. Jonathan préférait sans doute s'occuper lui-même des grouilleurs, de toute façon. À quoi bon lui gâcher son plaisir ?

— Je vois ce que tu veux dire, Jess, approuva Mélissa. Il prend tout ça beaucoup trop à la rigolade.

Jessica la dévisagea. Leur bref contact physique l'avait-il rendue définitivement transparente ?

— Ce n'est pas bien difficile à voir, Jess, ajouta Mélissa. Autrefois, je détestais le temps normal, moi aussi, tu sais. Mais je n'ai jamais aimé minuit comme ce garçon.

Une explosion ramena l'attention de Jessica vers l'horizon. L'un des grouilleurs venait de s'évaser sur le bouclier de Jonathan, tandis que l'autre renonçait et s'enfuyait. Jonathan se posa à quelques mètres de distance. Un nuage de poussière bleue s'éleva et se figea en l'air sous l'impulsion de son étrange magie d'acrobate.

— Venez ! leur cria-t-il en leur tendant les mains.

Jessica se réjouit de constater qu'il attrapait la main de Mélissa sans répugnance. Il lui demanda simplement :

— Tu sais comment ça marche ?

— Oui, Jessica vient de me montrer.

Une expression de surprise s'afficha brièvement sur le visage de Jonathan, qui adressa un coup d'œil à Jessica. Celle-ci se contenta de hausser les épaules. Elle ne l'aurait pas formulé en ces termes, mais leurs techniques de vol étaient enregistrées dans des parties bien balisées de son cerveau, et affinées par de longues heures de pratique avec Jonathan. Même durant les nuits où ils n'étaient pas ensemble, elle rêvait de vol, et lorsqu'elle avait des devoirs de physique elle méditait sur le fonctionnement de la gravité de minuit.

Mélissa avait-elle vraiment assimilé tout cela en si peu de temps ?

— Allons-y, dit Mélissa en fléchissant les genoux.

Ils s'élancèrent tous les trois, sur une courte distance pour commencer. Mélissa ne les fit pas tournoyer en l'air ni trébucher lorsqu'ils se réceptionnèrent trente mètres plus loin. À leur deuxième saut, ils poussèrent plus fort et s'envolèrent sur une trajectoire basse, rapide, à travers le désert. Ils prirent ainsi de plus en plus de vitesse, de plus en plus d'assurance, et bientôt ils esquivaient les buissons et les cactus sans échanger un mot, comme si Mélissa avait déjà volé avec eux des dizaines de fois.

Jessica se demanda ce qui se passait dans l'esprit de Jonathan, s'il craignait que Mélissa ne soit en train de lire ses pensées, ou s'il se rappelait l'horreur de leur premier contact, avant que Mélissa apprenne à se contrôler. À moins que l'urgence de la situation ne soit telle qu'il se concentre uniquement sur le vol…

C'était peut-être le truc, avec les télépathes ; peut-être fallait-il simplement éviter de trop réfléchir.

— On a fait la moitié du chemin, annonça Mélissa, le souffle court.

— Ils vont bien ? demanda Jessica.

— Dess, oui. Rex... est parti avec les autres.

— Quels autres ?

Mélissa trébucha à l'atterrissage suivant, et ils rebondirent en tournoyant sur eux-mêmes, avant de redescendre. Jonathan les fit s'arrêter tous les trois.

— Que se passe-t-il, là-bas ? voulut-il savoir.

— Dess les contient pour l'instant. Et ils s'enfuiront dès qu'ils sentiront arriver notre porte-flambeau.

Jessica semblait très inquiète.

— Oui, mais Rex ?

— Ne t'en fais pas pour lui. L'imbécile ! Il avait promis de m'avertir avant de tenter un coup pareil.

— Tenter quoi ? Quel coup ?

— Mieux vaut continuer si on veut arriver avant que Dess grille un fusible, ajouta Mélissa. (Elle leur jeta un regard implorant pour qu'ils ne lui posent plus de questions.) Allons-y, d'accord ?

Jonathan échangea un coup d'œil avec Jessica, puis fléchit les genoux.

— D'accord.

Ils repartirent au-dessus du paysage en faisant de grands bonds. Mélissa volait comme si elle s'entraînait depuis des mois.

À quelque huit cents mètres de Dess, ils survolèrent

une bande de petits cactus en forme de boules. Jessica repéra une grosse voiture noire aux pneus éclatés.

— Ce n'est pas celle de Mélissa, si ? demanda-t-elle.

— Non. Elle appartient aux Grayfoot, répondit Jonathan.

— Oh.

Pas étonnant que les choses aient mal tourné.

Au sommet de leur bond suivant, Jessica aperçut un gigantesque félin noir dressé sur son arrière-train, entouré d'étincelles bleutées ainsi que d'un tourbillon de grouilleurs. On avait tracé une étoile à treize branches avec un câble brillant tendu au ras du sol. Dess se tenait à l'intérieur, face au darkling. La voiture de Mélissa se trouvait tout près, poussiéreuse et cabossée.

— Ce félin a senti l'odeur du sang, Jess, avertit Mélissa. Il est trop jeune pour avoir peur de toi.

— Du sang ? répéta Jessica tandis qu'ils se posaient.

Mais la télépathe n'ajouta rien.

Ils décollèrent de nouveau en direction de l'affrontement. Jessica vit la lance de Dess fendre l'air et la panthère, qui la repoussait à coups de patte, la frapper au niveau de la pointe dans un bouquet d'étincelles. L'arme échappa aux mains de la jeune fille, tandis que la créature hurlait, battait en retraite au milieu de ses grouilleurs ailés et se roulait par terre en soulevant une gerbe de sable et de sel.

Mais le darkling se releva aussitôt, vif comme un chat, et dénuda les crocs.

Dess le fusilla du regard.

— Fermez les yeux, prévint Jessica entre ses dents.

Le rayon d'Inflammatoire déchira le désert et atteignit le darkling. Des flammes blanches coururent sur sa fourrure, lui arrachant un rugissement terrible. Ses grouilleurs s'embrasaient tout autour de lui, tournoyaient en tous sens pour échapper à la lumière.

Pourtant, le darkling ne s'enfuit pas. Son œil mauvais, traversé de reflets violets, se posa sur Dess en dirigeant sur elle toute sa fureur blessée.

Il se prépara à bondir.

Jessica garda la torche braquée sur lui en la serrant le plus fort possible, toute sa volonté tendue dans l'effort. Alors que le darkling s'élançait, le faisceau lumineux se renforça et l'enveloppa dans une boule de feu. Jessica sentit le monde bleu frémir autour d'eux; les montagnes parurent onduler à l'horizon, tandis que son pouvoir pulsait à travers Inflammatoire.

La créature hurla une dernière fois puis se désintégra dans les airs à la manière d'un météore, parsemant le désert de débris incandescents.

— Vous pouvez rouvrir les yeux, annonça Jessica d'une voix rauque.

Un ultime bond les amena à proximité du cercle de terre calcinée et de pieux métalliques. Dess les regarda approcher, couverte de poussière, effrayante à voir avec le sang qui lui coulait du front.

— Ça va? cria Jessica.

Elle lâcha la main de Jonathan et courut vers son amie en bondissant par-dessus les restes fumants du darkling.

— Je survivrai. Mais Rex est parti par là ! s'écria Dess en indiquant le désert. Je n'ai pas pu l'en empêcher !

— Je sais, dit Mélissa.

— Jessica, Jonathan, filez le récupérer !

— Non, surtout pas.

Stupéfaits, les trois autres dévisagèrent la télépathe. Ses yeux entrouverts étaient roulés en arrière vers son crâne. On n'en voyait que deux fentes d'un violet pâle.

— Il veut qu'on l'attende ici, expliqua-t-elle d'une voix douce.

— Si tu avais vu la chose qui est venue le chercher ! s'écria Dess en s'essuyant le front.

— Je la vois, Dess. (Mélissa balançait lentement la tête de part et d'autre, comme une pianiste accompagnant sa propre musique.) Rex va bien. Il sera là bientôt.

— Il va y passer, oui ! s'exclama Dess.

Mélissa ouvrit les yeux, droit sur Jessica.

— Croyez-moi : n'allez pas là-bas. Rex est au milieu d'une foule de très, très vieux darklings. Si vous les effrayez, il est sûr de se faire tuer.

Jessica vit que Dess et Jonathan la regardaient eux aussi, dans l'attente de sa réponse. Elle était le porte-flambeau, après tout ; elle seule avait le pouvoir de sauver Rex.

Elle se tourna vers Mélissa. La télépathe affichait une expression de certitude absolue. Jessica se souvint de son calme quand elle l'avait touchée, de l'amour qu'elle avait ressenti chez elle pour Rex, et soudain elle sut exactement ce qu'elle devait faire.

Rien du tout.

Aussi folle que Mélissa puisse être ou avoir été, quoi qu'elle ait pu infliger à Dess ou à n'importe qui d'autre, elle ne ferait jamais de mal à Rex. Jamais de la vie.

— D'accord. Écoutons Mélissa, déclara Jessica.

— Jessica ! s'exclama Dess. Elle est timbrée !

— Non, pas du tout. On attend là.

Mélissa sourit, ferma les yeux de nouveau.

— Ce ne sera plus très long. Ils savent que le porte-flambeau est dans les parages. La discussion ne devrait pas s'éterniser.

— La discussion ? s'étonna Jonathan. On parle de darklings, là ?

— De très vieux. Plus malins que ce lourdaud, répondit Mélissa en donnant un coup de pied dans les débris fumants du darkling. Au fait, Jessica, tu avais raison.

— À propos de quoi ? Quand je disais que tu n'es pas timbrée ?

— Non, à propos de voler. C'était chouette. (Elle rouvrit les yeux et se tourna vers sa vieille Ford, à l'intérieur de laquelle on distinguait la silhouette figée d'Angie. Elle fit craquer ses phalanges.) Mais pas aussi chouette que de m'offrir la cervelle de cette vipère.

— Avant de partir, dit Dess aussitôt, Rex a bien insisté pour que tu l'attendes. Il m'a dit que tu ne devais surtout pas toucher Angie avant qu'il revienne. Et que si tu ne voulais rien entendre, je pouvais te cogner avec ça. (Elle indiqua l'endroit où le darkling avait projeté son Mathématicien Machinalement Surmédicalisé, à la pointe noircie par le feu.) Alors vas-y, ne te gêne pas.

Mélissa ricana mais demeura où elle était.

— Le petit salopard. Il m'a fait promettre. (Elle serra les poings, le regard perdu dans le désert.) Très bien, cracha-t-elle enfin. Autant faire confiance au voyant, même s'il est myope comme une taupe. Je devrais pouvoir patienter quelques… Hé ! Mais qu'est-ce que vous avez fichu avec ma voiture ?

17 — 00 h 00

LES ANCIENS

Ils planaient au-dessus de lui, pareils à des toiles d'araignées portées par le vent. Leurs filaments partaient dans toutes les directions, se découpant sur la lune sombre comme s'ils suçaient son énergie. Certains s'enfonçaient dans le sol du désert ou s'enroulaient autour du cou des darklings, comme des laisses au cou de panthères géantes. Ces entités paraissaient n'avoir ni tête, ni corps, rien qu'une masse centrale où convergeaient leurs bras.

Rex se demanda s'il avait sous les yeux la forme originale des darklings, avant qu'ils endossent les traits des cauchemars de l'humanité. Il s'agissait certainement des anciens que Mélissa avait toujours sentis dans le désert. Conformément à sa description, ils dégageaient des relents de craie sèche. Rex avait dans la bouche un goût de choses mortes tombées en poussière depuis longtemps.

L'un d'eux était venu le chercher, avec ses bras qui luisaient à des kilomètres de distance dans son œil de voyant. Rex n'avait pas eu d'autre choix que le suivre – la bête aurait facilement pu tendre les bras par-dessus les défenses de Dess, et son appel était irrésistible pour le darkling qui s'agitait en lui.

De toute manière, même sa partie humaine voulait venir. Après tout ce qu'Angie lui avait raconté, Rex avait pris conscience du caractère imparfait et incomplet de l'ancien savoir. S'il existait un moyen d'enrayer le cours des événements, les anciens le connaîtraient.

Ils étaient trois, à une vingtaine de mètres les uns des autres, escortés d'une dizaine de créatures cauchemardesques – serpents livides, araignées boursouflées, limaces ruisselantes de pétrole –, toutes immobiles, fascinées par la présence des anciens. Des grouilleurs brassaient le sol à ses pieds comme une éruption de lombrics.

Rex ne s'était jamais senti aussi petit.

Comme il avait eu tort de se croire à moitié darkling ! Seule une infime partie de lui-même avait changé ; il n'avait gagné qu'une fraction de force, assez de courage pour exprimer sa misérable colère humaine. Ces entités possédaient plus de puissance qu'il ne pouvait en rêver. Incapable de bouger ou de parler, Rex voyait son humanité se recroqueviller avec terreur dans un coin de sa conscience, écrasée par leur présence ténébreuse comme par une chape de plomb.

Qu'était-il censé faire, de toute façon ? Dire « salut » ?

Un mouvement fluide attira son regard. L'une des entités glissait un bras vers lui, un long filament qui ondulait sur le sable du désert. Sous le regard horrifié de Rex, le filament s'approcha de sa botte et s'enroula autour de sa jambe, léger comme une plume. Tous les muscles de son corps se tendirent, sans qu'il puisse remuer un cil.

Un grand froid l'envahit, puis une voix sèche…

L'hiver approche.

Rex s'efforça d'ouvrir la bouche, mais il serrait les dents si fort qu'elles lui semblaient sur le point de se briser. Il poussa un grognement, retroussa les lèvres et contraignit sa langue à former les mots dans sa bouche fermée.

— Que va-t-il se passer ?

Nous chasserons de nouveau. Rejoins-nous.

— Non, dit-il.

Nous avons faim.

Des images explosèrent dans l'esprit de Rex, toutes les brutes qui s'étaient moquées de lui, les corrections infligées par son père, les araignées en train de ramper sur sa chair pâle. Toutes ses vieilles peurs resurgirent pour briser les fondations de sa part humaine. Il comprit soudain qu'il était un raté. L'ancien savoir qu'il avait appris à déchiffrer n'était qu'un tissu de mensonges. En fait de voyant, il n'avait jamais été qu'un aveugle, un imposteur.

Éclatant de rire, les anciens lui montrèrent le bouleversement à venir, la déchirure du temps bleu qui libérerait les appétits anciens des darklings.

— Non, dit-il, déjà éreinté. Je vous en empêcherai.

Un frémissement parcourut les monstres.

Ce n'est pas toi que nous craignons.

Le corps de Rex se raidit brusquement, comme si quelque chose l'étirait, lui ouvrait l'esprit de force. Ses sens se développèrent un million de fois. Le monde lui apparut soudain d'une clarté cristalline, plus net encore que dans son œil de voyant. Il entendait le sang gronder comme un train de marchandises à travers son corps. Et il huma le temps bleu lui-même, sentit sur sa langue son goût de cendre et de pourriture.

D'autres images affluèrent en lui : le monde qui tournait au rythme de minuit, le défilement des saisons à raison d'une heure sur vingt-cinq, chaque jour valant presque un mois. Il vit la contorsion primale créée par les anciens, l'heure secrète elle-même, gémir sous le poids de tout ce temps perdu. Elle se fragilisait au rythme des éclipses, et finirait par se rompre. Après quoi, la chasse commencerait.

Sauf si... Rex vit la foudre s'abattre, la pression se relâcher et se disperser dans le sol, la déchirure se refermer.

— On peut encore arrêter ça, murmura-t-il.

Elle, oui. Tu dois l'éliminer.

— Non.

D'autres images surgirent, pareilles à ses rêves de chasse mais mille fois plus vivaces. Il vit des empilements d'os en flammes, des silhouettes humaines affublées de masques cornus. Il ressentit l'excitation de la poursuite, flaira la terreur du gibier, savoura des entrailles chaudes et sanguinolentes. Il se gorgeait de chair.

Ces visions le révulsaient, mais ce qui l'horrifiait le plus, c'était d'éprouver un tel sentiment de plénitude, de satiété. Et de puissance. En tant que Rex Greene, il se trouvait piégé dans un corps faible et chétif, qui déclinerait avec l'âge et mourrait à coup sûr dans un délai ridiculement court. Alors que les anciens lui offraient une vie millénaire.

Il lui suffisait de lâcher prise, de renoncer à son humanité. Et il pourrait se joindre au festin.

Charge-toi d'elle. Toi seul peux nous en débarrasser.

Il secoua la tête, s'accrochant farouchement à son humanité en lambeaux. Puis une vieille aversion lui revint en mémoire, que Dess lui avait enseignée longtemps auparavant.

Rejoins-nous, l'encouragèrent-ils.

— Inassimilable ! cracha-t-il d'une voix rauque.

Son esprit faillit se briser sous l'effort, mais les anciens frémirent de nouveau, dégoûtés.

Tant pis pour toi.

Avec une soudaineté stupéfiante, son esprit fut libéré de leur emprise. Rex sentit ses muscles se dénouer et s'effondra comme une poupée de chiffon. Il avait épuisé toutes ses ressources de volonté dans le combat. Ils avaient renoncé, réalisa-t-il. Sans savoir comment, il les avait battus.

Rex ouvrit les yeux et se vit couché sur le ventre au milieu du désert, la bouche pleine de sable, les mâchoires douloureuses. Mais il parvint à sourire. Les darklings lui avaient laissé entrevoir quelque chose à propos de la chasse imminente… une chose importante.

Mais, à mesure que les silhouettes de cauchemar s'éloignaient dans le lointain, Rex eut la sensation que son corps rompu de fatigue se contractait, que ses sens retrouvaient leurs limitations humaines. La nuit se referma sur lui comme une gueule immense, dévorant ce qu'il avait appris. Il ne lui en resta que des images et des odeurs fragmentaires, ainsi qu'un goût de poussière dans la bouche.

Quand les anciens eurent disparu à l'horizon, il avait quasiment tout oublié.

18 | 00 h 00

LE MONSTRE

Rex émergea du désert en titubant tel un zombie.

Il avait les traits livides, les mains tremblantes, comme après sa transformation, deux semaines auparavant. Il ressemblait étrangement à son père – les yeux vitreux, le pas traînant.

Il ne semblait pas saigner ni avoir reçu de coups, et ses vêtements n'étaient pas déchirés, mais son expression absente donna la chair de poule à Jessica.

— Ça va, Rex? s'inquiéta-t-elle.

Il l'ignora pour se tourner vers Mélissa.

— Tu l'as touchée?

— Non, j'ai attendu. Je te l'avais promis, non? (Mélissa lui tendit la main.) Tu as une sale mine, beau gosse.

— Je ne me sens pas très bien, admit Rex. (Il accepta sa main en tremblant puis se redressa, comme si elle lui avait transmis une partie de sa force.) Merci.

— Qu'est-ce qui t'a pris, Rex? lui reprocha Jonathan. Tu essaies de te faire tuer, ou quoi?

Rex réfléchit quelques secondes avant de répondre :

— J'essaie seulement de confronter les différents points de vue. Comme historien, j'ai l'impression d'avoir été plutôt lamentable, jusqu'ici.

— Tu as surtout été lamentable comme chauffeur, oui ! s'écria Mélissa. (Elle indiqua la vieille Ford, qui s'enfonçait sur le flanc ; ses deux pneus droits avaient complètement éclaté, laissant les jantes à nu.) Je te confie ma voiture pour la première fois, et tu t'arranges pour me la bousiller ?

— Oui, j'en ai bien peur.

— Je n'arrive pas à le croire ! Enfin, Rex ! Monsieur Responsable, jamais en retard pour rendre ses bouquins à la bibliothèque, mais avec ma voiture il ne se donne même pas la peine de prendre la route ? L'essieu avant est fichu !

En regardant Mélissa qui serrait Rex un peu plus fort à chaque insulte, leurs doigts entrelacés, leurs deux corps pressés l'un contre l'autre, Jessica saisit l'ampleur de l'inquiétude qu'avait dissimulée la télépathe. Même quand elle l'avait touchée, elle n'en avait eu qu'un bref aperçu.

Finalement, Mélissa s'interrompit en bredouillant. Rex la garda dans ses bras un moment, puis déclara :

— Je me souviendrai toujours de cette voiture avec émotion. Elle a rendu l'âme en nous sauvant, Angie et moi.

Mélissa se détacha de lui, se tourna vers la silhouette figée dans la voiture et gronda d'une voix sourde :

— Dans ce cas, je sais sur qui je vais me défouler. Ce sera mon lot de consolation.

— Attends une seconde, dit Rex.

— Pas question. J'ai déjà attendu beaucoup trop longtemps.

Il attira de nouveau Mélissa contre lui et lui posa une main sur la joue.

Après un moment, elle écarquilla les yeux.

— Quoi ? Pourquoi « non » ?

— J'ai donné ma parole.

— Oui, mais je n'ai rien promis à personne, moi !

— Oh si. À moi, répondit-il. Il faut qu'on attende la fin de minuit.

Jessica se demanda si les autres avaient également du mal à suivre.

— De quoi est-ce que vous parlez ?

— Oui, renchérit Dess, qui tenait un chiffon rougi contre sa plaie au-dessus de l'œil gauche. Vous pourriez au moins rajouter les sous-titres pour ceux qui ne lisent pas dans les pensées.

Mélissa s'arracha aux bras de Rex, fit quelques pas en arrière et le fusilla du regard.

— Il veut m'interdire d'examiner Angie.

— Pardon ? fit Dess.

— Angie m'a fait certaines révélations au sujet du passé, expliqua Rex. À propos des midnighters et des Grayfoot. Et nous avons conclu un marché. On va attendre la fin de minuit, après quoi nous aurons une petite discussion. Rien de plus.

— Une minute, intervint Jonathan. Tu es en train de

nous dire qu'on a tous risqué notre vie cette nuit pour avoir une petite discussion ?

— Pas question ! s'écria Dess.

Rex se tourna vers Jessica, cherchant son soutien d'un œil las.

— Inutile de recourir à la télépathie, reprit-il. On peut aussi lui faire confiance.

— Confiance pour quoi ? cracha Mélissa Pour lever le pied sur les enlèvements ?

— Je n'essaie pas de vous dire qu'Angie est de notre côté ou je ne sais quoi, insista-t-il sans quitter Jessica des yeux. Loin de là. Mais elle est comme nous, en un sens. elle cherche à découvrir la vérité au sujet de minuit. Rien ne nous oblige à lui soutirer ses pensées contre sa volonté.

Jessica respira profondément. La nuit où ils avaient sauvé Cassie Flinders, elle avait tenté de les convaincre de ne pas effacer ses souvenirs, et personne ne l'avait écoutée. Mais, si Rex lui-même avait changé d'avis, les choses se dérouleraient peut-être différemment, cette fois-ci.

— Je suis d'accord avec Rex, dit-elle. Enfin, je crois.

Les trois autres la fixèrent. Jessica s'attendait à entendre l'un d'entre eux s'écrier : « Qui t'a demandé ton avis ? » Mais, à mesure que le silence se prolongeait, elle sentit quelque chose basculer au sein du groupe. Même l'énergie farouche de Mélissa parut retomber un peu.

Jessica croisa les bras. Son avis semblait compter, après tout.

Au bout d'un long moment, Dess dit à voix basse :

— Voyons si j'ai tout compris. Je suis en train de saigner. Deux centimètres plus bas, et cette saleté de matou m'éborgnait. Et nous allons discuter gentiment avec elle, ce que nous aurions pu faire grâce à un simple coup de téléphone ?

— Ce qui aurait peut-être permis d'épargner ma voiture ? ajouta Mélissa.

— Pas vraiment, se défendit Rex. Ici, en face-à-face, tu pourras t'assurer qu'Angie nous dit la vérité. Je la crois, mais il faut que vous soyez convaincus aussi. (Il eut un petit rire.) Et, franchement, je ne crois pas que les choses se seraient passées de la même manière au téléphone. Parfois, le fait d'avoir affronté un danger ensemble facilite les choses.

— Je comprends. Pas grave pour ma voiture, alors, dit Mélissa, tant que ça vous a permis de tisser des liens.

— Non, non. (Rex soupira avec lassitude.) Ce n'est pas avec elle que j'ai tissé des liens, cette nuit. Angie n'a pas les idées claires, c'est tout.

— Pas les idées claires ! explosa Mélissa. Elle t'a enlevé, Rex. On devrait l'envoyer en prison pour toujours ! Et elle va s'en tirer comme ça ?

Il sourit et ses yeux scintillèrent.

— Je n'ai pas dit ça.

Quand la lune sombre se coucha, le temps réel balaya le désert, suivi d'un brusque retour du vent. À côté de Jessica, Rex eut un léger sursaut, comme s'il n'appartenait plus vraiment au temps normal.

Il avait refusé de répondre à leurs questions concernant ce qui lui était arrivé dans le désert, et affirmé qu'il ne s'en souvenait plus. Pour l'instant.

Le visage d'Angie reprit vie, parcouru par une succession d'émotions fugaces : la confusion, la peur, le soupçon, et enfin, une confusion encore plus grande. Elle se toucha le crâne du bout des doigts, prudemment, comme pour s'assurer que ses oreilles ne s'étaient pas décrochées au douzième coup de minuit.

Les cinq midnighters étaient alignés devant la voiture, les bras croisés – *à la manière d'un groupe de rock posant pour la pochette d'un album*, se dit Jessica. Même Mélissa, qui fulminait toujours, avait décidé de se joindre aux autres quand elle avait compris que ce petit moment de surprise serait sa seule vengeance contre Angie.

La jeune femme écarquilla les yeux en les découvrant ainsi de l'autre côté du pare-brise.

— Sors de là, lui lança Rex. Faut qu'on discute.

Angie s'extirpa de la Ford cabossée et se redressa face à eux, protégée par la portière.

— Waouh, dit-elle doucement.

Voir des gens surgir de nulle part devait être autrement plus impressionnant que voir se déplacer quelques dominos, supposa Jessica.

— Comment te sens-tu ? demanda Rex. Toujours toi-même ?

Angie réfléchit un moment, puis bredouilla :

— J'ai l'impression.

— Comme si j'allais me salir les mains à tripatouiller dans ta cervelle, grommela Mélissa.

Jessica lui jeta un regard en coin.

Ben voyons !

— Parlons un peu de l'histoire de Bixby, proposa Rex.

— Je croyais qu'on en avait déjà discuté.

— J'ai envie de l'entendre encore une fois. (Il tapota l'épaule de Mélissa.) Et, cette fois-ci, je serai sûr que tu dis la vérité. Ou que tu le crois, en tout cas.

— Tout est vrai, lui assura Angie. Je peux vous montrer les documents.

— On t'écoute, dit Rex.

Angie entreprit alors de leur parler des anciens midnighters, de la révolution des Grayfoot et de l'autre histoire secrète de Bixby. Elle commença lentement, à voix basse ; son expression ébahie devant leur apparition soudaine mit un moment à s'effacer. Mais, peu à peu, sa voix se renforça, et elle eut bientôt retrouvé tout son aplomb.

Rex leur en avait déjà brossé les grandes lignes pendant qu'ils attendaient la fin du temps bleu, mais, en écoutant Angie leur répéter ses révélations sur un ton méthodique, Jessica sentit le récit s'insinuer jusque dans ses os, avec le froid glacial du désert par cette nuit d'automne.

Si tout était exact, dans quelle mesure Madeleine avait-elle su ce qui se déroulait à son époque ? Elle n'avait que dix-sept ans quand les Grayfoot avaient renversé les midnighters, mais elle portait en elle la mémoire de générations de télépathes. Pouvait-elle ignorer que les midnighters commettaient des forfaits abominables depuis plusieurs milliers d'années ?

Et lequel d'entre eux aurait assez de cran pour lui demander ce qu'elle pensait de tout cela ? Bien sûr, Mélissa n'aurait guère le choix, la prochaine fois que les deux femmes se toucheraient. Elle serait obligée de l'interroger. Jessica était bien contente de ne pas être à sa place.

Quand elle acheva son discours, Angie ne semblait plus effrayée du tout. Elle fumait tranquillement, en les toisant comme s'ils n'étaient que des enfants.

— Bien, maintenant que je vous ai ouvert les yeux, conclut-elle, que pouvez-vous me dire en échange ?

Jessica plissa les paupières. Elle était heureuse que Mélissa n'ait pas transformé la jeune femme en légume, mais cela ne voulait pas dire qu'elle appréciait Angie. Sûrement pas.

— Le plus important, répondit Rex, c'est que, d'après ce qu'on sait, tout va péter le 1er novembre.

— Le minuit de la veille, en fait, précisa Dess. Quand on basculera du 31 octobre au 1er novembre.

Angie eut un petit sourire.

— À minuit le soir d'Halloween, hein ?

— Ça paraît peut-être stupide, concéda Dess avec froideur. Mais les nombres ne mentent pas.

— Je ne crois pas beaucoup à toutes ces histoires de numérologie.

— De numérologie ? (Dess en resta bouche bée.) Je te parle de maths, espèce de naze !

La jeune femme la dévisagea d'un air sceptique, avant de se troubler.

— Vous savez, quand il me parlait encore, Ernesto Grayfoot me répétait souvent qu'un événement se produirait bientôt. Et, quand la communication s'est interrompue avec les darklings, tout le monde a commencé à avoir peur. Il disait que c'était en rapport avec le porte-flambeau. (Elle se tourna vers Jessica.) C'est toi, pas vrai ?

Jessica acquiesça.

— Mais les Grayfoot n'avaient pas encore reçu leurs instructions complètes à la mort de l'hybride.

— Que disait Ernesto, exactement ? voulut savoir Rex.

— Il répétait toujours le même nom. Selon lui, le vieux s'inquiétait de l'arrivée de « Samhain ». Il ne m'a jamais précisé qui c'était.

— Pas « qui », pauvre nulle, mais « quand », dit Mélissa. Samhain est l'ancien nom de la fête d'Halloween.

— On sent la gothique, murmura Dess.

— Tu ne t'es pas regardée, lui rétorqua Mélissa.

— Encore Halloween. (Rex soupira.) On en revient toujours là.

— Allons, ne soyez pas ridicules, dit Angie. Halloween n'est qu'une fête absurde. Ça n'existait même pas en Oklahoma, il y a une centaine d'années. Alors que les monstres sont là depuis une éternité. (Son regard les engloba tous les cinq.) Ils sont toujours là.

— Des monstres, hein ? répéta Rex.

Il fit un pas vers Angie, puis un autre, et Jessica sentit comme un picotement nerveux au creux de son ventre. Rex parut changer sous ses yeux, se débarrasser de sa fatigue. Il avait tout à coup l'air plus grand, plus dur, plus menaçant. Et puis, chose stupéfiante, Jessica vit des reflets violets dans ses yeux, bien que la lune sombre soit couchée depuis longtemps.

Il se trouvait encore à un mètre d'Angie quand la jeune femme trébucha en arrière et se cogna contre la voiture. Sa cigarette lui échappa des doigts.

— Tu as peut-être raison, Angie, dit-il. Peut-être que des monstres vivent à Bixby depuis très, très longtemps. Mais rappelle-toi juste une chose.

Sa voix se transforma, devint sèche et froide, comme si quelqu'un de très âgé s'exprimait par sa bouche.

— Monstre ou pas, je suis ce que *tu* as fait de moi en m'abandonnant au milieu du désert. Je suis *ton* cauchemar, à présent.

Un sifflement émana de lui, et son cou s'étira en avant, comme si sa tête cherchait à s'arracher de ses épaules. Ses doigts semblèrent s'allonger, s'affiner, esquisser dans l'air des motifs hypnotiques. Le sifflement ébranla les nerfs de Jessica de la tête aux pieds.

Toute l'arrogance d'Angie fondit d'un coup, et elle s'affala contre la Ford. Sans l'appui de la voiture, elle aurait basculé dans la poussière.

Le sifflement s'estompa, emporté par le vent, puis le corps de Rex se recroquevilla, reprit sa forme et ses dimensions humaines. Jessica n'aurait su dire avec certitude s'il s'était réellement transformé sous ses yeux ou si tout cela n'avait été qu'une hallucination.

Il se détourna d'Angie.

— Venez, allons-nous-en.

— Elle sait autre chose, insista Mélissa.

— Rien d'important. Les autres m'ont appris tout ce que j'avais besoin de savoir.

Sa voix était de nouveau normale et, en s'éloignant à grands pas vers la voiture de Jonathan, Rex parut fatigué, comme si l'énergie qui l'avait habité le temps de sa transformation avait entièrement disparu.

Jessica et Jonathan échangèrent un regard puis emboîtèrent le pas à Mélissa, qui suivait Rex avec une mine soucieuse.

— Et elle ? leur lança Dess.

Jessica s'arrêta et se retourna. Dess contemplait Angie comme elle aurait examiné un insecte inconnu aplati dans la poussière.

Rex répondit sans se retourner, en s'adressant au désert face à lui :

— Elle peut marcher. Elle n'a qu'à rentrer à pied.

19

18 h 23

OPÉRATION SPAGHETTIS

— La règle s'applique à fond, ce soir, annonça Beth.

Jessica leva la tête de son manuel de physique.

— Euh, Beth ? Tu vois, là je suis dans ma chambre, pas dans la cuisine. Par conséquent, je vois mal comment je pourrais enfreindre la règle.

— Je voulais seulement te prévenir.

— Me prévenir ? répéta Jessica avec une pointe d'agacement.

C'était la grande soirée spaghettis de Beth, ce qui voulait dire que sa petite sœur préparait le dîner. Au cours des quatre dernières années, depuis les neuf ans de Beth, ce rituel s'était répété tous les vendredis soir, à l'exception des premières semaines tumultueuses qui avaient suivi leur installation à Bixby.

La règle de cette soirée était simple : Beth faisait la cuisine, et l'on était prié de rester loin de la nourriture.

Jessica avait senti depuis sa chambre l'odeur des oignons en train de réduire. Cet arôme familier l'avait fait sourire.

— Me prévenir de quoi, exactement ?

— Que ce soir, j'applique la règle sous sa forme la plus stricte, répondit Beth.

— Qu'est-ce que ça veut dire ? Qu'on doit tous quitter la maison jusqu'à ce que tout soit prêt ?

— Non, simplement que… (Beth fronça le nez et jeta un coup d'œil derrière elle, comme si elle avait senti une odeur de brûlé.) Ne sors pas de ta chambre. Promis, Jess ?

— Pourquoi ?

Beth sourit.

— C'est une surprise.

Jessica envisagea de soumettre cette interprétation de la règle à l'arbitrage de leur mère, mais cela n'en valait pas la peine. Jessica comptait réviser jusqu'à l'heure du dîner, de toute façon, et peut-être que l'interdiction de Beth lui éviterait de se retrouver devant la télé.

La physique était la seule interrogation écrite de Jessica avant Halloween. Il serait dommage de voir le monde s'achever sur un D^+.

— Tu le jures, hein ? insista Beth.

— C'est bon, je ne bougerai pas d'ici, dit Jessica en levant les yeux au ciel.

— Cool. Tu vas adorer ma petite surprise.

— Ah bon. (Le sourire satisfait de Beth ne lui disait rien qui vaille.) J'attends ça avec impatience.

— Je peux fermer la porte ?

Jessica gémit.

— Beth, tu ne sentirais pas quelque chose qui brûle ?

Sa petite sœur se retourna, l'air inquiet. Il y avait bel et bien une odeur de brûlé. Elle réussit tout de même à claquer la porte derrière elle avant de filer.

Jessica l'entendit regagner la cuisine au pas de charge, et se demanda quelle surprise elle lui réservait. Beth était beaucoup plus agréable depuis une semaine, beaucoup moins dans ses pattes, toujours en train de parler de ses nouvelles amies à la parade ou de s'entraîner avec sa baguette. Peut-être tenait-elle vraiment à surprendre toute la famille avec quelque chose de spécial.

Et, même si elle cherchait simplement des histoires, Beth aurait bien du mal à trouver quoi que ce soit qui puisse aggraver la situation.

Il n'y avait pas eu d'autre éclipse – ou de tremblement de temps, ou de machin truc de la contorsion bidule – depuis le déjeuner de la semaine précédente. Mais d'après Mélissa, les darklings en attendaient une autre pour bientôt. Après la dernière éclipse, la déchirure de Jenks avait atteint les dimensions approximatives d'un terrain de tennis ovale. Ils la surveillaient chaque nuit à tour de rôle, afin de s'assurer que personne d'autre ne s'y égare. En plus de la lueur bleue habituelle, tout était teinté de rouge et rien n'était figé : les feuilles mortes tombaient, les vers de terre rampaient, les moustiques bourdonnaient et piquaient. C'était d'une bizarrerie indescriptible.

Selon les calculs de Dess, chaque éclipse agrandirait un peu plus la déchirure, comme un accroc dans un bas. Et enfin, la nuit d'Halloween, la trame de l'heure secrète se déchirerait complètement dans un rayon de plusieurs kilomètres.

Alors qu'elle parcourait son manuel de physique en tâchant de se concentrer sur un chapitre intitulé « Les ondes et vous », des images de la semaine précédente lui revenaient sans cesse à l'esprit : l'expression de Rex quand il avait émergé du désert, pâle comme un prisonnier libéré après plusieurs années de cachot, la manière dont il s'était changé en créature inhumaine sous l'effet de la colère.

Rex ne se rappelait toujours pas ce qu'il avait vécu dans le désert, et même Mélissa n'avait pas osé fouiller dans son esprit. Il prétendait faire de drôles de rêves cependant, comme si des souvenirs de darklings repassaient dans sa tête en haute définition. Tout cela après une seule conversation avec les anciens.

Cela tenait davantage du lavage de cerveau que de la discussion, selon Jessica. Peut-être serait-il plus juste de parler de lavage de corps, d'ailleurs – son impressionnante métamorphose semblait donner du poids aux accusations d'Angie, comme si Rex était bel et bien devenu un monstre.

Jessica frémit à cette pensée. Elle renonça à comprendre les ondes toroïdales et sinusoïdales, ferma les yeux et huma l'odeur de sauce tomate qui s'infiltrait sous sa porte. Si tout était sur le point de changer, elle voulait savourer pleinement ces rares moments de normalité.

Il n'y aurait plus que deux autres soirées spaghettis

avant Samhain. Autant en profiter tant que c'était encore possible.

— À table ! cria Beth juste derrière la porte.

Jessica s'arracha à sa rêverie en sursautant.

— Hé ! Tu m'as fait peur !

— Désolée.

Des bruits de pas s'éloignèrent dans le couloir.

Jessica sourit. L'enthousiasme juvénile de sa petite sœur ne lui posait pas de problème. Elle roula au bas de son lit, étira ses muscles endoloris par une trop longue lecture, puis ouvrit la porte.

Une odeur alléchante et des bribes d'une conversation animée parvinrent de la cuisine. Pour ce soir, au moins, elle allait faire comme si tout allait bien à Bixby.

Mais, en avançant dans le couloir, Jessica entendit une voix inconnue, à la fois douce et sûre d'elle-même, qui lui parut vaguement familière.

— Pas possible, murmura-t-elle.

C'était Beth qui parlait, à présent ; Jessica avait sans doute mal entendu.

Pourtant, un sentiment de terreur l'envahit quand elle atteignit le seuil de la cuisine et baissa les yeux sur la table vide. Pour la première fois depuis leur arrivée à Bixby, on avait mis la table dans le salon.

Ce qui voulait dire qu'ils avaient de la visite.

Elle traversa la cuisine, passa dans le salon et les découvrit tous les quatre : Beth, leurs parents…

Et Cassie Flinders.

— Ah, Jess ! lui lança sa mère. Beth a invité une amie de l'école, ce soir.

— Ah oui ? parvint à bredouiller Jessica.

— Cassie est dans la parade avec moi, dit Beth. (Elle sourit d'un air amusé et se tourna vers son amie.) Je t'ai parlé de ma sœur, Jessica.

Cassie Flinders leva les yeux puis les baissa, comme si elle essayait de se rappeler quelque chose.

— Salut, couina Jessica en réfléchissant à toute vitesse.

Rex et Mélissa n'étaient pas retournés à Jenks pour effacer la mémoire de Cassie ? En principe, cette gamine n'avait plus qu'un souvenir très vague de son incursion dans le temps bleu.

— J'ai l'impression qu'on s'est déjà vues, déclara finalement Cassie.

— Vraiment ? s'étonna Mme Day, tout sourire. Où ça ?

— Oui, où ça ? renchérit Jessica en prenant place devant son assiette. (Elle s'efforça de retrouver une voix normale et d'avoir l'air détendu.) Je ne m'en souviens pas.

— Moi non plus. (Cassie continuait à observer le visage de Jessica dans les moindres détails.) Mais j'ai dessiné un portrait de toi.

— Tu as fait quoi ?

— Dessiné ton portrait, au crayon, répéta Cassie. L'autre jour, quand j'étais malade.

— Oui, confirma Beth. Un excellent portrait. Elle l'a apporté pour nous le montrer. C'est vraiment très ressemblant, Jess. Cassie dessine sans arrêt.

— Et vous ne vous rappelez pas où vous avez pu vous rencontrer, toutes les deux? demanda Mme Day.

— Non, aucune idée, répondit Jessica. Je n'ai jamais mis les pieds à Jenks.

— Jenks? releva Beth avec un sourire radieux. Comment sais-tu que Cassie habite là-bas?

— Je... n'en sais rien, bredouilla Jessica. (Ses parents se mirent à la regarder curieusement, eux aussi. Elle avait intérêt à changer de sujet au plus vite.) Alors comme ça, tu es une majorette, toi aussi?

— Non. Je joue de la clarinette.

— Et c'est une excellente dessinatrice, insista Beth.

— Oui, dit Jessica. Ça, j'ai compris.

— Elle a dessiné un garçon, aussi. Quel nom lui as-tu donné, déjà? Jonath...

— Oh, une minute! s'écria Jessica, pour détourner la conversation. Ne me dis pas que tu es Cassie Flinders?

Tout le monde se tut un instant, puis Cassie acquiesça lentement.

— Allons, Jess, intervint Mme Day. Je suis sûre que Cassie n'a aucune envie d'aborder ce qui s'est passé la semaine dernière, tu ne crois pas?

— Désolée, fit Jessica. Mais, quand même, on en a parlé aux infos et tout ça.

— Jessica!

Elle n'ajouta pas un mot, laissant Beth servir les spaghettis et la sauce épaisse encore fumante.

Jessica n'avait rien contre les silences gênés. Elle les préférait de loin aux questions embarrassantes. Cette pause dans la conversation lui donnait quelques minutes pour tenter de deviner ce qui s'était passé.

Selon Rex, Mélissa s'était assurée que Cassie n'avait rien raconté à personne. Mais peut-être que, au lieu de parler de son aventure, elle l'avait dessinée.

Jessica se demanda combien de dessins avait réalisés Cassie avant qu'on lui efface la mémoire. Elle avait croqué Jonathan, semblait-il, et sans doute les autres midnighters. Elle avait peut-être même inscrit leurs noms.

Avait-elle dessiné le chat noir ou le darkling ?

Tout le monde se mit à manger. Bientôt, Beth et Cassie multiplièrent les anecdotes amusantes sur les autres membres de la parade, comme si personne n'avait rien mentionné de bizarre ou d'inexplicable à cette table.

Jessica restait songeuse. Les dessins de Cassie risquaient-ils de réveiller ses souvenirs, de les faire remonter de l'endroit où Mélissa les avait enfouis ? Le fait de la voir, elle, Jessica, lui rappellerait-il d'autres détails de cette fameuse nuit ?

Malgré tout, Cassie ne s'appuyait pas sur grand-chose – juste quelques noms, quelques visages à demi oubliés et peut-être un chat noir, ou une araignée géante tout droit sortie d'un cauchemar. Elle n'avait aucun moyen d'établir le lien entre Jessica, Jonathan et les autres midnighters, aucun autre indice concernant ce qui s'était vraiment passé cette nuit-là.

Ce n'était pas Cassie Flinders, le problème.

C'était plutôt Beth, comme toujours.

Elle avait déjà reconnu le visage de Jonathan et n'ignorait pas, pour avoir pris des messages au téléphone, que Jessica avait des amis qui s'appelaient Rex, Dess et Mélissa. Pire encore, Beth savait que sa grande sœur s'éclipsait fréquemment à minuit – l'heure à laquelle la déchirure de Jenks était la plus dangereuse.

Et, comme Jessica l'avait appris à ses dépens, si quelqu'un s'y entendait pour lui pourrir la vie, c'était bien Beth.

Jessica s'interrogeait aussi sur la nouvelle politique de Rex en matière de télépathie. Il avait empêché Mélissa d'intervenir sur les souvenirs d'Angie, mais celle-ci connaissait tout de l'heure secrète depuis des années ; ce n'était pas la même chose. Si la rumeur commençait à se répandre au lycée que des choses étranges se déroulaient à minuit près de la voie ferrée, Rex ferait peut-être une exception pour les petites sœurs.

Jessica décida de ne pas lui parler de tout ça, et même de ne pas y penser trop fort en présence de Mélissa. Un bref coup d'œil dans la cervelle de Beth ferait tout de suite apparaître qu'elle en savait trop concernant minuit.

Beaucoup trop, maintenant qu'elle était copine avec Cassie Flinders.

Jessica continua à manger, tâchant d'apprécier les tomates réduites à petit feu, les spaghettis al dente (n° 18) et les oignons qui fondaient dans la bouche. Mais, à mesure que le dîner se déroulait – Beth lui jetant des regards entendus à la moindre occasion –, le plat familier prit une saveur amère.

— Dis, maman ? commença Beth alors que le repas touchait à sa fin.

— Oui ?

— Est-ce que je pourrais aller dormir chez Cassie, un soir ?

Jessica vit le visage de ses parents s'éclairer. L'inscription à la parade portait ses fruits : Beth s'était enfin trouvé une amie dans cette ville. Tout serait beaucoup plus facile, dorénavant.

— Bien sûr, ma chérie, dit Mme Day.

Beth sourit, puis se tourna vers sa grande sœur pour bien lui faire comprendre qu'à Jenks elle saurait dénicher d'autres indices, lui causer d'autres problèmes.

Jessica prit un air détaché, comme si rien de tout cela ne pouvait la déranger, mais son sourire se figea sur ses lèvres.

C'était trop déprimant. Même la grande soirée spaghettis de Beth avait été contaminée par le temps bleu.

20 22 h 30

LES TÉLÉPATHES

— Laisse-moi essayer une dernière fois, beau gosse. S'il te plaît.

Rex ne répondit pas, ne ralentit même pas dans l'escalier qui menait au grenier. Comme s'il n'avait rien entendu. Mélissa, bien sûr, ne s'attendait pas à le voir s'asseoir tranquillement pour en discuter. Depuis cette nuit dans le désert, Rex se montrait normal en présence des autres, mais devant Mélissa il laissait souvent ressortir son aspect moins humain.

Même là, dans la maison de Madeleine, elle pouvait percevoir le darkling en lui.

Mais il s'agissait de son Rex, après tout. Elle n'allait pas renoncer si facilement.

Mélissa courut derrière lui pour lui attraper la cheville. Elle s'agrippa à la jambe de son jean et le retint de toutes ses forces.

— Attends-moi, bon sang !

Il se retourna vers elle. Ses yeux avaient cet éclat inquiétant qu'ils prenaient parfois dans le temps normal, comme s'ils reflétaient la lueur de la lune sombre.

Il retroussa les lèvres et, l'espace d'un instant abominable, Mélissa eut vraiment peur. Il allait se changer en monstre une bonne fois pour toutes et la dévorer sur place, en éparpillant ses os dans l'escalier de Madeleine.

Puis il grimaça un sourire.

— Qu'y a-t-il, cow-girl ? Tu es jalouse ?

— Accorde-moi juste une seconde, Rex. Tu veux bien ?

Il baissa les yeux sur la botte qu'elle serrait encore et haussa un sourcil.

Mélissa lui lâcha la cheville, prenant conscience qu'elle était à moitié agenouillée dans l'escalier, comme une ivrogne en train de ramper jusqu'à son lit. Elle respira profondément pour se calmer, se détourna de Rex et s'assit sur les marches. Puis elle pointa un ongle noir à côté d'elle.

Au bout de quelques secondes, l'escalier se mit à grincer et à trembler sous ses pas, et Rex vint s'asseoir près d'elle.

— Je ne suis pas jalouse de Madeleine, dit-elle. Mais tu l'as été, toi. Tu t'en souviens ?

— Très bien.

Mélissa ricana.

— Tant mieux. Je détesterais te voir renoncer à la jalousie. Pour ça, tout le monde est bon. Tout le monde, sauf moi, bien sûr.

— Bien sûr.

— Ce n'est pas de moi qu'il est question, cela dit. Mais de nous.

Mélissa fit la grimace en s'entendant parler ainsi. Elle leva la tête vers lui. Ses yeux avaient retrouvé leur éclat normal, au moins. Elle éprouvait ce pincement au creux du ventre qu'elle avait si souvent perçu chez les filles du lycée, quand elles croyaient que leur petit ami se détachait d'elles. Mélissa les avait toujours trouvées nunuches, méprisables ; elle n'avait jamais réalisé à quel point le rejet pouvait être douloureux.

Bien sûr, la métamorphose que subissait son petit ami ne facilitait pas les choses.

Elle lui prit la main et se laissa envahir par ses sensations. Elle se focalisa sur la surface de son esprit – sur les schémas mentaux solides et rassurants qu'elle connaissait si bien. Même durant ces années où elle avait dû s'interdire de le toucher, elle avait pu se raccrocher à sa stabilité, à ses certitudes de voyant. Le Rex Greene d'avant était toujours là.

Néanmoins cette familiarité rendait l'autre part de lui-même d'autant plus troublante. Comment une enveloppe aussi ferme et rassurante pouvait-elle contenir un noyau d'une telle noirceur ?

— Laisse-moi réessayer.

— On a déjà essayé, répondit-il. Ça n'a rien donné. Et puis, qui sait ? Peut-être que Madeleine ne réussira pas mieux. Mais ça fait presque une semaine ; je ne voudrais pas que l'image que j'ai reçue des darklings s'estompe avant qu'elle ait eu l'occasion d'y jeter un coup d'œil.

— Crois-moi, Rex, elle est loin de s'estomper.

La noirceur qui l'habitait était plus dense que du goudron.

— Ça ne s'éclaircit pas non plus, cow-girl, et ce n'est pas faute d'avoir essayé. Nous avons besoin de l'aide de Madeleine. Samhain n'est plus que dans seize jours.

Au lieu de répondre, Mélissa se pressa tout contre lui et laissa s'écouler ses pensées sur la surface humaine de l'esprit de Rex.

Cette fois-ci, elle ne chercha pas à percer sa noirceur. Rex avait probablement raison : ce que les darklings avaient laissé en lui dépassait sa compréhension humaine. Mélissa préféra lui offrir sa propre réserve de souvenirs implantés, l'héritage que les midnighters se transmettaient de génération en génération.

Avant de monter au grenier, Rex avait besoin de savoir de quoi les télépathes étaient capables.

Mélissa entraîna Rex au cœur de ces souvenirs, jusqu'à un événement que partageaient les télépathes depuis l'aube des temps. Jadis, bien avant l'arrivée des premiers colons espagnols en Oklahoma, bien avant la venue de l'homme blanc et des tribus de l'Est, une réunion avait eu lieu. Les télépathes de plusieurs tribus s'étaient rassemblés autour d'un grand feu pour échanger des images des endroits lointains qu'ils avaient visités – au sud jusqu'aux eaux calmes du golfe du Mexique, à l'ouest jusqu'aux premiers contreforts des montagnes Rocheuses ; l'un d'eux avait même voyagé jusqu'au Grand Canyon. Depuis lors, de nouveaux souvenirs étaient venus s'ajouter aux premiers en s'enrichissant d'une génération à l'autre. Comme si la réunion avait fini par s'étendre à un millier de télépathes, à tous ceux qui étaient venus un jour à Bixby et avaient découvert leur pouvoir, pour aboutir enfin à Mélissa.

— Waouh ! fit Rex après le premier moment d'émerveillement.

— Et pas une once de culpabilité, dit Mélissa d'une voix douce.

— Que veux-tu dire ?

— Aucun d'eux n'a jamais considéré que la télépathie pouvait être une mauvaise chose, Rex. Sur ces centaines de personnes, aucune n'a jamais pensé qu'elle avait un prix.

Rex dégagea sa main, secouant la tête pour s'éclaircir les idées.

— Tu crois qu'Angie aurait tort ? Que les Grayfoot lui auraient menti ?

— Non. (Mélissa se retourna pour vérifier que Madeleine n'était pas en train de les écouter au sommet des marches.) Depuis qu'Angie nous a parlé, j'ai passé en revue mes souvenirs à la recherche de ce qu'elle dénonçait : l'élimination des récalcitrants, l'altération des esprits pour le profit, la manipulation des masses. Je n'ai rien trouvé. (Ses doigts tambourinèrent sur ses genoux.) Pourtant, je persiste à croire qu'elle nous a dit la vérité. Tu comprends ?

— Peut-être qu'ils se transmettaient une version expurgée.

— Ils se transmettaient surtout une autosatisfaction incroyable, Rex. Sans jamais douter une seconde de ce qu'ils faisaient. Je ne suis même pas sûre qu'ils aient pu se remettre en question.

— Comment ça ?

Elle lui reprit la main pour lui montrer un souvenir désagréable qui remontait à quelques semaines – l'instant où elle avait touché Dess contre sa volonté et lui avait arraché le nom de Madeleine. Mélissa s'attarda longuement sur la désinvolture avec laquelle la vieille télépathe avait manipulé l'esprit de Dess, sur le verrou mental qu'elle avait mis en place afin de camoufler son existence. Verrou que Mélissa avait brutalement fait sauter.

Quand elle sentit un frisson glacé parcourir Rex, elle lui lâcha la main.

— Pourquoi m'avoir montré ça ? demanda-t-il.

— Pour te rappeler de quoi nous sommes capables. La télépathie n'affecte pas que les personnes normales. On peut aussi s'en servir contre d'autres midnighters.

— Je sais. (Il plissa les yeux.) Mais quel est le rapport avec l'histoire de Bixby ?

Elle leva la tête vers lui.

— Avant que nous arrivions comme cinq orphelins, chaque midnighter grandissait entouré de télépathes, qui partageaient leurs pensées à chaque poignée de main. Mais s'ils ne se contentaient pas d'échanger des infos et des souvenirs ? S'ils partageaient aussi des croyances ? Et si, à un certain moment, ils avaient tous décidé de croire que les midnighters ne font jamais rien de mal ?

— *Décidé* de croire ?

Mélissa se pencha plus près encore et poursuivit à voix basse. Elle imaginait la vieille dame en haut de l'escalier, les oreilles grandes ouvertes. Si elle avait choisi la maison de Madeleine pour cette conversation avec Rex, c'était pour une raison simple : à l'intérieur de la contorsion crépusculaire, on ne pouvait pas espionner les pensées.

— Au fil des siècles, dit-elle, les midnighters ont commencé à croire qu'ils pouvaient tout se permettre, un peu comme ces propriétaires d'esclaves persuadés qu'ils étaient de « bons maîtres », ou je ne sais quoi. Sauf que, contrairement à l'esclavage, aucune voix extérieure ne pouvait s'élever contre leurs agissements. Tout se faisait en secret, et, chaque fois qu'un doute dressait la tête, les télépathes lui tombaient dessus pour l'écraser. Comme des pom-pom girls qui auraient suivi toute leur scolarité ensemble, pensant toujours de la même façon, s'exprimant de la même façon, convaincues d'être le centre de l'univers... mais pendant des milliers d'années !

Elle le regarda dans les yeux, en espérant qu'il comprenait.

— Jusqu'à notre arrivée, conclut Rex.

— Exactement. Nous sommes plus différents de nos prédécesseurs que nous ne le pensions. Peut-être ont-ils vraiment fait toutes ces choses condamnables, mais sans savoir qu'elles étaient condamnables. Ils ne pouvaient pas le savoir.

— Tu as parlé de tout ça à Madeleine ?

— Penses-tu ! Je ne l'ai pas laissée me toucher une seule fois depuis le sermon d'Angie.

Rex eut un petit sourire.

— Si je comprends bien, tu es devenue une vraie fan d'Angie ?

— Pas vraiment. Disons qu'elle présente le même avantage que la plupart des ordures : quand je pense à elle, je ne me trouve pas si mal.

— Parce que tu n'as jamais kidnappé personne ?

— Oh, ça va plus loin que ça. (Elle croisa les doigts pour que sa révélation lui paraisse encore sensée, une fois qu'elle l'aurait formulée à voix haute.) Madeleine a toujours prétendu que je ne serais jamais une vraie télépathe – que j'avais commencé trop tard. Ces souvenirs ne sont que des images, pour moi ; alors qu'à ses yeux ce sont de vraies personnes. Mais si c'était une bonne chose de n'avoir jamais été endoctrinée ? Si je n'étais pas la première cinglée de tous les télépathes mais, au contraire, la première saine d'esprit ?

— Saine d'esprit... répéta-t-il d'un air confus.

Mélissa insista.

— Parce que, malgré mes problèmes, malgré ce que j'ai pu infliger à ton père, je sais au moins que contrôler les esprits d'une ville entière pendant une centaine de générations n'a rien de cool.

Il lui prit la main, et toutes les idées de Mélissa, qui se bousculaient dans sa tête en paroles maladroites, parurent s'ordonner à son contact. Elles se déversèrent en lui, avec tout ce qu'elle n'avait pas dit à voix haute.

Je suis navrée pour ton père, Rex.

— Tu m'as sauvé de lui, du mieux que tu pouvais, répondit-il.

Mélissa détourna la tête, bouleversée par des émotions trop fortes – honte de ce qu'elle avait fait, inquiétude à l'idée d'avoir perdu Rex au profit des darklings, crainte de ce que Madeleine risquait de lui faire –, comprimées en une seule et même larme, qui roula sur sa joue comme une traînée d'acide.

Rex réfléchit un moment, puis déclara :

— Tu as raison. Je crois que Madeleine devrait trouver ma nouvelle vision de l'Histoire tout à fait... stimulante.

— Laisse-moi t'accompagner là-haut, Rex. Je me fiche que tu sois devenu une vraie terreur, ces derniers temps. Tu auras besoin de ma protection.

Il lui sourit de nouveau, et elle capta un reflet violet au fond de ses yeux.

— Tu n'as aucune idée de ce que je suis devenu.

Elle lâcha un petit rire étranglé.

— Peu importe, Rex. Quand bien même tu serais un monstre, je ne veux pas te perdre à cause d'elle. Tous ces vieux midnighters qu'elle a dans la tête te donneront du fil à retordre, tu sais.

Sans crier gare, il se pencha en avant et l'embrassa – leur premier baiser depuis la semaine précédente. Elle lui trouva un goût entre l'amer et le sucré, à l'image d'un chocolat trop noir.

Mais ce qui l'effraya le plus, c'est qu'elle ne sentit pas la moindre peur en lui.

— On verra bien, dit-il. Allez, viens, cow-girl. Elle nous attend.

Madeleine était assise dans son coin de grenier habituel, son service à thé à portée de la main.

— Tous les deux ensemble, hein ?

— Vous aurez peut-être besoin de moi, dit Mélissa.

La vieille télépathe eut un ricanement de dédain, mais lui permit de rester. Elle non plus n'avait pas peur.

— Très bien, asseyez-vous donc. Le thé refroidit. De mon temps, les jeunes gens ne faisaient pas attendre leurs aînés.

Plus j'entends parler de votre temps, songea Mélissa, *plus j'ai envie de remercier les Grayfoot.*

Rex et elle s'assirent face à Madeleine. Les trois formaient comme un triangle autour du service à thé. Mélissa n'avait encore jamais fait cela auparavant – tenir les mains de deux midnighters à la fois –, mais elle savait, grâce à sa réserve de souvenirs, que les cercles de télépathes constituaient une pratique très ancienne.

Pas étonnant qu'ils aient tous pensé de la même manière. Tous ces esprits en communion parfaite, où chacun venait conforter les croyances des autres… – comme lorsque les élèves se réunissaient dans le gymnase pour encourager l'équipe du lycée de Bixby. Sans personne pour s'éclipser le temps de griller une cigarette.

Mélissa but une gorgée de thé. Il avait refroidi, effectivement. Elle le trouva encore plus amer que d'habitude.

— Ce que tu as fait la semaine dernière était dangereux, Rex, le gronda Madeleine. Je t'ai observé d'ici. Personne n'a jamais survécu à une chose pareille.

— Nous n'avions personne d'autre vers qui nous tourner, dit-il.

— Je me suis donné beaucoup de mal, ces seize dernières années, pour te garder en vie, Rex. Tu aurais pu tout flanquer par terre en un instant.

Mélissa respira un grand coup. Au cours de leurs entraînements, Madeleine ne manquait jamais une occasion de lui rappeler pourquoi Dess et elle étaient nées – afin d'assister Rex, le seul midnighter naturel de l'histoire récente de Bixby. La vieille télépathe avait manipulé subtilement des centaines de mères sur le point d'accoucher, dans l'espoir de faire naître des bébés à minuit pile. Tout cela pour que Rex puisse commander son petit groupe, comme n'importe quel voyant digne de ce nom.

Mélissa ne comprenait que trop bien ce qu'ils représentaient tous les cinq : la tentative de Madeleine de faire renaître le Bixby de son enfance, un paradis pour midnighters… aux dépens de tous les autres.

— J'ai survécu, rétorqua Rex d'une voix sèche.

La douceur humaine qu'il avait manifestée dans l'escalier avait de nouveau disparu.

— Ils auraient pu t'avaler tout cru, insista Madeleine.

— Les entités auxquelles j'ai parlé ne mangent pas de viande. Elles se nourrissent de nos cauchemars.

Madeleine tiqua.

— Elles ne m'auraient pas mangé, de toute façon. J'ai leur odeur sur moi.

Rex adressa un sourire cruel à la vieille dame. Il devait savoir à quel point il était pénible pour elle, songea Mélissa, de voir son cher voyant contaminé par les ténèbres.

Madeleine tressaillit.

— Tu leur ressembles de plus en plus chaque jour. Mais crois-tu vraiment qu'ils te confieraient quelque chose d'utile ? Dans quel but ?

— Les darklings ne m'ont rien confié du tout. Ils partagent leurs pensées de façon naturelle, comme des prédateurs qui s'appellent en repérant une proie. Vous devez bien le savoir. Vous les écoutez penser sans arrêt.

— Si on peut appeler ça penser. (Elle fit la grimace, comme si cinquante ans de thé amer parvenaient enfin à ses papilles gustatives.) Bien, voyons si ta petite expérience a servi à autre chose qu'à me donner une crise cardiaque.

Elle tendit les deux mains, paumes vers le haut.

Mélissa croisa le regard de Rex, et ils se prirent par la main, attendant que la connexion s'établisse. Son cœur battait à se rompre, et, bien qu'elle sache que ce souvenir participait d'un vaste mensonge – d'une propagande, selon Angie –, Mélissa se remémora cette réunion de télépathes, si loin dans le passé. Son émerveillement quand elle revit ces images anciennes s'échanger autour du feu l'apaisa un peu.

Recouvrant son sang-froid, elle se sentit puiser de la force dans l'assurance sombre de Rex. Quelle que soit la horde de télépathes que Madeleine tenait en réserve à leur intention, ils l'affronteraient ensemble.

— Allons, assez bayé aux corneilles, déclara sèchement Madeleine.

Ils levèrent leur autre main à l'unisson et lui prirent les siennes, bouclant le cercle.

Dans le silence revenu, Madeleine se transforma et devint une congrégation d'esprits.

Mélissa était toujours abasourdie par l'immensité du phénomène, par ces souvenirs brumeux qui remontaient à la période glaciaire, à l'époque où les glaciers occupaient de vastes étendues. Dix mille ans d'histoire, des centaines de générations, des milliers de télépathes.

Elle pressa la main de Rex. Elle était heureuse d'être avec lui face à cette masse de consciences accumulées.

— Que t'ont-ils donc fait ? murmura Madeleine.

Elle sondait la sphère noire de la part darkling de Rex, cherchant une prise sur sa surface lisse. La main de Rex tressaillit dans celle de Mélissa.

— C'est pour ton bien, maugréa la vieille dame.

Sa concentration se renforça, et sa respiration sifflante ralentit.

Au bout d'un long moment, la noirceur enfla à l'intérieur de Rex, pareille à une masse visqueuse, pesante, qui se met à bouillir. Les muscles de ses doigts tressaillirent de nouveau, tandis qu'une saveur sèche se dégageait de ses schémas mentaux.

Les yeux clos, Mélissa assistait aux changements qui s'opéraient en lui en se demandant si Madeleine savait vraiment ce qu'elle faisait. Mélissa percevait une grande arrogance dans la masse des esprits, certains de parvenir à contrôler n'importe quoi ou n'importe qui. Mais ils n'avaient jamais rien affronté de pareil.

Un goût métallique lui explosa soudain dans la bouche. Une brèche commençait à s'ouvrir dans l'esprit de Rex. Son noyau sombre frémissait, se fissurait en surface. Mélissa perçut la satisfaction de Madeleine.

Rex gémit.

Mélissa lui adressa des pensées apaisantes, que Madeleine écarta. *Tu ne sais pas ce que tu fais, ma fille. Ne te mêle pas de ça.*

La vieille télépathe ramena son attention sur Rex, poussa plus fort, et les ténèbres s'entrouvrirent. Un éclair noir et scintillant déchira le paysage mental, aspirant ses couleurs comme la lueur de la lune sombre. Des images de l'ancienne Samhain s'écoulèrent de l'esprit de Rex : des hommes masqués empilaient des ossements de bétail et y mettaient le feu, érigeant des bûchers sur des kilomètres, au milieu d'une odeur de charnier. Mélissa en avait l'eau à la bouche, consciente qu'il s'agissait d'une réaction de darkling. Elle se sentit bientôt affamée, obnubilée par l'appel de la chasse et de la mise à mort.

Abomination, murmurèrent les mémoires innombrables.

Elles parlaient de Rex, bien sûr. Mi-voyant, mi-darkling, il leur faisait horreur.

Madeleine s'enhardit, agrandit les failles dans la noirceur de Rex. Ce dernier poussa un cri bref. Ses ongles s'enfoncèrent dans la main de Mélissa.

— Arrêtez ! chuchota Mélissa d'une voix rauque. Vous lui faites mal.

Abomination, sifflèrent un millier de voix. Les mémoires des télépathes n'avaient jamais rien connu de semblable par le passé ; il fallait le contraindre, le contrôler.

Mais les ténèbres à l'intérieur de Rex continuèrent de croître, d'enfler dans l'esprit de Mélissa, comme un gros nuage noir et menaçant, apportant d'autres visions : Bixby tel que les anciens l'avaient connu cinquante ans plus tôt, pareil à une toile d'araignée psychique tendue à travers le désert. Aux yeux des darklings, la ville était un organisme malade, infecté par un parasite dont les filaments s'étendaient partout – les midnighters qui œuvraient en secret, assurant leur emprise sur la ville, sûrs de leur bon droit.

Même les darklings savaient ce que vous étiez, songea Mélissa.

Madeleine émit un petit bruit étranglé, suffoquée par l'indignation des mémoires devant l'image que leur renvoyait Rex. Il n'était qu'une abomination, et son jugement insultait dix mille ans d'Histoire.

Il fallait le détruire.

Un frisson d'horreur traversa alors Madeleine, mais elle fut incapable de faire machine arrière. Elle ne pouvait pas s'opposer à la masse.

— Non, murmura Mélissa. *Vieux salopards imbus de vous-mêmes !*

Ils l'ignorèrent. Elle essaya d'ouvrir les yeux, de tendre le bras, d'arracher la main de Rex à celle de Madeleine, mais tous ses muscles étaient pétrifiés.

Mélissa se sentit envahie de haine face à l'orgueil et la stupidité de ses prédécesseurs. Elle rassembla tout son dégoût – tout ce qu'Angie lui avait raconté sur le règne des midnighters, leur cupidité, leurs rapts d'enfants, leurs manipulations mentales – et le projeta de toutes ses forces contre Madeleine.

La masse des consciences se cabra sous l'insulte et lui renvoya une vague de mépris et d'arrogance. Elle détenait les secrets de minuit depuis des millénaires ; alors que Mélissa n'était qu'une parvenue, une orpheline, une moins que rien.

L'insolence doit être punie.

Mais, avant que la masse des mémoires puisse lui infliger son châtiment, Mélissa sentit de nouveau le goût du darkling dans sa bouche.

La chose en Rex bouillait pour de bon, à présent...

Tel un grand fauve, il s'enfonça droit dans la masse jusqu'aux propres souvenirs de Madeleine, jusqu'à ses secrets les plus intimes. Animé par l'instinct du chasseur, il dénicha ses peurs... et les retourna brutalement.

— Non, Rex ! glapit Madeleine.

Mais l'écume aux lèvres il se montra implacable. Sous les yeux épouvantés de Mélissa, cinquante années de terreur, la moindre minute d'angoisse passée à se cacher depuis la révolution des Grayfoot, remontèrent des profondeurs de la mémoire de la vieille dame.

Mélissa tenta de focaliser son esprit. *Rex... ça suffit !*

— Nous sommes à votre porte ! dit-il à voix haute, avec un ton inhumain. Nous vous avons enfin trouvée. Nous venons vous chercher !

Un cri étranglé jaillit de Madeleine, tandis que les darklings lui réduisaient la cervelle en miettes. Sa main tressauta, puis glissa entre les doigts de Mélissa.

Soudain, la masse des télépathes se tut ; l'esprit de Madeleine s'était retiré. Mélissa se retrouva seule en compagnie de Rex dans la noirceur de ses paupières closes. Ses sensations de darklings continuaient à le hanter, puissantes encore, et toujours affamées. Mélissa voyait avec horreur son ami se transformer sous ses yeux, dévoré par les ténèbres.

Serait-elle la suivante ?

Rex, le supplia-t-elle. *Ne me laisse pas.*

— Inassimilable, murmura-t-il d'une voix sèche.

L'orage donna des signes d'apaisement, et ce qui restait de l'humanité de Rex se redéposa sur les ténèbres bouillonnantes. Elle le sentit recouvrer son équilibre.

Ses muscles se détendirent avec un bruit sec. Mélissa lâcha la main de Rex et ouvrit les yeux.

Madeleine gisait sur le plancher du grenier, inerte, au milieu des fragments de sa tasse de thé. Son visage était figé sur une expression horrifiée.

— Ça a réussi, dit Rex d'une voix calme.

Mélissa fixa la vieille dame étendue à ses pieds. Elle respirait encore mais, elle avait les yeux vitreux, les doigts agités de tressaillements.

Mélissa se tourna vers Rex. Une lueur violette scintillait dans les yeux de son ami.

— Tu appelles ça une réussite ?

— Je me souviens, à présent. (Il esquissa un sourire.) Je sais ce qu'était vraiment Samhain.

Mélissa s'efforça de reprendre ses esprits, de s'arracher à la contemplation du visage grimaçant de Madeleine. Les darklings arrivaient, et des milliers d'existences étaient en danger.

— Peut-on l'arrêter ?

Rex frémit, comme s'il venait de revivre un dernier souvenir fugace. Puis il acquiesça lentement.

— On peut toujours essayer.

21 | 23 h 56

SAMHAIN

Chaque soir, l'heure secrète lui semblait plus longue à venir.

Jonathan tambourina avec les doigts sur l'appui de la fenêtre, attendant que le vent froid se taise, que les couleurs se fondent dans le bleu, que la légèreté l'envahisse. Il ne consulta pas l'horloge. Savoir combien de minutes il lui restait dans Flatland ne servait qu'à rendre l'attente encore plus pénible.

Ces derniers instants interminables, juste avant minuit, étaient toujours les pires. Jonathan aurait voulu sortir tout de suite, s'envoler au-dessus des voitures immobiles et des maisons endormies, sentir ses muscles le catapulter à travers la ville.

Pour passer le temps – pour l'obliger à passer –, il compta sur ses doigts les jours restants. On était le 17 octobre, quinze jours avant Halloween. Si Dess avait raison, il n'aurait plus à endurer cette attente que quinze fois.

Puis il échapperait définitivement à la gravité.

Jonathan avait bien sûr conscience que l'affaiblissement du temps bleu serait un désastre ; les darklings auraient le champ libre pour traquer des milliers de personnes, peut-être même beaucoup plus que cela. Son père, ses camarades de lycée, tous les gens qu'il connaissait courraient un terrible danger.

Mais il en revenait sans cesse à une chose : pendant toute la durée de minuit, Flatland n'existerait plus, et le monde aurait trois dimensions. Jonathan savoura un moment de plaisir coupable à cette idée. Être en mesure de voler pendant des jours, jusqu'aux limites du temps bleu !

Et peut-être que celui-ci engloutirait le monde entier.

Minuit survint enfin, manquant de le surprendre en pleine rêverie. La terre frémit, avant de relâcher son emprise sur son corps. Les chaînes de la gravité se détachèrent de lui, et il s'éleva au-dessus du sol, en respirant à s'en faire craquer les côtes. Ce n'était qu'à minuit qu'il parvenait vraiment à se remplir les poumons, sans le poids écrasant de son propre corps. Sans le poids de Flatland.

C'était absurde de se sentir coupable de ce qu'il éprouvait. Il n'était pas responsable de la fin du monde.

Jonathan s'élança par la fenêtre, survola la voiture de son père et atterrit sur le toit du voisin en un seul bond parfaitement maîtrisé. Son pied droit se posa à l'endroit habituel, où une planche craquelée indiquait le point de départ de tant de vols nocturnes.

Puis il partit chercher Jessica et, tout en calculant la

meilleure trajectoire le long des rues désertes et des champs moissonnés, il revint à cette pensée obsédante...

Plus que deux semaines de gravité, et je serai enfin libre.

— Bon, écoutez-moi, commença Rex. Madeleine est entrée dans mon esprit, la nuit dernière.

Ils étaient réunis tous les cinq dans la maison de Madeleine, autour de la table du salon, au milieu de ses décatrigrammes et autres objets biscornus. Mais la vieille dame ne s'était pas montrée, et Rex avait pris la parole comme si elle ne devait pas venir. Serait-elle absente ?

Où diable pouvait-elle se trouver à minuit ?

— Tu l'as laissée te toucher ? demanda Dess.

— Mélissa était là pour me protéger.

Jonathan jeta un coup d'œil à Jessica, et ils rentrèrent la tête dans les épaules tous les deux, se préparant à la réplique cinglante qui ne manquerait pas de venir. Pourtant, Dess se contenta de tousser dans son poing et de lever les yeux au ciel. Curieusement, la cicatrice que lui avait faite le darkling au-dessus de l'œil avait la même forme que l'une de celles de Mélissa.

Jonathan se réjouit de la voir tenir sa langue. Rex faisait suffisamment peur cette nuit, sans qu'on aille le provoquer. Il prenait parfois un air distant, comme s'il y avait une autre créature en lui, en train d'essayer le masque de Rex qu'elle porterait pour Halloween.

C'était déjà bizarre durant la journée, mais, pendant l'heure secrète, le nouveau Rex devenait vraiment effrayant.

— Les darklings n'ont pas oublié Samhain, déclara Rex.

— Alors cette fête gothique existe pour de bon, hein ? demanda Dess.

— Ça n'a rien d'une fête gothique, répondit Rex. Les Goths venaient d'Asie. Samhain était une fête celtique.

— D'Asie ? répéta Dess, avant de comprendre. Non, Rex, je ne te parle pas des types qui ont vaincu Rome, mais de ces gosses qui s'habillent tout en noir.

— Euh… Dess ? fit Mélissa. Tu t'es regardée dans un miroir ?

— Cette robe est *anthracite*, protesta Dess.

— Les Goths avaient probablement une sorte de Samhain, eux aussi, continua Rex. Bon nombre de cultures célèbrent la fin d'octobre. Le banquet des âmes, la fête des ombres, la mort du soleil.

— Le banquet des âmes ? fit Jessica. Ça sonne un peu… joyeux, non ?

Dess poussa un grand soupir.

— Je ne comprends même pas pourquoi nous sommes en train de parler de ça. Toutes ces absurdités païennes appartiennent au Vieux Continent, mais ici, en Oklahoma, Halloween n'est qu'un prétexte pour vendre des bonbons et des costumes aux enfants. Comme le disait Angie, les darklings se cachaient déjà dans le coin, longtemps avant l'arrivée des premiers Européens.

Jonathan s'éclaircit la gorge.

— En réalité, Dess, ce n'est pas uniquement un truc européen. Tu connais le Jour des morts, au Mexique ? Ça tombe la veille de la Toussaint, mais les anciens Mexicains le fêtaient déjà bien avant le christianisme.

— Et certaines cultures amérindiennes organisaient des cérémonies en l'honneur de la Vieille Femme à cette période de l'année, ajouta Rex.

Dess éclata de rire.

— Excuse-moi, Rex. La Vieille Femme ? (Elle se tourna vers les autres.) Et quoi d'autre, encore ? La fête des ombres ? La mort du soleil ? La nuit des morts vivants ? Ça vient de moi, ou est-ce que toutes ces fêtes ont des noms à faire peur ?

— Bien sûr qu'elles cherchent à faire peur, rétorqua Rex sans se laisser démonter par ses moqueries. Regarde les arbres nus dehors, le ciel gris, l'herbe brunie partout. Le mot « Samhain » désigne la fin de l'été, en langue celtique. Le commencement de l'hiver. (La voix de Rex se fit soudain très sèche, comme s'il était resté plusieurs jours dans le désert sans rien boire.) La mort de la lumière, quand la chaleur succombe au froid.

Tous demeurèrent silencieux un moment. Même Mélissa semblait quelque peu intimidée. Jonathan entendit un grincement au-dessus de sa tête. Madeleine était donc bien là. Mais pourquoi se cachait-elle en haut ?

Il jeta un coup d'œil à Mélissa ? Que s'était-il passé entre eux trois, la nuit précédente ?

Dess rompit le silence avec un soupir d'exaspération.

— Ce n'est pas une question de fantômes ou de revenants, Rex, mais simplement de nombres. Le onzième mois plus un, ça fait douze. Et c'est tout.

À Philadelphie, la mère de Jonathan l'emmenait toujours à l'église, la veille de la Toussaint. La version catholique de Samhain lui donnait déjà la chair de poule.

— Alors dis-nous, Rex, intervint-il. Autrefois, avant qu'Halloween devienne une fête pour les gamins, que faisait-on pour Samhain ?

— Eh bien, croyez-le ou non, les gens se déguisaient déjà. Mais le plus important, c'étaient les bûchers. On y brûlait tout ce qu'on pouvait, jusqu'aux ossements du bétail abattu, dans l'espoir de repousser la nuit. Bien sûr, on savait que l'hiver viendrait tôt ou tard. Samhain était une manière de saluer la venue des ténèbres.

— Hé, fit Dess, en voilà une idée de carte de vœux : « Je vous souhaite, à vous et à votre famille, une excellente venue des ténèbres » !

— D'accord, admit Rex, le moment paraissait mal choisi pour faire la fête. Mais il faut croire que la venue des ténèbres n'était pas une mauvaise chose.

— Qu'est-ce que je vous disais ? Une fête gothique, grommela Dess.

— Tout au long de l'Histoire, ç'a toujours été une période de célébration, poursuivit Rex. Mais que fêtait-on exactement ? Pensez un peu à ça. À l'époque, l'hiver devait être une période plutôt épouvantable.

— Parce que tout le monde crevait de faim ? suggéra Jonathan.

Rex esquissa un sourire sinistre.

— Tout le monde, sauf les darklings. N'oubliez pas qu'avant la création de l'heure secrète, les darklings chassaient la nuit. Et, en hiver, les nuits sont plus longues. Si bien qu'à l'origine ces bûchers n'avaient rien de symbolique : ils devaient éloigner les prédateurs le plus longtemps possible.

Une expression de ravissement se lisait sur son visage ; ses paupières closes frémissaient, comme celles d'un drogué qui a des visions. Jonathan frissonna. Jessica tendit le bras et lui pressa la main sous la table.

Il toussota.

— Je ne comprends pas bien, Rex. Dans de cas, ce n'est pas le genre d'événement qu'on a envie de fêter, si ?

— Non. Mais une nuit, à Samhain, voilà très, très longtemps, tout a changé. Les darklings ne sont pas venus, même après l'extinction des bûchers. Ils s'étaient retirés à l'intérieur de minuit. Alors les feux ont changé de signification. Au lieu d'être un moyen de défense, ils sont devenus un acte de célébration. Halloween marque l'anniversaire du commencement de l'heure secrète, du jour où l'humanité est enfin parvenue au sommet de la chaîne alimentaire.

Dess se redressa sur son siège.

— Hum. Il y a peut-être une certaine logique dans tout ce fatras historique. Si les darklings ont vraiment disparu un 31 octobre, ça explique pourquoi c'était un jour aussi favorable, dans l'ancien système. Le jour où les hommes se sont mis définitivement hors d'atteinte.

— Pas définitivement, lui rappela Rex.

— Oh, c'est vrai. (Dess baissa la voix.) Le 1er novembre va devenir la fête nationale des darklings, hein ?

Il acquiesça.

— Ils vont regagner le sommet de la chaîne alimentaire. La bonne nouvelle, c'est que ce long minuit ne va pas durer éternellement – seulement vingt-cinq heures, une journée entière, selon l'ancien système.

Jonathan savait qu'il aurait dû se sentir soulagé, mais, quelque part tout au fond de lui, il éprouvait une pointe de déception.

— D'accord, Rex, dit Dess. Et la mauvaise nouvelle ?

— Ce long minuit va se reproduire tous les ans à Halloween. La déchirure sera de plus en plus grande chaque fois. Désormais, ce sont les humains, les bonbons.

La déception de Jonathan s'atténua quelque peu. Une journée entière chaque année.

— Très bien, alors que fait-on ? demanda Jessica. Parce que c'est bien pour ça que tu as voulu discuter avec les darklings, non ? Pour trouver un moyen d'empêcher ça ?

Rex, le visage curieusement immobile, ne répondit pas tout de suite. Jessica jeta un coup d'œil à Jonathan, lequel haussa les épaules. Une part de lui-même craignait que le voyant n'ait déjà élaboré un plan, trouvé un moyen de faire rentrer l'heure secrète dans sa bouteille. Ce qui serait une bonne chose, naturellement, car cela sauverait plusieurs milliers de vies.

Mais cela voudrait dire aussi que Jonathan ne pourrait jamais voler plus longtemps qu'une heure par jour...

Rex finit par déclarer :

— Nous allons faire ce que nous pourrons. Le moment venu, nous rassemblerons les gens et leur apprendrons à se défendre.

— Euh, Rex ? objecta Jessica. L'heure secrète n'est pas censée rester secrète ?

— Plus maintenant. Après le long minuit, tout le monde sera au courant. (Il baissa les yeux sur la table.) Et, après ce que j'ai vu dans l'esprit de Madeleine la nuit dernière, je crois qu'il vaudrait beaucoup mieux que les midnighters sortent de l'ombre.

Ils demeurèrent un moment silencieux, le temps que l'idée de la fin de leur secret fasse son chemin dans les têtes.

Jonathan se demanda une fois de plus pourquoi la vieille télépathe ne descendait pas les rejoindre. Sans doute y avait-il d'autres questions plus importantes dans l'immédiat.

— Comment as-tu l'intention d'organiser une ville entière en une nuit ? dit-il.

— Je ne sais pas encore, avoua Rex. (Il se tourna vers Jessica.) Tu te rappelles qu'Angie nous a dit que Samhain avait un rapport avec le porte-flambeau ?

— Oui, répondit-elle. C'est plutôt difficile à oublier.

— Eh bien, j'ai ma petite idée concernant le fonctionnement de la déchirure. Et tu as un rôle à jouer. Mais, d'abord, nous allons devoir procéder à quelques expériences. Je voudrais que vous me retrouviez tous à Jenks demain matin. À six heures et demie.

Dess ricana.

— Attends un peu, Rex. Six heures et demie du *matin* ? Ça existe, ça ?

— Mais oui, lui assura Jonathan.

Rex se leva de sa chaise. Il paraissait soudain d'une taille inhumaine. Ses traits changèrent, ses yeux s'allongèrent comme ceux d'un loup et se mirent à s'animer d'une lueur violette. Il abattit les mains sur la table, les doigts recourbés en griffes, et fit lentement et délibérément crisser ses ongles sur le bois.

Jonathan se racla la gorge. La bête perçait sous le masque.

— Vous croyez qu'on a du temps à perdre à dormir ? gronda Rex d'une voix froide, sèche et sans âge. Des milliers de gens vont mourir, et pour certains ce sera pire que la mort. Les anciens les suceront jusqu'à la moelle, en aspirant leurs peurs jusqu'à la dernière goutte. Ils vont venir vous chercher, vous ne comprenez pas ?

Il resta ainsi à les foudroyer du regard pendant que ses paroles résonnaient à travers la vieille maison. Jonathan crut voir scintiller les monceaux d'objets hétéroclites qui les entouraient.

Un petit cri étouffé leur parvint du grenier, comme si Madeleine avait crié dans son sommeil, mais Jonathan n'osa pas lever la tête. Ils se contentaient de fixer Rex tous les quatre, dans un silence stupéfait. Même Mélissa semblait sidérée par cette transformation subite.

Au bout de quelques longues secondes, Rex se rassit et respira profondément.

— Je sais que c'est difficile. Mais vous aurez tout le temps de dormir après Halloween.

Il avait repris sa voix normale. Pourtant, tous restaient assis là, éberlués. Jonathan aurait voulu trouver quelque chose à dire, n'importe quoi, pour briser le silence. Mais il ne parvint à articuler aucun mot.

Rex était devenu si étrange, tout à coup. Jonathan avait l'impression de se trouver face à un serpent.

— Très bien, finit par dire Dess. Six heures et demie, demain matin.

Jessica se tourna vers Jonathan, en formant avec les lèvres les mots : « Fichons le camp. »

Jonathan n'y voyait pas d'inconvénient. Il avait besoin d'une bonne séance de vol, de se dégourdir les muscles et de s'évader le plus loin possible de la bizarrerie de Rex.

Il proposa quand même :

— Euh, Mélissa, vous avez besoin qu'on vous dépose ? Vu que tu n'as plus de voiture, et tout ça.

Elle leva les yeux vers Rex, qui se contenta de secouer la tête.

Super, songea Jonathan. *Ils vont peut-être se faire raccompagner par l'un de ses copains darklings.*

Comme il leur restait encore du temps, ils prirent la direction du centre-ville.

— Qu'est-ce qu'il a en ce moment, Rex? s'inquiéta Jonathan à voix basse quand la maison de Madeleine fut suffisamment loin derrière eux.

— Aucune idée, répondit Jessica en lui pressant la main. Tu as remarqué sa façon de dire : « Ils vont venir *vous* chercher » ?

— Oui, nous, pas lui. C'est logique, remarque. Puisqu'il est tellement copain avec les darklings, maintenant. (Ils ricochèrent sur le toit d'un semi-remorque, puis Jonathan continua.) Mais je suppose qu'on ne risque rien, tous les deux.

— Chouette, je me sens tout de suite beaucoup mieux !

Il lui jeta un regard en coin.

— Enfin on ne risque rien tant qu'on reste ensemble.

En guise de commentaire, elle se contenta de lui presser la main une nouvelle fois.

Ils gravirent les immeubles du centre-ville comme s'il s'agissait de marches, pour parvenir enfin au sommet du vieux Mobil Building. C'était là qu'ils se cachaient avant que Jessica découvre qui elle était et trouve son pouvoir, à l'époque où les darklings s'efforçaient désespérément de l'éliminer.

Jonathan contempla Bixby en contrebas, dans la lumière blafarde de l'heure secrète. Il tourna son regard vers Jenks et chercha la déchirure, mais sa teinte rougeâtre ne se voyait pas à l'horizon.

Pas encore, du moins. Mais elle s'agrandissait à chaque éclipse.

— Ça faisait un bout de temps que nous n'étions pas venus ici, fit remarquer Jessica.

— Oui, ce vieux Pégase commençait à me manquer.

Il leva les yeux vers l'enseigne lumineuse Mobil en forme de cheval ailé.

— Moi, c'est autre chose qui m'a manqué, dit Jessica avec un petit sourire. Tu te rappelles ?

— Quand on se cachait des darklings ?

— Oui. Mais pas seulement ça.

Il réfléchit un moment. Cela faisait trop longtemps qu'ils ne venaient plus ici. – Je n'y crois pas ! s'exclama Jessica. C'est là qu'on s'est embrassés pour la première fois !

— Oh, ça ! (Il se racla la gorge.) C'est pareil, non ? Je veux dire, on venait se cacher, et c'est à ce moment-là que…

Il bafouilla, conscient que ses explications ne faisaient qu'aggraver les choses.

Il lui prit les deux mains, mais elle le regarda d'un œil noir.

— Je n'arrive pas à croire que tu aies oublié !

— Je n'ai pas oublié. Je n'avais pas compris de quoi tu voulais parler.

— Pff. C'est encore pire !

— Pourquoi ?

— Parce que c'est comme si tu ne te souvenais plus de rien. (Elle dégagea ses mains et s'écarta de lui.) Nous n'avons pas tellement... On ne se touche presque plus, ces derniers temps.

— Oui, tu as raison, répondit-il en soupirant.

— Enfin, ce n'est pas si grave, quand on pense que la ville est à deux doigts d'être rayée de la carte. Mais, justement, ça ne devrait pas plutôt nous rapprocher ?

Elle attendait sa réponse comme s'il s'agissait de résoudre un problème de physique particulièrement épineux.

— Vois le bon côté des choses, Jessica, répondit-il en l'attrapant par la taille. Quand ce sera Samhain, nous aurons une journée entière pour voler.

— Jonathan !

— Quoi ? (Il leva les mains en signe de capitulation.) Je disais ça comme ça !

Elle se détourna de lui en gémissant.

— Je savais que tu prendrais les choses de cette façon.

— De quelle façon ?

— Tu attends ce moment avec impatience, pas vrai ? s'écria-t-elle. Tu voudrais bien le voir durer éternellement. Une heure secrète permanente ! Plus de Flatland. Que rêver de mieux ?

Il leva les yeux au ciel, sans se résoudre à la contredire à haute voix. Après tout, c'était exactement ce qu'il avait pensé juste avant minuit.

Cela faisait-il de lui quelqu'un de si abominable ?

Jonathan respira profondément. Avec Jessica, les explications permettaient rarement d'arranger les choses. Il continuait néanmoins d'essayer. On ne résolvait rien sans se parler.

— Écoute, Jess, commença-t-il avec prudence. Tu n'as jamais fantasmé sur la fin du monde ? Imaginé qu'une guerre nucléaire, une épidémie ou je ne sais quoi, éliminait tout le monde – et qu'il ne restait que toi et quelques amis ? Et que, bien sûr, c'était tragique et tout ça, mais que le monde entier t'appartenait ?

— Euh... non, en fait. Dans mes fantasmes, je me vois plutôt comme une star du rock capable de voler. Et qui n'a pas de petite sœur.

Il sourit, lui prit la main et les fit décoller légèrement tous les deux.

— Bah, un sur trois, ce n'est pas si mal.

— Tu veux dire que je ne suis pas une grande chanteuse ?

— Tu ne chantes même pas.

— Si, sous la douche. (Elle se dérida enfin en retombant sur le toit, mais se détacha de lui.) Jonathan, le problème, c'est qu'il ne s'agit pas d'un fantasme. Tout ça est bien réel. Rien que de plaisanter là-dessus, je me sens mal.

— Enfin, Jessica, nous n'y sommes pour rien. Ce n'est pas notre faute. Tout ce qu'on peut faire, c'est tenter de sauver le plus de gens possible.

— Et profiter du temps de vol supplémentaire.

— Non ! Si on peut empêcher ça, on le fera. Mais on ferait peut-être mieux de laisser Rex s'occuper de la préparation. C'est son domaine, même s'il se comporte un peu bizarrement, ces derniers temps.

— Même si ça signifie garder Flatland en l'état ?

— Oui. (Il se tut un moment pour chercher ses mots.) Je ne déteste pas le monde tel qu'il est, Jessica. Je ne tiens pas à voir mon père, ou ta famille, ou qui que ce soit, basculer dans le cauchemar. Je fais très bien la différence entre un fantasme idiot et la fin du monde, d'accord ? (Il hésita. Il n'arrivait pas à croire ce qu'il se préparait à dire.) Quel que soit le plan de Rex, je le suivrai à la lettre.

— Tu me le promets ?

— Mais oui, je te le promets. Aussi cinglé soit-il. Je ferais n'importe quoi pour empêcher ça.

Elle le dévisagea longuement, puis répondit :

— D'accord.

Il lui reprit la main, et la gravité de minuit les réunit de nouveau.

— Ne pensons plus au sort de Bixby, pour l'instant.

Elle se pencha vers lui avec un petit sourire. Il ferma les yeux quand leurs lèvres se touchèrent, et, un instant plus tard, le monde se déroba pour de bon sous leurs pieds. Jonathan les avait propulsés dans les airs, et ils se retrouvèrent suspendus au milieu d'un grand vide bleu, cramponnés l'un à l'autre.

Quand ils se détachèrent, il lui souffla :

— Quoi qu'il arrive pendant ce grand minuit, tout finira bien – pour toi et pour moi. Tu le sais, hein ?

Elle opina la tête, le visage triste, avant de lui fermer la bouche par un autre baiser.

22 06 h 29

FEU D'ARTIFICE

— Si Rex arrive en retard, je le tue.

Jonathan regarda Dess, puis sa montre, d'un air ensommeillé.

— Il lui reste encore une minute.

— Encore une minute à vivre, tu veux dire.

— Pas vraiment. Soit il arrive dans une minute, auquel cas il sera à l'heure et tu n'auras aucune raison de le tuer ; soit il est en retard, ce qui veut dire qu'il ne sera pas là et donc que tu ne pourras pas le tuer.

Dess lança un regard glacial à l'homme volant. Son sens logique était parfaitement injuste à une heure aussi matinale

— Jess, protesta-t-elle. Dis à Jonathan d'arrêter de raisonner.

La tête appuyée sur l'épaule de l'homme volant, Jessica ouvrit la bouche pour répondre mais un bâillement étouffa ses paroles.

— Attendez une seconde, dit Jonathan. Ce ne sont pas eux qui arrivent ?

Jessica se redressa brusquement.

— Quoi ? Dans cette voiture ?

Dess en resta bouche bée.

— Je rêve !

Une Cadillac rose s'approchait en cahotant sur les sillons.

— Rex m'avait prévenue qu'il avait une nouvelle voiture, murmura Dess avec stupéfaction. Mais je ne pensais pas qu'il parlait de celle de sa mère.

Elle ne put s'empêcher de sourire. Ça allait être tellement plus drôle de se moquer de lui que de le tuer !

La mère de Rex vendait des cosmétiques Mary Kay chez les particuliers, et pour fêter son millionième soin du visage, l'entreprise lui avait offert une Cadillac rose. Dess n'avait encore jamais vu cette voiture fabuleuse ; Rex refusait de la prendre pour aller au lycée, et elle ne s'attendait pas à le voir derrière le volant.

Il était pourtant là, en train de traverser Jenks en plein jour, comme si la ville lui appartenait.

Il s'immobilisa près de la voiture de Jonathan, et l'homme volant éclata de rire en voyant la vitre avant s'abaisser.

— Waouh, Rex ! Parce que tu le vaux bien ?

— Tu confonds avec L'Oréal, dit Mélissa en sortant de la Cadillac côté passager. Tu pourrais faire un effort.

— Tu as raison, reconnut Jonathan. Je donne dans la facilité, désolé. Mais elle est tellement... (Il écarta les bras pour indiquer la Cadillac.)... rose !

Rex sortit à son tour, contempla sa voiture et dit :

— Tiens, c'est vrai. Je n'avais pas remarqué.

Puis il se retourna vers eux et leur adressa un sourire.

Dess poussa un soupir de soulagement ; c'était sa première plaisanterie depuis des jours. Ses épis matinaux dans les cheveux lui donnaient un air plus humain que d'habitude. Peut-être que les effets de sa confrontation mentale avec Madeleine commençaient à s'estomper.

— Comment as-tu persuadé ta mère de te la prêter ? demanda-t-elle.

Depuis l'accident de son père, la mère de Rex ne venait presque plus à Bixby. Dess l'imaginait mal tendre ses clés à son fils pour une petite promenade à la fraîche.

— Elle est passée nous voir, avant-hier soir, expliqua Rex. J'ai arraché discrètement son câble de starter.

Dess écarquilla les yeux.

— Pardon ?

— Ça n'a pas été difficile. Je me suis glissé dehors pendant qu'elle allait aux toilettes et j'ai débranché le câble. Elle était pressée, comme d'habitude, alors elle a appelé un taxi ; et, vu qu'elle a loué une autre Cadillac en attendant, je peux emprunter celle-là jusqu'à ce qu'elle soit officiellement « réparée ».

Dess et Jonathan échangèrent un regard. Même Jessica était suffisamment réveillée pour paraître impressionnée.

— Ce n'est pas joli-joli, Rex, lui reprocha Dess.

— Je sais. Mais j'avais besoin d'une voiture. Nous avons des choses trop importantes à faire.

— Comme nous tirer du lit à six heures et demie du matin ? suggéra l'homme volant.

— Exactement. (Rex consulta sa montre.) Suivez-moi.

Il les conduisit à travers champs jusqu'à la déchirure, et Dess se réjouit de porter une jupe au-dessus du genou. Si tôt dans la matinée, l'herbe haute était chargée de rosée, et ses tennis furent bientôt complètement trempées.

Le soleil se profila derrière les arbres à l'horizon, ouvrant une brèche rougeoyante dans le ciel.

— Tu as intérêt à ce que ce soit important, Rex.

— Ne t'inquiète pas, Dess, la rassura-t-il. Je crois que tu devrais trouver ça intéressant.

— À six heures et demie du matin, il me faut plus que de l'intéressant, Rex.

— Je suis sûr que Jessica ne nous décevra pas.

Dess adressa un regard interrogateur à Jessica, qui répondit par un haussement d'épaules.

Soudain, Dess s'aperçut que Mélissa ne les accompagnait pas.

— Hé, où est la reine des garces ? Ne me dis pas qu'elle est retournée roupiller dans ta Cadillac ?

— Elle va nous rejoindre dans… deux minutes, répondit Rex.

— Super. Encore un minutage à la seconde près. (Dess soupira.) J'espère que ça se passera mieux que la dernière fois.

— Dites, je pense à un petit détail, fit Jessica avec une certaine nervosité. Cassie Flinders habite juste ici. Et si elle nous voyait ?

— Elle ne se souviendra pas de nous.

— Tu en es sûr ?

Rex prit un air blasé.

— Comment pourrait-elle se rappeler ?

Jessica jeta un coup d'œil embarrassé en direction de la caravane des Flinders.

— Eh bien, je ne voulais pas vous en parler, mais ma sœur et elle sont devenues… très copines. J'ai préféré ne rien vous dire, au cas où…

Elle n'acheva pas.

Au cas où la reine des garces déciderait de faire le ménage dans la cervelle de ta petite sœur, songea Dess.

Elle observa la réaction de Rex, en se demandant s'il passerait par l'une de ses transformations délirantes. Mais, après une légère hésitation, il déclara :

— Tout le monde connaîtra bientôt l'existence du temps bleu, Jessica. Ça n'a plus d'importance.

— Waouh, fit Jessica. Ça me soulage, en un sens.

L'homme volant la prit par la taille en souriant, mais l'idée que Rex ne tienne plus à garder le secret donna la chair de poule à Dess. Elle se tourna pour observer la déchirure, en tentant d'imaginer les bouleversements à venir.

La déchirure ne dégageait aucune lueur rouge dans le temps normal, mais Dess parvenait néanmoins à en distinguer les contours à la couleur de l'herbe, comme si la contorsion représentait un gigantesque pan de pelouse artificielle. La lune sombre entraînait peut-être une mutation de la chlorophylle, ou quelque chose dans ce goût-là. Elle nota la géométrie de la déchirure : un long ovale étroit orienté d'est en ouest.

Elle sortit Géosynchrones et releva les coordonnées de son centre. Il se situait presque exactement sur le 36e parallèle.

Peut-être pas de quoi se lever si tôt, mais intéressant malgré tout.

— O.K., parfait, annonça Rex. Pas un seul diurne à l'horizon.

— Ils sont encore au lit, eux, grommela Dess.

Rex poursuivit :

— J'ai l'intention de procéder à quelques expériences ici, aujourd'hui, et je veux que vous y assistiez. À Samhain, Bixby tout entier se trouvera englouti dans la contorsion. Et sans doute une bonne partie de la région. Or, nous avons pu voir que la déchirure n'avait pas tout à fait les mêmes caractéristiques que le temps bleu. Vous vous rappelez ces feuilles qui tombaient à minuit ?

— Oui, répondit Dess. Mais quel est le rapport ? Il n'est pas minuit.

— Pas encore.

— Tu parles. (Dess baissa les yeux sur Géosynchrones.) Il reste encore 62 615 secondes à patienter. Ça valait la peine de nous lever aussi…

— Hé ! l'interrompit Jonathan. Regardez Mélissa !

Dess se retourna et vit la Cadillac prendre de la vitesse à travers champs. La voiture escalada le talus de la voie ferrée, passa au-dessus des rails et fonça sur eux comme un train fou à grand renfort d'appels de phares.

— Elle est cinglée ! s'écria Dess.

— Non, répondit Rex en jetant un coup d'œil à sa montre. Pile à l'heure. Écartons-nous un peu.

Ils se laissèrent glisser tous les quatre au bas du talus. La Cadillac poussa un rugissement et accéléra un grand coup, soulevant un immense nuage de poussière.

Dess sentit un picotement dans ses doigts, plus fort qu'à la cantine, et devina ce qui allait suivre.

— Ça recommence, murmura-t-elle.

— Eh oui, confirma Rex.

Dess leva la tête avec inquiétude vers la Cadillac.

— Dis donc, elle ne risque pas de… ?

Une éclipse bleu foncé arriva de l'est à travers le ciel sans nuages et les champs, calmant le vent glacial et recouvrant le monde d'une chape de silence. La lune sombre jaillit dans les airs, pareille à une immense soucoupe volante presque à portée de la main.

Pourtant, la Cadillac fonça à pleine vitesse dans l'ovale rougeoyant de la déchirure.

Son moteur cala, ses phares s'éteignirent, mais, loin de piler, elle continua sur sa lancée pour finir par s'arrêter en dérapant sur le gravier.

Dess n'en revenait pas. Au lieu de projeter Mélissa à travers le pare-brise, la Cadillac rose avait filé tout droit !

— Elle n'a rien, au moins? s'inquiéta l'homme volant.

— Elle va bien, assura Rex. Comme je le soupçonnais, la déchirure entraîne tout dans le temps bleu, pas uniquement les gens. En voyant les feuilles mortes tomber dedans, je me suis dit qu'une voiture devrait pouvoir y entrer aussi.

— Une chance que tu ne te sois pas trompé ! s'indigna Dess.

Elle avait beau en vouloir à Mélissa, elle ne lui souhaitait pas pour autant de retourner à l'hôpital. Ses cicatrices actuelles étaient suffisamment épouvantables.

— Oh, elle avait bouclé sa ceinture...

— Attends une minute. Comment savais-tu qu'il y aurait une éclipse ?

Rex ne répondit pas tout de suite, mais plissa ses yeux violets.

— Elles suivent un certain schéma. Je les vois toutes, d'ici jusqu'à Samhain. Celle-ci va encore durer un petit moment.

— Tu discernes un schéma ? s'écria Dess. Écris-le-moi !

— Je serais incapable de l'exprimer en nombres, affirma-t-il. Par contre, elle pourrait te le transmettre.

Il indiqua la Cadillac.

La portière du conducteur s'ouvrit, et Mélissa sortit de la voiture en trébuchant, un sourire jusqu'aux oreilles.

— C'était trop cool !

Dess fit non de la tête. Pas question qu'elle se laisse toucher encore une fois par Mélissa.

— Je croyais que tu avais peur de rouler trop vite, s'étonna Jessica.

— Il faut affronter ses peurs pour les vaincre, Jess. Rex n'arrête pas de me le répéter, ces derniers temps, répondit Mélissa.

— Vous êtes aussi cinglés l'un que l'autre, murmura Dess.

— Nous n'avons pas organisé cette petite expérience uniquement pour l'adrénaline, Dess. Il fallait bien vérifier qu'à Samhain, minuit ne tuerait pas tous ceux qui auraient le malheur de se trouver en voiture. Ça nous fait déjà un souci de moins.

Tout le monde se tut pendant un instant, et Dess réalisa qu'elle n'avait pas songé à ça. Si la déchirure s'étendait au point d'engloutir un million de personnes, quand bien même un pour cent d'entre elles se trouveraient au volant à minuit, ils auraient pu voir dix mille Mélissa traverser leur pare-brise au même instant.

Elle avala sa salive. Plus on y réfléchissait, plus cette affaire prenait des proportions.

— Bon, d'accord pour les voitures, dit l'homme volant en se propulsant dans les airs. Mais les avions ?

Rex soupesa la question.

— Les petits pourront toujours atterrir en planant. Les gros-porteurs risquent de poser problème, par contre.

— On pourrait déclencher des alertes à la bombe dans tous les aéroports le soir d'Halloween, suggéra Jonathan d'en haut.

— Des alertes à la bombe ? s'écria Jessica. Attends une seconde, Rex. C'est dément ! Je croyais qu'on trouverait un moyen d'empêcher Samhain ? Qu'on éviterait que la moitié de l'Oklahoma ne soit aspirée dans le temps bleu ?

Rex respira profondément avant de répondre :

— On peut essayer de limiter la casse : prévenir les accidents les plus graves, atténuer la panique. On devrait pouvoir empêcher bon nombre de morts inutiles.

— De morts « inutiles » ? répéta Dess. Tu es en train de nous dire que certaines sont utiles ?

Il la dévisagea froidement.

— Les prédateurs arrivent, Dess. Il va falloir s'habituer à l'idée qu'on ne pourra pas sauver tout le monde.

Elle le fixa, ébahie. Ce Rex contaminé par les darklings envisageait tranquillement l'impensable ! L'ancien Rex aurait été consterné à l'idée d'un seul mort. Et voilà qu'il parlait de milliers de victimes comme s'il s'agissait d'une nouvelle défaite de l'équipe de foot du lycée !

— Tout ce qu'on peut faire, c'est suivre les anciennes traditions, dit Mélissa.

Elle s'appuyait contre Rex, les jambes encore flageolantes après son petit numéro de fou du volant.

— Quoi, par exemple ? voulut savoir Dess. Nous déguiser ?

— Si ça t'amuse, répondit Rex. Mais ce n'est pas à cette tradition-là que je pensais. Nous allons devoir prévenir les gens, les regrouper et leur enseigner à se protéger. Tout en essayant de tenir les darklings à distance. (Il se tourna vers Jessica.) C'est peut-être bien la raison de ta présence.

— De ma présence ? répéta Jessica.

Rex plissa les yeux.

— Ici, à Bixby. Sur terre. Tu es le porte-flambeau, après tout, et nous allons avoir besoin d'un sacré feu de joie.

Rex avait encore trois expériences à mener.

Tout d'abord, il demanda à Jessica d'allumer une bougie et de s'en écarter. Normalement, la flamme devait s'éteindre dès qu'elle retirerait sa main – sans le porte-flambeau, il ne pouvait y avoir de feu dans le temps bleu.

Pourtant, quand Jessica fit un pas en arrière, puis deux, pour passer enfin de l'autre côté de la limite rougeoyante, la bougie resta allumée. Jessica écarquilla les yeux. Les règles étaient bel et bien différentes dans la déchirure. Comme avec la Cadillac rose.

— C'est le prix que doivent payer les darklings pour affaiblir le temps bleu, expliqua Rex. Si les gens normaux peuvent passer à travers, le feu aussi.

— Donc tout le monde pourrait allumer de grands feux ? dit Dess.

— J'en doute. (Rex actionna son briquet à plusieurs reprises, mais ne put en tirer une seule étincelle. En revanche, quand il pressa le bouton et approcha le jet de gaz de la bougie, il réussit à l'allumer. Il sourit en leur montrant la flamme, minuscule et pourtant aveuglante.) Mais une fois que Jessica en aura allumé un, il pourra se propager sans elle. Les gens n'auront qu'à se le passer.

— Waouh, Jess ! s'exclama Jonathan. Voyons si ta lampe torche fonctionne de la même manière.

Jessica attendit qu'ils se protègent les yeux, puis chuchota le nom d'Inflammatoire et l'alluma. À travers ses doigts serrés, Dess vit son faisceau blanc déchirer le temps bleu.

Cependant, quand Jessica posa la torche sur les rails et s'en écarta, la lumière vacilla puis mourut.

— Je m'en doutais, dit Rex. La réaction chimique d'une pile est trop complexe pour continuer à fonctionner. Comme le moteur d'une voiture. Par contre, il suffira que Jessica allume un tas de torches pour nous permettre de protéger beaucoup de monde.

— Oui, si on a le temps. Mais tout ça aura lieu à minuit, Rex, lui rappela Jonathan. Les gens seront dispersés partout dans Bixby, et au-delà si la déchirure s'étend plus loin. Comment veux-tu organiser tout ça sans radio ni téléphones ?

— On ne pourra pas prévenir tout le monde, Jonathan. On sauvera qui on peut.

Ils demeurèrent muets un moment.

Dess s'aperçut qu'elle avait le ventre complètement noué. Pour la première fois, elle commençait à prendre au sérieux cette histoire de fin du monde. Il ne s'agissait plus de sauver une fillette égarée. Les vies d'une multitude d'inconnus dépendaient à présent d'eux cinq.

Combien de victimes seraient dévorées par les darklings en une seule nuit ? Combien étaient les darklings, de toute façon ? Les calculs lui donnaient le vertige. Les chiffres étaient une chose en matière de concepts abstraits : coordonnées, bits informatiques, nombre de secondes entre l'instant présent et minuit. Mais, lorsqu'ils représentaient des vies humaines, ils prenaient soudain une dimension monstrueuse.

Pourtant, Rex continuait à planifier calmement son long minuit.

— Il faudra faire en sorte qu'un maximum de monde soit encore debout, disait-il. Ensuite, nous avons besoin d'une espèce de signal qui soit visible de toute la ville. En espérant que ça fera venir les gens. Et, enfin, il faut trouver un moyen de les protéger contre les darklings. (Rex sortit une fusée.) J'ai pensé à des feux d'artifice.

Dess hocha la tête. Rex se montrait peut-être insensible, mais, au moins, il réfléchissait. Quand Jessica avait découvert son pouvoir, elle avait essayé de tirer des boules de feu dans le temps bleu, par curiosité. Mais elles s'éteignaient en crachotant au bout d'un mètre. À l'intérieur de la déchirure, néanmoins, elles continueraient à brûler. Elles feraient de magnifiques lance-flammes anti-darklings.

Jessica semblait abasourdie par la tournure de la conversation. Mais quand Rex planta la baguette de la fusée au milieu de la voie ferrée, elle reprit ses esprits. Elle s'agenouilla, alluma la mèche, puis recula pendant que les étincelles aveuglantes remontaient rapidement…

La fusée s'élança dans le ciel en sifflant, s'éleva sur plusieurs de mètres, puis son panache de flamme s'éteignit tout net.

— Ça ne marche pas, constata Jonathan.

— Si, rétorqua Dess. Simplement, la déchirure est en trois dimensions. Elle a une hauteur limitée.

La fusée était figée au-dessus d'eux, à la lisière de la déchirure, attendant la fin de l'éclipse pour achever son vol.

Rex évoqua de nouveau les gros-porteurs et expliqua qu'à Samhain ils voleraient bien trop haut pour être affectés.

Dess avait suffisamment entendu parler de catastrophes aériennes. Elle tourna les talons et gagna le bord de la déchirure, en se demandant si celle-ci continuait à s'étendre.

Ce qu'elle aurait voulu, c'est que Rex surmonte sa phobie darkling des chiffres et lui écrive les dates et les horaires exacts de toutes les éclipses à venir. S'il parvenait à y distinguer un schéma en dépit de son aversion des maths, Dess était sûre de pouvoir en tirer une analyse précise de la situation. Et peut-être que, à eux cinq, ils pourraient alors réfléchir à un meilleur moyen de sauver Bixby.

Trouver comment tout arrêter, par exemple.

Dess entendit soudain un crissement de gravier dans son dos. Elle fit volte-face. C'était Mélissa.

— Ne me touche pas ! s'écria-t-elle.

Mélissa leva les mains.

— Relax. Je ne vais pas te forcer à quoi que ce soit.

— Tu parles!

— Écoute, Dess, j'étais là quand Madeleine a ouvert l'esprit de Rex. J'ai vu ce qu'il sait. Je peux te le transmettre.

— Je regrette, pour l'autre soir, d'accord? continua Mélissa. Mais nous avons besoin de toi, maintenant. Je sais que tu as conscience de la gravité de la situation.

Dess se détourna. La télépathe avait perçu sa nausée, bien sûr.

— Il existe peut-être un moyen d'arrêter tout ça, Dess. Mais tu es la seule à pouvoir le trouver.

Des images de darklings en train d'écumer les rues de Bixby traversèrent l'esprit de Dess. Elle se demanda un instant si ce n'était pas Mélissa qui les y avait glissées. En tout cas, même si la télépathe était en train de la manipuler, ce tableau effroyable deviendrait réalité dans deux semaines, à moins qu'ils ne trouvent une parade.

— La réponse t'attend peut-être ici même, autour de nous, insista Mélissa. Mais cette éclipse va bientôt se terminer.

Dess inspira profondément, réalisant qu'elle avait le choix entre affronter le contact de la télépathe ou s'en remettre aux calculs approximatifs de Rex. Soit elle ouvrait son esprit, soit elle assistait au massacre.

Ce n'était pas juste, de lui demander de sauver des milliers de personnes. Vraiment pas juste.

— Fais vite, dit-elle en serrant les dents.

Elle tendit la main. Mélissa ferma les yeux.

Dès que leurs doigts se touchèrent, Dess fut envahie par des images : un globe terrestre en fil de fer, une flamme rouge qui s'étendait le long des latitudes et des longitudes. Elle vit les jours qui les séparaient du minuit de Samhain, plusieurs éclipses, jusqu'à ce que le temps bleu déborde et s'agrandisse sur des milliers de kilomètres. Elle vit combien de temps il durerait : vingt-cinq heures, durant lesquelles les humains piégés à l'intérieur devraient se battre pour survivre, tandis qu'à l'extérieur le reste du monde n'aurait conscience de rien.

Puis elle entrevit la vraie forme de la déchirure… et le début d'une solution.

Dess dégagea sa main de celle de Mélissa. Elle entendait un son curieux à proximité, une sorte de martèlement léger, pareil au bruit de la pluie sur un toit de tôle.

Elle tourna les talons sans un mot et longea les rails vers l'endroit où la Cadillac s'était élancée à l'assaut du talus. À la lisière rougeoyante de la déchirure, un rideau de matière sombre s'abattait au ralenti.

Dess tendit la main, paume vers le haut…

De la poussière se déposa sur ses doigts. Puis quelque chose tinta sur le rail le plus proche – un gravillon, qui rebondit plusieurs fois le long de la voie.

Elle recula de quelques mètres et leva les yeux. Elle aperçut une sorte de voile devant la lune sombre. Comme la fusée, la poussière et les gravillons soulevés par la voiture rose restaient suspendus en l'air, à la limite du temps bleu. On y distinguait même une sorte de renfoncement ovale…

Tout cela lui parut soudain parfaitement logique. Les pneus de la Cadillac avaient projeté en l'air un tas de débris, que l'éclipse avait figés jusqu'à ce que le temps normal reprenne son cours. À l'intérieur de la déchirure, cependant, la poussière était retombée normalement. Si bien que Dess pouvait désormais contempler le phénomène en trois dimensions. Il avait la forme d'un grand dirigeable allongé.

Mais pourquoi la poussière continuait-elle à tomber ?

Dess regagna la limite, tendit la main encore une fois et constata que la poussière tombait un petit peu plus loin sur les rails.

Bien sûr… La déchirure était en train de s'agrandir, de fendre le temps bleu ; elle rattrapait d'autres débris à mesure que ses limites se déplaçaient vers l'extérieur.

Dess leva la tête, le cœur battant. La déchirure s'élargissait sous ses yeux. Elle scruta le nuage de débris en suspension et tâcha de calculer ses dimensions exactes, en maudissant le manque de lumière. Si Rex tenait tellement à se livrer à des expériences amusantes, pourquoi n'avait-il pas libéré un nuage de balles de ping-pong juste avant l'éclipse, afin qu'ils puissent apprécier ce qui se passait ? Dess aurait pu calculer la vitesse de propagation du temps bleu, ainsi que sa direction précise.

Elle dévala le talus vers le flanc aplati de l'ovale et tendit la main. On ne ramassait quasiment pas de poussière, à cet endroit.

— Dess ? l'appela Rex.

— Minute.

Elle remonta sur les rails. Oui, la déchirure s'agrandissait beaucoup plus vite à l'extrémité arrondie.

Elle courut entre ses quatre compagnons et dépassa la Cadillac pour se rendre à l'autre extrémité. Quand elle leva de nouveau la tête, elle reçut de la poussière dans les yeux. La chute était plus sensible à cet endroit également. Mais pourquoi suivait-elle l'alignement de la voie ?

Dess ferma les yeux pour mieux se pénétrer des informations de Mélissa.

— Bien sûr ! s'exclama-t-elle.

— Bien sûr *quoi* ? voulut savoir Rex.

Dess lui fit signe de se taire. Elle voyait clair, maintenant ! C'était tellement évident qu'elle se serait flanqué des gifles. Jusqu'à présent, elle avait imaginé l'expansion de la déchirure sur le même modèle que l'Univers – une grosse bulle, une sphère. Mais si elle s'opérait plutôt selon une forme étroite et allongée ?

La déchirure s'élargissait dans deux directions, le long d'un axe, comme dans du tissu. Mais qu'y avait-il aux deux extrémités ?

Dess visualisa la carte de la région et comprit aussitôt ce qui se tramait et pourquoi la déchirure était centrée sur ce coin paumé. Car Jenks se situait précisément au milieu de nulle part, entre le centre de la ville et le désert profond.

Le temps bleu s'ouvrait en ligne droite comme une espèce d'autoroute pour darklings, un passage menant les prédateurs à leurs proies. Il s'étendait vers l'ouest dans les montagnes, où séjournaient les entités les plus anciennes, celles qui n'avaient pas mangé à leur faim depuis des milliers d'années ; et, simultanément, la déchirure se prolongeait vers l'est et le centre-ville de Bixby, où la population était la plus dense.

— Dess ? insista Rex, d'une voix où perçait une certaine frustration.

Elle fit la sourde oreille. Qu'il se transforme en monstre d'épouvante, s'il y tenait.

Les paupières closes, Dess suivit mentalement la direction des rails en se rappelant les images du globe en fil de fer que Mélissa lui avait transmises.

Et si la déchirure continuait à s'élargir d'année en année, en déchirant le pays, chaque Halloween, comme une fusée d'artifice ?

Elle s'étendait le long de la latitude funeste de Bixby : 36 degrés. Cette ligne l'amènerait à l'est, à Broken Arrow, raison pour laquelle les Grayfoot pliaient bagage. Puis elle traverserait diverses villes de taille modeste avant d'atteindre… Nashville, située précisément à 36° 10'. De là, elle irait vers Charlotte, en Caroline du Nord, à 35° 14', puis traverserait le centre-ville de Las Vegas, à 36° 11' très précisément. Elle passerait enfin à cent cinquante kilomètres au nord du nouveau repaire de grand-papa Grayfoot à Los Angeles.

— Dess ? fit Rex. Vas-tu nous dire ce qu'il y a ?

— On pourra peut-être sauver plus de gens que tu ne crois, Rex. Ou, du moins, retarder les darklings le temps d'organiser la défense de Bixby.

Il s'avança vers elle, des reflets violets dans les yeux, un sourire aux lèvres. Dess comprit soudain qu'il espérait depuis le début que les choses se dérouleraient de cette manière, que Dess, fatiguée de s'être levée aussi tôt, n'aurait pas la force d'empêcher Mélissa de la toucher.

Eh bien, son plan avait fonctionné.

— Comment ? s'enquit-il.

— Il faudra préparer deux bûchers ou, encore mieux, deux feux d'artifice. Dont un ici même, pour leur barrer le passage le plus longtemps possible.

— Le passage ?

— Exactement. La déchirure s'ouvre en ligne droite, Rex, comme une route. Elle relie les montagnes au centre-ville. Si on parvient à les retenir un moment, à les obliger à nous contourner, ça nous laissera peut-être le temps de préparer la population.

Rex suivit du regard la voie ferrée, qui s'éloignait vers les montagnes. Il prit une expression pensive, comme s'il consultait les données non chiffrées que les darklings avaient laissées dans son esprit.

— Oui, tu as peut-être raison.

À cet instant, le monde frémit. La lune sombre tomba comme une pierre, le temps bleu bordé de rouge s'estompa, et un froid glacial saisit Dess, s'insinuant jusque dans ses os. Elle fut parcourue d'un frisson d'excitation.

Ils tenaient un moyen d'arrêter les darklings... Un moment, en tout cas. Peut-être auraient-ils le temps d'expliquer aux habitants de Bixby ce qui se passait, et peut-être pourraient-ils leur donner une chance de survivre à cette longue nuit d'enfer. Il n'y aurait pas forcément des milliers de victimes.

Au-dessus de Dess, libérée du temps bleu, la fusée continua à s'élever dans le ciel, où elle explosa avec un *bang* dérisoire.

23 00h00

SOIRÉE PYJAMAS

Un grand vacarme retentit dans la quincaillerie, fracas d'objets métalliques et d'un million de petites pièces se répandant sur le sol.

— Dis donc, l'homme volant ! cria Dess à travers la fenêtre. Une chance que tu ne sois pas un vrai cambrioleur !

— Je n'ai jamais prétendu en être un ! répliqua-t-il sur le même ton.

De nouveaux tintements s'élevèrent. Jessica ne put s'empêcher de grimacer devant ce chahut. C'était peut-être le temps bleu, mais ils pourraient au moins tenter d'être discrets. Ils commettaient quand même un cambriolage avec effraction.

Un de plus.

— Je les ai ! annonça Jonathan.

Dess et elle retournèrent devant le magasin. À travers la porte vitrée, elle vit Jonathan essayer une à une les clés d'un énorme trousseau.

— Il aurait pu ressortir par la fenêtre, grommela Dess, qui s'impatientait.

— Certains trucs de ta liste sont trop lourds, rétorqua Jessica en réprimant un bâillement.

Elle-même n'était pas fâchée de passer par la porte d'entrée. Elle avait suffisamment de mal à garder les yeux ouverts, et elle devait encore retourner chez Constanza après minuit.

Depuis la démonstration de Rex à Jenks, ils consacraient tous leurs minuits à réunir le matériel dont ils auraient besoin pour lutter contre l'invasion des darklings. Ils s'étaient donc introduits dans tous les magasins de la ville où l'on trouvait des feux d'artifice afin de se servir dans les stocks. Ces cambriolages nocturnes devenaient fastidieux. Et de moins en moins discrets. Le *Bixby Register* avait publié un article sur les vandales qui se constituaient une dangereuse réserve de feux d'artifice. Selon le journaliste, les services du shérif étaient sur la piste d'une bande de gamins qui préparaient un gros coup en vue d'Halloween.

Ils étaient loin de se douter de l'ampleur du coup en question, bien sûr.

Ce soir-là, Rex et Mélissa dévalisaient le dernier stand de feux d'artifice qui restait en ville, tandis que les trois autres récupéraient deux ou trois petites choses utiles à la quincaillerie. Après quoi, avec un peu de chance, Rex leur accorderait quelques nuits de repos. Halloween n'était plus que dans six jours.

Jessica fronça les sourcils devant le grand squelette en

papier scotché sur la porte vitrée. Il se balançait doucement, chaque fois que Jonathan essayait une nouvelle clé. On voyait des décorations partout au lycée, des fanions orange et noirs dans les couloirs, des citrouilles découpées en masques grimaçants sur les murs de la cantine. Chaque sorcière ou chat noir qu'elle apercevait sur la porte d'une classe lui rappelait ce qui les attendait.

— Allez ! grogna Dess, juste avant que la serrure s'ouvre avec un déclic.

— Mesdames... dit Jonathan, qui leur ouvrit la porte en s'inclinant bien bas.

— Bon, ne traînons pas, dit Jessica en s'avançant entre deux présentoirs d'outils, de fournitures et de pots de peinture. Constanza me croit aux toilettes.

Jonathan ricana.

— Ça lui ferait un choc, si tu disparaissais là-dedans.

— Oui, oui, très drôle, fit Jessica d'une voix lasse pendant que Jonathan déroulait une grande bâche en plastique.

Lundi matin, le surlendemain, Constanza s'envolerait pour Los Angeles. Soi-disant pour une semaine. Mais, comme elle le répétait au moins une fois par jour à Jessica, il était fort possible qu'elle ne remette plus jamais les pieds au lycée de Bixby.

Cette nuit serait peut-être leur dernière occasion de se voir.

Jessica resserra les pans de son manteau. Combien d'autres amis perdrait-elle la semaine prochaine ?

— Hé, regardez un peu ça ! s'exclama Dess.

Jessica se retourna.

— Un pot de peinture vide ?

— Un ex-pot de peinture. (Dess le balança par sa poignée en arceau.) Désormais, ce sera un engin explosif redoutable.

Jessica tiqua. Certains préparatifs de Rex lui paraissaient franchement limites. Mais il était trop tard pour faire machine arrière.

Elle sortit de sa poche la liste de Dess et s'engagea parmi les rayonnages dans la lumière bleutée, à la recherche de clous, de câbles et d'outils métalliques – assez d'acier propre pour confectionner une bonne centaine d'armes.

Mais cela suffirait-il ?

Une demi-heure plus tard, Jonathan lui tapait sur l'épaule.

— Viens. (Il lui tendit la main.) Il faut que je te ramène maintenant, si je veux revenir à l'heure.

— Je croyais que ce serait amusant que je disparaisse dans les toilettes ?

— Désolé. (Il lui effleura la main, en lui communiquant un peu de sa légèreté.) Tu aurais pu rester là-bas. Dess et moi aurions pu nous débrouiller tout seuls.

— Non, je suis contente d'être venue vous aider. Une soirée pyjamas en compagnie d'une rigide, ça n'est pas très amusant. (Elle plongea ses yeux dans les siens.) Et puis, je déteste les minuits où je ne vole pas.

Il lui sourit.

— Allons voler, alors.

— D'accord. (Elle lui prit la main, sentit la connexion s'établir et son corps devenir léger comme l'air.) À demain, Dess !

Dess leva la tête depuis le seuil du magasin, où elle empilait la marchandise volée.

— À demain, Jess. Euh, l'homme volant ? Si tu n'es pas de retour avant la fin de minuit, je laisse tout ça dans ta voiture avec un mot bien en évidence pour le shérif.

— Ne t'en fais pas, je reviens.

Ils filèrent chez Constanza, survolant une portion d'autoroute déserte avant d'obliquer vers la ville. Jonathan bondit sur le toit avec Jessica, juste devant la fenêtre ouverte des toilettes de l'étage.

Jessica consulta sa montre ; Jonathan avait encore largement le temps de regagner le magasin.

— Merci pour la balade.

— Écoute, je comprends très bien que tu aies eu besoin de passer cette soirée avec Constanza. (Il se dressa.) Vu que c'est ta seule amie normale, et tout ça.

Jessica leva les yeux vers lui. Était-il sarcastique ?

— Je suis sérieux, Jess. Il n'y a rien de honteux à avoir besoin de quelqu'un qui ne soit pas midnighter. (Il se racla la gorge, l'air gêné.) Je regrette de ne pas avoir fait plus d'efforts avec elle.

— Merci. (Jessica soupira.) Après ce qui nous attend, elle ne reviendra pas, hein ?

— J'imagine que non. Mais, au moins, elle sera en sécurité à Los Angeles.

— Je sais. (Elle soupira de plus belle.) C'est juste que je déteste les au revoir.

Avant leur déménagement à Bixby, ses trois derniers mois à Chicago n'avaient été qu'une longue succession d'au revoir. Et voilà qu'elle semblait sur le point de tout perdre encore une fois.

— En tout cas, moi, je reste, lui assura Jonathan. Tu peux être sûre de ça…

À l'intérieur, Jessica renfila son pyjama pour attendre la fin de minuit. Quand la lumière bleue reflua et que la maison frémit autour d'elle, elle tira la chasse et sortit dans le couloir.

— Donc, comme je te le disais, reprit Constanza en la voyant ouvrir la porte, je crois qu'on peut écarter celui-là, non ?

Jessica baissa les yeux sur le chemisier noir aux épaulettes rouges.

— Oui. Beaucoup trop années quatre-vingt.

— Beurk.

Constanza rejeta le vêtement sur la pile des rebuts, avant de se tourner vers les trois valises géantes à ses pieds. Elles étaient bourrées à craquer de robes, de chemisiers, de jupes et de plusieurs dizaines de paires de chaussures.

— Tes parents ne risquent pas d'avoir des soupçons ? En principe, tu pars seulement pour une semaine.

Constanza renifla.

— J'emmène toujours ça pour une semaine. Tu n'imagines pas tout ce que je suis obligée de laisser derrière moi. Mais je crois que c'est bon.

— Ça y est ? On a fini ? s'enquit Jessica avec espoir.

Elles avaient passé le plus clair de la journée à faire ces valises.

— Pour ce soir. (Constanza se releva, jeta un regard circulaire sur la pagaille de sa chambre.) Merci beaucoup de m'avoir aidée, Jess. J'ai horreur de faire mes valises. (Elle contempla ses immenses placards d'un air tragique.) Toutes ces fringues qui m'appellent. Et que je dois abandonner malgré tout.

Jessica ne put s'empêcher de sourire. Depuis une semaine, elle se préparait à livrer une bataille qui paraissait perdue d'avance. C'était agréable d'avoir accompli quelque chose de concret, même s'il ne s'agissait que d'aider Constanza à boucler ses bagages. Et puis, faire des choix qui n'engageaient la vie de personne, voilà qui changeait un peu.

— Heureuse d'avoir pu t'aider. Ç'a été crevant, mais plutôt marrant.

— Ernesto avait promis de me donner un coup de main, mais il n'est plus là.

Jessica fronça les sourcils.

— Tous tes cousins sont déjà partis, hein ?

— Oui. De toute façon, mon grand-père leur avait strictement interdit de s'approcher de Bixby jusqu'au déménagement.

Samhain étant tout proche, il ne restait plus que les parents de Constanza dans les parages. Leur maison se trouvait de l'autre côté de Bixby par rapport à Jenks, mais tout de même sur le passage de la déchirure. Si les darklings arrivaient à passer, les parents de Constanza courraient un grave danger.

— Ça ne va pas te sembler un peu bizarre ? dit-elle. De ne plus voir autant tes parents ?

Constanza paraissait résignée.

— J'ai presque dix-sept ans. Je ne sais pas si je serais restée encore longtemps à la maison. Comme ça, au moins, ils pourront me voir à la télé.

Jessica sourit.

— Et puis, tu sais, je ne suis pas vraiment triste à l'idée de les quitter, continua Constanza. Ils seront toujours là, d'une manière ou d'une autre. Ce sont plutôt mes amies qui vont me manquer. Surtout toi.

— Ah bon ? Moi ?

— Bien sûr, qu'est-ce que tu crois ? J'ai à peine eu le temps de te connaître. Ça fait quoi, deux mois depuis la rentrée ?

— Plus ou moins, confirma Jessica. (Elle avait parfois l'impression que cela remontait à des siècles, mais elle n'était arrivée à Bixby que fin août. Elle s'assit à côté d'une valise, en fixant la profusion de vêtements et de chaussures qui en débordait.) Ça peut parfois sembler beaucoup, j'imagine.

— C'est exactement ça. (Constanza se pencha plus près.) En fait, ma théorie est qu'en amitié deux mois valent plus qu'une année. Tu comprends ?

— Euh… pas vraiment.

Constanza se courba pour ramasser une pile de chemisiers qui n'avaient pas franchi le barrage des sélections. Elle entreprit de les ranger dans l'un de ses placards gigantesques, désormais à moitié vides.

— Écoute, Jess, je sais que tu es triste. Tu n'arrêtes pas de broyer du noir depuis que j'ai annoncé mon départ. Mais, parfois, les amitiés les plus courtes sont les meilleures.

— Tu es sérieuse ?

Constanza, l'air rêveur, glissait méthodiquement chacun de ses chemisiers sur un cintre.

— Mais oui ! Comme quand on rencontre une personne en vacances, tu vois ? Les liens se nouent très vite et, comme on sait que ça ne durera pas, c'est super intense.

— Oui, je crois que je connais ça.

Constanza écarta une mèche de cheveux qui tombait dans les yeux de Jessica.

— Mais ce sont des amies qu'on se rappelle toute sa vie. Moi, en tout cas. Même si j'oublie généralement de leur écrire.

Jessica sentit sa gorge se nouer. Elle ne parvenait pas à croire qu'elle avait les larmes aux yeux ! Sachant qu'elle aurait l'air d'une gourde si elle pleurait, elle se concentra sur ce que Jonathan lui avait dit : Constanza faisait partie des plus chanceux. Elle ne serait plus à Bixby pour la grande surprise de la nuit d'Halloween.

Constanza soupira.

— Peut-être parce que c'est toujours un déchirement, de voir une amitié se terminer comme ça. On n'en arrive pas au stade où l'on finit par ne plus se supporter.

Jessica battit des paupières, et une larme roula le long de sa joue.

Constanza tendit un doigt élégant pour l'essuyer avec douceur.

— Allons, Jess. Ne sois pas triste. (Elle rit.) Je reviendrai chaque fois que j'aurai un créneau entre deux séances de tournage. Il faudra bien que je passe embrasser mes parents de temps en temps, tu sais ?

— D'accord. Désolée.

— Ne t'excuse pas. (Constanza lui sourit.) Maintenant que mes valises sont bouclées, que dirais-tu de t'amuser un peu, que je puisse me souvenir de toi avec le sourire ?

Jessica acquiesça, laissant la bonne humeur de Constanza l'arracher à la morosité dans laquelle elle se morfondait depuis une semaine. Dess répétait sans arrêt que son plan devrait fonctionner, qu'ils pourraient peut-être sauver toute la population de Bixby, ou presque toute. Et qu'après vingt-cinq heures de minuit, le temps bleu finirait par se retirer.

Peut-être que, s'ils étaient confrontés à une résistance féroce, les darklings ne reviendraient pas à chaque Halloween.

Jessica décida que, cette nuit au moins, elle s'accorderait du bon temps.

— D'accord. Ça, c'est moi avec le sourire.

Elle se força à grimacer.

— C'est mieux, approuva Constanza. Et puis il nous reste le téléphone, après tout. Ce n'est quand même pas la fin du monde !

24 — 17 h 33

L'HEURE DE LA RÉCOLTE

— J'ai l'impression qu'Halloween risque de tomber à l'eau, annonça Don Day depuis le fond du canapé.

Jessica leva la tête du livre qu'elle s'efforçait vainement de lire. Comme d'habitude, la télé était réglée sur la chaîne météo. Un homme en nœud papillon désignait une masse nuageuse tourbillonnante au-dessus du golfe du Mexique, qui se déplaçait vers les plaines du Texas.

Droit vers l'Oklahoma.

— De la pluie ? s'écria-t-elle. Ce soir ?

— Au départ, c'était un ouragan, mais, maintenant, c'est juste une dépression tropicale, répondit son père de sa voix de présentateur météo. (Il se pencha pour jeter un coup d'œil par la fenêtre.) Le temps qu'elle arrive, ce ne sera plus qu'un simple orage.

— Un simple orage… (Jessica regardait avec horreur l'image satellite refaire le même chemin à travers l'écran, encore et encore, en s'arrêtant chaque fois à la frontière de l'Oklahoma.) Euh, à quelle heure doit-il éclater, exactement ?

— Dans la soirée. Ça risque de gâcher la fête. (Il lui adressa un regard perplexe.) Ne me dis pas que tu avais l'intention de sortir récolter des bonbons ?

— Tu rigoles ? (Elle leva les yeux au ciel.) Je pensais plutôt réviser ma trigo toute la soirée. Mais j'ai toujours peur des orages. Surtout le soir d'Halloween.

En particulier à minuit, quand on essaie de garder au sec cent kilos de feux d'artifice parce qu'on en a besoin pour repousser une invasion de monstres. Au cours des deux dernières semaines de préparation, personne n'avait pensé au fait qu'il pourrait pleuvoir.

— Dis donc, papa, s'enquit-elle une minute plus tard en essayant de masquer son intérêt, est-ce qu'ils savent si l'orage sera là, disons, autour de minuit ?

M. Day haussa les épaules.

— Difficile à dire quand un ouragan, ou même une dépression tropicale, s'enfonce dans les terres. Il ne pleuvra peut-être pas avant demain matin. Peut-être même que l'orage se dispersera. À moins qu'il ne continue à se renforcer et ne soit là vers vingt et une ou vingt-deux heures.

— M'en fiche ! claironna Beth depuis l'entrée. Je vais sortir récolter des bonbons, même s'il tombe des grêlons gros comme des balles de golf. Ou carrément des balles de golf !

Jessica se tourna vers sa petite sœur et se retint de pouffer. Huit cintres vacillants recouverts de papier crépon noir partaient des épaules de Beth dans toutes les directions. Elle s'était noirci le visage et blanchi le contour des yeux avec du maquillage de théâtre, et portait des dents de vampire en plastique.

— En quoi es-tu déguisée, au juste ?

— En mygale, imbécile !

Beth s'approcha du canapé et braqua l'une de ses pattes vers son père.

— Aïe ! s'écria-t-il en la recevant sur la tête, sans quitter des yeux la chaîne météo.

— Et c'est moi, l'imbécile ? Tu ne t'es pas regardée, rétorqua Jessica. D'où sors-tu cette idée ?

— De Cassie. Nous serons en mygales toutes les deux. Elle est obsédée par les araignées.

Un frisson glacé parcourut l'échine de Jessica.

— Elle doit venir ici ce soir ?

— Pourquoi ? Tu ne l'aimes pas, Jess ? s'enquit Beth d'une voix suave.

— Mais si, je l'adore.

Jessica baissa les yeux sur son livre. Cassie était revenue plusieurs fois après cette horrible soirée spaghettis. Les deux fillettes ne l'avaient pas embêtée jusque-là, mais Jessica avait l'intuition que, ce soir, elles risquaient de se présenter dans sa chambre sur le coup de vingt-trois heures trente, au moment précis où elle allait devoir s'éclipser.

La situation présentait au moins un avantage : Cassie serait beaucoup plus en sécurité chez eux qu'à Jenks. À minuit, la déchirure commencerait à s'agrandir le long du 36e parallèle. Avec de la chance, elle ne s'étendrait pas tout de suite jusqu'aux maisons des faubourgs nord de Bixby.

Et, quand bien même, les darklings ne parviendraient peut-être pas aussi loin.

C'est ce que Jessica s'était répété toute la semaine, en tout cas.

— Ne t'inquiète pas, tu ne nous auras pas sur le dos. (Beth fit tournoyer ses hanches de manière à lui cogner le crâne avec le bout d'une de ses pattes de mygale.) C'est moi qui vais chez elle.

— Quoi, à Jenks ?

Beth regarda sa grande sœur avec surprise. Même leur père s'arracha à la contemplation de la chaîne météo.

— Euh, oui, Jess. C'est là-bas qu'elle habite, tu sais ?

— À quelle heure as-tu prévu de rentrer ?

— Jess, tu es bizarre. Papa, dis-lui qu'elle est bizarre.

— Jessica ? fit leur père.

— Je m'inquiète à l'idée qu'elle aille récolter des bonbons dans ce quartier qu'on ne connaît pas, c'est tout.

Ils la fixèrent tous deux avec ébahissement. Puis un sourire malicieux vint éclairer le visage de Beth.

Leur père se retourna vers la télé, où l'on voyait des images de tempête le long de la côte texane.

— Détends-toi, Jessica. C'est Halloween ! La grand-mère de Cassie a promis qu'elles seraient couchées à vingt-trois heures et qu'elles ne mangeraient pas trop de bonbons.

Cette dernière phrase parut lui rappeler l'existence d'un sachet de pop-corn sur la table basse. Il se pencha pour en ramasser une poignée.

— Maman t'a interdit de manger ça, le prévint Beth.

— Maman n'est pas à la maison.

— C'est dangereux ! s'écria Jessica.

— Quoi, le pop-corn ?

— Non. Le fait de se retrouver dehors en pleine campagne. Avec l'orage qui menace et… tout ça.

Beth souriait toujours.

— Ça t'ennuie que j'aille à Jenks ce soir, hein ?

Jessica l'ignora, le regard fixé sur son livre, en se retenant de se mordre la lèvre. Sa petite sœur se jetait dans la gueule des darklings, et elle ne trouvait aucun argument pour l'en empêcher. Beth avait un petit sourire narquois qui indiquait que, cette fois-ci, elle raconterait tout ce qu'elle savait si Jessica contrariait ses projets.

Et ce n'était pas le soir où il fallait qu'elle soit punie et reste à la maison.

— Viens, papa, allons-y, dit Beth. La chaîne météo sera toujours là quand tu reviendras. Ça ne change jamais.

— La météo change sans arrêt, petite maligne, dit-il.

Il rafla ses clés de voiture ainsi qu'une dernière poignée de pop-corn sur la table basse, puis se leva.

Jessica eut soudain envie d'imiter Rex et de se glisser dehors pour débrancher le câble de starter de la voiture de son père. Hélas, elle ignorait à quoi cela pouvait bien ressembler. Elle n'était même pas certaine de réussir à ouvrir le capot.

Que pouvait-elle faire d'autre ? Expliquer que la chaîne alimentaire allait connaître une légère permutation ? Que

Bixby était sur le point d'être envahi? Ils croiraient à une plaisanterie, ou qu'elle était devenue folle.

— À plus, Jess lui lança Beth depuis la porte d'entrée.

Jessica ne répondit pas. La porte claqua derrière son père et sa sœur. Elle consulta sa montre, l'estomac noué.

Il n'était que cinq heures cinquante-cinq, et Samhain était déjà terrifiant.

25

23 h 21

LA PLUIE

— Tu le sens toujours ?

— Relax, l'homme volant, répondit Mélissa. Il est en train de s'éloigner sur Division.

Jonathan laissa la voiture reprendre de la vitesse, non sans regarder encore une fois dans le rétroviseur. Se relaxer ne lui semblait pas une excellente idée. Les flics grouillaient partout à travers Bixby ce soir-là, prêts à imposer le couvre-feu aux gamins qui s'attarderaient dehors après leur séance de porte-à-porte. Et, bien sûr, les services du shérif brûlaient de mettre la main sur ceux qui avaient dérobé tous ces feux d'artifice avant qu'ils aient l'occasion de s'en servir.

Le fait que Jonathan transporte dans son coffre la moitié de leur cargaison de pétards, de fumigènes, de chandelles romaines, de cierges étincelants et de fusées de toutes sortes ne l'aidait pas à rouler l'esprit tranquille.

— Préviens-moi si tu le sens revenir.

— Ne t'en fais pas pour ces nazes de flics. Je les renifle à un kilomètre.

Il se pencha au-dessus du volant pour jeter un coup d'œil au ciel. Des éclairs illuminaient les nuages de l'intérieur.

— Tu crois que la pluie va se décider bientôt ?

— Aucune idée, Jonathan. Difficile de lire dans les pensées d'un front nuageux, tu sais ?

Il lâcha un petit rire, pas tout à fait sûr qu'elle plaisantait. D'ordinaire il préférait éviter Mélissa, mais ce soir il était content de l'avoir avec lui. Il se sentait trop nerveux pour rouler seul, surtout avec la police sur les dents – et ce qu'il transportait dans son coffre.

— Tu es excité, hein ? lui lança-t-elle.

— Nerveux.

Ce fut au tour de Mélissa de s'esclaffer.

— Allez, Jonathan, je sais que tu attends ça avec impatience.

Il soupira. À quoi bon mentir à une télépathe ? La nuit dernière n'avait été qu'un long rêve de vol, une répétition à la fois anxieuse et vibrante de ce qui les attendait.

— Ça va être différent, répondit-il.

— C'est ça qui me plaît, à Bixby : on y trouve toujours quelque chose de différent.

— Et toi, alors ? demanda-t-il. Une journée entière sans… comment appelles-tu ça ? Le bruit de fond mental ? Ça doit être le rêve, non ?

— On pourrait le croire. Mais, en grandissant, cette déchirure va aspirer un tas de personnes qui vont polluer notre minuit. Franchement, l'homme volant, j'aurais préféré que le temps bleu reste notre secret à tous les cinq.

— Oui, admit Jonathan. (Il n'avait pas envisagé les choses sous cet angle, mais, en plus des morts et des nombreux dégâts, minuit allait devenir public, perdre une partie de sa magie.) Moi aussi.

Ils s'engagèrent dans la rue de Jessica avec cinq minutes d'avance.

Elle les attendait devant chez elle. Elle courut jusqu'à la voiture et ouvrit la portière avant même que Jonathan se soit complètement arrêté. En se jetant sur la banquette arrière, elle lui lança :

— Allez, roule !

— Cool, Jess, lui dit-il. Nous sommes en avance.

— Je veux arriver de bonne heure, d'accord ?

Jonathan se demanda ce qui l'avait énervée. Et puis, lentement mais sûrement, la seule explication possible s'imposa à lui.

— Beth ?

— Roule, c'est tout.

— Elle t'a embêtée, ce soir, c'est ça ? fit Jonathan. On s'en fiche ! Quand le soleil se lèvera demain, des milliers de gens auront vu le temps bleu de leurs propres yeux. Il n'y aura plus de secret !

— Je sais tout ça. (Sa voix était empreinte de peur.) Mais il faut nous dépêcher. Beth va s'attirer des ennuis.

Il enclencha la marche avant et s'éloigna du trottoir.

— Ne me dis pas qu'elle est encore dehors en train de collecter des bonbons ?

— Pire. Elle est à Jenks.

— *Hein ?*

— Elle passe la nuit chez Cassie Flinders.

Mélissa porta la main à son front.

— Dites, les amis...

Jonathan écarquilla les yeux.

— Mais c'est juste à côté de la déchirure !

— Je sais ! s'écria Jessica.

— Hé ! dit Mélissa, la tête inclinée en arrière, les paupières closes. Donnez-moi cinq minutes de calme !

Jonathan s'arrêta au feu suivant, regarda à droite, puis à gauche, puis dans son rétroviseur, en s'efforçant de songer à des choses apaisantes... en vain.

— Prends à gauche, chuchota soudain Mélissa. N'attends pas que ça passe au vert.

Jonathan braqua le volant, enfonça l'accélérateur et tourna dans Kerr Street.

— Il nous a vus. Il connaît ta voiture... (Elle tressaillit.) Mince ! C'est Saint-Claire.

Le shérif Clancy Saint-Claire. Les phalanges de Jonathan blanchirent sur le volant. Il imaginait déjà le sourire radieux du policier. Le shérif aurait reconnu sa voiture à un kilomètre.

— Je prends par où ? siffla-t-il.

— Je ne sais pas encore, répondit Mélissa. Je ne sens pas d'autres voitures, mais il est en train d'appeler des renforts.

Jonathan souffla entre ses dents serrées. Ils n'avaient pas beaucoup de temps pour semer Saint-Claire. Un deuxième véhicule ne tarderait pas à se mêler à la poursuite, puis un troisième : la police de Bixby faisait toujours les choses en grand. Le temps que minuit survienne, ils auraient les menottes aux poignets et se trouveraient à des kilomètres de l'endroit prévu. Totalement incapables d'aider Beth – ou qui que ce soit, d'ailleurs.

— Accrochez-vous ! dit-il.

Il écrasa la pédale d'accélérateur. Quelques secondes plus tard, des gyrophares s'allumaient dans son rétroviseur, et le hurlement d'une sirène déchirait la nuit.

— Oh non, murmura le porte-flambeau.

Jessica se souvint d'avoir été raccompagné chez elle par les flics presque aussitôt après son arrivée à Bixby – ç'avait fait partie de son initiation aux risques de l'heure secrète.

— Ne t'en fais pas, Jess. On va y arriver.

Il tourna de nouveau et s'engagea dans une petite rue résidentielle, en espérant qu'ils ne croiseraient pas de petits fantômes encore en train de jouer. Heureusement, il avait survolé le quartier de Jessica des dizaines de fois et en visualisait le plan à la perfection. Cette rue zigzaguait un moment vers le centre-ville, puis se scindait en deux avant de rejoindre l'autoroute.

S'il pouvait atteindre la bifurcation avant que Saint-Claire les ait de nouveau en ligne de mire, ils auraient une chance sur deux de lui échapper. Ce qui valait mieux que rien.

Ils continuèrent à foncer, rasant les rangées de voitures garées de chaque côté. Jonathan devait se forcer à regarder devant lui et non dans son rétroviseur.

Soudain, quelque chose s'écrasa contre le pare-brise, et Jonathan sentit le volant lui glisser entre les doigts. Les pneus crissèrent longuement avant qu'il parvienne à redresser la voiture.

— Qu'est-ce que c'était ? cria Jessica.

— Aucune id… commença Jonathan.

Puis il vit une traînée de liquide jaune s'étaler en éventail vers le haut de son pare-brise. Un petit fragment blanchâtre pris dans le liquide tremblota un moment avant de s'envoler, emporté par la vitesse.

— Des gosses, dit Mélissa. Et je crois qu'il leur reste quelques œufs en réserve pour notre ami Saint-Claire.

Un éclair fendit la nuit dans le lointain, illuminant le jaune d'œuf qui remontait sur le pare-brise.

Parvenu à la bifurcation, Jonathan prit à gauche. Encore un kilomètre et demi et ils rejoindraient l'autoroute menant vers Jenks.

— Attends ! Arrête-toi ! cria Mélissa.

— Quoi ?

— Gare-toi ! Les renforts de Saint-Claire viennent de tourner dans cette rue. Ils arrivent droit sur nous !

Jonathan freina brusquement, faisant crisser les pneus. Il gara la voiture derrière un camping-car et coupa le moteur et les phares.

— Qu'est-ce que tu fabriques ? s'écria Jessica depuis la banquette arrière. On ne va pas rester là !

— On ne reste pas, Jess ! siffla Mélissa. On se cache !

— Ça va, Jess. Nous serons dans les temps, lui assura Jonathan en priant pour que ce ne soit pas une promesse en l'air.

Il se tassa derrière le volant, la main sur les clés, prêt à remettre le contact. Il se demanda combien de temps il lui faudrait pour repartir si l'autre flic reconnaissait sa voiture.

Bien sûr, s'il venait se ranger derrière eux, ils se retrouveraient coincés derrière le camping-car...

— Le voilà, murmura Mélissa, recroquevillée contre la portière du passager.

Jonathan s'attendit à entendre un bruit de freinage. Mais il n'y eut ni gyrophares ni sirène, et la voiture s'éloigna rapidement.

— Il est passé, dit Mélissa. Et Saint-Claire a pris dans l'autre direction. Il s'imagine qu'il nous tient.

Jonathan poussa un soupir de soulagement mais, alors qu'il se redressait sur son siège, il eut une mauvaise surprise.

Des gouttes de pluie s'écrasaient contre le pare-brise, diluant le jaune d'œuf et scintillant sous la foudre comme des milliers d'yeux maléfiques.

Le tonnerre gronda de plus belle, directement au-dessus d'eux, cette fois-ci.

Il consulta sa montre. Ils avaient encore le temps d'atteindre Jenks, mais avant minuit la pluie tomberait à verse.

— La nuit idéale pour un feu d'artifice… grommela-t-il avant de démarrer en trombe.

26

23 h 49

LA BOMBE

Rex se jeta encore une fois contre la porte du toit, ignorant le frisson d'horreur qui le saisissait à l'odeur âcre de cet acier brillant, sans la moindre corrosion. Sous son épaule, la porte s'entrouvrit de quelques centimètres supplémentaires.

— Peux-tu te faufiler ? demanda-t-il.

Dess examina la fente étroite entre la porte et l'encadrement.

— Aucune chance.

Rex fit un pas en arrière et siffla entre ses dents. Quand Jonathan et lui étaient montés là-haut, la nuit dernière, pour y déposer le gros de leurs feux d'artifice, la porte n'était pas verrouillée. Maintenant, elle était fermée par une chaîne de deux centimètres et demi d'épaisseur et un cadenas gros comme le poing.

Rex fit une nouvelle tentative. Son épaule cogna contre l'acier avec un choc sourd ; la chaîne se tendit encore un peu, lui faisant gagner quelques centimètres.

— Encore trop étroit, dit Dess.

Rex jura. Les feux d'artifice préparés à Jenks ne retiendraient pas les darklings pendant vingt-cinq heures. Ils ne pouvaient se permettre de renoncer à cette partie du plan.

Ils avaient choisi un immeuble vide dans le quartier ouest de la ville, assez haut pour être vu de partout dans Bixby. Quand la déchirure atteindrait le centre-ville, les gens qui ne dormaient pas s'apercevraient vite que leurs télés, leurs radios et leurs téléphones ne fonctionnaient plus. Avec un peu de chance, quand ils sortiraient de chez eux en titubant dans le temps bleu, ils repéreraient le bouquet de fusées qui partiraient de ce toit. Ceux qui se rendraient sur place seraient sous la protection du porte-flambeau jusqu'à la fin du long minuit.

Mais, avant toute chose, il fallait faire en sorte qu'un maximum de gens soient encore réveillés à minuit. Et, pour cela, ils devaient accéder au toit, et à la bombe de fortune que Dess avait fabriquée.

Le tonnerre gronda au-dessus de leurs têtes, et Rex sentit l'air se charger d'électricité.

— Oh, mince. (Il sortit la main par l'entrebâillement de la porte et sentit quelques gouttes s'écraser dans sa paume.) Génial. Il pleut.

— Vous avez recouvert les feux d'artifice d'une bâche en plastique, j'espère ? s'inquiéta Dess.

Rex la dévisagea sans répondre. Avec tous les préparatifs et les plans dont il avait dû s'occuper depuis une semaine, la pluie lui était complètement sortie de l'esprit. Les feux d'artifice étaient cachés de l'autre côté de la porte, sous une pile de vieux cartons. S'ils ne les récupéraient pas bientôt, ils seraient trempés et inutilisables.

— Tu n'as pas écouté le bulletin météo ? s'écria Dess. Ça fait une semaine qu'on annonce de la pluie !

— Je ne supporte plus la télé.

Depuis que Madeleine avait libéré la partie darkling de son cerveau, il ne pouvait plus regarder l'astucieuse machine scintillante dans la maison de son père sans attraper la migraine.

Dess gémit.

Rex recula de quelques pas, prit tout l'élan possible sur le palier de la cage d'escalier, et se jeta de toutes ses forces contre la porte. Celle-ci s'ouvrit encore de deux centimètres, mais cela ne suffisait toujours pas pour se glisser sur le toit.

La pluie se mit à tomber plus fort.

Rex remarqua que le métal se déformait à partir du milieu, où la chaîne le retenait. Peut-être qu'en martelant le bas de la porte il réussirait à l'enfoncer suffisamment pour passer.

Il donna un grand coup de pied dans la porte. Un son caverneux retentit dans la cage d'escalier.

Dess jeta un coup d'œil vers le bas.

— Bon sang, Rex ! Tu vas faire rappliquer tout le quartier !

— Je n'ai flairé personne en montant.

— Celui qui est venu cadenasser cette porte aujourd'hui est peut-être encore dans le coin.

— Et alors ? dit Rex. Au moins, il aura la clé.

— Et peut-être un flingue, également.

— Je n'ai plus peur des humains.

Il donna un autre coup de botte dans la porte, enfonçant le métal un peu plus vers l'extérieur. Son pied lui faisait mal, mais il ignora la douleur et s'efforça plutôt de réveiller le darkling qui sommeillait en lui.

Des taches noires apparurent au coin de ses yeux, et il sentit son corps onduler sous sa peau. Sa douleur se changea en colère, et il se mit à tambouriner de plus en plus fort contre la porte, sans se soucier de son pied.

Des pensées sauvages l'envahirent : le rectangle de métal plat était son ennemi, les alliages qu'il renfermait une abomination. Il devait s'échapper de cette construction humaine et ressortir à l'air libre.

La porte tremblait et vibrait sous l'assaut, arrachant peu à peu ses gonds inférieurs. Des écailles de peinture se détachaient du métal cabossé. Des crissements sourds accompagnaient chaque coup. Enfin, l'anneau auquel était fixée la chaîne céda, et la porte entière s'écroula sur le toit, d'un bloc, comme un ivrogne.

— Aïe, murmura-t-il en se penchant par-dessus la rampe d'escalier pour regarder en bas.

S'il y avait quelqu'un dans l'immeuble, il ne pouvait pas avoir manqué ça.

Mais Rex n'entendit aucun bruit de pas.

— Amène-toi, lui dit Dess. On est en retard.

Il la suivit sur le toit, en souffrant le martyre à chaque pas. La pluie froide lui mouilla le visage et les mains.

Les feux d'artifice, toujours sous leurs cartons, étaient encore secs. Ignorant son pied, Rex aida Dess à les traîner et à les mettre à l'abri dans la cage d'escalier.

Il regarda sa montre : encore quatre minutes avant minuit.

Dess commença à jeter les cartons au bas de l'escalier pour dégager un peu de place sur le palier étroit. Sa bombe, un pot de peinture surmonté d'une mèche d'un mètre de long, reposait au-dessus des feux d'artifice.

— Voilà mon bébé, dit-elle avec un sourire.

Rex avait assisté à la fabrication de cette bombe, affolé par l'odeur terrifiante de son contenu. Le pot de peinture, dont Dess avait soudé le couvercle, était bourré de poudre noire récupérée dans une dizaine de paquets de pétards. Son objectif était simple : créer une détonation la plus forte possible. Dess avait calculé que l'onde de choc déclencherait les alarmes de voiture dans un rayon de plusieurs kilomètres, ce qui devrait suffire à réveiller tout le quartier.

Bien sûr, pour que ce plan fonctionne, ils devaient la faire exploser dans les quatre prochaines minutes, avant le début du long minuit.

— Je vais m'occuper de la suite, dit-il.

— Pas question. C'est mon bébé.

Dess souleva la bombe à deux mains et l'emporta dehors sous la pluie. Boitant toujours, Rex la suivit jusqu'au coin du toit, où se dressait une antenne relais de deux mètres cinquante. Dess y plaça la bombe en équilibre. Elle avait expliqué à Rex que, en l'installant le plus haut possible, elle éviterait que le toit n'absorbe une trop grande partie de l'onde de choc.

— D'accord, laisse-moi me charger du reste, demanda-t-il.

Dess regarda longuement sa bombe, avant d'acquiescer.

— Ça me va. Mais, si tu vois la mèche brûler un peu trop vite, cours aussi vite que tu pourras. (Elle hésita.) Tu sais quoi ? Cours le plus vite possible, de toute façon.

Elle recula de quelques pas.

Rex respira profondément et sortit son briquet. Son pied le lançait, à présent, et son pouls était rapide.

Il se pencha et alluma son briquet. La mèche se mit à crépiter, et les étincelles remontèrent lentement en direction du pot de peinture.

— Bon, fichons le camp ! dit Dess.

Il observa un moment la combustion de la mèche, pour s'assurer que la pluie ne l'éteindrait pas. La petite traîne d'étincelles emportées par le vent le fascinait.

— Rex ! lui lança Dess à l'autre bout du toit. Grouille-toi !

Le tonnerre éclata juste alors au-dessus de l'immeuble et, l'espace d'un instant, Rex crut que la bombe venait d'exploser. Il trébucha en arrière sur son pied douloureux, lâcha un juron puis rejoignit Dess en boitillant. Ils s'abritèrent derrière la cage d'escalier.

— Tu es sûre qu'on ne risque rien, ici ?

— D'après mes recherches, expliqua Dess, une bombe a deux façons de te tuer. Par les fragments qu'elle projette, d'abord, mais cette cage d'escalier nous protège ; et par l'onde de choc. Mon bébé n'a pas suffisamment de puissance pour nous faire exploser le crâne, mais bouche-toi les oreilles si tu ne veux pas devenir sourd, ajouta-t-elle en se collant les mains contre le crâne.

Rex regarda sa montre. Encore un peu plus d'une minute avant minuit.

Une pensée effroyable lui vint alors. Ils s'étaient servis de la mèche à la combustion la plus lente possible, pour se donner un maximum de marge. Mais ils avaient perdu du temps à défoncer la porte…

— En combien de temps doit brûler la mèche ? demanda-t-il.

— Environ deux minutes et demie.

— Ça va, il reste une bonne minute.

— Quoi ? (Elle consulta Géosynchrones.) Soixante secondes ? Mince, Rex, on a trop traîné !

— Ne t'inquiète pas, ça explosera avant minuit.

— Les ondes de choc voyagent à la vitesse du son, Rex, ce qui est lent – plus de trois secondes pour faire un kilomètre. On veut que celles-ci atteignent la banlieue, et aussi que les alarmes de voiture résonnent assez longtemps pour réveiller les gens. Tout ça demande du temps, et on n'en a pas !

Rex respira un grand coup, puis jeta un coup d œil sur le côté de la cage d'escalier.

Un tiers de la mèche seulement avait brûlé. Dess avait raison ; il l'avait allumée trop tard.

Rex poussa un juron sonore puis s'élança vers la bombe en ressortant son briquet.

— Rex, mais qu'est-ce que tu veux faire ?

— Régler le problème !

Il parvint devant la bombe alors que la combustion atteignait la moitié de la mèche. Levant son briquet, il l'approcha à quelques centimètres du couvercle du pot de peinture. La flamme s'éteignit, mouchée par une grosse goutte de pluie.

— C'est pas vrai ! maugréa-t-il en rallumant son briquet.

— Reviens tout de suite ! cria Dess.

Enfin, la mèche voulut bien prendre. Un morceau de trente centimètres tomba sur le toit, allumé aux deux extrémités. Le bout de mèche restant crépita sous la pluie, puis les étincelles attaquèrent les derniers centimètres.

Rex n'attendit pas pour voir ce qui se passerait. Il se retourna et piqua un sprint vers la cage d'escalier, les mains sur les oreilles.

Il allait l'atteindre quand il glissa sur le toit trempé de pluie et s'étala. Il termina à quatre pattes et vint se mettre à l'abri contre Dess, les yeux clos et les oreilles toujours bouchées.

— Espèce d'idiot ! hurla Dess. J'ai failli faire une crise card...

La bombe explosa dans un fracas épouvantable – plus un coup qu'un son, d'ailleurs. Rex eut l'impression de recevoir un sac de pommes de terre en pleine poitrine. Même ses paupières vibrèrent sous le choc, et une lumière impressionnante filtra à travers elles.

Un bref instant, on n'entendit plus rien d'autre, comme si le rugissement de la bombe avait aspiré tous les autres bruits. Mais, peu à peu, le murmure de la pluie reprit, et Rex osa rouvrir les yeux.

Il jeta un coup d'œil à sa montre : vingt secondes avant minuit.

Dess et lui se relevèrent et sortirent de leur abri pour aller constater les dégâts. Il ne restait plus rien du pot de peinture, bien sûr, et l'antenne relais n'était plus qu'un faisceau de tiges métalliques noircies et tordues dans toutes les directions.

— Waouh, cool ! s'exclama Dess.

Rex boitilla jusqu'au bord du toit, tendit son oreille de darkling vers les bruits de la ville en contrebas...

Les alarmes de voiture retentissaient à travers Bixby dans une immense cacophonie. Rex imagina les gens en train de se retourner dans leur lit, regardant leur réveil d'un œil noir et se demandant ce qui pouvait provoquer un tel raffut. Même les plus fatigués seraient réveillés à minuit, dans une dizaine de secondes. Le minutage était parfait.

Bien sûr, en ville, on ne percevrait pas le temps bleu

tout de suite : il fallait que la déchirure s'étende depuis Jenks. Mais pour ceux que la bombe venait de réveiller et pour tous les autres qui regardaient la télé ou lisaient dans leur lit, le décalage serait presque imperceptible. À minuit, le monde deviendrait subitement tout bleu, avec les reflets rougeoyants de la déchirure ; télés, radios et alarmes de voiture s'éteindraient d'un coup.

Ceux qui sortiraient dans la rue, intrigués, découvriraient la lune sombre au-dessus de leurs têtes et verraient tomber les dernières secondes de pluie. Et, bientôt, ils assisteraient à un feu d'artifice qui embraserait le ciel. Ce serait le seul mouvement visible à l'horizon.

On pouvait espérer qu'ils seraient nombreux à gagner le centre-ville, en quête d'une explication. Jonathan volerait alors de groupe en groupe en recommandant à tout le monde de se rendre à cet immeuble le plus vite possible. Et, pour peu que les défenses de Jenks tiennent un moment face aux darklings, ils auraient le temps d'arriver.

Pendant que Dess et lui savouraient les dernières secondes de temps normal, Rex respira à pleins poumons. Au cours des vingt-cinq prochaines heures, l'humanité serait une espèce menacée, dépossédée de ses machines et de ses gadgets si astucieux, détrônée du sommet de la chaîne alimentaire. Ceux qui le comprendraient assez tôt réussiraient à s'enfuir ; ceux qui refuseraient de le croire périraient.

La part darkling de Rex se disait qu'au fond ce ne serait peut-être pas une si mauvaise chose. Faute de prédateurs pour écrémer le troupeau, l'humanité s'était développée au-delà de toute mesure, bouffie d'orgueil et d'arrogance, sans se soucier des ressources de la planète. Peut-être qu'une nuit de terreur par an ne lui ferait pas de mal.

Il secoua la tête en grelottant sous la pluie froide. Ces idées macabres l'avaient asticoté toute la semaine, mais il ne pouvait pas se permettre de penser en ces termes. Il avait une mission à remplir. Les habitants de Bixby ne méritaient pas de se faire massacrer sous prétexte que la Terre souffrait de surpopulation. Eux pas plus que quiconque.

Il écouta les alarmes de voiture en espérant que tout le monde les entendait aussi.

Juste avant minuit, un coup de tonnerre retentit, directement au-dessus de leurs têtes. Puis le sol frémit, le temps bleu s'étendit partout et figea la pluie en un million de diamants scintillants, coupant le tonnerre, les alarmes, tout.

— Est-ce que tu la vois ? demanda Dess.

Rex se tourna vers Jenks, et son œil de voyant aperçut la lueur rougeâtre de la déchirure. Elle commençait à enfler.

— Oui. Le temps rouge est en marche.

— Bien joué, pour la mèche. (Dess poussa un léger soupir.) J'imagine qu'il ne nous reste plus qu'à attendre le feu d'artifice.

Selon leur plan, les trois autres midnighters devaient se trouver à Jenks. Bientôt, ils allumeraient les premiers feux d'artifice afin de bloquer les darklings. Ensuite, et avant que les darklings parviennent à contourner leurs défenses,

Jonathan ramènerait Jessica et Mélissa ici même, où ils se prépareraient tous les cinq à livrer bataille.

Du moins, c'était ce qu'ils avaient prévu.

— Waouh, Rex ! Regarde ça !

Dess indiquait la direction du centre-ville. Rex suivit son regard jusqu'au Mobil Building, le plus grand immeuble de Bixby. L'enseigne du cheval ailé qui vacillait à son sommet, juste sous le plafond des nuages, paraissait curieusement illuminée.

Rex sentit son cœur battre plus fort.

— Oh, mon Dieu.

— Tu avais déjà vu un truc pareil ?

— Non, mais j'en ai toujours eu envie. Mélissa et moi cherchons ça depuis... une éternité.

Un éclair figé par le temps bleu descendait des nuages, avant de se diviser en mille ramifications qui caressaient la charpente métallique du cheval de néon. La foudre immobile prenait une complexité ahurissante ; chaque centimètre de son tracé se divisait en un million de zigzags incandescents.

Il se souvint des nuits que Mélissa et lui avaient passées, enfants, à pédaler sous la pluie en direction d'un éclair figé à l'horizon. Ils n'étaient jamais parvenus à en atteindre avant la fin de l'heure secrète. Chaque fois, ils étaient rentrés bredouilles sous l'orage.

Mais ils n'avaient jamais renoncé. L'un des premiers échantillons d'ancien savoir découverts par Rex concernait la foudre figée, même s'il ne précisait pas ce que l'on était censé en faire après l'avoir trouvée.

Pourtant, il avait une image en tête…

Il sentit les fissures occasionnées par Madeleine, les plaies encore sensibles de son assaut, se mettre à palpiter. Il le voyait, à présent. Le dernier vestige de ce que les darklings avaient tenté de lui cacher.

Rex cligna des paupières.

— Oh, non !

— Quoi ?

Il fut incapable de répondre. Un frisson le parcourut. Il comprenait soudain le véritable enjeu de cette nuit, ainsi que ce qu'ils devaient faire avant que la déchirure atteigne le centre-ville et libère la foudre. Il savait quelles instructions les Grayfoot n'avaient pas eu le temps de recevoir avant la mort de leur hybride.

Mais, surtout, il comprenait pourquoi les darklings avaient tellement peur de Jessica, pourquoi ils voulaient sa mort depuis le début.

Il se tourna vers Jenks. La lueur rougeâtre de la déchirure continuait à se rapprocher.

— On peut tout arrêter.

— Hein ?

— À condition d'avoir Jessica ici.

— Enfin, Rex, ils n'ont même pas encore allumé le…

— Chut…

Rex tomba à genoux et se prit la tête à deux mains. Dans l'élaboration de son plan, il avait voulu mettre Mélissa en première ligne pour deux raisons. D'abord, elle saurait guider Jonathan et Jessica à travers les patrouilles de police comme à travers les darklings. Et surtout, au cas où quelque chose tournerait mal, elle pourrait entendre les pensées de Rex à des kilomètres, comme elle l'avait fait quand ils avaient huit ans et qu'elle avait traversé Bixby dans son pyjama orné de cow-girls.

Maintenant, il avait besoin qu'elle l'entende de nouveau.

— Rex ? s'enquit doucement Dess.

Il lui fit signe de se taire et se concentra sur son amie de toujours.

Cow-girl... songea-t-il. *J'ai besoin de toi tout de suite.*

27

00 h 00
le long minuit

DANS LA DÉCHIRURE

Le silence...

Minuit survint, coupant le bruit de fond mental de Jenks, et tout devint bleu, calme et... rouge.

Ici, en pleine déchirure, tout prenait des nuances violettes – le rouge et le bleu mêlés, le temps arrêté, et pourtant... non. La pluie continua quelques secondes, puis cessa ; la déchirure ne montait pas jusqu'aux nuages. Mélissa se demanda si elle finirait par les atteindre, et si la pluie reprendrait alors.

De la pluie dans le temps bleu. Juste au moment où je croyais avoir tout vu.

— Où est-elle ? demanda Jessica.

Mélissa ferma les yeux, tâchant d'ignorer la panique au goût de cuivre du porte-flambeau. Elle se projeta mentalement à travers la déchirure en train de s'élargir, de s'étendre dans deux directions opposées : le centre-ville et les montagnes. Le mouvement était encore lent pour l'instant, mais on le sentait déjà s'accélérer.

Néanmoins, pas l'ombre d'une petite sœur à l'horizon.

— Désolée, Jess. Je ne la sens pas.

— Mais comment ça se fait ?

— Ta sœur n'est pas dans la déchirure. Pas encore, en tout cas. Elle est sans doute figée, ce qui m'empêche de percevoir son esprit.

— Mais la maison de Cassie est juste là ! dit Jessica en indiquant la caravane au bord des rails.

La lisière rougeoyante l'avait déjà avalée.

— Je sais. Je sens sa grand-mère, qui dort encore. Mais il n'y a personne d'autre à l'intérieur.

Jessica devint furieuse. Son esprit développa des arômes de piment et de toast brûlé.

— Cette petite peste est sortie en douce ! s'écria-t-elle.

Mélissa se sentit subitement heureuse d'être fille unique. Les manipulations de Madeleine avaient fait en sorte qu'aucun de ses petits midnighters de Bixby n'ait de frère ni de sœur – elle comprenait pourquoi, à présent.

— Calme-toi, Jess, intervint Jonathan. Elle n'a pas pu aller loin. Dès que la déchirure l'atteindra, nous irons la chercher.

Jessica se tourna vers Mélissa.

— Tu es sûre de localiser son esprit ?

— Je connais celui de Cassie. Elles seront ensemble, non ?

— Et si ce n'est pas le cas ?

Mélissa soupira.

— Je saurai reconnaître ta sœur, d'accord ? Je suis déjà venue chez toi à minuit.

Jessica la regarda fixement. Sa colère changea de cible quand elle réalisa ce que Mélissa venait d'admettre.

— Va te faire voir ! dit-elle avant de tourner les talons et de s'éloigner à grands pas.

— Je ne l'ai même pas touchée, sa crevette ! protesta Mélissa auprès de l'homme volant. Seulement ses parents.

Il répondit par un haussement d'épaules, puis alla calmer le porte-flambeau.

Mélissa soupira de plus belle, empêtrée dans sa robe longue trempée de pluie. Rex et elle auraient dû avouer depuis longtemps ce qu'ils avaient fait aux parents de Jessica. Ils savaient bien que ça leur reviendrait en pleine figure, tôt ou tard. Et il fallait que ce soit à un moment pareil, alors que tout le monde avait besoin de conserver son sang-froid !

Ils avaient déjà installé le feu d'artifice, planté les fusées dans la voie ferrée, réparti les feux de Bengale et les cierges étincelants dans des cartons distincts, et recouvert le tout d'une bâche prise dans le coffre de la voiture de Jonathan. Mélissa décida de se rendre utile. Elle secoua la bâche pour faire tomber l'eau de pluie, puis découvrit le feu d'artifice.

Ils avaient rassemblé un arsenal impressionnant : bougies et lampes-tempête pour que Jessica ne soit pas obligée d'allumer elle-même chaque mèche ; chandelles romaines et fusées afin de bombarder la horde des darklings quand elle se présenterait ; et feux à main qui brûleraient pendant des heures, pour que les habitants de Jenks puissent se défendre, une fois que les trois midnighters auraient battu en retraite vers le centre-ville.

Dans combien de temps, désormais ?

Mélissa ferma les yeux et parcourut mentalement la déchirure. Elle y percevait des humains, surpris par la coupure inopinée de leur télé et par cette drôle de lumière.

C'était réellement en train de se produire : le temps bleu engloutissait le monde.

Puis elle perçut quelque chose dans le lointain, un esprit familier qui se détachait parmi le bruit confus des humains ordinaires et le chuintement des grouilleurs qui se réveillaient.

Cow-girl...

Rex l'appelait.

Elle sourit d'abord, mais, en se focalisant sur ses pensées, Mélissa sentit également des émotions sous-jacentes : l'anxiété, l'espoir d'être entendu et le besoin de quelque chose...

— Oh, mince, dit-elle.

— Quoi ? s'écria Jessica. Elle va bien ?

— Toujours pas de Beth dans les parages, répondit Mélissa. C'est Rex. Il a besoin de nous en ville.

Jonathan était soucieux.

— On sait, mais il faut d'abord...

— J'ai l'impression qu'il a besoin de nous tout de suite. Il a dû se passer quelque chose !

— Oublie, siffla Jessica.

— Écoute, ce n'est pas parce que ta petite sœur...

— Laisse tomber, Mélissa, intervint l'homme volant. Pas question de laisser Jenks sans protection uniquement à cause d'une vague impression. Ils sont en plein sur le chemin de l'invasion, ici. On doit allumer tous ces trucs avant de retourner à Bixby.

— D'accord, alors allumons-les. Il a besoin de nous !

— Pas avant d'avoir retrouvé Beth, dit Jessica en empoignant le bras de Jonathan d'une main de fer.

Mélissa réalisa que la discussion ne mènerait à rien. Le porte-flambeau ne changerait pas d'avis.

— Très bien, décida-t-elle. Toi et moi n'avons qu'à rester ici jusqu'à ce que j'aie localisé ta petite sœur. Ensuite, j'irai la chercher pendant que tu allumeras le feu d'artifice.

Jessica croisa les bras.

— Nous irons toutes les deux.

— Si tu veux. Mais toi, l'homme volant, file au centre-ville. Tu en as pour cinq minutes sans nous.

— Mais pourquoi ? demanda Jonathan.

— Parce que Rex a besoin de nous ! s'exclama Mélissa. J'ignore quel est le problème ; il est trop loin pour que je puisse lire clairement dans ses pensées. Va juste voir ce qu'il lui faut.

Jonathan se tourna vers Jessica, et Mélissa sentit une tendresse mielleuse s'échanger entre eux.

— Pas question que je te laisse ici, déclara-t-il.

Jessica prit une expression coupable. Comme d'habitude, leurs plans s'organisaient autour d'elle.

— Mais si Rex…

— On avait dit qu'on resterait ensemble !

Mélissa geignit intérieurement. Combien de temps cette discussion allait-elle durer ?

Jessica prit Jonathan par la main.

— Écoute, Jonathan. Tu m'as promis de faire tout ce que dirait Rex, tu te souviens ?

— Oui, mais pas de...

— Vas-y. Je ne risque rien. Je suis le porte-flambeau.

Pendant un moment, Mélissa sentit Jonathan hésiter. Puis Jessica lui pressa la main, l'air ferme et résolu.

— D'accord, dit-il. Je serai là dans dix minutes.

Quand il l'embrassa, la saveur électrique de leur baiser traversa l'esprit de Mélissa. Enfin, il s'élança d'un bond hors de la déchirure et s'envola au-dessus des arbres, en direction du centre-ville.

Jessica se tourna vers Mélissa et lui demanda froidement :

— Est-ce que tu peux sentir Beth à l'intérieur, maintenant ?

— Écoute, Jess, à propos de tes parents...

— Je m'en fiche. Contente-toi de chercher ma sœur, s'il te plaît.

Mélissa acquiesça. Elle inclina la tête en arrière pour explorer les limites de plus en plus larges de la déchirure. Elle tâcha d'ignorer les frémissements tout au fond du désert, le goût salé de l'anticipation, des faims ancestrales sur le point d'être enfin rassasiées.

Pour l'instant, les plus anciens darklings continuaient à se terrer dans les montagnes. Ils avaient patienté plusieurs milliers d'années ; ils pouvaient bien attendre quelques minutes de plus pour s'assurer que tout était en ordre.

Ensuite seulement, ils fondraient sur Bixby en dévorant les humains sur leur passage.

Mélissa décela une présence familière au bord de la déchirure : Cassie Flinders, calme et sûre d'elle. Elle était surprise de voir à quelle vitesse le monde avait changé, mais elle n'avait pas peur. Elle avait déjà basculé une fois dans la déchirure, après tout.

Un instant plus tard, Mélissa sentit une personne à côté de Cassie : une petite sœur terrorisée, roulée en boule et en train de pleurnicher.

— Je l'ai.

— Où ça ?

Mélissa, le nez en l'air, se tourna dans la direction qu'elle sentait.

— Mais bien sûr ! Dans la grotte où Rex a retrouvé Cassie. Elles sont sorties en douce pour s'y rendre, persuadées qu'il s'agit d'un lieu magique ou je ne sais quoi. Marrant. Je croyais vraiment avoir effacé ça de sa mémoire.

— Elle a dû la dessiner, dit Jessica.

Mélissa acquiesça lentement, en se rappelant les dessins dans la chambre de Cassie. Elle n'avait pas pensé à vérifier ce point.

— La petite futée. Bon, allons-y.

— Non, j'y vais seule. Je retrouverai le chemin.

— Écoute, je sais que tu ne m'aimes pas beaucoup, hasarda Mélissa, mais je pourrais...

— Il ne s'agit pas de ça. (Jessica jeta un coup d'œil à la

rangée d'habitations, le long de la voie ferrée ; la déchirure en avait encore avalé de nouvelles.) On a besoin de toi, ici.

— Que veux-tu que je fasse sans toi ?

— Allumer le feu d'artifice à l'arrivée des darklings. Il y a d'autres gens à Jenks qui ont besoin d'être protégés. Écoute, Mélissa, je me rends bien compte que j'agis comme une égoïste. Je ne devrais pas penser uniquement à ma sœur. Alors, tu restes ici.

— Mais je ne peux même pas... Oh, c'est vrai.

Jessica avait sorti un briquet et allumé l'une des lampes-tempête. Elle régla la hauteur de la flamme, puis tendit un cierge étincelant à Mélissa.

— Vérifions quand même que ça marche, dit Jessica.

Mélissa approcha le cierge de la flamme. Des étincelles jaillirent aussitôt.

— Aïe, ça fait mal aux yeux ! dit Mélissa.

Elle lâcha le cierge sur la voie ferrée et le piétina pour l'éteindre. Malgré les taches lumineuses qui restaient imprimées sur sa rétine, elle ne put s'empêcher de sourire.

Samhain allait peut-être tourner à la fête, en fin de compte, si elle pouvait s'adonner elle aussi aux joies du lance-flammes.

— D'accord, vas-y ! Je vais me débrouiller.

Jessica bourra de feux à main les poches de son blouson. Elle se laissa glisser au bas du talus avant de s'enfoncer dans les buissons. Mélissa, les yeux clos, la suivit en esprit sur le chemin emprunté par Cassie puis par Rex, trois semaines auparavant.

Elle se laissa flotter jusqu'à la grotte. Cassie était tendue à présent, et Beth n'était qu'une boule de nerfs. Leurs lampes torches s'étaient éteintes à l'arrivée du temps bleu, et, bien que la plupart des grouilleurs aient quitté les lieux après la dernière visite du porte-flambeau, Cassie avait l'impression d'entendre des serpents dans l'obscurité. Elles étaient en train de regagner l'entrée de la grotte.

Ce qui était une très mauvaise idée. De jeunes darklings rôdaient non loin, au bord de la déchirure, à la recherche d'une ou deux proies faciles avant que leurs aînés débarquent en force. Mélissa espérait simplement que l'odeur du porte-flambeau les tiendrait éloignés de Cassie et de Beth.

Elle reporta son attention vers le centre-ville, où l'esprit de Rex continuait de l'appeler. Il devenait de plus en plus anxieux, à mesure que la déchirure s'étendait le long de la voie ferrée. Elle se rapprochait de plus en plus vite de Bixby.

Puis le tableau devint un peu plus clair : il avait besoin d'aide avant l'arrivée de la déchirure.

Ne t'en fais pas, beau gosse, lui lança-t-elle. *Jonathan est en chemin.*

Mélissa rouvrit les yeux. Quelqu'un était sorti de la caravane voisine de celle de Cassie, un vieil homme en tee-shirt et caleçon. Il contemplait le monde bleu et rouge, les yeux écarquillés, emplis de peur et d'émerveillement.

— Tu n'as encore rien vu, murmura-t-elle.

Puis elle tressaillit, alertée par une sensation venant du fin fond du désert.

Ils arrivaient, descendaient finalement de leurs montagnes. Ils volaient moins vite que leur progéniture. Leurs articulations craquaient, rouillées par l'âge. Mais leur faim millénaire les poussait vers Bixby, vers ses flèches honnies de métal et de verre.

Enfin nous chassons de nouveau.

Mélissa frissonna, puis détecta quelque chose à mi-distance : un esprit humain en train de se réveiller à la pointe de la déchirure, du côté le plus éloigné de Bixby. Quelqu'un campait là-bas, réalisa-t-elle avec horreur, au milieu des araignées venimeuses et des serpents à sonnette. Et d'autres créatures bien plus monstrueuses, cette nuit-là…

Ils l'attendaient déjà – un trio de jeunes darklings.

Mélissa sentit tout. Les saveurs lui explosèrent dans la bouche comme une remontée acide. Ils éventrèrent sa tente à l'instant où la déchirure l'atteignit, quelques secondes seulement après que le frémissement du sol l'eut arraché au sommeil. Il tenta de se débattre, agitant une lampe torche dont l'acier inoxydable arracha un hurlement de souffrance au plus jeune des darklings. Mais sa torche refusait de s'allumer et n'avait pas de nom de treize lettres. Bientôt leurs griffes lui lacérèrent le visage, le torse et enfin la gorge.

Puis les darklings *festoyèrent*, se délectèrent des sucs encore chauds de leur victime, savourèrent ses derniers soupirs, se disputèrent ses restes…

Mélissa sentit un flot de bile lui brûler le gosier. La frénésie meurtrière des darklings lui donnait le tournis. Elle se frappa la tête à deux mains pour chasser ces images, tituba à travers les rails sans regarder où elle allait, prise de vertige et de nausée, emportée dans un tourbillon de faim et de mort.

Puis une vive douleur lui remonta dans la main, avec une sensation de brûlure et un bruit de verre cassé.

Elle ouvrit les yeux, s'efforça de ramener son esprit dans son corps.

Il y avait du feu partout, des flammes blanches aveuglantes dans l'heure secrète. Elle avait renversé la lampe-tempête, qui s'était brisée en répandant son huile sur le feu d'artifice. De nombreuses pièces se mirent à crépiter.

C'était trop tôt ; les darklings n'étaient pas encore là. Elle devait éteindre le feu avant que les fusées, les feux et les cierges étincelants explosent les uns après les autres et que leur arsenal soit gaspillé.

Mélissa se jeta sur la voie ferrée et roula sur l'huile enflammée pour tenter de l'éteindre. Sa longue robe noire était encore suffisamment trempée pour protéger son corps. Elle se brûla les mains, en revanche, et sentit une odeur âcre de cheveux brûlés, tandis que plusieurs mèches mouillées grésillaient à la limite de son champ de vision. Une fusée jaillit dans les airs, jusqu'à ce que le bord supérieur de la déchirure la réduise au silence.

Mélissa se tortillait d'avant en arrière, en étalant sa robe le plus largement possible. Soudain, une odeur de coton brûlé lui parvint. Elle roula sur une fusée allumée, qui explosa sous elle. Elle eut l'impression de recevoir un grand coup dans les côtes.

Quand elle ouvrit les yeux un instant plus tard, la fumée

la fit pleurer, mais elle constata que le gros de l'incendie était maîtrisé. Les dernières traînées d'huile enflammée ne tardèrent pas à s'éteindre sur le gravier humide.

Mélissa poussa un soupir de soulagement. Elle avait les mains et le visage couverts de cloques, ses cheveux devaient être dans un triste état, et elle dégageait une odeur épouvantable. Mais elle avait sauvé leur feu d'artifice. Jenks ne périrait pas par sa faute.

Une seconde après, pourtant, elle réalisa qu'elle avait un nouveau problème.

La lampe-tempête était détruite, sa flamme éteinte, et Jessica se trouvait quelque part dans les broussailles, à la recherche de sa petite sœur. Jusqu'au retour du porte-flambeau, Mélissa était donc sans défense.

Elle se projeta aux alentours et perçut bientôt un goût cuivré dans le paysage de minuit – la saveur métallique familière du porte-flambeau. Jessica continuait à progresser vers la grotte, au milieu des fourrés mouillés. Elle n'avait pas encore rejoint sa sœur.

Loin à l'est, Jonathan volait vers Rex et l'immeuble où ils avaient prévu de se retrancher.

Et du fond du désert arrivaient les darklings. De très anciens darklings.

En masse.

— Allez, Jessica et Jonathan, implora Mélissa en se relevant. Grouillez-vous un peu !

28

00 h 00
le long minuit

VOLE, L'HOMME VOLANT

— Où sont-elles ? cria Rex.

— Qui ça ?

— Jessica ! Mélissa !

Jonathan écarta les mains.

— Elles sont restées à Jenks.

Rex lâcha un grognement animal, les doigts recourbés en griffes. Agenouillée au milieu de ses pièces d'artifice disposées en étoile à treize branches, Dess leva la tête et haussa les épaules.

— Il aurait voulu que tu ramènes Jessica, expliqua-t-elle.

— Oui, je vois ça.

Jonathan était trempé. Foncer à cent à l'heure dans la pluie suspendue revenait à nager tout habillé. S'il ne faisait pas si doux dans l'heure secrète, il aurait sans doute déjà attrapé une pneumonie.

Et il faut voir comme on me remercie.

— Pourquoi les as-tu laissées là-bas ? hurla Rex.

— Mélissa ne savait pas exactement ce que tu voulais, alors elle m'a envoyé en éclaireur. (Il toussa dans son poing ; il avait avalé beaucoup d'eau en volant.) Et puis, Jessica devait rester pour chercher sa, euh... petite sœur.

— Sa *quoi* ? dit Dess.

— On a besoin d'elle, ici ! siffla Rex.

— D'accord. Tu veux que je retourne la chercher ?

— Oui ! Mais je viens avec toi.

Rex s'approcha de Jonathan en boitillant, les dents serrées.

— Ça va aller ? (Rex ne répondit pas, et Jonathan lui tendit la main.) Tu es sûr de pouvoir voler ?

Rex lui jeta un regard noir et, l'espace d'un instant, Jonathan crut qu'il allait afficher son visage monstrueux.

— Ne t'inquiète pas pour moi.

— Hé, Rex ! leur lança Dess. Désolée de t'embêter avec mes calculs, mais, si vous êtes quatre là-bas, comment allez-vous faire pour revenir ?

Jonathan hocha la tête. Il ne pouvait en effet emporter que deux midnighters à la fois – un au bout de chaque main. À quatre, l'un des trois autres devrait rester à Jenks.

— Si on peut ramener Jessica ici à temps, ça n'aura pas d'importance, répondit Rex.

— Qu'est-ce qui n'aura pas d'importance ? voulut savoir Jonathan.

Rex lui serra la main à la broyer.

— Je t'expliquerai en chemin.

Jonathan le regarda dans les yeux. Sa fatigue et sa folie n'avaient fait qu'empirer depuis une semaine. Et s'il avait fini par perdre la boule, s'il s'excitait sans raison ? S'il se prenait soudain pour un darkling ailé et lui lâchait la main ?

Et s'il était devenu un darkling pour de bon ?

Jonathan hésita, puis se souvint de la promesse qu'il avait faite à Jessica. Il résolut d'obéir au voyant, aussi délirant que cela puisse lui paraître.

— Vole, lui dit Rex d'un ton froid.

— D'accord. Mais j'aime autant te prévenir que tu vas te faire saucer.

Ils bondirent du haut de l'immeuble, creusant deux galeries dans la pluie suspendue. Ils prirent de la vitesse en tombant. L'eau s'écrasait contre la figure de Jonathan, dont les yeux se réduisaient à deux fentes. Voler à travers les gouttes revenait à se tenir sous la douche en ouvrant les yeux face au jet.

Avant que les autres bâtiments s'élèvent autour d'eux, Jonathan aperçut un rougeoiement lointain. La déchirure se rapprochait plus vite à présent.

— On va réussir à aller jusqu'à Jenks et à revenir avant la déchirure ? cria Rex en se couvrant la bouche avec sa main libre pour ne pas boire la tasse.

— Je n'en sais rien. En temps normal, ça nous prendrait dix minutes. Mais avec cette foutue pluie…

Rex grogna en se recevant sur le toit suivant, et, quand

ils rebondirent, il enfonça ses ongles dans la main de Jonathan. Son visage se tordait de douleur.

— Aïe, Rex ! (La pression se relâcha.) Pourquoi as-tu besoin d'elle là-bas, de toute manière ?

— C'est compliqué.

Jonathan lui lança un regard en coin. Il aurait dû se douter que les explications promises se feraient attendre.

Il soupira. À quoi bon discuter maintenant ? *Le voyant a toujours raison*, lui aurait dit Dess.

— Dix minutes ? Ça va être juste. (Rex fit la grimace quand ils touchèrent le toit suivant, franchirent en deux foulées sa surface glissante, puis bondirent de nouveau dans les airs.) Dess a dit que la déchirure atteindrait le centre-ville dans moins de vingt minutes.

— Et encore, à condition qu'on trouve Jessica tout de suite, dit Jonathan. Elle sera peut-être encore en train de chercher sa sœur.

— Ne t'en fais pas, je la trouverai.

— Ah bon ?

Le voyant se tut tandis qu'ils descendaient entre les bâtiments. Enfin parvenus au niveau de la rue, ils s'engagèrent au-dessus de l'autoroute. Jonathan imagina toutes les voitures qui s'animeraient d'ici vingt minutes, le moteur coupé, et leurs conducteurs qui tenteraient désespérément de les contrôler, malgré l'inertie de la direction assistée et des freins.

Rex lâchait un petit cri étranglé à chaque rebond.

Quand ils arrivèrent à un endroit où la pluie était un peu moins dense, Jonathan reprit la parole :

— Écoute, Rex. Pourquoi ne pas me laisser y aller tout seul ? Tu aurais encore le temps de rentrer par tes propres moyens. Tu vas te tuer, avec cette cheville foulée.

— Pas foulée. Cassée.

— Hein ?

Jonathan baissa les yeux sur la botte droite de Rex. Elle formait un angle bizarre. À leur atterrissage suivant, il s'aperçut que Rex évitait carrément de la poser et reportait tout son poids sur l'autre pied.

— Tu ne peux pas continuer comme ça, Rex. Je vais d'abord te ramener auprès de Dess. Tu vas t'arracher le pied !

— Non. Tu auras besoin de moi pour flairer Jessica.

— La *flairer* ?

— Pour moi, elle a l'odeur du gibier, désormais. Vous avez tous cette odeur.

Leur bond suivant les entraîna au-dessus d'un pick-up gelé chargé de bouts de ferraille, ce qui donna à Jonathan un petit moment pour réfléchir.

Rex avait perdu la tête ; il en était sûr, à présent. Pour une fois que son plan paraissait raisonnable, le voyant semblait résolu à le faire capoter.

Sans parler des étapes que Beth s'est déjà chargée de torpiller.

Il soupira, regrettant la promesse qu'il avait faite à

Jessica. Bien sûr, se plier aux instructions ne lui interdisait pas d'essayer de les comprendre.

— Attends un peu. Pourquoi as-tu tellement besoin de Jess dans le centre-ville ?

— Pour l'éclair, répondit Rex d'une voix étranglée, avant de laisser échapper un cri lorsqu'ils touchèrent de nouveau le sol.

Il n'ajouta plus un mot de tout le trajet.

29

00 h 00
le long minuit

BETH

— Beth ! appela Jessica pour la centième fois. Où êtes-vous ?

La grotte ne pouvait plus se trouver très loin. Mais, trois semaines plus tôt, Jessica et Jonathan s'y étaient rendus en volant, et non à pied. Le chemin qu'elle pensait connaître avait disparu, remplacé par des buissons et des épineux. Tout prenait un aspect bizarre à l'intérieur de la déchirure, où les feuilles se coloraient de reflets mauves ou cramoisis.

Elle consulta sa montre. Elle avait quitté Mélissa depuis près de dix minutes. Les plus jeunes darklings ne tarderaient plus à se montrer.

Elle alluma sa lampe torche et chuchota son nouveau nom : *Détermination.*

Le rayon balaya les broussailles en repoussant le scintillement violet de la déchirure. Jessica perçut un mouvement devant elle, un grouilleur – ou quelque chose de plus gros – qui s'enfuyait devant la lumière blanche.

— Beth, Cassie ! cria-t-elle. Où êtes-vous ?

Une voix lui répondit enfin. Elle ne venait pas de l'extérieur, mais résonnait sous son crâne.

À ta droite, vite. Elles ont besoin de toi.

Mélissa. Le goût de la télépathe lui explosa sur la langue – sensation étrange, car elle n'avait jamais imaginé que Mélissa puisse avoir un goût particulier. Elle le sentait pourtant, comme un comprimé amer qu'elle devrait avaler.

Jessica prit à droite et piqua un sprint, jusqu'à ce qu'un cri aigu lui parvienne. Elle fonça dans sa direction, indifférente aux branches qui lui griffaient le visage et s'accrochaient à ses vêtements. La déchirure avait fait tomber les gouttes en suspension, mais les buissons restaient chargés de pluie, et elle fut bientôt trempée de la tête aux pieds.

Elle entendit un autre hurlement. Tout près.

Elle déboucha dans la clairière, vit le grand rocher dressé vers le ciel, puis s'immobilisa en trébuchant, les yeux écarquillés. Une chose était enveloppée autour de l'entrée de la grotte, telle une grosse pieuvre emprisonnant sa proie. Ses tentacules semblaient collés à la pierre. Elle n'avait pas de tête à proprement parler. C'était une masse visqueuse et filandreuse, pareille à des cheveux au fond d'une baignoire.

Une silhouette de petite taille se tenait juste à l'intérieur de la grotte, pâle et tremblante, les bras et les jambes emprisonnés dans les tentacules.

Jessica courut vers elle, projetant la lumière de Détermination sur la créature.

Mais, loin de s'embraser, les tentacules grésillèrent avec rage et se resserrèrent.

Rex les avait prévenus qu'ils risquaient de rencontrer des choses nouvelles, cette nuit-là, des choses nées bien avant la création de minuit, si anciennes qu'une simple lumière blanche ne suffirait peut-être pas à les tuer.

Auquel cas, avait-il conclu, il resterait toujours le feu.

Jessica sortit un feu à main de sa poche et, d'un geste qu'elle pratiquait depuis une semaine, arracha le capuchon avant de cogner les deux éléments l'un contre l'autre.

— Ventriculaire, dit-elle.

Et une flamme blanche aveuglante jaillit aussitôt.

Elle aperçut alors l'un des tentacules de la créature qui s'étirait vers elle au ras du sol. Jessica s'agenouilla, braqua le feu. Le tentacule grésilla et prit feu avec une puanteur épouvantable de poussière et de poils brûlés.

Il battit en retraite en ondulant, mais un autre s'approchait déjà en l'air.

— Ça ne t'a pas suffi ? gronda Jessica en faisant des moulinets avec son feu.

Le tentacule la frôla à plusieurs reprises, en prenant soin de rester hors de portée de la flamme crachotante. Du coin de l'œil, elle vit la créature en allonger un autre.

Elle avala sa salive. Depuis qu'elle avait découvert son pouvoir de porte-flambeau, les darklings avaient toujours eu peur d'elle. Pas les anciens, visiblement.

C'était leur nuit, après tout.

Jessica abattit le feu sur le tentacule le plus proche. Une giclée de flammes explosa, arrachant à la créature un autre hurlement sourd et une nouvelle bouffée de puanteur.

Elle chercha du regard les autres tentacules...

Au même instant, quelque chose s'enroula autour de sa cheville, léger, velouté, mais d'un froid mordant. La sensation se répandit en elle, faisant remonter à la surface de sa conscience des peurs anciennes, des cauchemars et des terreurs oubliées.

Jessica se sentit soudain perdue, comme lorsqu'elle était arrivée au lycée de Bixby, après avoir abandonné ses amis à jamais. La panique à l'idée de ne pas réussir à trouver sa classe lorsque la cloche avait sonné, l'avait pétrifiée, comme si mille inconnus hostiles la dévisageaient.

Elle comprit que tout Bixby la haïssait.

Ouvre la main, Jess, l'implora une voix lointaine.

Elle obéit sans réfléchir. Ses doigts s'écartèrent et le feu à main, la seule arme qu'elle possédait, tomba par terre.

Puis, comme une communication téléphonique coupée net, le froid disparut, emportant toutes ses terreurs en l'espace d'un battement de cœur. Un autre hurlement d'épouvante emplit l'air, perçant et lancinant, comme la sirène de la caserne des pompiers de Bixby.

Jessica baissa les yeux : l'extrémité incandescente du feu avait tranché le tentacule en tombant et brisé ainsi le charme qui émanait de la créature.

— Merci, Mélissa, chuchota-t-elle en se baissant pour ramasser le feu.

Elle l'agita devant elle et s'élança sur la chose collée à l'ouverture de la grotte.

Les tentacules se rétractèrent à son approche, se détachèrent des bras et des jambes de leur petite prisonnière, relâchèrent leur étreinte sur le rocher. D'autres, plus petits, se mirent à tournoyer autour de la masse centrale à la manière de pales d'hélicoptère, en sifflant comme un jet de vapeur. La chose s'éleva lentement dans les airs.

Jessica lança le feu qui atteignit la chose en plein milieu et en sortit aussitôt une deuxième de sa poche. Pendant qu'elle l'allumait, le darkling s'embrasa au-dessus d'elle, répandant une odeur de rat crevé et d'œuf pourri. Il poussa un dernier hurlement d'agonie, puis s'éloigna dans le ciel. Les flammes semblaient s'accrocher à lui sans parvenir à le consumer. Puis la masse enflammée disparut derrière les arbustes.

Jessica tendit son deuxième feu devant elle pour éclairer l'entrée de la grotte. La petite silhouette s'était pelotonnée par terre et sanglotait. Un autre visage tout aussi pâle émergea de l'ombre.

— Beth ? fit Jessica en plissant les yeux à cause de la fumée du feu.

— Non, c'est Cassie.

La fillette sortit dans la lumière, tandis que la première silhouette relevait la tête.

C'était Beth, si pâle qu'elle en était méconnaissable.

Jessica lâcha son feu et s'agenouilla près d'elle.

— Beth !

Pendant un moment, sa seule réponse fut un battement de paupières. Puis Beth réussit à ouvrir ses yeux.

— Jess ?

— Je suis là. Tu n'as rien ?

— Non, ça va. Quel cauchemar ! C'est moi qui ai hurlé, ou bien… (Elle écarquilla les yeux en découvrant Cassie, le feu à main et le temps bleu teinté de rouge qui les entourait.) Que s'est-il passé ?

— Mais qu'est-ce que vous fichez dehors à cette heure-là ? s'emporta Jessica.

Malgré son expression confuse, Cassie répondit calmement :

— On s'est sauvées de la maison. On avait cru comprendre qu'il se passerait un truc par ici, à minuit.

— Pour ça, vous aviez bien compris.

— Qu'est-ce que c'était que cette chose ? voulut savoir Cassie.

— Quelle chose ? s'enquit Beth d'une voix faible.

— Aucune idée. Enfin, c'était un darkling, mais différent des autres.

— Un darkling ?

— Je vous expliquerai plus tard, répondit Jessica. Tu peux te lever, Beth ?

Beth se mit debout tant bien que mal. Le feu à main jetait des ombres vacillantes à l'intérieur de la grotte, donnant aux deux fillettes une mine blafarde.

— Je me souviens que la torche s'est éteinte, dit Beth avant de se tourner vers sa grande sœur. Pourquoi es-tu là ? Que se passe-t-il ?

Sa voix avait retrouvé un peu de vigueur.

— Plus tard, Beth. Il faut filer d'ici.

— Pour aller où ? Je veux dire, qu'est-ce qui se passe, ici ? C'est pour ça que tu te sauves de la maison toutes les nuits ?

— Beth ! (Jessica se pencha et empoigna sa petite sœur par la main.) Je te raconterai plus tard. Viens !

— Tu parles ! (Beth résista et refusa de bouger.) Tu ne me dis jamais rien !

Jessica gémit. Apparemment, sa petite sœur n'avait aucun souvenir de la créature qui s'était emparée d'elle ; elle ne réalisait pas qu'elle avait failli se faire dévorer. Même Cassie croisait les bras d'un air buté.

Une part d'elle-même aurait voulu hurler, mais une autre brûlait de tout expliquer à Beth. Pour qu'enfin il n'y ait plus de secret entre elles.

Jessica posa les mains sur les épaules de sa sœur.

— D'accord. *Ça*, comme tu dis, c'est une chose dont je n'avais pas le droit de te parler. C'est la bizarrerie de Bixby. À minuit, la ville et les environs se transforment en quelque chose de… terrible. Et mes amis et moi sommes embarqués dedans.

Beth avait encore le regard vitreux.

— On dirait un cauchemar…

— Oui, sauf que c'est bien réel. Surtout maintenant. Tu as mal choisi la nuit pour m'espionner.

— T'espionner ? Je m'inquiétais pour toi, Jess. Tu faisais des cachotteries, tu mentais sans arrêt…

— Je suis désolée ! s'écria Jessica. Sincèrement. Mais regarde un peu autour de toi. Tu penses que tu m'aurais crue ?

Beth jeta un regard circulaire sur le désert baigné d'une

lueur violette, sans vent et sans la moindre goutte de pluie, et fit la grimace.

— Non, sans doute pas.

— Je n'ai jamais eu l'intention de te mentir, Beth. Mais je ne pouvais rien t'expliquer. Il faut vraiment qu'on file, maintenant. Viens avec moi, et je te raconterai tout plus tard, promis. Je ne te mentirai plus jamais. Fais-moi confiance, tu veux ?

Beth la dévisagea, et Jessica se demanda si elle l'écoutait vraiment ou si sa méfiance fonctionnait encore à plein régime, à la recherche d'un détail à mettre en doute ou à tourner en dérision. Peut-être était-il trop tard pour réparer les choses entre elles.

Et puis, lentement, Beth fit oui de la tête.

— D'accord. Je te fais confiance.

Jessica sourit, tout à coup soulagée.

— La vérité plus tard ? Et, en attendant, on fait ce que je dis ? Même si ça paraît trop bizarre ?

— O.K., la vérité plus tard. Mais peut-on sortir d'ici ? Je sens une drôle d'odeur.

— Pas de problème.

Jessica les conduisit hors de la grotte, Détermination dans une main, la torche dans l'autre. En traversant la clairière, elle chercha des yeux le chemin qui les ramènerait à la voie ferrée.

— Euh, je peux poser une question ? demanda Cassie.

Jessica se tourna vers elle.

— C'est vraiment indispensable ?

— Ben oui. (Cassie pointa le doigt en l'air.) C'est quoi, ça ?

Jessica fit volte-face et balaya le ciel avec Détermination. Le faisceau lumineux éclaira Jonathan et Rex, qui fondaient sur elles en se couvrant les yeux. Elle éteignit sa torche.

Rex atterrit lourdement, glissa au sol, mais Jonathan rebondit au bord de la clairière pour rejoindre les filles. Il s'arrêta en tournoyant sur lui-même avant de prendre Jessica dans ses bras. Soudain légère comme une plume, elle faillit pleurer de soulagement.

Il s'écarta pour mieux l'examiner.

— Ça va ?

— Mais oui.

Il se tourna.

— Salut, Beth. Ça boume ?

— Euh, salut, Jonathan, dit Beth, qui avait repris sa petite voix.

Jessica saisit les deux mains de Jonathan.

— Je crois qu'elles n'ont rien, mais on a croisé de drôles de darklings...

— Sans blague ? Écoute, Jess, toi et moi allons filer tout de suite. On doit retourner en ville.

— Pourquoi ? Mélissa n'a même pas encore allumé la première salve.

Rex boitilla jusqu'à eux, en grimaçant à chaque pas.

— On peut tout arrêter, Jessica, haleta-t-il. On peut encore sauver tout le monde.

— Quoi ? Comment ?

— Grâce à un éclair figé par minuit. Il est tombé sur l'enseigne de Pégase, au-dessus du vieux Mobil Building. Il faut que tu sois là-bas avant la déchirure.

— Et ensuite, je fais quoi ?

— Tu enfonces ta main dans l'éclair.

— *Hein ?*

— Je ne peux pas t'expliquer comment je le sais, répondit Rex. C'est une chose que je tiens des darklings, ajoutée à un fragment d'ancien savoir. Mais tu as le pouvoir de refermer la déchirure, j'en suis convaincu. Voilà pourquoi les darklings ont toujours eu si peur de toi. Depuis le début, ils redoutaient cette nuit.

Jessica battit des paupières.

— Et ma sœur ? Et Cassie ?

— Je m'en occupe. Passe-moi ce truc-là. (Il lui prit le feu à main.) Mélissa en a besoin. Le feu que tu lui avais laissé s'est éteint.

— Quoi ? Mais il y a des darklings dans tous les coins !

— Je sais. (Sa voix se brisa.) Ils sont en train de l'encercler, en ce moment même.

Jessica attrapa la main de Jonathan.

— On peut y aller en volant…

Rex l'interrompit d'un geste.

— Tu dois rentrer en ville tout de suite. Il n'y a pas une seconde à perdre.

Elle le regarda fixement. Il ne semblait pas en état de faire un pas de plus, encore moins de repousser le moindre darkling. Mais son expression implorante coupait court à ses protestations.

— Tout de suite, Jess !

Pendant la fraction de seconde suivante, Jessica comprit qu'une fois de plus elle ne savait pas quoi faire et devait s'en remettre à l'opinion des autres. Depuis qu'elle avait mis les pieds à Bixby, les règles de la réalité avaient paru changer chaque semaine. Comme d'habitude, le temps manquait pour une explication complète, pour saisir les tenants et les aboutissants.

Elle n'avait pas ce choix. Elle devait croire que Rex, quoi que les darklings aient fait de lui, restait suffisamment humain pour prendre la bonne décision. Elle devait se convaincre que, malgré les mensonges et les manipulations que connaissait Bixby depuis des millénaires, cette génération orpheline de midnighters était différente des autres. Surtout, elle devait croire que Rex Greene ne laisserait jamais Mélissa en danger si des milliers de vies n'étaient pas en jeu.

— Très bien. (Elle se tourna vers Beth.) Va avec Rex, d'accord ? Fais tout ce qu'il te dira. Tu ne risques rien avec lui. Fais-moi confiance.

Beth hésita un moment, puis finit par bredouiller :

— Ton petit ami peut *voler* ?

Jessica sourit.

— En fait, oui.

Elle se retourna vers Jonathan et lui tendit la main.

— O.K., allons-y.

30

00 h 00

le long minuit

LE FEU DE JOIE

— Dépêchez-vous ! cria Rex.

Il fit un autre pas douloureux, prenant appui sur une branche basse pour soulager sa cheville. Même ainsi, il ne put retenir un cri étranglé – c'était bien pire que de voler avec Jonathan. Livré à lui-même, Rex ressentait à présent le poids de sa grande carcasse. Le feu qui crachotait dans sa main frôla une branche humide, semant une traîne d'étincelles.

— Toi, tu es Rex, hein ? fit Cassie dans son dos. Je commence à me rappeler, maintenant.

— Il est exactement comme tu l'avais dessiné, murmura Beth.

— C'est toi qui m'as sauvée, c'est ça ? insista Cassie. Il y a quelques semaines ?

— C'est moi qui vous sauve *en ce moment* ! Si on se focalisait plutôt là-dessus ?

Son sifflement sinistre la fit taire, et Beth eut une bouffée d'inquiétude. Il tâcha de se concentrer sur sa progression et non sur la vulnérabilité qui émanait des deux jeunes filles.

Mélissa... appela-t-il.

Encore une fois il n'obtint que le silence. Rex refoula son angoisse, en espérant qu'elle était simplement trop occupée à se battre pour lui répondre. La dernière image qu'il avait reçue d'elle la montrait au-dessus des débris de sa lampe-tempête, flamme éteinte, avec dans la bouche le goût acide des darklings qui approchaient.

Il fonça à travers les buissons, ignorant la douleur. Le sentier dansait devant eux dans la lumière blanche. Il reconnut un petit arbre rabougri ; encore cent mètres et ils atteindraient la voie ferrée, à quelques minutes de Mélissa et des pièces d'artifice.

Soudain, un cri de chasse retentit à travers les arbustes. Des claquements d'ailes leur parvenaient de toutes les directions. Rex s'arrêta, se protégea les yeux et leva son feu, faisant fuir des grouilleurs, tandis que des formes plus imposantes s'agitaient entre les branches tordues pour échapper à la lumière blanche.

Rex pouvait sentir leur faim, enfin libérée après des millénaires. Cette nuit, les prédateurs seraient impitoyables, et lui-même ne serait pas en sécurité. C'était enfin leur nuit : Samhain.

— Qu'est-ce que c'était ? s'écria Cassie.

— Des monstres.

Rex tira Animalisation de sa ceinture et lui fourra le manche dans la main. De tout le métal soigneusement préparé par Dess, c'était la seule arme qu'il avait emportée lors de son vol précipité avec Jonathan. Bien sûr, il en trouverait d'autres en abondance près de la voie ferrée, si seulement ils réussissaient à l'atteindre.

— Tu te souviens de ça ?

Elle fixa le couteau avec de grands yeux, puis acquiesça lentement.

— Il s'appelle Animalisation. (Le décatrigramme lui arracha une grimace.) Dis-le.

Alors que Cassie répétait les syllabes, Rex entendit un bruissement dans les arbustes. Trop important pour être celui d'un grouilleur.

— Baissez-vous ! cria-t-il en s'accroupissant lui-même, le feu brandi bien haut.

Tel un coup de tonnerre, un rugissement retentit à travers les broussailles apportant avec lui la puanteur suffocante d'un prédateur. Une gigantesque et horrible créature surgit des arbres en traînant quatre membres effilés derrière elle. La blancheur aveuglante du feu lui arracha un cri, puis le prédateur les survola dans un fracas de branches brisées.

Une grêle de gouttelettes tombant des arbres gorgés de pluie s'abattit dans son sillage. Un tourbillon de feuilles mortes et de brindilles s'éleva autour d'eux, tandis que le feu, sous l'averse, se mettait à crachoter. Rex se laissa tomber à genoux, juste à temps pour le glisser sous lui et le protéger de l'eau.

Au même instant, l'air s'emplit de grouilleurs. L'un d'eux frappa Rex dans le dos, et il sentit un frisson glacé lui remonter dans l'échine. Un bouquet d'étincelles bleutées jaillit d'Animalisation, que Cassie brandissait à deux mains, et il entendit Beth pousser un cri.

Rex ressortit son feu à main et l'agita en tous sens. Un grouilleur, atteint par la flamme blanche, se désintégra avant de se répandre par terre comme une pelletée d'escarbilles. Les autres, pris de panique, s'enfuirent entre les branches dans un concert de piaillements.

Mais, à la fin de l'averse, le feu ne brûlait plus qu'en crépitant, à moitié éteint par les feuilles humides qui s'étaient collées dessus.

Rex entendit le darkling aux nombreux bras décrire un cercle dans le noir, pour se préparer à fondre sur eux une nouvelle fois. Il vit Beth examiner une marque violacée sur sa main.

— Ça va, vous deux ?

— Je me suis fait mordre ! cria Beth d'un ton furieux.

— Ils ont peur du feu ? demanda Cassie.

Il acquiesça, en montrant celui qu'il tenait.

— C'est pour ça qu'ils essaient de l'éteindre.

— Il fallait le dire tout de suite ! (Elle se mit à fouiller dans les feuilles mortes.) On n'a qu'à en allumer un !

— Les feuilles sont trop humides !

— Pas en dessous. (Elle écarta une brassée de feuilles luisantes de pluie.) Ma grand-mère dit qu'on en trouve toujours des sèches, tout au fond. Et elles brûlent encore mieux, vu qu'elles sont complètement pourries.

Rex haussa les sourcils. Sous l'éclairage blafard, les feuilles qu'elle avait découvertes semblaient bel et bien sèches. Le feu grésillait péniblement dans son poing, et ne résisterait peut-être pas à un nouveau passage de la créature. Il abaissa sa torche incandescente vers le tas. Les feuilles se recroquevillèrent sous la flamme, tandis qu'une forte odeur de brûlé montait à ses narines.

— Un feu de joie, murmura-t-il en se rappelant ses vieilles images de Samhain.

— Pas encore, corrigea Cassie en dégageant d'autres feuilles sèches, qu'elle ajouta à la pile fumante.

— Il revient ! s'écria Beth.

Le darkling amorçait un deuxième passage. Le bruit de branches brisées se rapprochait.

Cette fois-ci, réalisa Rex, l'attaque serait moins efficace. Les feuilles avaient déjà dégorgé l'essentiel de leur eau. Ils pouvaient tenir un bon moment, tant qu'ils seraient en mesure d'alimenter leur petit feu. Mais, dès qu'ils s'en écarteraient, la créature recommencerait à les arroser.

Or, ils devaient rejoindre Mélissa et le feu d'artifice, et non pas rester là, dans cet îlot de sécurité.

Rex retroussa les lèvres. Le jeune darkling suintait l'arrogance ; il se croyait malin, pensant l'avoir pétrifié de terreur, comme une proie acculée.

Il se trompait.

— Prends ça ! cria-t-il en tendant le feu à Beth. Garde-le bien au sec !

Il arracha le couteau des mains de Cassie et banda ses muscles, gagné par la frénésie de la chasse. Quand le darkling revint encore une fois, faisant tomber une cascade de brindilles et de gouttes de pluie, Rex bondit à sa rencontre avec un hurlement guttural, indifférent à sa cheville blessée. Il tendit le couteau devant lui et sentit la lame en acier s'enfoncer dans les chairs de la créature.

Des étincelles bleues jaillirent de la blessure et lui cinglèrent le visage, tandis que les membres du darkling s'enroulaient autour de lui pour lui griffer le dos et les jambes. Rex se sentit soulevé en quelques battements d'ailes puissants – loin des deux filles. Il hurla, tourna le couteau dans la plaie. La bête lâcha un cri et desserra sa prise. Rex lui assena un coup avec son pied valide...

Puis il tomba à travers les branches, frappant à l'aveuglette les grouilleurs qui le frôlaient. Il atterrit lourdement, le souffle coupé, comme si le sol avait été un gigantesque coup de poing. Il resta là un moment, fixant la flamme bleue qui courait le long de la lame. Il avait réussi à conserver son couteau.

Mais, autour de lui, les broussailles résonnaient déjà de mille bruits : créatures de grande taille en train de se frayer un passage entre les branches, grouilleurs ailés... Tous convergeaient vers lui.

Rex se remit debout en serrant les dents, dans un craquement de côtes froissées, le dos engourdi à l'endroit où le grouilleur l'avait mordu. Une forme jaillit des buissons. Aussitôt, il leva son couteau et taillada l'aile d'un grouilleur, qui continua sa course entre les arbres en vacillant comme un cerf-volant cassé.

Il aperçut un scintillement rougeâtre. Cassie entretenait son feu de joie. Mais celui-ci semblait incroyablement loin.

Rex... ?

— Mélissa ! cria-t-il, en la sentant toute proche.

Pivotant sur ses talons, il réalisa que son bref vol plané avec le monstre l'avait rapproché de la voie ferrée.

— Rex ! lui répondit une voix.

Tournant la tête vers le son, il aperçut une giclée d'étincelles bleutées et fonça dans cette direction. Il n'avait plus de feu à main pour se protéger, et des formes menaçantes se rapprochaient entre les branches. Sa cheville l'élançait à chaque foulée, tandis que le métal de ses bottes flamboyait sous les coups des grouilleurs. Mais Mélissa était si près.

D'autres étincelles bleues jaillirent entre les arbustes, et Rex aperçut un grand félin dressé sur son arrière-train. La créature était jeune, avide de tuer, emplie de la ferveur de Samhain. Puis Rex repéra une silhouette humaine juste derrière elle : Mélissa, en train de lui lancer du métal par poignées, de lui jeter à la gueule les vis et les boulons préparés par Dess. Fou furieux, le darkling feulait en écartant les petits projectiles à coups de patte.

Puis il se tapit au sol, prêt à bondir.

Rex sentit son corps changer, se transformer comme jamais, libérant enfin toute la fureur du fauve qui l'habitait. Il oublia son pied blessé. Soudain, la taille et la force du grand félin ne comptaient plus. Seule importait Mélissa, qu'il fallait sauver.

Il s'élança à travers les buissons en criant et bondit sauvagement sur le dos du darkling. Il lui plongea Animalisation dans l'épaule ; la créature se mit à hurler. Ses muscles se tendirent, les emportant tous les deux dans les airs.

La bête se tordait sous lui, tâchant de se retourner pour l'atteindre avec ses pattes. Mais Rex se cramponnait avec une férocité inhumaine, ses bottes cerclées de métal arrachant des étincelles aux flancs de son adversaire. Le darkling et lui tournoyèrent comme en un rodéo fantastique.

Soudain, le goût de Mélissa pénétra en lui…

Dégage-toi de là, Rex!

Cela lui paraissait curieux, de relâcher la bête pour qu'elle le mette en pièces, mais il s'agissait de Mélissa, et sa partie humaine obéit sans réfléchir. Il s'écarta de toutes ses forces, laissant le couteau fiché dans la créature et tâchant de se protéger le visage contre les coups de griffes.

Rex atterrit brutalement sur le sol humide. Ses côtes meurtries craquèrent, tandis que sa cheville explosait de douleur. Il n'y prit pas garde. Le fauve en lui s'estompait quelque peu ; lui qui voulait se battre jusqu'à la mort, avait préféré écouter Mélissa…

Il se releva tant bien que mal, les bras écartés, les mains vides, sans défense.

Le darkling gisait à quelques mètres, remuant les pattes comme un gros chat qui rêve. Soudain, il poussa un hurlement horrible. Rex ne comprit pas tout de suite, puis il aperçut le manche en métal qui dépassait de ses entrailles : une sorte de lance parcourue de flammèches bleues. La créature tressaillit une dernière fois et s'immobilisa.

Mélissa émergea derrière elle, hébétée, les mains couvertes d'un sang noir.

— Préoccupation Vitupératrice Ininterrompue, expliqua-t-elle.

Rex cligna des paupières. Elle avait enfoncé l'épieu dans le sol et laissé le darkling retomber dessus.

— Merci pour la diversion, ajouta-t-elle.

Rex entendit des grouilleurs s'enfuir dans toutes les directions, effrayés par le cri d'agonie du grand félin. Il s'avança en claudiquant et lui posa la main sur l'épaule.

— Pas de problème. Qu'est-ce que tu fiches ici ?

— J'en avais assez d'attendre. Et puis, je me suis dit que vous auriez besoin d'aide. (Elle brandit un sac à dos.) J'ai apporté des pièces d'artifice. Alors, euh... où est le feu ?

Rex se retourna. La lueur rouge était à peine visible dans le lointain.

— Là-bas.

Une expression perplexe se dessina sur le visage de Mélissa. Elle ferma les yeux un moment.

— Tu as laissé notre seule flamme entre les mains de deux gamines de treize ans ?

Il acquiesça.

— Exactement.

Mélissa secoua la tête.

— Des diurnes dans l'heure secrète...

Elle soupira, puis lui lança une longue barre en métal ornée de soudures en spirale. L'arme lui brûlait les doigts même à travers ses gants, mais son poids avait quelque chose de réconfortant.

— Merci, dit-il. Où en est Jessica ?

— Ne t'en fais pas pour elle ; inquiète-toi plutôt pour nous. (Elle souleva un autre épieu sur son épaule.) Pense à tous ces darklings qui arrivent.

Ils foncèrent à travers les buissons en direction du brasier, balançant des coups d'épieu aux grouilleurs volants qui fondaient sur eux. Chaque pas résonnait dans la cheville et les côtes de Rex, mais la douleur n'était plus qu'une sensation lointaine. Il avait rejoint Mélissa, et sa part humaine pouvait laisser la bête reprendre le dessus.

Le feu de joie flambait de plus en plus fort, et une odeur de fumée leur parvenait à travers les broussailles. Des darklings à quatre bras secouaient les arbustes environnants pour l'étouffer, mais leurs battements d'ailes semblaient plutôt attiser les flammes.

Quand ils s'approchèrent, les grouilleurs renoncèrent à les suivre au milieu des feuilles enflammées.

— Cassie ! Beth ! appela Rex.

— Rex ? lui répondit une voix.

Il vit Cassie se découper à contre-jour sur les flammes. Elle tenait encore son feu à main.

— On arrive ! lui cria-t-il.

— Que fais-tu de ceux-là ? demanda Mélissa en se figeant sur place.

Les formes boursouflées de cinq darklings gigantesques venaient d'émerger des buissons. Leurs mandibules luisaient, et des grappes d'yeux réparties sur leurs corps brillaient dans la lumière pourpre de la déchirure. Leurs longues pattes velues encadraient le feu comme les barreaux d'une cage.

— Des araignées, dit Mélissa. Tes préférées.

— Aucun problème. (Rex tendit la main.) Donne-moi le sac.

Il ouvrit la fermeture Éclair et plongea la main dans une collection de fusées, de chandelles romaines et de guirlandes de pétards.

— Tu as des feux à main là-dedans ?

— Bien sûr. Au fond.

Il lui en passa trois et en garda un pour lui.

— Un pour chacun. Quand je nous aurai débarrassés de ces bestioles, on les allume et on fonce jusqu'à la voie ferrée.

— Elles sont cinq, Rex. Et, à les voir, j'ai l'impression qu'elles n'ont pas peur du feu. Elles n'auront sûrement pas peur de toi non plus.

Rex sourit, sentant la bête monter en lui.

— Elles devraient.

Il se tourna, l'épieu dans une main et le sac à dos dans l'autre, et boitilla en direction des araignées. Elles le regardèrent venir, impassibles. Le feu scintillait dans leurs yeux. Il vit qu'elles étaient très anciennes. En s'approchant, il sentit leur esprit passer sur lui, et un goût de cendres et de lait caillé lui recouvrit la langue.

Abomination. Cette nuit tu vas mourir.

— On verra.

Il se mit à courir en claudiquant

L'épieu quitta sa main le premier, filant dans les airs vers le darkling le plus proche. Ce dernier se protégea en levant deux pattes semblables à deux tentacules velus. L'arme ricocha sur l'une d'elles et retomba par terre.

Mais le sac à dos resté ouvert volait déjà par-dessus la tête du darkling. Il décrivit une longue courbe, au-dessus de Cassie et de son feu à main crachotant, en dispersant une partie de son contenu. Il atterrit en plein milieu du feu, dans une gerbe d'étincelles et de fumée.

Mangez-vous ça... lança Rex aux darklings.

Un instant plus tard, les pièces d'artifice s'embrasaient les unes après les autres : des boules de feu fusèrent dans toutes les directions, de longues guirlandes de pétards se mirent à crépiter en soulevant des nuages de fumée, des fusées rebondirent entre les branches. La flamme d'une chandelle romaine vint lécher l'une des araignées, et la bête hurla de douleur en voyant le feu se propager sur son abdomen velu. L'un des darklings ailés, atteint par une fusée, vint se cogner contre un congénère, et les deux créatures s'enflammèrent, leurs membres emmêlés dans une étreinte mortelle.

Beth et Cassie se couchèrent sur les feuilles humides, la tête entre les mains. Les araignées géantes hésitèrent, les pattes frémissantes ; leur terreur envahit Rex avec une saveur électrique.

Il roula sous le darkling le plus proche, arracha son épieu du sol et l'enfonça dans le ventre du monstre. Une puanteur abominable jaillit de la blessure. La bête se cabra, la gueule ouverte, montrant des crocs affilés comme des poignards.

Tout en dégageant son épieu, Rex vit du coin de l'œil un bouquet de fusées qui éclatait au ras du sol. L'une d'elles l'atteignit à l'épaule et rebondit en l'air en tournoyant sur elle-même, avant de disparaître dans la gueule béante du darkling. La créature émit un bruit étranglé pendant que Rex roulait jusqu'au feu et se redressait sur un genou à côté des filles.

— Ça va, toutes les deux ?

— Ces *choses*... pleurnicha Beth.

— Ne t'en fais pas. Elles s'en vont.

Il leva les yeux.

Derrière lui, le darkling s'efforçait de se transformer ; des ailes lui poussaient dans le dos, ses pattes se rétractaient dans son corps. Mais on entendit alors une détonation étouffée – l'explosion de la fusée dans ses entrailles –, et la bête fut gagnée par la panique. Ses yeux scintillants devinrent vitreux, une giclée de flammes s'écoula de sa plaie au ventre, ses ailes se recroquevillèrent...

Rex se couvrit la tête au moment où la créature explosa. Un souffle brûlant le balaya ; la lumière l'aveugla malgré ses paupières closes, et le sol trembla sous lui.

Puis le son s'affaiblit, et il n'entendit plus que les piaillements des créatures de minuit qui s'enfuyaient dans toutes les directions.

Quand Rex ouvrit les yeux il aperçut Mélissa à proximité, qui allumait les feux à main avec les restes du feu de joie. Des feuilles enflammées avaient volé jusque dans les branches des arbustes voisins, mais, par terre, seules quelques braises rougeoyantes et une grande tache noire témoignaient encore des efforts de Cassie.

— Ils sont partis, annonça-t-elle. On dirait que tu leur as gâché Samhain.

Il hocha la tête. Des points lumineux dansaient devant ses yeux.

— Eh oui. J'imagine que les feux de joie étaient moins redoutables, à leur époque.

— On peut faire encore mieux avec ce que j'ai laissé sur la voie ferrée. Mais il vaudrait mieux y retourner sans traîner.

Elle se redressa, un feu dans chaque main.

Cassie était déjà debout, en train de hisser Beth sur ses pieds. Les deux fillettes, livides, couvertes de cendres et de feuilles humides, semblaient sous le choc. Mais Cassie accepta le feu que Mélissa lui tendait.

— C'est fini ? demanda-t-elle.

Mélissa ferma les yeux.

— Oh non. Il va falloir courir, les filles. (Elle indiqua la direction de la voie ferrée.) Il y a des tonnes de pièces d'artifice qui nous attendent par là.

— Donnez-moi une minute, réclama Rex.

Il avait le torse tout endolori, la cheville en compote, la vision encore floue et ses oreilles bourdonnaient. Ses poumons le brûlaient, comme s'il avait inhalé trop de fumée.

Il n'entendit pas tout de suite que Mélissa lui parlait.

— *Rex?*

Elle le tira par son blouson.

— Juste une seconde.

— Nous devons filer *tout de suite.*

— Je tiens à peine debout.

— Regarde.

Elle posa ses doigts nus sur sa nuque et s'engouffra dans son esprit. Il vit ce qui s'annonçait...

— Oh mince. (Rex frémit. Quel imbécile il avait fait, avec ses plans dérisoires.) Je ne savais pas.

Mélissa ôta sa main et se glissa sous l'aisselle de Rex pour l'aider à marcher.

— On peut toujours défendre Jenks, dit-elle.

Le corps de Rex se plia une fois de plus à sa volonté, et ils s'enfoncèrent dans les broussailles. Il ne se donna pas la peine de regarder en arrière. Le bruit des branches qui craquaient indiquait que les fillettes les suivaient, avec leurs feux à main jetant des ombres inquiétantes sur les buissons. La voie ferrée ne se trouvait qu'à quelques minutes, mais tout cela semblait si futile...

Rex ferma les yeux et courut, ignorant la douleur, tâchant d'effacer l'image que Mélissa lui avait transmise. Une marée de darklings, si haute qu'elle obscurcissait le ciel, dépassant tout ce qu'il avait pu lire dans l'ancien savoir. Leur petit feu d'artifice ne les retarderait guère.

Jessica Day représentait leur seul espoir.

31

00 h 00
le long minuit

L'ÉCLAIR

Ils bondissaient le long de la voie ferrée, en suivant la déchirure. Celle-ci s'enfonçait devant eux comme une flèche rougeoyante pointée sur le cœur de Bixby.

— On y sera à temps ? demanda Jessica.

Jonathan fit oui de la tête.

— La déchirure nous facilite les choses en décrochant la pluie. Mais attention quand nous en sortirons. Tu vas te faire tremper.

— Jonathan !

Un homme se tenait sur les rails devant eux, vêtu d'une robe de chambre et affichant une expression incrédule. Ils bondirent très haut pour l'éviter, et il leva la tête pour les regarder passer.

— O.K., ça fait bizarre, convint Jessica.

— Il y en a d'autres. La déchirure devient très peuplée. Et pas seulement par des humains.

À l'approche de Bixby, les maisons se firent plus nombreuses. Ils croisèrent d'autres gens en train de déambuler, d'abord seuls, puis par groupes de deux ou trois et, enfin, en foules rassemblées dans la rue. Certains les fixaient avec des yeux ronds, mais beaucoup ne firent même pas attention à eux, trop éberlués par le monde bleu et rouge qui les entourait.

— Tu crois que Rex a raison ? demanda-t-elle. Qu'on peut vraiment arrêter tout ça ?

— S'il a tort, la plupart de ces gens vont avoir de gros ennuis. Ils sont au beau milieu de la déchirure.

— Au moins, les darklings ne sont pas encore là.

Il tendit le doigt.

— Certains, si.

Une autre de ces créatures faites de tentacules filandreux se profilait devant eux. Elle planait au-dessus d'un petit groupe dans une arrière-cour – sans doute une fête d'Halloween qui se terminait tard. Tout le monde était déguisé, en chevalier, en diable ou en cow-boy. Il y avait même un fantôme en drap blanc, quasiment immobile. Le darkling avait enroulé ses tentacules autour d'eux, et on voyait leurs mains trembler, comme si chacun se retrouvait prisonnier de ses propres terreurs muettes.

— Oh, mon Dieu ! Qu'est-ce qu'on fait, on s'arrête ?

— Pas le temps, répondit Jessica. (Ils devaient mettre un terme à cette invasion. Partout, et pas uniquement dans cette arrière-cour.) Mais ralentis un peu.

Elle sortit un feu à main de sa poche et l'alluma. Des étincelles lui jaillirent au visage ; le feu lui roussit les sourcils avant qu'elle puisse l'écarter.

Au sommet de leur bond suivant, elle jeta le feu sur la créature. Celle-ci s'embrasa avec un hurlement sonore ; ses tentacules commencèrent à se relâcher autour des fêtards en costume.

Ils continuèrent leur course mais, en jetant un coup d'œil derrière elle, Jessica vit que le groupe avait subitement repris vie et tirait sur les membres de la créature avec une frénésie terrifiante, comme pour l'écarteler.

— En voilà d'autres, annonça Jonathan à voix basse.

Deux vieux darklings leur barraient le chemin au-dessus de la voie ferrée, pareils à deux toiles d'araignées flottantes.

— On les contourne ?

— Ils sont trop rapides. (Jessica sortit un autre feu, puis réalisa que c'était le dernier.) Mince.

Elle réussit à l'allumer sans se brûler, cette fois-ci. Elle tendit le feu devant elle alors qu'ils s'élançaient au milieu des tentacules.

Au contact de la flamme, les deux darklings glapirent, mais Jessica sentit des plumes froides lui frôler les jambes, les bras, le cou – et même lui enserrer fugacement la taille. La peur l'envahit de nouveau, la terreur paralysante d'avoir pris la mauvaise décision. Avoir laissé Jenks sans défense était une folie ; elle avait condamné sa sœur. Et, soudain, elle sut avec certitude que les darklings n'avaient ouvert le temps bleu que pour elle, qu'en raison de la haine épouvantable qu'ils lui vouaient…

La fin du monde… et c'est entièrement ma faute.

Seule la sensation de la main de Jonathan dans la sienne l'empêcha de céder au désespoir qui l'ébranlait jusqu'au tréfonds de son âme. Elle savait qu'il ne l'abandonnerait pas. Mais les darklings le tenaient, lui aussi ; elle devait se battre.

Jessica serra les dents et décrivit des moulinets avec son feu, coupant des tentacules enchevêtrés pour se dégager.

Une à une, ses peurs disparurent, et Jessica redevint légère comme une plume. Voyant les rails se ruer sur elle, elle fléchit les genoux et rebondit par réflexe. Elle jeta un coup d'œil en arrière ; les deux darklings n'étaient plus que des débris fumants éparpillés sur la voie.

— Non ! cria Jonathan en lui serrant la main très fort.

— Aïe ! Qu'est-ce qui te prend ?

— Hein ? (Il la dévisagea sans comprendre.) Attends une seconde. Je t'ai rattrapée… ?

— Rattrapée ? Je ne tombais pas.

— Pourtant, j'ai cru…

Il fixa leurs mains jointes.

— Oh. (Jessica ouvrit de grands yeux.) C'est ça, ton pire cauchemar, Jonathan ? Me lâcher ?

Il cligna des paupières.

— Eh bien, oui. Mais…

— C'est trop mignon ! s'exclama-t-elle en souriant.

Ils touchèrent le sol et rebondirent de nouveau. Jessica vit un rideau rougeoyant se déployer devant eux.

— Qu'est-ce que… ?

— On arrive au bout de la déchirure! cria-t-il. Accroche-toi!

Jessica voulut répondre, mais une muraille d'eau la frappa au visage.

Elle n'avait encore jamais volé à travers la pluie. Lors de sa première incursion dans l'heure secrète, elle avait marché au milieu d'une averse de minuit. Cela avait été une expérience magique. Mais, à près de cent kilomètres à l'heure, foncer dans l'orage immobile revenait à se prendre un jet de lance d'incendie en pleine figure.

Ses habits déjà mouillés commencèrent à ruisseler, elle avalait tant d'eau qu'elle pouvait tout juste parler ou respirer et elle ne distinguait même plus où ils allaient. Son feu à main se mit à grésiller, à siffler comme un serpent furieux. Elle vit à peine le sol se ruer sur eux.

Elle rebondit à l'aveuglette, et ils tournoyèrent dans les airs.

— Arrête! Je n'y vois plus rien! cria-t-elle.

— On ne peut pas s'arrêter, la déchirure est trop près.

Jessica regarda en arrière, ce qui lui permit d'ouvrir les yeux. Un gigantesque rideau rouge avançait dans Bixby, presque à la même vitesse qu'eux.

En se retournant face au déluge, elle s'aperçut qu'elle parvenait malgré tout à s'orienter. Entre ses paupières mi-closes, elle vit qu'ils arrivaient dans le centre-ville. Ils rebondirent sur le toit d'un immeuble de cinq étages, puis sur un autre encore plus haut.

Surmonté d'une silhouette scintillante, le plus grand immeuble de Bixby se dressait devant eux.

— Ce ne serait pas... ?

— Quoi, tu ne reconnais plus le vieux Pégase ?

— Waouh !

Elle avait déjà eu l'occasion de voir le cheval ailé de très près, mais jamais illuminé de cette façon. Un long trait de foudre descendait des nuages, enveloppant l'enseigne de mille filaments incandescents.

Ils descendirent vers un autre toit, où ils s'immobilisèrent en dérapant sur la toile goudronnée. Jessica sentit quelque chose s'écraser sous ses tennis détrempées.

— Hé ! Ne marche pas sur le feu d'artifice !

Jessica essuya l'eau qu'elle avait dans les yeux.

— Oh. Désolée, Dess.

— Où sont Rex et Mélissa ?

— C'est une longue histoire, répondit Jonathan. On doit filer là-haut.

Il indiqua l'enseigne de Pégase enveloppée par la foudre.

— Hein ? Pour quoi faire ?

— Rex croit qu'on a une chance de refermer la déchirure.

— Quoi, avec un *éclair* ? (Dess jura.) Je suppose que vous êtes conscients que Rex est complètement cinglé, ces derniers temps ?

Jonathan regarda Jessica, qui sentit revenir ses doutes.

Mais elle serra les dents.

— Ça ne peut pas continuer comme ça. On doit tenter le coup

— Si tu le dis. Je peux avoir ça ? s'enquit Dess en indiquant le feu à main. Juste au cas où vous seriez cinglés vous aussi ?

— Bien sûr.

Jessica lui tendit le feu.

— Dépêchons, pressa Jonathan, déjà perché au bord du toit. La déchirure est presque là.

— Bonne chance ! leur lança Dess.

— À toi aussi.

Jessica courut rejoindre Jonathan et lui prit la main. Elle leva la tête vers le cheval ailé qui les dominait.

— Essayons de l'atteindre en un seul saut, dit Jonathan.

— Tu crois qu'on peut y arriver ?

— J'espère. Un... deux... trois !

Jessica repoussa le sol de toutes ses forces, et ils s'envolèrent. Au sommet de leur courbe, elle se retrouva presque à la hauteur du cheval ailé, plus haut qu'elle n'avait jamais volé. Mais elle réalisa bientôt qu'ils retomberaient trop court.

— Oh, oh.

— On y arrivera !

Jonathan, luttant contre la pluie, tendit le bras et, alors qu'ils atteignaient l'immeuble, s'accrocha du bout des doigts au bord du toit. Jessica se cogna contre le mur au-dessous de lui. Un bref instant, elle vit la rue en contrebas se préparer à l'avaler, tandis que sa main glissait entre les doigts mouillés de Jonathan.

Pourtant, celui-ci tint bon et parvint à la retenir. Jessica put rebondir et atterrit au bord du toit où elle aida Jonathan à se hisser.

— On a réussi ! s'écria celui-ci.

Elle jeta un coup d'œil vers le chemin qu'ils venaient d'emprunter, et ses yeux s'agrandirent.

— Jonathan...

La déchirure fonçait vers eux, plus haute qu'un gratte-ciel, plus large qu'un terrain de football américain. En atteignant la pluie, la lisière du temps rouge détachait de grandes plaques d'eau qui s'abattaient dans les rues de Bixby comme une immense vague cramoisie.

Une horde de darklings suivait : un millier de formes ailées de toutes les tailles, de vastes nuées de grouilleurs aux reflets rouges et noirs, poussant de petits couinements de rat. Une masse noueuse de créatures à tentacules volait au centre de la horde, les appendices entremêlés comme une tresse de cheveux.

— Rex ne s'en est pas sorti, murmura-t-elle. Et Beth...

— Si, regarde ! (Jonathan tendit le doigt. À plusieurs kilomètres de distance, un minuscule panache de feu s'élevait dans le ciel au-dessus de Jenks, auréolé d'étincelles et d'explosions de toutes les couleurs.) Mélissa et lui ont dû en retenir une partie. Il y en a peut-être beaucoup plus qu'on ne le pensait.

Jessica acquiesça lentement. Leur plan peaufiné avec soin se révélait totalement inadéquat : quelques feux d'artifice contre une armée de monstres.

Elle repoussa cette pensée, lâcha la main de Jonathan et courut vers le cheval géant. Son sabot le plus bas descendait presque jusqu'au toit. Un filet de foudre figé s'entortillait autour de son support métallique, aveuglant, vibrant de puissance contenue.

Elle approcha sa main, paume en avant, comme pour tester la chaleur d'un feu. Des énergies colossales traversaient l'éclair. Les poils se hérissèrent sur ses bras, et des fourmillements lui parcoururent tout le corps. Elle éprouvait la même sensation de plénitude que lorsqu'elle avait produit pour la première fois de la lumière blanche dans le temps bleu. En mille fois plus intense. Son cœur battait à se rompre ; sa vision se brouilla.

Figée ou non, il s'agissait de foudre, réalisa-t-elle. Une force de la nature, incroyablement mortelle. Elle se préparait à fourrer les doigts dans une prise électrique d'une puissance incommensurable. Que lui arriverait-il alors ?

Elle savait simplement ce qui se passerait si elle se dérobait : des milliers de gens mourraient, les anciens se repaîtraient de leurs victimes, l'humanité se retrouverait à la merci de son plus vieil ennemi.

— Il faut que je le fasse, dit-elle doucement.

— Tu es sûre ?

Jonathan se tenait juste derrière elle.

— Recule-toi.

Mais il tendit la main et l'attira dans ses bras pour l'embrasser. Jessica sentit sur ses lèvres l'énergie de la foudre, mêlée à la légèreté étourdissante de Jonathan. Sa peau semblait traversée de courant et d'ondes de chaleur.

Jonathan la relâcha et recula d'un pas.

— D'accord. Fais vite.

— Plus loin, Jonathan.

Il hocha la tête, puis bondit jusqu'au bord du toit. Derrière lui, la vague écarlate roulait sur eux, masse gigantesque d'eau et de prédateurs hurlants.

Un bouquet de fusées s'éleva soudain à sa rencontre, avant d'exploser en cascades de lumière blanche. Les darklings se bousculèrent pour les éviter.

— Dess, murmura Jessica.

L'autre immeuble, à un bond de distance seulement, venait d'être avalé par la déchirure.

Jessica Day enfonça la main dans l'éclair…

L'orage figé la traversa comme une explosion. Le tonnerre gronda à ses oreilles, tandis qu'une énergie dévastatrice se déversait en elle, vague après vague, jusqu'à ce qu'elle ne sente plus son corps mais uniquement la puissance au cœur de la foudre. Cette puissance gonfla en elle ; des taches blanches dansèrent devant ses yeux, ses oreilles se bouchèrent, et un goût métallique se répandit sur sa langue.

Elle eut l'impression qu'elle allait éclater.

Puis la chaleur blanche gicla à gros bouillons, fusa en direction de la déchirure et traversa la horde de darklings et de grouilleurs en semant des flammes passaient d'un monstre à l'autre en zigzags démentiels.

La masse de créatures volantes vira avec un grand cri.

Un deuxième torrent de foudre jaillit de Jessica, puis deux autres encore : quatre lignes de feu brillantes, tendues vers les quatre points cardinaux à travers les ténèbres figées du temps bleu.

Les énergies fabuleuses qui la traversaient finirent par s'épuiser, par retomber comme le sifflement d'une bouilloire que l'on retire du feu. La lumière aveuglante s'estompa, et Jessica put de nouveau sentir son propre souffle et entendre le battement de son cœur.

La déchirure, balayée de part en part, n'était plus qu'un mince faisceau rougeâtre en train de se recroqueviller sur lui-même. La horde des darklings était taillée en pièces. Elle se résumait à présent à quelques grouilleurs et à une poignée d'anciens fous de terreur fuyant vers le désert.

Jessica regarda autour d'elle. Quatre rayons de lumière blanche partaient d'elle pour disparaître derrière l'horizon, au nord, au sud, à l'est et à l'ouest. L'énergie qu'elle renfermait s'amenuisa encore, tandis qu'elle les sentait boucler le tour du globe, s'enrouler autour de la Terre selon un motif précis.

Dess tuerait pour voir ça, songea-t-elle.

Mais sa propre conscience était en train de s'effacer.

Entre les pieds métalliques du cheval géant, elle vit la lumière du temps normal apparaître à l'est et recouvrir le monde, comme lorsque le jour se lève. La lune sombre plongeait à l'horizon.

Samhain n'avait pas duré une journée, en fin de compte. Pas même une heure…

— Jessica. (Jonathan avait fait quelques pas vers elle.) Tu ne…

— Fais attention, le prévint-elle d'une voix faible.

Une flamme blanche continuait à brûler dans sa main. Elle leva celle-ci devant son visage et fixa la foudre piégée à l'intérieur.

Pourquoi l'heure secrète s'achevait-elle si tôt ?

Elle détacha les yeux du feu dans sa paume et se tourna vers l'horizon. Elle vit l'orage se défiger, la lumière bleue se retirer du monde…

Quand le temps normal l'atteignit à son tour, Jessica sentit qu'elle s'effaçait.

— Oh non, dit-elle en jetant un dernier regard à Jonathan, stupéfait.

Un craquement de tonnerre interrompu retentit. Minuit avait pris fin.

Et tout disparut.

32

22 h 30

ÉPILOGUE

La voiture s'immobilisa en dérapant légèrement le long du trottoir, déclenchant aussitôt un concert d'aboiements à travers le quartier.

Bien joué, l'homme volant, songea Mélissa. Dess leur avait pourtant demandé d'être discrets. Ses parents avaient imposé un couvre-feu très strict depuis la grande hystérie d'Halloween.

Jonathan laissa passer un moment, puis tendit la main vers le klaxon.

— Arrête, le retint Mélissa. Elle arrive.

Il bougonna, piaffant d'impatience. Ils avaient largement le temps de passer chez Jessica et de se rendre à Jenks avant minuit, bien sûr. Mais Jonathan avait hâte d'en finir. Il y avait là trop d'émotions, et sous sa tension Mélissa percevait un soupçon de peur…

— Ne t'inquiète pas, Jonathan. Elle est bien décidée à partir. Aucun risque qu'elle change d'avis.

Il la regarda, puis soupira.

— Elle n'a pas intérêt, en tout cas, continua Mélissa.

Je ne crois pas pouvoir tenir encore longtemps chez mes parents. Pas avec les nouvelles règles de Rex concernant la télépathie.

Ses parents n'avaient jamais été cinglés, contrairement au père de Rex, mais le tissu de mensonges subtils qu'elle avait tendu devant leurs yeux au fil des ans commençait à s'effilocher. Mélissa avait passé les seize dernières années à fuir le moindre contact physique avec eux ; elle doutait de pouvoir supporter une nouvelle discussion à cœur ouvert à propos de sa vie privée.

Ils commençaient notamment à l'interroger au sujet de la perte de sa voiture. Il était plus que temps de quitter la ville.

Dess apparut à sa fenêtre, se glissa dehors et traversa la pelouse sans se presser. Mélissa la sentait agacée par le manque de discrétion de Jonathan et vit qu'elle prenait tout son temps.

— Salut, l'homme volant.

Dess ouvrit la portière arrière, jeta son sac à dos sur la banquette puis se glissa à l'intérieur. Elle ne dit pas bonsoir à Mélissa, mais il ne fallait y voir aucune animosité, seulement la force de l'habitude.

Jonathan se retourna vers le sac à dos.

— Tu crois vraiment qu'on aura besoin de tout ça ? On ne sait même pas s'il reste des darklings.

Mélissa se surprit à défendre Dess.

— Quelques-uns ont réussi à s'enfuir. Et les plus prudents ne se sont même pas montrés.

— D'accord, admit l'homme volant. Mais ils ne viennent plus à Bixby, en tout cas. Et nous serons tous les quatre.

Dess haussa les épaules.

— Avec minuit, deux précautions valent mieux qu'une.

Jonathan lui adressa son nouveau regard de chien battu.

— Ou que zéro.

Un flot de culpabilité au goût de lait caillé se déversa de lui. Mélissa fit la grimace. Deux semaines après les faits, il continuait à s'en vouloir, comme s'il était responsable de ce qui était arrivé à Jessica. Elle soupira, en se demandant ce que ça lui ferait de se retrouver seule avec l'homme volant toute la journée.

Peut-être que, sans Rex dans les parages pour contester son indépendance, il se dériderait un peu…

À l'idée de quitter Rex, Mélissa frissonna. Elle en revint à l'instant présent ; le futur se débrouillerait bien tout seul, maintenant qu'ils en avaient retrouvé un.

Jonathan démarra la voiture et fit un large demi-tour, soulevant un nuage de poussière au-dessus de la pelouse desséchée de Dess. Puis il s'éloigna sur le chemin de terre, en chassant du gravier et du sable sous ses pneus. Comme d'habitude, ces derniers temps, il n'était pas d'humeur à bavarder ni à faire attention aux flics.

Mélissa se renfonça dans le siège passager et projeta son esprit à travers les faubourgs de la ville, guettant les voitures de patrouille. Depuis l'hystérie, le couvre-feu avait acquis une signification nouvelle à Bixby.

La version officielle, naturellement, n'était qu'une vaste blague. Une surprenante collision de masses d'air au-dessus de l'est de l'Oklahoma aurait occasionné un nombre record d'éclairs et de coups de tonnerre. L'électricité aurait été coupée dans tout le comté, et des champs électriques aléatoires auraient perturbé le fonctionnement des appareils à piles et des voitures. Ces phénomènes naturels – ainsi que la brusque recrudescence de crises cardiaques, les vols de feux d'artifice et les canulars traditionnels d'Halloween – constituaient les raisons officielles de la panique.

Rien de tout cela n'expliquait le corps mutilé du campeur qu'on avait retrouvé dans le désert à proximité de Jenks, ni les dix-sept disparitions mystérieuses. C'était néanmoins une bonne rationalisation, propre à satisfaire quiconque n'était pas réveillé et présent dans la déchirure, cette nuit-là.

Bien sûr, certains amateurs de conspirations avaient échafaudé d'autres théories bien plus convaincantes. Les préférées de Mélissa étaient celle de la pulsation électromagnétique engendrée par un appareil expérimental sur la nouvelle piste d'atterrissage (qui n'était même pas encore construite), et celle des champignons hallucinogènes dans le réservoir de la ville.

Tout cela participait d'un besoin de comprendre ou, plus précisément, d'expliquer ce qui s'était passé. Personne ne tenait à affronter la vérité en face – à savoir, que l'inconnu avait débarqué.

Néanmoins demeurait une certitude. La fête d'Halloween ne serait plus jamais la même à Bixby.

Ils arrivèrent chez Jessica à vingt-trois heures pile.

Toutes les lumières étaient éteintes à l'intérieur, les deux voitures garées dans l'allée. On ne voyait pas encore de pancarte « À vendre » sur la pelouse ni rien qui permette de distinguer la maison des Day de ses voisines. Pourtant, Mélissa la trouva différente des autres, avant même de se projeter à l'intérieur. Plus triste.

— Ils vont vraiment déménager ? s'enquit Dess.

— C'est ce qu'on dit au lycée, répondit l'homme volant.

Il se tourna vers Mélissa en quête d'une confirmation.

Elle acquiesça. Elle sentait sur sa langue le goût de café bouilli de l'angoisse qui s'accroche encore à l'espoir.

— Ils ne sont pas vraiment décidés. Ils attendent d'avoir des preuves concrètes, j'imagine.

— Attendre, c'est le pire, déclara Dess.

Jonathan approuva de la tête.

Ils attendirent, donc.

Elle sortit par la fenêtre quinze minutes plus tard, en se laissant tomber maladroitement dans les buissons. Elle portait un blouson trop grand pour elle et marchait courbée en deux, les mains enfoncées dans ses poches.

Quand elle fut à mi-chemin de la rue, Jonathan lui fit un appel de phares. Elle se dirigea vers la voiture, parcourue par un frisson de peur. Pendant une seconde, Mélissa crut qu'elle allait se dégonfler et retourner se réfugier sous sa couette.

Mais, un instant plus tard, elle frappait à la vitre de la voiture. Son angoisse vibrait dans l'esprit de Mélissa. Sa méfiance parvenait presque à dissimuler la boule de chagrin qui lui nouait le ventre. Soudain, Mélissa réalisa le courage qu'il avait fallu à Beth pour accepter ce rendez-vous.

— Salut, lui dit Jonathan.

— Tu es Dess, pas vrai ? demanda la fillette.

— Oui. Comment le sais-tu ?

— Je t'ai reconnue d'après les dessins de Cassie.

Dess ne répondit rien.

— Tu as coupé tes cheveux, observa Beth en découvrant Mélissa.

La télépathe caressa sa nouvelle brosse, tic qu'elle avait emprunté à Rex.

— Voilà ce qui se passe quand on joue avec le feu.

Beth monta à l'arrière avec Dess. Le sac à dos rendit un son métallique quand elle s'assit dessus.

— Aïe !

— Passe-le-moi, dit Dess.

— Qu'est-ce qu'il y a dedans ?

— Des trucs magiques.

Jonathan se retourna pour fusiller Dess du regard, mais il vit la fillette lui remettre le sac avec le plus grand respect.

Rex grimpa les marches du perron de Madeleine en s'efforçant de ne pas songer à ce qui se déroulait du côté de Jenks. Il avait d'autres préoccupations plus importantes, des tas de problèmes à résoudre avant le départ des autres. Il serra la dernière lettre qu'il avait reçue d'Angie, avec la brassée de photocopies qui l'accompagnait – des bifaces en silex d'un musée de Cactus Hill, en Virginie. Elle y effectuait des recherches sur la culture locale de l'âge de pierre, pour aider Rex à établir un lien avec d'autres découvertes similaires dans le sud de l'Espagne. Rex avait du travail, ce soir, autrement plus sérieux qu'assister à des adieux larmoyants.

Par ailleurs, il fallait bien nourrir Madeleine.

Dans l'autre main, il tenait une thermos de bouillon de poule chaud. Pas trop, bien sûr ; elle parvenait à boire seule, à présent, mais, comme un bébé, elle avait encore tendance à se brûler la langue. Heureusement, Rex avait appris depuis longtemps à s'occuper des invalides.

Veiller sur Madeleine ne le dérangeait pas. Ici, à l'intérieur de la contorsion crépusculaire qui avait protégé la télépathe pendant cinquante ans, l'omniprésence humaine se faisait moins sensible. On n'y trouvait ni télé par câble ni téléphone cellulaire bourdonnant. L'endroit empestait l'acier à treize pointes, mais la rouille en avait émoussé le fil depuis longtemps. Les midnighters qui avaient baptisé ces armes étaient tous morts, à l'exception de Madeleine.

Madeleine, dont l'état s'améliorait lentement. D'après Mélissa, son esprit était en train de se reconstruire à partir de ce que Rex en avait laissé. Jusqu'au bout, elle restait une survivante.

En ouvrant la porte de sa chambre, Rex eut la surprise de la trouver assise, une lueur d'intelligence dans le regard. Son odeur de faiblesse et de mort s'était atténuée.

— Madeleine ?

Elle acquiesça, comme si ce prénom lui rappelait des souvenirs.

— Quel jour sommes-nous ?

Rex cligna des paupières. Ces paroles, sèches et rauques, étaient les premières qu'elle prononçait depuis un mois.

— Samhain est déjà passé. Sans trop de dommage : le porte-flambeau a tout arrêté.

Elle soupira bruyamment, un mince sourire aux lèvres.

— Je savais que cette fille n'était pas ordinaire. J'ai eu raison de la faire venir à Bixby.

Rex ne pouvait rien objecter à cela. Depuis Samhain, il avait été obligé d'admettre que les manipulations de Madeleine avaient sauvé de nombreuses vies. Ses midnighters orphelins avaient accompli davantage pour Bixby que toutes les générations précédentes réunies. Aussi mal en point soient-ils tous les deux, ils pouvaient au moins se féliciter de ça.

Il s'assit à côté d'elle, en dévissant le couvercle de la thermos.

— Où est Mélissa ? s'enquit-elle d'une voix enrouée.

— Elle part.

Ces simples mots lui firent mal. Mais il n'y avait pas d'autre solution.

— Où ça ?

Il haussa les épaules.

— Buvez.

Elle prit la thermos entre ses mains tremblantes, la porta à ses lèvres et but. Rex observa les mouvements de son cou fripé à chaque gorgée. Apparemment, reconstruire son esprit endommagé lui donnait faim. Il baissa les yeux sur les pointes d'épieu, en parcourant les symboles de l'ancien savoir tracés par Angie. Son cerveau les déchiffrait plus facilement que des mots. Mélissa devenait folle à voir le plaisir qu'il prenait.

Finalement, Madeleine reposa la thermos sur ses genoux et reprit son souffle.

— C'est stupide de ta part de me détester, Rex.

— Je ne vous déteste pas. Quand j'y réfléchis, j'ai plutôt pitié de vous.

— J'ai fait tout ça pour toi. Tu ne vois donc pas ? (Ses yeux étincelaient, et Rex y discerna les vestiges de son égotisme colossal.) Je voulais refaire de Bixby ce qu'il était autrefois.

— Le Bixby d'autrefois était un cauchemar, répliqua-t-il. C'est notre tour, à présent.

Elle renifla.

— Qu'est-ce que tu en sais ? Tu es à moitié darkling, à moitié midnighter. Et ta préoccupation des diurnes… C'est pervers.

Rex sourit, heureux d'entendre ce diagnostic. Elle voyait qu'il contrôlait la bête en lui, que son côté humain avait le dessus. Peut-être n'était-elle pas la seule en train de se reconstruire.

— Tu m'as dit que Mélissa partait ?

Il acquiesça.

— Mais pourquoi ? Je me suis terrée dans cette maison pendant cinquante ans plutôt que de quitter la contorsion. Elle sera aveugle et sourde là-dehors, incapable de percevoir quoi que ce soit. Une diurne, Rex – une rien-du-tout.

— Non, vous vous trompez.

Il se racla la gorge, de nouveau effrayé à l'idée de son départ. Ce n'était pas pour Mélissa qu'il se faisait du souci, naturellement. C'était pour Rex Greene. Saurait-il affronter la vie, une fois que sa plus vieille amie serait partie ? Peut-être devrait-il se joindre aux autres, laisser Dess seule à Bixby, abandonner son père et la vieille dame à la mort. Ils n'avaient que ce qu'ils méritaient, et sans la présence apaisante de Mélissa, sans son contact…

Rex secoua la tête et redressa les épaules. Il prit la thermos des mains de Madeleine, essuya un peu de soupe sur son menton. Mélissa avait peut-être raison de dire que c'était le fait de s'occuper de son père et de la vieille dame qui lui avait permis de rester sain d'esprit. De conserver son humanité.

Madeleine ne l'avait pas entendu ; elle continuait à se lamenter.

— Pourquoi, Rex ? Pourquoi s'en va-t-elle ? C'est Bixby, quand même.

Il se leva et lui adressa son sourire de prédateur, sachant que la réponse lui clouerait le bec.

— Parce que Bixby n'a plus rien de spécial.

Ils atteignirent Jenks sans le moindre souci, et Jonathan arrêta la voiture dans le champ que Rex avait traversé au volant de la Cadillac rose de sa mère. En marchant vers la déchirure avec les autres, il baissa les yeux sur les rails qui portaient encore les traces d'Halloween. Plusieurs traverses étaient noircies par endroits, et l'on retrouvait un peu partout sur le ballast des bouts de papier rouge détrempé, vestiges d'enveloppes de pétards.

L'herbe s'était remise de l'étrange lumière de la déchirure et avait repris un beau vert vigoureux. La lune sombre n'était peut-être pas si coriace, après tout.

Il ne restait plus grand-chose de la déchirure, à peine un fragment. Quelques nuits de plus, et elle aurait complètement disparu. Une fois à sa hauteur, Dess sortit Géosynchrones et entreprit de faire un petit cercle de pierres.

Beth l'observait avec attention.

— Qu'est-ce que c'est que ce truc ? demanda-t-elle à voix basse à Jonathan.

— Un GPS, répondit-il. Ça n'a rien de magique.

— À quoi ça sert ?

— À se localiser. Il va falloir te placer pile au bon endroit, si tu veux que ça marche.

Beth le dévisagea d'un air méfiant.

— J'ai emporté le téléphone de ma mère, tu sais.

Il cligna des paupières.

— Euh... oui?

— C'est pour dire que vous n'avez pas intérêt à tenter quoi que ce soit de bizarre.

Jonathan soupira. Difficile de faire plus bizarre que ce qu'ils s'apprêtaient à tenter.

— Détends-toi, d'accord? Tu es avec des amis. C'est toi qui as voulu essayer ça.

Beth ne répondit rien. L'espace d'un instant, elle parut sur le point de pleurer.

— Elle le voulait aussi, ajouta Jonathan, qui aurait préféré être ailleurs.

C'était lui qui avait tout raconté à Beth, qui avait dû gagner sa confiance. Après les heures passées à la convaincre de les accompagner ici, Jonathan était à court de salive. Il la prit par les épaules et la serra contre lui.

— C'est vrai? dit-elle d'une toute petite voix. C'est bien réel, tout ça?

Il sourit.

— À moins que je ne sois en train de rêver.

Elle grelottait dans le froid et paraissait incroyablement frêle et fragile.

— Allez, l'appela Dess. Viens te mettre ici.

Jonathan guida Beth sur les rails, dans le cercle de pierres. L'expression apeurée de la fillette lui noua la gorge, et sa voix s'enroua.

— Ne t'en fais pas. Tout va bien se passer.

Il recula et attendit, en espérant que leur plan fonctionnerait.

Minuit survint quelques instants plus tard. Le gémissement du vent fut coupé net, et le temps bleu draina les couleurs de leurs visages. Jonathan sentit le poids épouvantable de Flatland décoller de ses épaules.

Ce bon vieux minuit – cabossé, libéré de ses frontières naturelles, mais toujours présent.

Pendant un moment, Jonathan se demanda s'ils n'avaient pas attendu trop longtemps, si la déchirure ne s'était pas effacée. Beth demeurait plantée au milieu des pierres, aussi inerte que n'importe quelle rigide.

Puis elle battit des cils.

— Ça fait drôle.

— Sans blague, dit Jessica dans son dos.

Elle leur avait demandé de placer sa petite sœur face à Bixby et avait choisi, avec sagesse, de ne pas apparaître directement dans son champ de vision. Elle gardait également sa main droite dans sa poche.

Jonathan ne s'habituait toujours pas à la voir se matérialiser dans l'air. Même les darklings et les grouilleurs devaient se cacher du soleil, au fond d'une grotte ou d'un terrier. Mais Jessica était différente. Elle incarnait une toute nouvelle sorte de créature de minuit.

Elle n'était pas figée pendant la journée… Elle *n'était pas*, et voilà tout.

Rex appelait ça « dépendance temporelle ». Jonathan ne savait pas quel autre nom lui donner. Dans la journée, on aurait pu penser que Jessica était morte, comme cette première nuit où il avait cru l'avoir perdue dans l'éclair. Il était resté sur le toit pendant des heures avant de redescendre les vingt-six volées de marches jusqu'au rez-de-chaussée, éreinté par Flatland, accablé de chagrin. La journée avait été terrible. Puis, à minuit, il était retourné au pied de Pégase dans l'espoir de voir un signe.

Et elle était là... choquée, loin de se douter qu'une journée entière venait de s'écouler sans elle. Mais vivante.

Pourtant, ils avaient rapidement déchanté à la fin de minuit, quand ils avaient réalisé que Jessica était désormais prisonnière de l'heure secrète.

Jonathan la dévisagea, envahi de nouveau par un soulagement mitigé. Depuis les deux dernières années, sa vie était coupée en deux, entre les splendeurs de minuit et la gravité écrasante de la journée. Désormais, c'était pire : Flatland lui paraissait encore plus terne, et l'heure secrète plus précieuse.

Le temps bleu avait fini par englober le monde entier, après tout. Ils pouvaient voler où ils voulaient... mais ils n'avaient qu'une heure.

Beth se retourna lentement, emmitouflée dans son blouson comme si elle avait encore froid. Elle fixa Jessica.

— Amène-toi, l'homme volant, suggéra Dess. Laissons-leur un peu d'intimité.

Il croisa le regard de Jessica, qui hocha la tête.

— Il s'éloigna à contrecœur, le ventre noué. Voilà ce qu'il s'efforçait d'éviter depuis le jour où sa mère était partie pour ne jamais revenir : cette impression que, si vous perdez une personne, votre univers va s'écrouler. Et cela se reproduisait encore une fois.

Au moins Jessica n'avait-elle pas complètement disparu. Elle ne s'absentait que vingt-quatre heures par jour. Et Jonathan savait qu'il s'accrocherait le plus longtemps possible à cette heure unique qui leur était accordée.

— Jess ? fit Beth d'une petite voix.

— Oui, c'est bien moi.

Jessica sentit son visage se mouiller de larmes. Elle avait beau savoir exactement à quel endroit lui apparaîtrait sa petite sœur, elle en avait le souffle coupé.

— Tu es vraiment là ?

Jessica acquiesça. Elle aurait voulu serrer Beth dans ses bras mais, pour ces premiers instants fragiles, elle avait décidé de garder la main droite dans sa poche.

— Oui. J'ai toujours été là.

— Pourquoi tu ne reviens pas à la maison ?

Jessica se mordit la lèvre.

— Je ne peux pas. Je suis coincée ici.

— Quoi, à Jenks ?

— Non, à minuit. Je n'existe qu'une heure par jour. Je fais partie de minuit, désormais

Jessica secoua la tête avec tristesse. Peut-être en faisait-elle partie depuis la première fois qu'elle s'était réveillée dans l'heure secrète. Minuit avait peu à peu grignoté toute sa vie, jusqu'à ce qu'il n'en reste plus que cette infime partie.

Mélissa lui donna un petit coup de coude mental. Jessica se redressa et cessa de s'apitoyer sur son sort. Elle avait fait son choix au sommet de cet immeuble, après tout ; elle savait très bien qu'enfoncer la main dans cet éclair allait tout changer.

— Pourquoi tu ne m'as rien dit ? demanda Beth. Tu aurais pu me rassurer plus tôt.

Jessica avait préparé sa réponse.

— As-tu l'intention d'en parler à maman et papa ?

— Leur parler de... ?

— De tout ça. As-tu l'intention de leur raconter que tu as vu ta sœur apparaître sur la voie ferrée du côté de Jenks ?

Beth réfléchit un moment, puis fit signe que non.

— À tous les coups, ils m'enverraient consulter un psy.

— Exactement. Alors, tu vas devoir garder le secret. Comme moi. On n'y peut rien. Mais, au moins, tu sauras que je suis... quelque part !

— Quelque part, ça ne suffit pas, Jess ! Tu me laisses toute seule.

— Mais non. Tu as encore maman et papa.

Beth serra les dents.

— Maman passe son temps à pleurer. Elle est persuadée que, si tu as disparu, c'est parce qu'elle travaillait trop. Quant à papa, il est devenu un vrai zombie.

Jessica ferma les yeux. Ses larmes lui brûlaient la joue dans la fraîcheur du temps bleu. L'idée qu'elle manque tellement à ses parents, qu'ils ne sachent pas ce qu'elle était devenue, lui était insupportable.

— Ils auront besoin de toi, Beth.

— C'est de toi qu'ils ont besoin. Ils pourraient peut-être venir te voir ici, comme moi. Je trouverai un moyen de les convaincre de se rendre à Jenks. Je les ferai venir…

— Non. (Jessica s'avança d'un pas et la prit dans son bras gauche.) La déchirure est en train de se refermer. Je ne serai plus là, de toute façon. Jonathan, Mélissa et moi allons quitter Bixby.

Beth, les larmes aux yeux, décocha un coup de pied dans le ballast.

— Tu vois que tu me laisses !

— Minuit s'étend partout, Beth. Il y aura d'autres gens comme moi, qui vont se réveiller et se retrouver brusquement dans le temps bleu.

— Et qui mentiront à leurs petites sœurs ?

— Au début, sans doute. Ils vont avoir besoin de nous.

— Moi aussi, j'ai besoin de toi, Jessica !

Beth sanglotait, à présent.

— Je sais. (Jessica serra sa petite sœur contre elle.) Je regrette, Beth. Je n'aurais peut-être pas dû te demander de venir ici.

Beth secoua la tête.

— Mais tu vas devoir cacher ce que tu sais à tout le monde, comme je l'ai fait. Tu vas devoir mentir.

— Pas à tout le monde. Il reste Cassie.

Jessica acquiesça.

— C'est juste. Elle a vu la déchirure. Je suppose que tu peux lui parler de moi si tu veux.

— C'est déjà fait, avoua Beth en reniflant.

— Quoi ?

— Quand Jonathan essayait de me convaincre de venir. Elle était venue dormir chez nous, et je l'avais cachée dans mon placard. Elle a tout entendu.

Une sensation d'agacement familière traversa Jessica… avant de se changer en soulagement. Elle gloussa.

— Petite maligne !

— Il y a forcément d'autres gens à Bixby qui savent tout ça, qui ont compris ce qui s'est passé. (Beth s'écarta pour fixer sa sœur dans les yeux avec une résolution farouche.) Et fais-moi confiance, Cassie et moi allons mettre la main dessus. Ne te crois pas débarrassée de nous.

Jessica la regarda, le sourire aux lèvres, soudain certaine que Beth s'en sortirait très bien avec ou sans elle.

Dess marchait le long des rails, scrutant les branches des arbustes à la recherche du moindre signe de vie. La vie était presque trop tranquille, ces derniers temps ; elle aurait bien voulu apercevoir un grouilleur entre les feuilles. Elle ne risquait pas grand-chose, avec Contrefacteur dans sa poche et le porte-flambeau à moins de cent mètres. Jessica n'avait pas encore eu l'occasion de tester sa nouvelle main scintillante sur un darkling, mais Dess aurait parié qu'elle n'avait plus besoin de lampe torche.

Dess elle-même n'avait rien massacré depuis des lustres. Pourquoi s'étaient-ils tous enfuis ? Les darklings étaient comme des tigres, en un sens. On ne voulait pas se faire dévorer par eux, mais on ne souhaitait pas pour autant l'extinction de l'espèce. Le monde était moins amusant sans eux.

Bien sûr, après les millénaires passés dans ce trou perdu, Halloween avait dû prendre des allures de Noël pour les darklings survivants.

Quand Jessica avait refermé la déchirure, les énergies accumulées le long de la ligne de faille de Bixby ne s'étaient pas dissipées, mais répandues à la surface du globe.

Dess réfléchissait. Après le mal qu'elle s'était donné pour établir la géographie de l'heure secrète, il semblait dommage de devoir jeter toutes ces cartes. Néanmoins, elle avait hâte que Jonathan et Jess partent explorer le 36ᵉ parallèle et découvrent jusqu'où allait minuit à la suite de Samhain.

Se prolongeait-il tout le long du 36ᵉ parallèle ? Et du 12ᵉ, du 24ᵉ et du 48ᵉ également ? Faisait-il le tour de la Terre ou se manifestait-il uniquement aux intersections des multiples de douze ?

À moins que minuit ne s'étende partout, désormais. Y avait-il d'heureux midnighters en train de se réveiller dans toutes les villes et tous les villages du monde, de découvrir le temps bleu avec émerveillement ?

Des crissements de pas sur le gravier la firent se retourner. L'homme volant s'approchait en rebondissant, l'air maussade, comme s'il avait besoin de se confier.

Elle soupira.

— Alors, quand partez-vous, tous les trois ?

— Bientôt, j'imagine. (Il indiqua les filles d'un coup de menton.) Dès qu'elles auront terminé.

— Tu vas te sentir bien seul, en ne voyant Jessica qu'une heure par jour.

— Je me sens déjà seul.

Dess se demanda s'il avait pris la peine de faire les calculs qui s'imposaient. Jessica ne vivait qu'une heure quand lui en vivait vingt-cinq, ce qui voulait dire qu'il serait sans doute mort de vieillesse avant qu'elle ait dix-neuf ans. Et la situation serait devenue… glauque, longtemps avant ça.

— Bah. (Dess eut un sourire narquois.) Tu pourras toujours discuter avec Mélissa.

Il leva les yeux vers elle.

— Tu la détestes toujours ? Elle a sauvé Jessica, cette nuit-là, tu sais. Et Beth. Et peut-être la planète entière.

— Je ne la déteste pas. (En disant cela, Dess réalisa que c'était vrai : sa haine de la télépathe s'était éteinte en douceur.) Disons que ce n'est pas la compagne de route idéale.

— Admettons. (Il sourit.) Mais, sans elle, on ne pourra jamais les trouver tous.

— Tous ? Ils sont beaucoup plus nombreux que tu ne l'imagines, l'homme volant.

Jonathan la dévisagea.

— As-tu une idée de la manière dont c'est arrivé ? De pourquoi c'est arrivé ?

Dess se contenta de ricaner. Rex pouvait bien se plonger dans l'ancien savoir, tenter de comprendre pourquoi le tremblement de temps et la foudre avaient choisi de frapper au même instant ; Dess savait que ce serait en pure perte. Non pas qu'elle soit opposée à l'idée de comprendre – expliquer le comment et le pourquoi des choses constituait le credo de sa chère Discovery Channel, après tout. Mais, parfois, on avait beau les refaire, les calculs refusaient de tomber juste.

Après tout, la probabilité que la foudre tombe au centre de Bixby, précisément à minuit, la nuit d'Halloween était… plutôt mince. Et à trop réfléchir aux raisons qui avaient pu conduire à cet enchaînement de circonstances, on risquait de s'offrir une bonne migraine. Mieux valait laisser les maths de côté pour une fois.

Elle leva les yeux au ciel et vit la lune sombre à son zénith.

— Allez, l'homme volant. C'est l'heure de faire ton numéro.

— D'accord. (Il tira sur son col.) Tu crois vraiment que ça va l'aider ?

— J'en suis sûre.

Dess raccompagna Jonathan vers les filles. Elle savait que les deux sœurs avaient encore des choses à se dire, mais il fallait tourner la page, voilà tout.

Elles étaient dans les bras l'une de l'autre, comme si les mots leur faisaient déjà défaut. Mélissa se tenait sur le côté, les yeux clos. En train d'émettre des suggestions ? D'orienter les débats ? Ou simplement d'écouter aux portes ? Dess se demanda si cette nouvelle forme de télépathie, plus douce, servait vraiment à quelque chose ou n'était que de la poudre aux yeux.

Dess attendit de croiser le regard de Jessica, puis indiqua Jonathan.

Tu peux au moins offrir ça à la petite.

Jessica acquiesça et se détacha de sa sœur.

— Viens. Je veux te montrer un truc, à propos de minuit. Quelque chose qui n'a rien d'horrible. C'est un peu étrange, mais fais-moi confiance, d'accord ?

Beth lâcha un petit sanglot, essuya ses joues puis répondit doucement :

— D'accord.

Jonathan s'avança, les mains tendues.

— Tu nous as déjà vus faire, tu te rappelles ? La nuit d'Halloween ?

Beth hocha la tête. Elle lui prit la main avec prudence. Quand ses petits doigts se refermèrent autour de ceux de Jonathan, elle parut surprise.

— Ça… donne le vertige.

— C'est beaucoup mieux que ça, lui assura Jessica avec un sourire.

Elle sortit sa main droite de sa poche ; des étincelles blanches crépitaient tout autour. Son bracelet scintillait, ainsi que ses petites amulettes. Dess plissa les yeux.

Beth en resta bouche bée.

— Qu'est-ce que c'est que ça?

— Tu as déjà oublié? Un cadeau de Jonathan... plus un souvenir de l'éclair.

Jessica prit l'homme volant par la main.

Au début, ils commencèrent en douceur, par un petit bond de quelques mètres. Le bond suivant les propulsa jusqu'au milieu du champ. Enfin ils décollèrent pour de bon et partirent en direction des eaux immobiles de l'Arkansas. La main droite de Jessica scintillait au loin, en semant une traîne de lumière blanche à l'horizon.

Dess sourit; elle se sentait beaucoup moins déprimée, tout à coup. Beth avait revu le temps bleu, elle avait pu voler...

— Oui, je sais, dit Mélissa.

Dess poussa un soupir. Encore une fois, elle se retrouvait seule en compagnie de la reine des garces.

— Je suis désolée, tu sais. Pour ce que je t'ai fait.

Typiquement un tour de télépathe, de la prendre ainsi au dépourvu et de sombrer dans la guimauve. Dess s'entendit répondre:

— Pas grave. Tu es comme ça, ce n'est pas ta faute.

— Nous avons sauvé Rex, cette nuit-là.

On paraît moins désolée, d'un coup, songea Dess. Mais la logique de Mélissa était irréfutable.

— Il ne va pas te manquer?

— Il me manque déjà.

Dess soupira de nouveau. Peut-être restait-il un darkling à Bixby, après tout.

Elles se turent un moment, en attendant le retour des autres.

— Combien de personnes comme nous peut-il y avoir, à ton avis ? finit par demander la télépathe.

Dess respira profondément, heureuse d'abandonner la parenthèse sentimentale pour parler maths.

— Eh bien, disons qu'il faut naître à moins d'une demi-seconde de minuit pile, d'accord ? Ça représente environ une personne sur quatre-vingt-six mille quatre cents.

— Dans une grande ville, ça doit commencer à faire du monde.

— À New York, une centaine de personnes. Dans le monde… peut-être cent mille.

— Mince, dit Mélissa, comme si elle n'avait pas mesuré l'ampleur de la promenade qui l'attendait.

La télépathe ressentit des frissons jusqu'au bout des doigts. Dess sourit de plus belle. Elle avait beau rester à Bixby en compagnie de ce cinglé de Rex et d'une Madeleine plus folle encore, sans le moindre darkling à tuer, avec un couvre-feu sévère pour encore deux ans et demi, elle ne pouvait pas se plaindre des cartes qu'elle avait tirées.

Une fois les midnighters partis chacun de leur côté, Dess ne serait plus prise entre deux couples, soumise au choc permanent des egos. Et, plus tard, elle échapperait à Bixby à son tour. Elle ne serait plus la cinquième roue du carrosse.

Après le lycée, la polymathe était sûre de trouver un emploi où elle voudrait. Dans l'informatique, l'aérospatiale, toutes sortes de disciplines épatantes qui restaient encore à inventer – on aurait toujours besoin des maths. Et, avec la propagation de minuit à travers le monde, des milliers de personnes comme elle se réveilleraient un peu partout. Elle trouverait enfin des interlocuteurs de son calibre, des génies dans un temps immobile où les maths feraient un tabac. Ensemble, ils pourraient dresser la carte de l'heure secrète, tenir des conversations entières en décatrigrammes, tâcher de comprendre comment fonctionnait le temps lui-même. Changer le monde, qui sait ?

Au diable l'ancien savoir avec sa propagande, ses mensonges et son histoire au goût amer. Dess se chargerait de rédiger les nouveaux axiomes de minuit, les principes de base de la dessométrie.

Inexhaustible. Irrépressible. Étourdissante. Voilà comme elle serait.

C'était trop cool, d'être la polymathe.

Découvrez la nouvelle saga
de Scott Westerfeld
en septembre 2010 :

LEVIATHAN

et, déjà parue, la série *Uglies* :

1. *Uglies*
2. *Pretties*
3. *Specials*
4. *Extras*
5. *Secrets*

Cet ouvrage a été imprimé en France par

CPI
Bussière

à Saint-Amand-Montrond (Cher)
en octobre 2009

Cet ouvrage a été composé par
PCA - 44400 REZÉ

POCKET jeunesse

12, avenue d'Italie

75627 PARIS Cedex 13

N° d'imp. : 092757/1.
Dépôt légal : novembre 2009.